로즈의
아홉 가지
인생

THE NINE LIVES OF ROSE NAPOLITANO
By Donna Freitas

로즈의 아홉 가지 인생

도나 프레이타스 장편소설

엄일녀 옮김

The Nine Lives of Rose Napolitano

문학동네

일러두기

1. 주석은 모두 옮긴이주다.
2. 본문 중 고딕체는 원서에서 이탤릭체나 대문자로 강조한 부분이다.

내게 이번 생을 주신

내 어머니께

차례

2008년 3월 2일
로즈, 인생 3

아이는 예쁘다.

아이의 완벽함에 경외감마저 든다. 살결에서 피어나는 숨막히는 향기.

"애디." 나는 한숨을 토하듯 말한다. "애들레이드." 다시 불러본다, 살균된 공기에 실리는 가냘픈 속삭임. "애들레이드 러즈."

복부의 격심한 통증은 무시하고 아이의 조그만 머리에 코를 박은 채 깊이 숨을 들이마시며 절실히 탐한다. 부드러운 솜털 같은 아이의 머리칼에 감탄하며 빙그레 웃는다.

이 조그만 존재를 품에 안기 전까진 정말 처절하게 저항했다! 임신과 출산 전, 나는 아이를 낳으라는 압박에 불같이 화를 내곤 했다—루크에게, 엄마에게, 질에게, 귀가 있는 사람이라면 누구에게든. 지하철 옆자리에 앉은 모르는 사람에게도. 길거리를 걸어가는 멋모르는 사람에게도. 난 그저. 몹시. 화가 났다.

하지만 지금은?

촉촉한 함박눈이 병실 창유리에 부딪히고, 어스레한 불빛 아래 주위 모든 것이 회색빛이다. 나는 꼼지락꼼지락 왼쪽으로 움직여 좀더 편안하게 자리를 잡는다. 기온이 떨어져 눈이 새하얗고 두툼한 밀가루 반죽처럼 포슬포슬해진다. 아이는 잔다.

내 눈에 들어오는 건 아이밖에 없다.

"내가 널 원하지 않았다니, 어떻게 그럴 수 있었을까?" 진주조개 껍데기 같은 아이의 작고 둥그스름한 귀에 대고 소곤거린다. "너와 내가 만나지 못하는 생이 어떻게 존재할 수 있을까? 만약 그런 생이 있다면, 그딴 인생 난 살고 싶지도 않을 거야."

혈관이 비쳐 보이는 아이의 파리하고 투명한 눈꺼풀이 파르르 떨리고, 코와 입과 이마에 찡긋 주름이 잡힌다.

"내가 방금 한 말 들었니, 아가? 뒷부분만 들어야 해, 네 엄마가 너 없는 인생 따윈 바라지도 않을 거라는 얘기 말이야. 넌 그것만 알면 돼."

파트 1

로즈,
인생 1

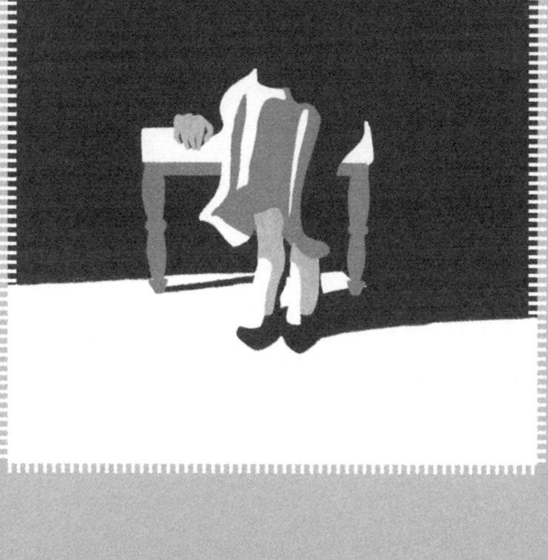

1
2006년 8월 15일
로즈, 인생 1

루크가 침대 내 자리 쪽에 서 있다. 평소엔 절대 내 자리 쪽으로 가지 않는데. 루크의 손에는 산전産前 비타민제 약병이 들렸다. 그가 약병을 치켜든다.

병을 흔들자 플라스틱이 덜거덕거리는 소리가 난다.

소리는 둔탁하다, 병이 꽉 차 있으니까.

그게 문제다.

"당신 약속했잖아." 루크가 무덤덤한 어조로 느릿느릿 말한다.

이런. 골치 아프게 됐군.

"먹는 걸 가끔 까먹어서." 나는 인정한다.

루크가 다시 병을 흔든다, 단조로 울리는 마라카스*. "가끔?" 커

---

* 야자 열매의 속을 파내고 씨를 넣어, 흔들면 소리가 나게 만든 라틴아메리카의 리듬악기.

튼으로 들어오는 햇빛에 루크의 상체 주위에 후광이 어리고, 저 문제의 물건을 높이 든 손이 역광을 받아 빛나며 윤곽선을 또렷이 드러낸다.

나는 방 문간에 있고, 옷장과 서랍장에 옷을 꺼내러 가던 길이다. 일상의 물건들. 속옷. 양말. 윗도리와 청바지. 여느 아침과 다를 바 없이. 원래대로라면 욕실로 가서 샤워를 하고 옷을 갈아입으려고 한쪽 팔에 옷가지를 걸쳐 들었을 것이다. 대신 나는 걸음을 멈추고 팔짱을 끼었고, 팔 안쪽의 심장이 상처와 분노로 짓이겨진다. "그걸 세고 있었어, 루크?" 나의 물음이 습한 8월의 공기를 차갑게 가른다.

"그랬다면 어쩔 거야, 로즈? 몇 갠가 세고 있었다면? 당신이 지금 나한테 뭐라고 할 처진가?"

나는 루크에게 등을 돌리고 서랍장으로 가서 속옷과 브래지어와 슬립과 캐미솔이 든 긴 서랍을 열고, 잘 정리된 옷들을 이리저리 뒤적이며 흐트러뜨린다. 그러면서 점점 더 모든 게 엉망이 되어간다. 심장이 두방망이질하기 시작한다.

"약속했잖아." 루크가 말한다.

나는 제일 할머니스러운 팬티를 움켜쥔다. 비명을 지르고 싶다. "이 결혼에 약속이 무슨 의미라도 있는 것 같네."

"그 말은 공정하지 않아."

"완벽히 공정한 얘긴데."

"로즈—"

"그래, 나 그 약 안 먹었어! 난 애 갖기 싫어. 단 한순간도 애를 원한 적 없고, 지금도 원하지 않고, 앞으로도 원하지 않을 거야. 우리가 약혼하기 전부터 당신도 알고 있던 사실이잖아! 당신한테 천 번은 말했어! 그뒤로도 백만 번은 말했다고!"

"당신은 이 비타민을 먹겠다고 했어."

"그래야 당신이 나를 그만 괴롭힐 테니까." 피가 거꾸로 솟을 정도로 화가 치미는 와중에도 눈물이 핑 돈다. "그래야 이 아파트 안에서 작은 평화나마 누릴 수 있을 테니까."

"그러니까 거짓말을 했다는 얘기군."

나는 홱 뒤로 돈다. 들고 있던 속옷을 떨구고 침대 맞은편으로 쿵쿵 걸어가 남편을 마주한다. "당신은 아이를 원하지 않겠다고 맹세했잖아."

"생각이 바뀌었어."

"맞아. 그래. 별거 아니군." 나는 언덕에서 데굴데굴 굴러떨어지는 중이고, 우리는 데굴데굴 굴러떨어지는 중이고, 이러다 어딘가 부딪혀 산산조각날 텐데 이걸 어떻게 막아야 할지 모르겠다. "당신은 '생각이 바뀌었고', 난 거짓말쟁이네."

"당신이 노력하겠다고 했어."

"나는 그 비타민을 먹겠다고 했어. 내가 한 말은 그게 다야."

"안 먹었잖아."

"조금 먹었어."

"얼마나?"

"몰라. 당신하고 달리, 난 안 셌거든."

루크는 약병을 두 손으로 쥐고 손바닥을 뚜껑에 대고 누르더니 비틀어 연다. 병 안쪽을 들여다본다. "이거 꽉 차 있어, 로즈." 루크는 다시 나를 쳐다보며 고개를 좌우로 흔들고, 못마땅함과 불만을 내게 쏟아낸다.

내 앞에 있는 이 남자, 내가 사랑한 이 남자, 내가 결혼한 이 남자는 누구지?

이 우주에 단 하나뿐인 여자라는 듯 나를 바라보던 사람, 자신의 온 존재의 의미라는 듯 나를 바라보던 사람과 이 남자의 닮은 점은 도통 찾아보기 어렵다. 나는 루크에게 그런 존재가 되는 게 좋았다. 그의 모든 것이 되는 게 좋았다. 그리고 루크는 언제나 나의 모든 것이었다. 그 다정하고 사려 깊던 시선, 세상에서 가장 우호적이고 솔직하던 미소, 이 지구상에 남은 나의 생을 모두 바쳐 사랑하리라 확신했던 이 남자.

루크, 나는 당신을 사랑하는데, 이 말이 내 속에 갇혀 출구를 찾지 못한 나방처럼 여기저기 부딪히며 파닥거린다.

우리 사이의 폭탄을 해체하는 대신, 나는 한 번의 신속한 동작으로 팔을 몽둥이처럼 휘둘러 루크의 손에서 약병을 탁 쳐내 높이 날리고, 거대한 타원형 알약들은 못생긴 연두색 스키틀즈 사탕처럼 날아가 포물선을 그리며 마룻바닥 위로, 침대 위 하얀 시트 위로 흩어진다.

이 행위에 우리 둘 다 얼어버린다.

루크의 입술이 살짝 벌어져 뾰족하고 청결한 앞니 끝이 보인다. 그의 시선이 알약의 궤적을 좇는다. 이 결혼의 성공 혹은 실패를 표상하게 된 비타민제, 우리의 결혼을 계속 물위에 떠 있게 하기 위해 내가 복용해야 했던 조그만 부표들. 나는 그것을 뒤엎었고, 이제 우린 가라앉는 중이다. 방안에서 들리는 소리라곤 우리의 숨소리뿐이다. 루크의 눈이 휘둥그레진다. 배신감.

루크는 내가 자기를 배반했다고 생각하고, 저 웃기는 비타민 약병이 그 증거라고 생각한다.

본인이 나를 배반했다는 사실은 왜 깨닫지 못할까? 아이에 관해 생각이 바뀌었다는 말은, 그에게 내가 나 자신인 것만으론 의미가 없다고 선언한 것과 다름없다는 걸 왜 모를까?

루크가 정신을 차리고 방구석 한쪽, 약병이 떨어져 굴러가 멈춘 곳으로 걸어간다. 허리를 숙이고 병을 집어든다. 바닥에서 비타민 한 알을 줍고, 또 한 알을 줍고, 엄지와 검지로 하나하나 집어서 약병에 도로 넣는다. 알약들이 약병 바닥으로 달그락달그락 떨어진다.

나는 가만히 서서 루크가 허리를 굽혔다 폈다 굽혔다 폈다 하며 산전 비타민의 마지막 한 알까지, 심지어 침대 밑으로 굴러들어간 것들까지 원래 있어야 할 곳으로 되돌리는 모습을 지켜본다. 루크는 그것들을 찾기 위해 이불 끝자락을 들춰야 하고, 그것들을 집기 위해 바닥에 엎드려 팔을 쭉 뻗어야 한다.

다 끝내고 나서는 비난 가득한 눈초리로 나를 노려본다. "나는 왜 세상에 하고많은 여자들 중 하필 아이를 원하지 않는 이 여자와 결혼해야 했을까?"

숨이 턱 막힌다.

나왔다.

드디어 나왔다. 루크가 곱씹어 생각하고 또 생각하던 그것이 마침내 밖으로 나왔다. 아이를 원하지 않는 나에 대한 얘기가 아니다—그건 애초부터 그도 알고 있던 사실이니까. 나를 움찔하게 만든 것은 그의 음성에 담긴 역력한 후회, 그리고 나를 유일무이한 최악 중의 최악으로 지목하는 그의 방식이다.

우리는 서로를 노려본다. 나는 주어지지 않는 사과를 기다린다. 심장이 쿵쾅대고 생각은 루크의 질문에서 내달려 나 자신의 질문을 그 위에 쌓는다. 나는 왜 아이를 원하는 다른 모든 여자들과 같지 않을까? 나는 왜 그런 여자가 아닐까? 나는 왜 이렇게 생겨먹었을까?

이것이 내 인생의 최종 요약일까?

로즈 나폴리타노: 한 번도 엄마였던 적이 없는 사람.

로즈 나폴리타노: 이 여자는 아이를 원하지 않았다.

루크가 발밑을 내려다본다. 약병 뚜껑을 집어들고 힘주어 탁 닫는다.

나는 그것을 달라고 손을 내민다—나는 그에게 손을 내민다.

2
1998년 3월 14일
로즈, 인생 1~9

나는 사진 찍는 것을 좋아하지 않는다.

"고개 좀 들어주시겠어요?"

머리, 시선, 턱이 전부 그 요청을 거부한다.

나는 카메라를 피해 아무 옆 사람 뒤에 숨는 사람이다. 누가 내 얼굴에 렌즈를 들이대면 손바닥으로 막는 사람이다. 그런 내가 오죽하면 여기까지 왔을까. 아니, 역시 오지 말았어야 했다. 박사모와 가운을 걸치고 사진을 찍다니, 난 대체 무슨 생각이었던 거지?

"저기, 나폴리타노 씨?"

발소리가 들린다. 앞코가 닳고 끈이 너덜너덜한 감색 스니커즈가 앞쪽 바닥에 나타난다. 나는 크게 숨을 들이마셨다가 내쉬고 고개를 든다. 사진사는 앳된 편이다. 나와 동갑이거나 한두 살 더 많을까. 그가 눈을 깜박이며 입술을 깨물고 미간을 찡그린다.

"미안합니다." 나는 손깍지를 끼었다 풀었다 하며 무릎 위에 놓인 손을 꼼지락거리면서 사과한다. "분명 역대 최악의 피사체겠죠." 나는 눈길을 돌려 저쪽 구석을, 내가 지금 앉아 있는 환한 증명사진용 세트장 너머 어둑어둑한 공간을, 내 뒤에 쳐진 회색 배경막을 바라본다. 원룸 이사 때나 쓸 법한 상자들이 벽면을 따라 죽 쌓여 있다. 맨 위 상자에 파란 재킷이 걸쳐져 있고, 바닥 걸레받이를 따라 하키 스틱이 누워 있다. "이건 미련한 생각이었어요." 나는 말을 잇는다. "난 그냥…… 그러니까, 내가 하고 싶었던 거지만…… 다시 생각하니……"

"하고 싶었던?" 사진사가 묻는다.

나는 대답하지 않는다. 처음 보는 이 사람한테 내 마음속에서 일어나고 있는 일들을 미주알고주알 떠들고 싶진 않다. 게다가 지금도 나는 여기저기 널린 이삿짐 더미를 주시하고 있다. 여긴 분명이 사진사의 집이다. 그는 '작업 스튜디오'라고 했지만 아무리 봐도 이 남자는 여기 사는 것 같다. 아니면 지금 막 이사왔거나.

"뭘 하고 싶었는데요?" 남자가 답을 재촉한다.

그의 음성—상냥하고 끈기 있는—에 깃든 무언가가 나를 울고 싶게 만든다. 이 모든 상황이 나를 울고 싶게 만든다. "여기 오지 말았어야 했는데. 난 이런 거에 영 젬병이에요." 이제 난 정말로 울먹인다. "지금 너무 어색한 게, 난 사진 찍는 거 안 좋아하거든요. 미안해요, 정말, 정말 미안합니다." 나는 더 심하게 울먹인다, 나의 내면의 페미니스트가 이렇게까지 사과할 필요는 없다고 다그치고 있음에도.

사진사—이름이 기억나지 않는다(래리였나? 아냐. 루? 아마도)—는 내가 앉은 의자 옆에 쭈그려앉고, 우리는 눈높이가 비슷해진다. "걱정할 거 없어요. 사진 찍는 걸 싫어하는 사람들은 아주 많거든요. 근데 사진 때문에 우는 거예요, 아님 뭔가 다른 이유라도?"

나는 이 남자를 유심히 관찰한다. 청바지의 찢어진 틈새로 빼꼼 나온 오른쪽 무릎, 쭈그려앉은 탓에 약간 흔들리는 몸. 내가 사진 때문에 우는 게 아니라는 걸 이 남자는 어떻게 안 거지? 실은 내 부모님 때문이라는 것, 때때로 나의 선택을 이해하지 못하는 부모님 때문이라는 것도 알아챘을까? 성인 여자로서 지금 있는 그대로의 나를 이해하지 못하는 부모님 때문이라는 것을?

나는 팔짱을 낀다. 가장자리를 벨벳으로 장식한 이 검은 가운은 두껍고 뻣뻣하다. 제대로 받쳐놓기만 하면 분명 저 혼자서도 잘만 서 있을 거다. 나는 부푼 비니 모양의 박사모를 벗고 머리칼을 흔들어 턴다. 모자에 짓눌려 엉망으로 보이겠지. 모자 역시 벨벳이고 가운과 똑같은 검은색이다. 우편으로 이것을 받았을 땐 무척 신나고 설렜다. 수년간의 지난한 고투의 상징이자 5월의 졸업식 날 공식적으로 받게 될 박사학위의 상징. 나는 사회학 박사학위를 취득했고, 이로써 그냥 로즈에서 로즈 교수, 로즈 박사가 될 것이다.

"저기 저건 누구 사진이에요?" 나는 그의 질문에 대답하지 않고 딴청을 피운다. 오른쪽으로 팔을 뻗어 사진을 가리킨다.

상자 더미 위쪽 벽에 커다란 사진 액자가 걸려 있다. 다른 건 죄다 과도기적 상태임을 감안하면 왠지 이질적으로 보인다—그것 하나만 고정불변이라는 느낌. 두 사람, 한 여자와 한 남자가 현관 포치에 나란히 앉아 각자 책을 펼쳐 들고 있다. 그들 눈앞의 글이 세상에서 가장 흥미진진한 문장이라도 되는 듯 굉장히 생기 넘치고 완전히 몰두한 표정이다.

사진사는 내가 가리킨 방향을 보더니 킥킥 웃는다. "우리 부모님이에요. 내가 열 살 때 찍은 사진이죠. 그해 생일에 처음으로 진짜 카메라를 선물받았거든요. 주변의 사물이란 사물은 몽땅 찍고 다녔어요. 꽃, 풀잎, 거실 마룻바닥의 나뭇결…… 대단한 예술가가 나신 거죠."

그는 다시 고개를 돌려 나를 보며 어깨를 으쓱하고는 스스로를 야유하듯 눈을 굴린다.

남자의 눈은 갈색기가 도는 초록이다.

"아주 탁월한 개 사진도 잔뜩 찍었습니다."

나는 슬며시 웃는다. 긴장이 얼마간 풀어진다. "그러다가?"

"네, 맞아요." 이번에 그는 고개를 돌리지 않는다. 내게 시선을 고정한다. "음, 저 사진은…… 막 집에 왔을 때였어요. 길게 자란 풀 위로 이만한 왕나비가 날고 있어서 완벽한 사진을 찍겠다고 그걸 쫓아다니고 있었죠." 남자는 두 손으로 마사지하듯 제 눈을 꾹 누른다.

나는 무심결에 손을 뻗고 싶어진다. 그의 얼굴을 가린 손을 치우고 싶다, 그의 부드러운 올리브색 피부를 만지고 싶다. 하지만 그를 난처하게 만들 생각은 없다.

남자의 두 손이 다시 무릎 위로 떨어진다. 남자가 잠깐 중심을 못 잡고 흔들린다. "사진에 푹 빠진 너드였다니까요. 거기서 그렇게, 청바지에 온통 짓이겨진 풀을 붙인 채 땀투성이로 헐떡이다 문득 고개를 들었는데, 포치에서 책을 읽고 있는 부모님 모습이 눈에 들어왔어요. 그때 부모님 얼굴에서 뭔가가 보였어요—포착해야 하는 무언가가. 그래서 하던 짓을 멈추고 그대로 카메라를 들어 딱 한 장을 찍었습니다." 남자는 싱긋 웃었다.

"저 사진?"

그가 다시 일어선다. 키가 아주 크다. "넵. 사진가가 되고 싶다고 생각하게 된 게 바로 저 사진 때문이죠. 저걸 봤을 때 그냥 감이 왔어요. 어머니가 저 사진을 액자에 넣어주신 덕분에 힘든 시기에도 내가 누군지, 내가 뭘 하고 싶은지 항상 잊지 않을 수 있었어요. 이쪽 업계에서 일을 시작한다는 게 쉽진 않거든요." 그는 옆에 놓은 카메라를 다정하게 토닥이더니 또 어깨를 으쓱한다.

나는 고개를 갸웃하고 그를 찬찬히 뜯어본다. "얘기 들려줘서 고마워요."

그가 고개를 끄덕인다. "저 사진에 대해 물어봐줘서 제가 감사하죠." 그러고는 가볍게 발을 구른다. "자, 이제 당신 차례예요."

"무슨 차례요?"

"뭐가 문제였는지 말해봐요. 내가 이야기를 하나 했으니, 이제 당신도 내게 이야기를 들려줘야죠. 당신이 여기 온 진짜 이유요."

"흠."

"흠, 네, 그러니까?"

"흠, 알았어요. 좋아요."

그는 방 저쪽으로 가서 의자를 하나 들고 와 내 의자 옆에 나란히 놓고 앉더니 상체를 앞으로 기울인다. "시간은 넉넉해요. 오늘 예약한 사람은 당신밖에 없으니까."

나는 심호흡을 한다. "내 얘기를 하기 전에, 질문이 하나 더 있어요."

"네, 말씀하세요."

빰이 점점 달아오른다. 나는 일어나서 졸업 가운을 벗고 도로 앉는다. 이 물건 때문에 녹아내리는 줄 알았다. "좀 민망하네."

그의 눈썹이 활처럼 휜다.

"내가 그쪽 이름을 까먹었는데, 이렇게 서로 인생사를 얘기하고 있자니 이름으로 불러야 할 것 같아서요. 래리가 아니라는 건 아는데, 혹시…… 루일까요?"

그가 다시 싱긋 미소를 짓더니 하하 웃어버린다—웃음소리가 아주 근사한 것이, 나직하지만 울림이 깊다. 웃는 것을 즐기는 사람 같다. 잘 웃는 사람 같다. "그러게요, 로즈 나폴리타노, 오늘 나의 유일한 예약자. 우리가 서로 이름을 알아야 한다는 말에 나도 동의해요. 나는 이미 당신 이름을 아니까 당신도 내 이름을 알아야겠지요." 그가 한 손을 내밀고 나는 그 손을 잡는다.

살갗 위로, 온몸에, 열기가 확 번진다.

"루크예요."

3
2006년 8월 15일
로즈, 인생 1

내가 내민 손은 허공에 걸린 채 어디에도 닿지 않는다.

내게 약병을 주는 대신, 내 손을 잡는 대신, 루크는 내가 평소에 약병을 놔두던 침대맡 협탁에, 내 베개 바로 옆에, 집을 짓듯 수북이 쌓아놓은 소설 더미 뒤쪽 은밀한 곳에 비타민제를 돌려놓는다. 그는 입을 열지 않는다.

나는 방어조로 말한다. "노력하고 있었어, 루크. 진짜야." 나는 손을 내리고, 남편의 이전 질문은 못 들은 척 흘려보낸다. 나는 그것을 시야에서 묻어버리고 싶다, 더이상 보이지 않을 때까지 그 위에 다른 말들을 쌓아서 지워버리고 싶다. "하지만 저 약을 먹으면 가끔 배가 아프단 말이야, 아프면 일을 못하는 거 당신도 알잖아. 학회도 못 가고 조사 인터뷰도 못하고……" 나는 남편이 함께해주기를, 이 싸움이 우리를 데려간 위험천만한 곳에서 어서 노를 저어 멀어지도록 같이 거들어주기를 기대한다.

우린 이 상황을 타개할 수 있어. 내 눈길이 호소한다.

루크가 망설이고, 아주 잠깐이지만, 나는 그 한 호흡에 희망을 걸어본다.

그러나 다음 순간 루크의 눈이 가늘어진다. "당신 일 얘긴 더이상 듣고 싶지 않아, 로즈. 당신 일 얘기와, 일 때문에 우리가 아이를 가질 수 없다는 얘긴 이제 신물이 나."

또 나왔다. 환히 드러났다. 우리가 풀 수 없는 그 안건.

이 상황을 타개해보려는 나의 충동은 재가 되어 바스러진다. 나는 이렇게 쏘붙인다. "내가 아이를 원하지 않는 건 단지 일 때문만이 아니야. 그건 당신도 잘 알잖아. 난 아이를 원한 적이 단 한 번도 없기 때문에 아이를 원하지 않는 거고, 아이를 원하지 않는 건 내 권리야! 아니 진짜, 루크, 내가 내 일을 사랑하는 게 뭐가 그렇게 잘못됐어? 일을 최우선으로 한다는 게 뭐가 그렇게 문제야? 내가 뭘 그렇게 잘못했어?"

"잘못된 건, 만약 우리한테 아이가 있다 해도 당신은 본인의 학계 커리어를 아이보다 더 사랑할 거라는 거야! 문제는, 아이가 항상 두번째로 밀릴 거라는 거지. 그렇지 않을지도 모른다고 생각한 내가 뭐에 씌었던 게 분명해."

"아, 당신은 당신의 그 사진 일을 사랑하지 않는 것처럼 말하네. 어쨌든 당신은 얼마든 일에 파묻혀 마음껏 즐거워해도 되지, 당신은 남자니까."

루크는 양손으로 제 귀를 막고, 팔꿈치가 예각으로 뾰족하게 선다. "그 페미니즘 헛소린 그만해. 그 얘긴 아주 지긋지긋해."

"뭐야, 당신이야말로 당신 부모님이 하신 얘기 그대로 읊어대는 짓이나 그만해!"

루크의 손이 옆구리로 떨어져 주먹을 꽉 쥔다. "좋아. 어쨌든 나도 부모님 앞에서 당신 두둔하느라 지쳤어."

나는 으드득 이가 갈린다.

루크의 부모님은 아들이 다른 사람과, 전통에 충실한 사람과, 엄마가 되기 위해 모든 것을 포기할 사람과 결혼했으면 좋았을 거라고 생각한다. 자신의 커리어보다 아이를 중히 여길 사람. 그것이 루크와 그의 부모님이 나를 두고 계속 벌인 싸움이다—이 말은 곧, 루크와 내가 계속 벌인 싸움이라는 뜻이다.

작년에 종신교수로 확정됐다는 소식을 듣고 학교의 내 방에서 루크에게 전화를 걸었을 때, 그는 축하주도 마실 겸 저녁에 외식을 하자면서 그저 좋은 말만 했다. 그런데 퇴근 후 집에 가니 루크는 제 아버지와 통화중이었다. 내가 들어오는 소리도 못 들었다.

"네, 아버지, 저도 알아요, 안다고요. 하지만 로즈가……"

나는 현관문이 제대로 닫히기 전에 그대로 멈췄다. 문에서 소리가 나지 않게 손잡이를 잡고 있었고, 루크는 집에 자기 혼자 있다고 생각했을 것이다.

"네, 저도 알아요, 하지만 로즈도 생각이 바뀔 거예요. 일단 아이가 생기면 좋아지겠죠."

그리고 한동안 침묵.

나는 가슴팍이 아프고, 갈비뼈가 아프고, 그 속에 든 심장이 아팠다. 근처에 유리가 있다면, 접시든 뭐든 하여간 깨지는 게 있다면, 바닥에 내팽개쳐 박살냈을 텐데. 비명을 지르고 싶었다.

마침내 루크가 다시 입을 열었다. "일이 항상 먼저일 거라고 생각하신다는 거 알아요, 하지만 아기가 생기면 바뀔 거예요." 침묵. "불만이신 거 아는데, 그래도 로즈한테 좀더 시간을 주셨으면 좋겠어요." 침묵. "아버지, 그 얘기를 꺼내면 로즈가 힘들어해요." 또다시 침묵, 그리고 답답하다는 듯 무거운 한숨, 이어서 터지는 성난 목소리. "아버지, 그만 좀, 제발!"

넘칠 듯 책으로 가득찬 내 가방에서 맨 위에 있던 책이 떨어져 쿵 하고 바닥을 세게 때렸다.

"로즈?" 루크가 소리쳤다. "왔어?"

나는 문을 쾅 닫고 방금 돌아온 것처럼 말했다. "응, 나 왔어! 칵테일 마실 준비 다 됐음!"

"이만 끊어야겠어요, 아버지." 내가 거실에 발을 들였을 때 루크는 이미 전화를 끊었고 휴대폰은 테이블 위에 얌전히 놓여 있었다.

루크는 내 얼굴을 살폈다.

나는 그의 얼굴을 살폈다. 뺨이 붉게 상기되어 있었다.

"안녕?" 나는 종신교수 소식을 들은 뒤로 오후 내내 간질간질하던 흥분과 설렘을 그러모으기 위해 행복한 미소를 쥐어짜냈다. 그 기분을 되찾고 싶었다. 배신감이 들었고, 루크와 시아버지의 통화가 내 인생 최고의 순간을 망친 것 같았다.

"어디까지 들었어?" 루크가 물었다.

내 얼굴에서 억지 미소가 가셨다. "들을 만큼. 너무 많이."

"뭘 들었는데?"

나는 의자 위에 가방을 내려놓았다. "이러지 마, 루크. 당신이 누구랑 무슨 얘기를 하던 중인지 다 알아."

"얘기해봐."

"당신이 부모님과 늘 하던 얘기의 또다른 버전. 나는 아이를 원하지 않으니 흠 있는 못된 여자고, 앞으로도 늘 이 모양 이 꼴일 거라고."

"그런 얘기가 아니었어."

"맞잖아. 거기다 내 남편이 자기 부모에 맞서 내 결혼생활에 참견 마시고 며느리 비방은 그만하시란 얘길 한마디도 못하는 것도 들었지!"

"난 당신을 두둔한 거야."

"그래, 하지만 당신이 왜 그래야 하는데? 왜 당신 부모님이 우리 부부의 삶에 이래라저래라 하시는데? 그분들하곤 상관없는 일이잖아!"

"난 최선을 다하고 있어! 우리 부모님이 얼마나 완고하신지 당신도 알잖아. 그리고 남이 아니라 내 부모고, 내가 사랑하는 분들이야!"

"아, 내가 얼마나 완고한지 당신 알지. 그리고 난 남이 아니라 당신 아내고, 내가 사랑하는 건 당신이야!" 나는 목에서 스카프를 잡아채 테이블 위에 팽개쳤다.

루크는 숨을 한 번 들이마셨다가 이윽고 내쉬었다. "나도 당신을 사랑하는 거 잘 알면서 그래."

나는 구두를 벗어던졌고, 신발 두 짝이 데굴데굴 바닥을 굴러갔다. "게다가 당신은 내가 아이를 갖기로 생각을 바꿨다고 얘기하던데."

루크는 스카프를 집어들더니 섬세한 직물의 결을 따라 손으로 꾹꾹 눌러가며 개기 시작했다. 작년에 그가 내게 준 선물이었고,

내가 가장 좋아하는 스카프였다. 그는 잘 접은 스카프를 내게 내밀며 조용히 말했다. "부모님이 나서지 않게 말리느라 그랬을 뿐이야."

나는 스카프를 받아들지 않았다. 미동도 하지 않았다.

"로즈, 이러지 말자." 루크가 말했다. "오늘 저녁엔 이러지 말자. 당신 인생의 멋진 성취를 축하하기로 했잖아. 이제 그만하고 나가자."

나의 시선이 빳빳해졌고, 나의 모든 부위가 점점 더 빳빳해졌다. 나의 근육, 세포, 팔다리, 특히 뺨이, 그 자리에 서서 증오 비슷한 무언가가 어린 눈길로 남편을 바라보는 동안 조금씩 석회화했다. 아마도 증오가 맞을 것이다. 불길한 증오의 첫 씨앗. 덩굴처럼 자라고 또 자라서 기어이 우리 둘 모두를 질식시킬 씨앗. "더이상 축하하고 싶은 기분 아니야, 루크."

"그런 식으로 굴지 마."

"어떤 식? 못된 여자? 까다로운 여자? 화내는 여자?"

내 목소리와 톤은 점점 올라가 마침내 쇳소리 섞인 비명이 되었다. 난 정말 그 자리에 서서 소리지르고 싶었다. 내 인생을 송두리째 옭아매 가둔 듯한 이 느낌을 터뜨리고 해방시킬 끝없는 분노의 외침. 그렇게 발산하고 싶었고, 몰아내고 싶었지만, 하지 못했다.

대신 심통 부리는 어린애처럼 쿵쿵거리며 침실로 가서 외출복을 편한 운동복으로 갈아입고 슬리퍼를 닮은 두툼하고 못생긴 양말을 신으며 옷장과 서랍 문을 함부로 열었다 쾅 닫았다.

축하한다, 로즈, 나는 사납게 외쳤다.

“어이가 없군.” 루크가 우리의 적막을 깨고 입을 연다. “당신 하는 짓이 어이가 없어.”

나는 내 앞을 지나쳐 침실을 나가는 루크를 지켜보고, 맨발로 거실을 가로지르며 탁탁탁 마룻바닥을 때리는 그의 발소리를 듣는다. 아파트 현관의 수납장을 여는 소리가 들린다. 돌아오는 그의 발소리에 바퀴가 구르는 작고 일정한 소리가 뒤따른다. 캐리어다.

루크가 두번째로 내 앞을 지나치고, 그 뒤에 끌려오는 가방은 우리가 늘 시체도 너끈히 들어가겠다며 우스갯소리하던, 우리집에서 제일 큰 캐리어다. 그는 자기 옷을 넣어두는 서랍장 앞에 선다. 그의 서랍은 내 서랍과 달리 옷가지가 잘 개켜져 가지런히 정리되어 있고, 내 서랍은 파자마와 브래지어가 돌돌 말려 뒤섞인 채 실크와 새틴의 칵테일이 되어 흘러넘친다. 그는 캐리어를 들어 침대 위에 올려놓는다. 지퍼를 빙 돌려 여는 묵직한 음향에 뒤이어, 그의 손이 목제 서랍을 드르륵 당겨 탁 여는 소리가 난다. 그의 손, 한때 내 살 구석구석에 닿는 그의 손길을 사랑했으나 그러지 않게 된 지 오래된 저 손, 티셔츠와 청바지와 팬티를 수북이 쌓아 들어 캐리어로 옮겨넣고 있는 저 손. 루크는 두번째 서랍을 비운 다음 세번째 서랍에서 양말과 팬티를 더 꺼내고, 그다음에 옷장에서 셔츠와 스웨터를 꺼내고, 더 넣을 자리가 없을 때까지, 자신의 일부를 욱여넣을 곳이 더이상 남지 않을 때까지 꾹꾹 눌러담는다. 챙겨갈 수 있는 것들은 다 챙긴다.

그의 시선이 한사코 나를 거부한다.

내 눈길은 천천히 흐르다 루크 쪽 침대맡 협탁 위에 놓인 내 사진에 가닿는다. 내 고개는 뒤로 젖혀져 있고 입은 크게 벌어져 웃음을 터뜨리고 있다. 눈송이가 두꺼운 회색 스웨터와 다갈색 머리카락 앞을 가로지르며 여기저기서 점점이 반짝인다—루크가 눈덩이를 던지는 바람에 깜짝 놀란 참이었다. 그는 우리가 약혼한 날 저 사진을 찍었다. 그가 제일 좋아하는 내 사진이다.

지금 그는 저 사진을 건드리지도, 거들떠보지도 않는다.

나는 루크가 찍은 내 사진들, 우리의 사진들을 떠올리고, 사진 찍는 것을 질색하던 내가 어떻게 루크 덕분에 제법 즐길 수도 있는 사람으로 바뀌었는지 생각한다—뭐, 그가 찍는 사진에 한해서지만. 그가 내 사진을 처음 찍은 그날, 삼십 분으로 예정되어 있던 촬영 시간이 어떻게 함께 보내는 온종일이 되었는지, 하루가 어떻게 한평생으로 확장되었는지 생각한다. 나의 원한, 나의 분노가 눈 녹듯 녹아내리기 시작한다.

나는 내 졸업식 때 부모님께 특별한 선물을 드리고 싶었다. 물리적인 실체가 있어 집안 벽에 걸어둘 수 있는 것, 내 박사학위에 대한 이야기를 끌어낼 만한 것. 루크의 사진 스튜디오를 택한 이유는 가격이 저렴했고, 내 아파트에서 가깝기 때문이었다. 사진을 찍는 동안 나는 루크와 대화를 주고받을 수밖에 없었고, 루크는 카메라 앞에 선 나의 긴장을 풀어주려다 결국 그때 내가 울음을 터뜨린 진짜 이유를 실토하게 만들었다.

나는 루크에게 털어놓았다.

논문 심사 통과 후 논문이 책으로 나와서 부모님께 한 부 드렸을 때, 부모님은 논문을 쓱 쳐다보고 표지에 적힌 제목을 읽더니 그걸로 끝이었다. 어머니가 적당한 칭찬의 말을 하기는 했다. "그래, 로즈, 이렇게 큰 성취를 이루다니 축하한다! 우리 집안에 박사가 났구나!" 그러나 그 말의 이면에는 박사가 된 딸을 어디에 써야 할지 통 모르겠다는 의구심이 있었다. 당신들이 보기에는 학사학위로도 충분한데, 특히 목수인 아버지는 대학 문턱에도 못 가봤는데, 딸자식이 왜 그렇게 아등바등 박사학위를 따고 싶어하는지 이해하려고 애를 쓰긴 쓰셨다. 부모님과 나는 사이가 좋았고, 정기적으로 만나고 대화를 했음에도 불구하고, 대학원 얘기는 별로 화제에 오르지 않았다. 내가 무슨 공부를 하는지 얘기를 꺼낼 때마다, 특히 어머니는, 처음엔 관심을 가지고 듣다가 이내 시들해지며 겸연쩍은 투로 이렇게 말하곤 했다. "난 네가 하는 말의 반도 못 알아듣겠다, 로즈." 나는 루크에게 털어놓았다. 내가 부모님을 얼마나 사랑하는지, 부모님도 나를 얼마나 사랑하는지, 그리고 나라는 사람의 가장 중요한 구성요소가 된 이 학문에 대해 내가 얼마나 그들과 접점을 가지고 싶어하는지. 하지만 그 접점이란 게 도무지 잡히지가 않았다. 나는 부모님과 나 사이에 다리를 놓고 싶었고, 그래서 그의 스튜디오에 왔고, 그 틈을 메울 수 있으려나 싶어 사진을 찍으려 했다.

"좋은 생각이 났어요." 내가 이야기를 마치자 루크가 말했다.

그는 내 박사 가운을 집어들어 옷장에 걸고 박사모를 의자 위에 올려놓더니, 내가 다니는 학교에 같이 가보자고 했다.

"그러죠." 내가 말했다. 안 될 거 있나?

비교적 맑은 오후였고, 약간 쌀쌀하고 구름이 좀 껴서 날이 화사하진 않았지만 축축하지도 않았다. 루크는 빛이 쨍한 것보다 이렇게 좀 흐린 편이 사진 찍기에는 더 나은 조명이라고 말했다. 캠퍼스에 도착하자 나는 그를 데리고 돌아다니는 게 좀 어색해졌다.

"나한테 전부 다 보여줬으면 해요." 루크가 나를 설득했다. "강의실 한 곳 한 곳, 도서관에서 당신이 제일 좋아하는 자리, 중정에서 제일 좋아하는 벤치, 논문 심사를 받은 곳. 로즈의 대학원생활에 대한 그랜드 투어를 부탁합니다. 로즈가 왜 이곳을 그토록 사랑하는지 내게 알려줬으면 좋겠어요."

학교를 한참 돌아다니고 같이 더 많은 얘기를 하면서, 나는 루크가 사진을 찍고 있다는 사실을 점점 잊을 수 있었다. 우리의 촬영에는 총 네 시간이 소요됐으며 이후 저녁식사까지 이어졌다—내가 샀다. 사겠다고 우겼다.

그날의 내 사진, 학위논문이 꽂힌 책장을 응시하며 우리 학과 건물 복도를 걸어가는 나, 논문 심사를 받은 장소에서 박사 논문을 품에 안고 있는 나, 도서관의 사회학 서가에서 책을 찾고 있는 나, 존경하는 교수님들 몇 분과 얘기하는 나, 그리고 논문 지도교수와 내가 함께 찍은 멋지고 행복한 사진. 어설프고 웃기지만 있는 그대로의 나. 나는 사진들을 보면서도 그저 놀랍고 믿기지가 않았다. 루크는 가장 좋은 사진들을 골라 편집하여 앨범을 만들고 표지에 이렇게 새겼다. 부모님께, 사랑을 담아, 로즈 나폴리타노 박사.

어머니와 아버지는 앨범을 사이에 놓고 소파에 나란히 앉았다. 그들은 내게 사진 하나하나에 대해 물었고 나는 얘기했다.

"우리 딸, 나는 이게 제일 맘에 드네." 아버지는 지도교수와 내가 함께 찍은 사진을 가리키며 말했다. "이 사진은 꺼내서 액자로 만들자, 거실에 걸어놓게."

나는 루크에게 이 정성스러운 작업에 대해, 이렇게 특별한 것을 만들어줘서, 우리 부모님이 당신들의 딸이 어떤 사람이 되었는지 더 잘 이해할 수 있도록 도와줘서 고맙다는 뜻으로 두번째 저녁을 샀다. 뭐, 그를 다시 보고 싶은 마음도 없지 않았다. 우리 부모님이 앨범을 얼마나 좋아하셨는지, 대학원에 대해 얼마나 많은 질문을 하셨는지 자세히 얘기하자 루크는 고개를 끄덕였다.

"내가 원래 증명사진을 별로 좋아하지 않아서요. 가장 좋은 사진은 지금 살아가는 곳에서, 가장 자기다운 장소에 있을 때 나온다고 생각하거든요. 그리고 로즈 당신은 학교에서 가장 당신다웠고."

그 말에 나는 루크를 쳐다보았다. 나는 이미 그를 사랑하고 있었다.

루크가 마지막으로 청바지 한 벌을 다른 온갖 것들 위에 얹고 가방 지퍼를 잠근다.

"어디 가려고?" 나는 간신히 말을 꺼낸다. 말이 목구멍 속에서 건조하게 버석거린다. 몸에서 힘이 빠지고, 어깨가 굽고, 고개가 꺾이고, 모든 게 바닥을 향해 늘어진다.

루크는 캐리어를, 군청색 비닐의 반짝이는 광택을 노려본다. "못하겠어, 로즈. 도저히 못하겠어."

"뭘 못한다는 거야?"

"더는 못하겠어. 이 결혼생활."

그 말에 나는 몸을 똑바로 편다. 돌발적인 움직임, 무릎과 어깨와 척추뼈 마디 하나하나가 쫙 펴지고, 팔꿈치와 손목과 손가락이 뻣뻣해진다. "비타민 약병 하나 때문에 날 떠난다고?"

루크가 흰 눈으로 나를 돌아본다. 저 표정을 작년에 수없이 봤다. 단호하고 지당하다는 표정, 어떤 대가를 치르더라도 아이는 결코 낳지 않겠다는 여자와 결혼한 남자의 비극적 표정.

이제 나는 안다, 그 대가가 바로 루크다.

"아니. 나는 아이를 원하는데 당신은 원하지 않고 그걸 어떻게 바로잡아야 할지 모르기 때문에 떠나는 거야."

"우린 서로를 이해했잖아." 이렇게 말하는 내 목소리는 공허하다. 부질없다. "당신은 날 이해했잖아."

루크가 침을 삼킨다. 거의 알아차릴 수 없을 만큼 미미하게 그의 고개가 깐닥인다.

그는 침대에서 가방을 힘겹게 들어올려 시끄러운 쿵 소리와 함께 바닥에 내린다. 이어서 손잡이를 잡고, 캐리어를 기울여 끌고, 내 앞을 지나쳐 침실 밖으로 나간다.

나는 그의 뒤를 따라 걸어가고, 혹은 흘러가고, 내 몸과 머리는 각자 따로 떨어져 논다. 그러나 나는 움직인다, 그거 하나는 확실하다. 루크가 움직이자 나도 움직인다. 거실을 지나고, 재작년에 만든 기다란 아일랜드 조리대 앞을 지난다. 나는 요리를 무척 좋아하고, 재료를 썰고 다듬을 공간이 더 필요했다.

이윽고 루크는 현관문 앞 짧은 복도에 다다른다. 그는 신발에 발을 밀어넣고, 문손잡이를 잡고 돌린다. 앙칼진 소리가 요란하게 난다.

"잘 있어, 로즈." 그가 내게 등을 돌리고, 그의 하늘색 긴소매 셔츠는 항복의 깃발이 되어 이것이 끝임을 알린다. 전투는 끝났다.

"어디로 가는데?" 나는 다시 한번 묻는다.

"상관없잖아." 그걸로 끝이다.

나는 우리 아파트의 키 큰 철제 현관문 밖으로 나가는 루크와 그 뒤로 닫히는 문을 지켜본다. 걸쇠가 찰칵 닫히는 소리가 나고, 엘리베이터가 우리 층으로 올라와 스르륵 문 열리는 소리가 들린다. 엘리베이터 안으로 들어가는 루크의 발소리, 윙윙 모터가 작동하며 로비로 내려가는 소리, 뒤이은 적막, 끝없는 고요. 이젠 발소리도, 모터 음도, 마룻바닥과 콘크리트 복도를 돌돌 굴러가는 캐리어 바퀴소리도 없다. 이것은 외로움의 소리이며, 남편이 떠나고 일에 파묻히는 소리다. 어머니가 아닌 자의 소리이자 모성을 거부하는 소리이고, 앞으로 맞이하게 될 내 인생의 소음 방지용 백색소음이다. 이 소리에 익숙해지기까지 아주 오랜 시간이 걸린다.

4
2004년 9월 22일
로즈, 인생 1~9

"로즈, 당신한테 할 얘기가 있어."

루크는 참치롤 한 점을 입안에 쏙 집어넣고 우물우물 씹으며 다음 것을 집으려 젓가락을 고쳐 잡으면서 말을 꺼낸다. 참치롤은 그가 가장 좋아하는 음식이다. 맵고 바삭한 것, 안 바삭한 것, 김이 안에서 말린 것, 겉에서 말린 것. 어떨 때는 몽땅 참치롤 한 메뉴로만 주문하기도 한다. "매운 거 하나, 보통 하나, 보통 하나 더." 그가 직원에게 말한다. 나는 그런 그를 걸핏하면 놀리고, 우리는 누가 먼저랄 것 없이 웃음을 터뜨린다. 한 사람에 대해 그런 바보 같은 점들까지 결국 사랑하게 되고 마는 것은, 그 사람이 세상에서 내가 제일 사랑하는 사람이기 때문이다.

나는 내 초밥 접시—연어 잔뜩, 장어 약간, 방어도 약간—에 푹 빠져서 루크의 심각한 어조가 귀에 들어오지 않았다. "그 참치 중 몇 개는 나랑 나눠 먹어야 해." 먹는 데 정신이 팔린 나는 젓가락으로 루크의 접시를 가리키며 말한다. "당신 지금까지 스무 개쯤 먹은 것 같다."

루크는 맵고 바삭한 롤 하나를 집어 내 접시에 놓아준다. "로즈, 내가 뭐라 그랬는지 듣긴 했어?"

나는 배시시 웃는다. "음, 아마도?" 나는 느긋하게 이 축하 만찬을 즐기는 중이다. 지난주에 루크의 사진이 처음으로 전국 규모 일간지들에 실렸다. 그때 이후로 좀더 대중적 관심도가 높은 일거리가 쏟아져들어오기 시작했다. "미안, 무슨 일인데?"

"요즘 아이에 관한 생각이 많아졌어." 루크가 말한다.

나는 곧장 허리를 세운다. "아이?" 그런 생물을 입에 올리는 행위 자체가 나에겐 이 초밥집 손님들 사이에서 유니콘을 발견한 것처럼 놀랍기만 하다. 기가 막힌다.

루크는 젓가락을 간장종지 위에 올려놓는다. "아이에 대한 당신 생각이 바뀔 수도 있지 않을까? 있잖아, 일과 친구들 외에 우리 삶에 뭔가 더해진다면? 혹시 우리가—음—그 얘길 다시 해볼 수도 있지 않을까 하는 생각이 드는데."

루크의 이 말은 조리가 없고 중언부언 장황해서 만약 내 학생이 이런 과제를 냈다면 빨간 펜으로 표시해주고 좀더 명료하게 다듬으라고 했을 것이다.

가장 답답한 부분은, 내가 이런 질문을 받는 것을 극도로 싫어한다는 거다.

루크도 내가 얼마나 싫어하는지 잘 알고 있고.

내가 아이를 원하지 않고 우리에게 2세 계획이 없다고 하면, 사람들은 항상 그런 표정으로 나를 본다. 그리고 부모가 되어봐야만 삶의 진짜 의미를 발견할 수 있다며 가르치려 든다. 마치 우리 여자들이 예비 엄마인 게 당연하다는 듯. 여성으로 성장한다는 것과 모성으로 성장한다는 것이 동시에 이루어지기라도 하는 듯. 마치 그게 일정 나이에 다다르면 저절로 발현되는 잠재적 유전인자라도 되는 듯. 여자들은 결국 모성이 제 안에 내재되어 있음을, 아직 전면에 나타나지 않았던 것뿐임을 깨닫게 된다나.

그런 말들이 나를 돌아버리게 만든다.

사람들은 루크에게는 절대 그런 얘기를 하지 않는다.

내 눈썹이 동그랗게 휘어져 이마 쪽으로 확 솟구치는 게 느껴진다. "아이에 대한 내 생각이 바뀌어?" 음성이 한 옥타브 높아진다. "누구세요? 혹시 저 아세요?" 나는 깔깔 웃는다. 무반응. 나는 루크가 얼마나 진지한지 다시금 깨닫는다. "저런, 아이에 대한 당신 생각이 변했나봐?"

그가 입을 열기 전에 한참 뜸을 들인다. 기다리다못한 나는 뱃속이 울렁거려 젓가락을 내려놓고, 급하게 내려놓는 바람에 한 짝이 테이블에서 바닥으로 굴러떨어진다. 나는 굳이 허리를 숙여 젓가락을 줍는 수고를 하지 않는다.

"뭐, 우리한테 아이가 있는 게 좋을 것 같다는 생각을 하게 됐지."

내 입술이 벌어진다. 들숨과 날숨이 이와 혀를 건조하게 말리기 시작한다. "좋을 것 같다?"

그는 어깨를 한 번 으쓱한다. "내 걱정은, 나이들어 아이가 없으면 결국 후회하게 될 거란 거지." 그는 이 말을 찬찬히 내뱉으며 한 단어 한 단어 신중히 발음한다.

홀 직원이 쓰윽 다가와 새 젓가락을 테이블 위에 놓고 간다. 나는 몸에서 열이 오른다. 루크에게 뭐라고 대꾸해야 할지 모르겠다. 아니, 알고는 있지만, 실제로 그 말을 입 밖에 꺼냈다간 싸움이 날 것이다.

그렇긴 해도, 남편의 애잔한 얼굴을 보고 나는 테이블 너머로 손을 내민다. "내가 거기에 대해 어떻게 생각하는지 잘 알잖아, 루크. 오늘 저녁을 말다툼으로 끝내고 싶진 않아." 나는 그의 눈을 똑바로 들여다본다. "정말 사랑해."

"로즈." 땅이 꺼져라 한숨을 쉬길래 나는 그가 테이블 위로 푹 고꾸라지는 줄 알았다. "나도 싸우기 싫은 건 마찬가지야."

내 진짜 속말은 그 얘기는 이제 그만하자는 뜻이었다. 그러나 루크는 다르게 이해한 모양이다.

"생각 좀 해보면 안 될까? 아이에 대해? 마음을 바꿔보면 어떨까? 우리가 연애하던 당시에 내가 아이를 원하지 않는다고 말한 건 진짜로 그렇게 생각했기 때문이야. 그땐 내 마음이 변할 줄 꿈에도 몰랐지. 하지만 크리스한테 아이가 생기니까," 그러면서 루크는 가장 친한 대학 동기가 아버지가 되는 모습을 지켜보며 자신이 얼마나 많은 영향을 받았는지 구구절절 얘기한다. "거기다가, 애가 생겼다는 다른 친구들 사진 촬영도 내가 도맡아 해왔잖아. 만약 로즈 당신과 나 사이에 애가 있다면 어떨까 하는 생각이 들 수밖에 없지. 우리 아이를 만난다면 근사하지 않을까? 우리 애는 엄청날 것 같지 않아?"

아니, 전혀, 설마. 난 한 번도 애를 원한 적 없거든.

"당신도 그러고 싶지 않아?"

아니. 전혀. 절대.

나는 남편의 말을 경청하려, 왜 마음이 변했는지에 대한 남편의 논거를 곰곰 따져보려 정말 열심히 노력중이다. 그리고 그의 주장은 전적으로 합리적으로 보인다. 실제로 합리적이다. 이십대 때 했던 생각들이 좀더 살아보고 나니까 완전히 달라지더라 하는 것은 이해할 수 있다.

문제는, 그러려면, 그와 정반대를 주장하는 내 근거를 모조리 뒤집어야 한다는 거다. 루크가 애를 보겠다는 당찬 포부를 성취하려면, 내가 그를 위해 애를 갖는 사람이 되어야 한다는 거다.

이런 얘기가 나올 줄 알았어야 했다. 오늘 저녁 이전에도 조짐이 있었다. 사실상 번쩍번쩍 신호를 보내고 있었다. 근데 내가 어떻게 했더라? 못 본 척 눈을 감았다. 하지만 생각해보면 루크의 변화는 점진적이었다. 눈감고 부정하며 살아도 될 만큼 미묘했다—그래서 그렇게 했다. 이날 이때까지 한동안 그렇게 살았다. 루크는 아이에 관한 화제를 에둘러 입에 담았고, 우리에게 가능한 현실에서 멀찍이 떨어져 먼발치에서 가리켰기에 나는 모른 척해도 되겠지 싶었다—그래서 그렇게 했다. 하지만 암세포가 온몸에 퍼지고 있는데 모른 척하면 죽지 않겠지 생각한 것과 마찬가지였다.

로마에서 루크와 손을 잡고 트라스테베레를 걷던 때가 생각난다. 우리가 간절히 기다리던 휴가였다. 주변 길가에는 멋진 야외 테라스가 딸린 레스토랑들이 줄지어 늘어섰고, 사람들은 와인을 마시며 맛있는 파스타를 먹었다. 날은 뜨겁고 습했지만 상관없었다. 루크와 나는 급할 것 하나 없이 오후를 즐기며 느긋이 길을 걷는 연인들이 으레 그러듯 기분좋게 서로의 몸에 툭툭 닿았다.

우리의 숙소는 건물 꼭대기의 높고 비좁은 곳이었다. 정말이지 테라스가 다였고 우린 그게 마음에 들었다. 결혼하고 몇 년이 지났고, 모처럼 하는 여행이었다. 테라스에서 빈둥거리며 책과 잡지를 읽거나, 포만감과 만족감에 어지러워질 때까지 오후 내내 먹고 마시기만 했던 그 휴식이 우린 그저 좋았다. 그날 오전에 나는 숙소 테라스 그늘에서 한가롭게 추리소설을 읽고 있었는데 루크가 내 옆에 와서 앉았다. 그리고 그가 내게 한 키스는 애무가 되더니 이내 섹스가 되었다. 처음엔 누가 볼까봐 걱정했지만 이내 보든 말든 신경쓰지 않았다.

그러니까 꼭 다시 신혼여행을 온 기분이었다.

"좀더 자주 해야겠다." 거리를 거닐며 나는 루크에게 말했다. 우린 한참 동안 이런 기분을 잊고 살았다. 바로 이런 게 이 여행을 하는 이유지 싶었다. 다시 연결되고, 하고 싶어지면 대낮에도 섹스하고—하다보면 하고 싶어지는 거다. "하자, 그니까, 여기 있는 동안 맨날 오후마다."

루크가 눈을 빛냈다. "이웃에서 싫어할지도."

"조심조심 하면 되지. 우린 조심해서 했다고!"

"좀더 조심해야 할걸." 말은 그렇게 해도 분명 내 제안을 반기는 눈치였다. 루크는 아주 신나했다.

우리는 레스토랑 바깥에 써붙인 메뉴판이 보이면 읽고 지나가고, 또 다음 레스토랑 메뉴판이 보이면 읽고 지나갔다. 내 배는 벌써부터 점심 파스타를 달라며 보채고 있었고, 목구멍은 와인으로 축여달라고 아우성이었다.

그때 루크가 말했다. "저거 봐." 그가 가리킨 것은 골목 한가운데에서 축구를 하고 노는 일고여덟 살쯤 된 아이들 한 무리로, 전부 사내애들이었다. "사실 요즘 미국 애들은 저런 거 안 하잖아. 저렇게 노는 거."

나는 "그러게" 하고 말았다.

거기까지만.

루크가 벤치 앞에서 걸음을 멈췄다. "앉을래?"

"그래." 대답은 그렇게 했지만 사실 나는 어디 들어가서 배를 채우고 싶었다.

루크가 축구하는 남자애들 얘기를 꺼낸 순간 미세한 전류의 불안이 내 혈관으로 흘러들었다. 그 무렵 루크의 부모는 아들에게 손주 타령을 하며 압력을 넣고 있었다—루크가 미루면 미룰수록 그의 부모는 당신들 멋대로 아들을 닦달했다. 루크는 한동안 성가셔 죽겠다며 내게 불만을 늘어놓더니 머잖아 그런 대화에 대한 이야기를 뚝 끊었다. 처음엔 그가 부모를 납득시킨 줄 알았다. 두 분이 마침내 포기하고 애를 갖지 않기로 한 우리의 결정을 존중하기로 하신 줄 알았다—우리가 애를 원하지 않는다는 것은 처음부터, 우리가 결혼하기 전부터 이미 알고 계셨으니까.

그 당시 우리 둘 다 깨닫지 못했던 것은, 루크의 부모님이 우리가 진심이라는 것을 믿지 않았다는 점이다. 그분들은 우리 마음이 바뀔 거라고 생각했다. 루크의 어머니 낸시는 당연히 내가 먼저 애를 갖자고 목청 높이는 사람이 될 거라 짐작하고는 우리가 갈 때마다 나를 설득하려 들었다. 나는 낸시의 입을 막고 조목조목 얘기했다—딱 잘라, 단호하게—아뇨, 아니요, 이건 논쟁의 여지가 없습니다. 나한테 씨알도 안 먹히자 낸시와 조는 부부가 한목소리로 아들을 달달 볶기 시작했다.

처음에 나는 한시름 놓았다. 아이를 낳아 기르는 기쁨에 대한 두 분의 논문은 나보다는 루크가 읽는 게 낫겠다고 생각했다. 하지만 시간이 지나면서 그들의 주장과 압력에 정말로 루크의 마음이 변하는 게 아닐까 걱정되기 시작했다.

루크는 주변에 보이는 아이들과 부모들을 가리키며, 그들이 뭘 하고 어떻게 소통하는지 일일이 주워섬기며 내 반응을 떠보기 시작했다. 아이들에 대해, 육아에 대해, 부모들이 어떻게 자식을 키우는지에 대해 대화를 끌어내려 했다. 저 부모들은 애들이 있어 행복한 것 같지? 근데 애들이 좀 버릇이 없네? 저 사람들이 애들한테 말하는 방식이 옳은 것 같아? 애들이 저렇게 행동하게 놔두는 게 맞을까?

루크가 그렇게 나를 낚으려 든다는 것이, 내 몸과 머리 속에 곧장 낚싯줄을 드리우고 내게서 뭘 끌어낼 수 있는지 재보려 한다는 것이 빤히 보였다. 낚싯바늘을 단단히 꽂아넣은 다음에도 기어이 내 속을 쿡쿡 찌르고 뒤지고 다니는 루크가 나는 마음에 들지 않았다. 내가 반응하지 않으면, 결국 내게서 아무것도 얻어내지 못하리란 사실을 그가 깨닫기를 바랐다. 그래도 루크가 선을 넘지는 않을 거라는 믿음이 있었다.

우리 두 사람은 벤치에 한참을 앉아 있었다. 루크는 축구하는 애들을 바라보면서, 나는 레스토랑에서 와인을 홀짝이며 파스타를 먹는 어른들을 지켜보면서. 가슴이 내려앉는 느낌을 막으려 애쓰는데, 그때 아기 띠로 아이를 가슴에 안은 엄마가 지나갔고, 또다른 엄마가 이번에는 양손에 아이를 한 명씩 데리고 지나갔다. 갑자기 온 사방이 엄마들과 아기들이었다. 나는 눈을 감았다.

"미국보다 여기서 애를 키우고 싶지 않아?" 루크가 물었다. "저기, 만약 애를 낳는다면 말이야. 일단 이론상."

그가 이런 식으로 굴 때마다 내게 미치는 효과는 즉각적이었다—내 마음은 완전히 닫히고, 우리가 사랑을 나눴던 오후는 지워지고, 팔을 내저어 루크를 밀어내고 싶은 충동이 생겨난다. 그게 얼마나 정나미 떨어지는지 이 사람은 모르나? 유쾌한 오후의 섹스를 더 자주 하지 못했던 게 바로 그 때문이라는 걸? 그러면 나는 더욱 멀어지게 된다는 걸 이 사람은 왜 모르지? 나한테, 우리한테 자기가 무슨 짓을 하는지?

나는 고개만 저을 뿐 진짜 속에 든 얘기는 하지 않았다. 아니, 여기서든 저기서든 애는 키우고 싶지 않고, 당신도 잘 알다시피 난 애를 원하지 않아. 이상 끝.

"우리가 도시를 떠나면 달라질지도 몰라." 루크는 계속 밀고 나갔다. "더 쉬워질지도. 그러니까, 당신과 내가 나고 자랐던 그런 동네에 산다면 말이야."

그래도 아니야. "흠."

나는 대답다운 대답을 하기를 거부했다. 루크는 내 마음을 잘 알았고, 그걸 거듭 얘기할 필요는 없었다. 아니 최소한 나는, 거듭 얘기할 필요가 없다고 생각했다.

내 생각이 틀렸던 것 같다.

"내 인생이 사진만으로 충분한지 난 잘 모르겠어." 루크가 말한다. "무슨 말인지 알지?"

나는 겉으로는 고개를 끄덕인다. 그러나 속으로는 아까부터 내내 고개를 가로젓고 있었다. 아니, 몰라, 모르는데. 난 모르겠어. 그리고, 난 당신에게 나로 충분한 줄 알았어, 루크.

루크의 얼굴이 펴지며 문자 그대로 환해진다. 다시 숨을 쉬기 시작한 사람 같다. "이해해줘서 진짜 고마워, 로즈. 마음을 열기로 해줘서."

내 눈이 동그래진다. "그래, 좋아." 나는 어리석게도 이렇게 말한다. "생각해볼게." 아냐, 설마, 그럴 리가.

"고마워." 그는 마지막 참치롤을 마저 먹는다. "정말 고마워."

그동안 하나도 건드리지 않은 내 초밥은 고스란히 남아 있다. 나는 다시 고개를 끄덕이지만, 간신히 움직인다. 꼼짝도 할 수가 없다. 토할 것 같다.

"연구지원금을 받게 될 것 같다며?" 루크가 화제를 바꿔 명랑하게 묻는다. "그거 잘됐다!"

나는 대꾸할 말을 찾는다. 마침내 찾아낸다. "응. 받게 될 것 같아. 잘됐지." 나는 로봇처럼 말한다.

우리의 대화는 계속되지만, 내 쪽은 뻣뻣하니 부자연스럽고, 루크 쪽에서 대화를 지속하기 위한 모든 작업을 도맡는다. 계산을 하고 집으로 돌아오면서 루크는 일에 대해, 오는 주말에 가게 될 보스턴 출장에 대해, 이 레스토랑의 참치를 그가 정말 얼마나 좋아하는지에 대해 떠들어댄다. 생선이 늘 아주 싱싱하다면서.

"로즈, 오늘 얘기 정말 기쁘고 즐거웠어." 잠자리에 들면서 그가 하는 말이다.

나는 그를 빤히 쳐다본다. 그의 자리 쪽 협탁에 그가 올려둔 내 사진이 언뜻 보이는데, 침대 위에 둥글게 엎드린 그의 몸뚱이가 내 웃는 얼굴을 비스듬히 자른다. 루크는 내가 무슨 말인가 하기를 기다린다. 자기 말에 맞장구치기를 기다리는 거겠지. 다시 한번 나는 미약한 고갯짓을 가까스로 보여주고 불을 끈다. 그리고 뜬눈으로 어둠을 바라본다. 루크가 바로 내 옆에 누워 있음에도 외로운 기분이다. 우리의 미래가 이미 정해지기라도 한 듯, 벌써 서로에게 실망하고 그가 이미 떠나버리기라도 한 듯.

5
2007년 2월 2일
로즈, 인생 1

"나폴리타노 교수님?"

"응?" 나는 책과 서류를 정리하던 손을 멈추고 강의실 책상에서 고개를 들어 앞을 본다. 방금 사회학의 여성주의 방법론에 관한 강의를 마친 참이었다. 스무 명이 수강신청을 했고, 거의 다 여자였으며, 진지하고 열성적인 학생들이었다. 가끔 나는 그들을 둥그렇게 불러모아, 거짓이 판치는 저 교실 밖 세상으로 내보내기 전에 용기와 격려의 파이팅을 외치고 싶어진다.

우리 과 학생인 조다너가 내 앞에 서서 말한다. "어떻게 생각하셨는지 궁금해서요……"

나는 조다너의 말을 듣는 둥 마는 둥 했기에 무슨 얘기인지 감을 잡지 못한다. 루크에 대해, 우리의 결혼생활에 대해 생각하던 중이었다. 어째서 그는 아직도 집에 돌아오지 않는지. 어째서 수업이 끝나자마자, 정신을 차지하던 다른 일이 끝나자마자 그 생각이 불쑥 떠오르는지. 내내 머리를 떠나지 않는다.

내 대답을 기다리는 조다너의 미간에 주름이 생기지만, 나는 조다너가 뭘 물었는지 모르겠다. 조다너의 올빼미 같은 커다란 눈이, 그에 못잖게 커다란 안경테 속에서 휘둥그레진다.

"교수님?"

나는 눈길을 피하고 정신을 추스르기 위해 고개를 돌려 강의실 창문 밖으로 시선을 던진다. 가을 한때 붉게 물들었던 단풍나무 가지가 헐벗은 채 유리창을 누르고, 잿빛 먹구름이 나머지 시야를 채운다. 조다너의 아버지가 작년 이맘때 돌아가셨지. 그때가 기억나면서 그후 조다너의 눈동자 한가운데 그 죽음이 쿡 박혀 있는 듯 보였음을 떠올린다. 애도, 상실, 고통, 인내.

나는 억지로 시선을 돌려 조다너와 다시 눈을 마주친다. 그래, 저기에, 지금도 보인다. 그 슬픔이. 영구히 덧칠되어 조다너가 다른 일에, 가령 이 수업에 몰두하고 있을 때에도 사라지지 않는 것.

내 얼굴에도 저런 게 있을까?

"괜찮으세요?" 조다너가 내게 묻는다.

나는 입을 벌렸다가 다문다. 무슨 말을 해야 할지 모르겠다.

나폴리타노 교수는 괜찮지 않다. 나폴리타노 교수는 매일 강의가 끝난 후 제 교수실로 돌아가면 조용히 문을 잠그고 책상 앞에서 엉엉 운다. 책상 서랍 속 깊숙이 커다란 곽 티슈를 여러 개 쟁여놓는 버릇이 생겼다. 아, 상큼하고 깜찍한 정사각형 모양의 그런 비전문가용 티슈가 아니다. 지금 우리가 말하는 건 긴 직사각형의 덕용 포장으로 상자 옆면에 큼지막하게 이런 문구가 쓰여 있는 티슈다. '남편이 당신을 떠났을 때를 위한 든든한 벗.'

"조다너, 안부 물어봐줘서 고마워. 난 괜찮아." 나는 괜찮지 않다. 전혀. "진짜로. 고맙다. 자 그럼 방금 한 얘기가 뭐였지?"

그날 오후 느지막이, 교수실에서 애써 집중력을 그러모아 학생들이 낸 리포트를 읽고 있는데 휴대폰에 루크의 번호가 뜬다.

나는 얼른 집어든다. "여보세요." 속삭임에 가까운 목소리.

"안녕, 로즈." 루크도 조용히 말한다.

"잘 지내?" 나는 그에게 묻는다.

"별일 없어. 당신은?"

나는 망설인다. 그러다 내뱉는다. "보고 싶어."

"알아." 그가 머뭇거린다. 그리고 답한다. "나도 보고 싶어."

"진짜?"

전화기 저편에 침묵이 내려앉는다.

나는 기다린다. 루크가 내게 응, 이라고 말하기를 기다린다. 응, 로즈, 너무 보고 싶어. 응, 로즈, 당신 없이 살 수 없다는 걸 깨달았어. 응, 로즈, 지금 집으로 가는 중이야. 하루도 더 못 버티겠어. 나는 루크가 예전의 그 남자로, 아기가 아니라 나만을 원했던 그 남자로, 내가 결혼 상대로 생각했던 그 남자로 돌아와주길 바란다. 너무나도 간절히 바란다. 그래서 그가 내게로, 그가 너무나도 사랑했던 그 로즈에게로 돌아와주길 줄곧 기다리고 있다. 난 아직 여기 있어. 바로 여기 있다고.

작년 8월, 루크가 우리 아파트에서 나가버린 후 나는 개강에 따른 일정을 꾸역꾸역 소화했다. 강의계획서를 짰고, 복사기가 필연적으로 고장을 거듭하는 개강 첫날이 닥치기 전에 미리 다 복사해서 준비해놓았다. 나는 강의를 시작했고, 계속 가르쳤고, 매일 아침 허전한 우리 아파트에서 나와 학교로 출근했고, 매일 저녁 집으로 퇴근하여 홀로 잠자리에 들었다. 올 1월에도 그 짓을 반복했다. 강의계획서를 썼고, 복사해놓았다. 루크와 내가 타개책을 찾아낼 수 있으리라는 희망을 포기하지 않은 채. 또 새로운 달이 와서 2월이 시작됐는데도 우린 그 방법을 찾아내지 못했지만. 아직은.

수시로 나는 비타민 때문에 싸웠던 그날로 돌아가 머릿속으로 그날 일을 재생하고, 매번 조금씩 다르게 상상해보면서 언제나 조금씩 다른 결과를 도출한다. 그 결과 중 대부분에서 루크는 집에 남는다. 그러나 거의 모든 재생 장면에서 루크가 집에 남는 이유는, 그가 바뀐 이유는, 내가 항복하기 때문이다. 나는 미안하다고 사과하며 비타민을 먹겠다고, 그가 바라는 대로 아기를 갖겠다고 말한다.

내가 그렇게 할까? 진짜로? 남편을 집으로 돌아오게 하기 위해 내가 나한테 그런 짓을 저지를까?

아마도. 아마도 그러겠지. 그래야 하겠지.

오랜 기다림과 무거운 한숨 끝에 마침내 루크의 대답이 들린다.
"당신한테 할 얘기가 있어, 로즈."

심장이 철렁 내려앉는다. 루크의 이 말은, 그가 맨 처음 아이를 원한다며 내게 털어놨을 때 썼던 어구와 거의 판박이다. 그의 말투—다정하지만 확고하고, 슬프지만 단호하다—에 나는 더럭 겁이 난다. 말문이 막힌다. 내가 아는 말투. 그 말투. 내게 한 약속을 깰 때 쓰는 말투.

이윽고 루크가 말한다. "나 요즘 만나는 사람 있어. 데이트하는 사람이."

"데이트?" 그의 입 밖으로 나온 그 단순한 낱말이 내 목에 거대한 쇠구슬을 박는다.

"응."

"누구랑?"

"누군지가 뭐가 중요해."

"그게 어떻게 안 중요해? 그 여자를 사랑해?" 쇠구슬이 내 목구멍 안쪽 깊숙이 비집고 들어온다.

"로즈, 나도 모르겠어. 내가 아는 건, 당신이 아이를 원하지 않는 것 못잖게 내가 아이를 원한다는 거야. 난 나와 함께 아이를 갖기를 원하는 사람을 찾고 싶어. 그리고 지금 만나는 이 사람은 아이를 원하고."

"하지만—"

"당신은 진심으로 아이를 원하지 않고, 우리 둘 다 그 사실을 알아. 아이가 있으면 당신은 불행할 거라고. 당신 입으로 백만 번쯤 말했잖아."

그의 말이 옳다. 나는 실제로 그렇게 말했다. 못해도 백만 번쯤.

나는 울음이 터진다.

루크도 울음을 터뜨린다. 전화선 반대편에서 그의 울먹임이 들린다.

"하지만 그건 다, 그것 때문에 당신을 잃을 거라는 사실을 알기 전에 한 말이었어." 나는 속삭이다시피 말한다. 루크가 생각에 잠겨 숨을 들이쉬는 소리가 들린다.

"지금 당장은 믿기지 않겠지만, 어느 날 잠에서 깨면 당신은 내가 떠났다는 사실에 기뻐할 거야." 루크의 어조는 처량하다. 그가 훌쩍이며 말한다. "난 당신에게 좋은 사람이 아니야. 오랫동안 좋은 사람이 못 됐지. 당신은 괜찮을 거야. 우리 둘 다 괜찮아질 거야."

"그럴 리 없어."

"그럴 거야."

"당신이 떠났다는 사실에 내가 기뻐할 일은 절대 없어." 나는 긴 침묵 끝에 입을 연다. "우린 서로에게 일생일대의 사랑이야. 처음 만난 순간부터 알고 있었잖아."

"맞아." 이렇게 말하는 루크의 목소리가 갈라진다. "나도 늘 그렇게 생각했어. 당신도 알겠지만."

생각했다. 과거형 시제.

"이렇게 보내고 싶지 않아, 루크."

"나도 그래. 하지만 난 떠나야 해. 이미 떠나왔고."

파트 2

다른 로즈들, 인생 2&3

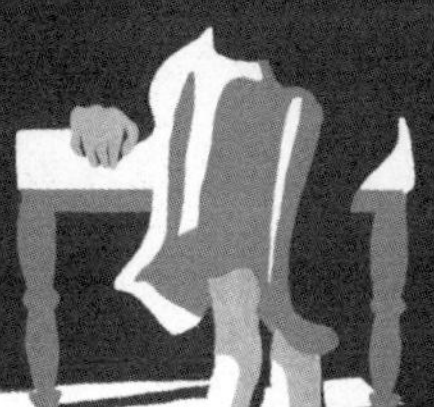

6
2006년 8월 15일
로즈, 인생 2

루크가 침대 내 자리 쪽에 서 있다. 평소엔 절대 내 자리 쪽으로 가지 않는데. 루크의 손에는 산전 비타민제 약병이 들렸다. 그가 약병을 치켜든다.

병을 흔들자 플라스틱이 덜거덕거리는 소리가 난다.

소리는 둔탁하다, 병이 꽉 차 있으니까.

"당신 약속했잖아." 루크가 말한다.

"먹는 걸 가끔 까먹어서." 나는 인정한다. 그리고 그에게 한 발짝 다가선다.

루크의 어깨가 축 처진다. "로즈. 약속했잖아."

"나도 약속했단 거 알아."

"그럼 왜 안 먹는 거야?"

"먹고 있어. 매일 먹는 게 아닐 뿐이지."

루크가 다시 병을 흔들다. "이거 거의 꽉 차 있는데?" 그는 뚜껑을 열고 안을 들여다본다.

나는 피로에 찌든 아내의 모습으로 침대로 걸어가 끄트머리에 걸터앉는다. 장차 엄마가 될 나의 모성에 대한 의문이 언제까지고 변함없이 지평선 근처에서 어른거린다. 마룻바닥이 햇빛을 받아 빛난다. "가끔 생각날 때만 먹어서 그런가봐."

루크가 터벅터벅 침대로 다가와 내 옆에 앉자 그의 무게에 매트리스가 푹 꺼지면서 우리 사이가 더 가까이 좁혀진다. "노력하기로 한 줄 알았는데, 로즈."

"나는 그 비타민을 먹겠다고 했어. 내가 한 말은 그게 다야."

"하지만 난 그 말을 아이에 대한 가능성을 열어놓겠다는 뜻으로 받아들였어."

"열어놓으려고 노력하는 중이었어."

루크가 나를 똑바로 응시한다. 그 시선이 느껴지고, 이미 달아오른 내 얼굴은 화끈화끈하다.

"나는 당신을 위해 노력하는 중이었어." 나는 구체적으로 말한다. "그러다 그만뒀어."

"왜 나한테 말 안 했어?"

나는 눈을 깜박인다. 루크의 머리카락 몇 가닥이 삐쭉 삔쳐 있고, 그 모양이 나는 늘 너무 사랑스러웠다. 그걸 보니 가슴이 저릿하다. 나는 그 삔친 머리를 살살 쓰다듬어 내려주는 것도 아주 좋아했고, 지금도 그러고 싶다. 하지만 그러지 않는다. 지금은. "말하기가 겁났어. 당신이 속상해할 테니까. 당신이 뭐라고 할지 걱정됐어."

루크에게서 나온 한숨은 무겁고 길며, 또 뭔가가 배어 있다. 인정? 낙담? 체념? 비타민제 약병은 루크의 두 손바닥 안에 얌전히 안겨 있다. “우리 이제 어쩌지?” 그가 묻는다.

“나도 모르겠어.”

“알면서 그러네.”

이번에는 남편의 어조에 깃든 감정이 무언지 감지하기 어렵지 않다. 분노, 빈정거림.

“그런 식으로 굴지 마.”

“어떤 식으로?” 그가 쏘붙인다.

순간 나는 둘로 쪼개져 나뉜다. 여자와 아내로. 나의 한쪽 자아는 그의 손에서 약병을 낚아채 있는 힘껏 벽에 내던지고 싶다. 그러나 다른 쪽 자아는 우리 사이에 점점 커져가는 이 고칠 수 없는 문제를 고치고 싶고, 일단 벌어지기 시작한 뒤로 루크도 나도 건너는 길을 찾지 못한 이 틈을 메우고 싶다.

한쪽 자아가 다른 쪽 자아를 눌러 이긴다.

나는 팔을 뻗어 루크의 손을 잡고, 우리가 닿는 순간, 내가 그에게 닿는 그 순간, 그의 분노가 물러나는 것이 느껴진다.

희망, 그 미미한 물결이 우리 사이에 일렁인다.

“내가 마음을 바꾸는 일은 없어.” 이로써 천번째인 듯했다. 우리가 사귄 지 일 년이 좀 넘었을 때였다. “나는 단 한 번도 아이를 원한 적이 없고, 앞으로도 내 생각은 바뀌지 않을 거야.” 나는 그 사실을 분명히 못박고 싶었다—오해의 여지 없이, 최종적으로 명확하게.

루크의 부모님 집이었고, 서재를 겸하는 2층의 아담한 손님방이었다. 첫 방문은 아니었고, 매번 올 때마다 루크와 나의 관계는 조금씩 더 진지해지고 조금씩 더 영구적인 것에 가까워지는 듯했다. 그날 저녁 우리는 식사하러 아래층으로 내려가려던 참이었고, 그 무렵은 아직 루크의 부모가 나를 마음에 들어할 때였으므로 즐겁고 근사한 시간이 될 예정이었다.

"아이를 원하지 않는 건 나도 마찬가지야." 루크의 말이었다. 그 역시 같은 얘기를 수없이 했었다.

"근데 그게 진심이어야 말이지."

"진짜 밑바닥에서부터 진심이야!"

"그래?"

"그래. 의심 좀 그만 집어넣어, 슬슬 성가시려 하네." 루크는 짜증스럽다는 표정을 지었다. "게다가 내겐 사진이 중요해. 아이가 있으면 난 다른 일을 찾아야 할걸. 사진가로 먹고사는 건 안 그래도 충분히 고달프다고—당신도 알잖아."

"그건 용납할 수 없는 일이겠지, 직업을 바꾸다니."

"그래, 그러니까 아이 일로 내게 경고하는 건 이제 그만해도 돼. 좀 믿어주시죠."

루크와 나는 커다란 책상과 접이식 침대 사이, 카펫이 깔린 좁은 공간에 서 있었다. 나는 이 대화가 싸움으로 치닫기를 원하지 않았지만 내가 이 화제를 꺼낼 때마다 자꾸 말을 돌리려 드니, 목이 막히고 부아가 치밀어 기어이 내뱉지 않을 수 없었다. "당신을 믿지 못해서가 아니야, 루크. 하지만 나라는 사람으로 살아온 수십 년의 경험상, 애를 원하지 않는다고 말할 때마다 사람들이 내 말을 안 믿는다는 걸 알아. 그 망할 「누런 벽지」*에서처럼, 여자들이 하는 말을 도무지 들어먹지를 않는다고!"

"로즈, 너무 갑갑해하지 말고—"

"실제로 뻔뻔하게 이런 말을 하는 사람들도 있어. 내가 아직 운명의 반쪽을 못 만나서, 당신하고는 아이를 원하지 않는 거라고! 난 백 퍼센트 확신해, 난 애를 갖지 않을 거고, 그리고 당신은 나의 운명의 반쪽이야!"

루크의 얼굴이 발개졌고, 그건 곧 기쁘다는 뜻이었다. "난 당신의 운명의 반쪽이지." 그것은 확신에 찬 진술이자 선언이었다.

우린 둘 다 그토록 확신에 차 있었다.

"당연하지." 나는 그에게 말했다. "당신은 나의 유일무이한 사랑이야."

"중요한 건 오직 사랑뿐이지." 그는 싱글벙글했다. 환히 웃었다.

그 모습에 나도 얼굴을 빛내며 빙그레 웃었다.

그가 내 허리에 살며시 팔을 둘렀다. 나는 고개를 들어 그를 응시했다. 애정이 얼마나 쉽게 억울함으로 변질될 수 있는지 그때 내가 알았더라면. 그랬다면 우리에게 도움이 됐을까? 그랬다면 우리는 아예 결혼하지 않았을까?

"정말 사랑해." 내가 말했고, 딱 맞춰 그의 어머니가 저녁 먹으러 내려오라며 우리를 불렀다.

이틀 후 우리는 약혼했다.

---

* 미국의 작가이자 여성운동가 샬럿 퍼킨스 길먼의 단편으로, 19세기 여성의 정신과 신체 건강에 대한 사회 분위기를 다룬 미국 페미니즘 문학의 선구적 작품.

그랬다면. 그러기만 했다면.

중요한 건 사랑뿐이었다면.

어리석었지. 우린 너무 어리석었다.

아니, 어리석은 사람은 그저 나뿐이었나? 내가 뭘 원하는지 아무리 말해도 아무도 내 말을 믿지 않는데 루크가 믿어야 할 이유가 있나? 그만이 예외여야 할 이유가 있나?

루크가 허리를 숙여 비타민 약병을 마룻바닥에, 침대와 벽 사이에 내려놓는다. 거기 있으니 묘한 위화감이 느껴진다. 외로워 보인다. "내 잘못이야." 그가 말한다.

"뭐가?"

"당신에게 약속했는데."

내 시선이 루크의 옆모습에, 뺨에, 내게 보이는 한쪽 눈에 내려앉는다. 그랬지, 루크. 당신은 약속했어. "무슨 약속?" 나는 물어본다. 남편이 그 얘기를 큰 소리로 해주길 바란다면 고약한 심보일까? 우리가 약혼하기 전에 했던 그 모든 말을 본인 스스로와 나에게 일깨워주기를 바란다면?

"나는 아이를 원하지 않겠다고 당신에게 약속했어. 결혼 후에 당신 생각이 바뀌지 않을 거라는 걸 이해한다고."

나는 숨을 멈추고 미동도 없이 기다린다. 루크가 더 말하기를, 계속 이야기하기를 기다린다. 예전 우리가 있던 자리로 되돌아오기를, 이 결혼이 시작됐던 자리로 돌아오기를, 이 관계가 원활히 작동하기 위해 내가 어머니가 될 필요도 없고 그가 아버지가 될 필요도 없다고 합의했던 그때의 출발점으로 되짚어오기를.

"그리고 당신에게 생각을 바꿔달라고 요구하는 게 부당한 일이라는 거 알아." 루크가 말한다. "하지만 어쨌든 내가 저지른 일은 저지른 일이고, 그게 우리를 망가뜨리고 있지."

'망가뜨리다'라는 단어에 나는 움찔한다. 루크에게서 눈을 떼고 시선을 아래로 향하자 저 쓸쓸한 병이, 무방비 상태로 표류하는 저 조그만 플라스틱 섬이 눈에 들어온다. 나는 발가락을 쭉 뻗어 저 섬을 발로 차서 뒤집을 수도 있다.

"우리가 망가졌다고 생각해?" 나는 속삭이듯 묻는다.

루크는 한참을 말이 없다. 너무 오래. 내 등이 척추뼈 하나씩 하나씩 굽어지기 시작해 고꾸라지듯 접힐 때까지. 루크는 몸을 돌리더니 침대맡 자기 자리 쪽 협탁에 놓인 액자를 향해 손을 뻗는다. 그의 손은 액자를 들고 돌아온다. 그가 협탁 위에 놓아두었던 내 사진, 그 사진을 루크는 우리 사이에 놓는다.

이건 조롱인가? 우리가 잃은 모든 것을 가리키는 소도구일까? 위가 경련을 일으킨다. 지금이 루크와 내가 헤어지는 순간인가? 결혼할 때 우린 서로 얘기했는데, 결혼의 가장 좋은 점 중 하나는 다시는 이별을 겪지 않아도 되는 거라고.

그때 루크가 입을 연다. "아니. 망가졌다고 생각하지 않아."

나는 고개를 돌려 내가 언제나 사랑해 마지않던 그의 옆얼굴을, 이마가 딱 맞게 곡선을 그리며 부드럽게 코의 경사면을 향해 내려오는 모양을 바라본다. "그래?"

그가 고개를 끄덕인다. 내게 머문 그의 눈빛이 간곡하고 간절하다. "미안해, 로즈. 나를 용서해줄 수 있을까? 아이에 관해 내가 예전대로 마음을 되돌리려 애쓰는 동안, 참고 기다려줄 수 있겠어?" 그가 시선을 떨구고 내 사진을 응시한다. 손가락으로 액자 가장자리를 쓰다듬는다—애정을 담아, 정성스럽게. "이젠 내가 의견을 바꿀 차례겠지? 당신이 아니라."

루크가 그 말을 하는 내내 나는 고개를 주억거리고 있다. 내 왼쪽 뺨을 따라 눈물이 한줄기 흘러내린다. "응, 할 수 있어. 뭐든 할 수 있어. 기다릴게. 사랑해. 너무너무 사랑해."

루크가 다시 내 눈을 본다. "나도 사랑해, 로즈."

그는 액자를 옆에 내려놓고 두 팔로 나를 감싸고, 우리는 정말 오랜만에 사력을 다해 힘껏 서로를 끌어안는다. 조금 아까 내가 느꼈던 희망의 미미한 물결이 넓고 깊어져 강물이 된다.

7
2012년 12월 20일
로즈, 인생 3

"애디, 네 의자 갖고 와."

나는 네 살배기 딸이 결연하고 진지하게 제가 아끼는 요리 의자가 있는 벽을 향해 걸어가는 모양을 지켜본다. 딸의 의자가 있는 곳은 책과 소설이 빽빽이 꽂혀 있고 잡지 더미가 위태롭게 쌓여 있는 책장 바로 옆이다. 아이는 제 외할아버지가 특별 제작한 의자를 아일랜드 조리대까지 끌고 온다—밝은 핑크색 페인트로 칠한 원목 가구를 느릿느릿 잡아끈다. 루크와 내가 파랑과 초록과 보라도 파스텔 핑크만큼이나 근사하다고 수없이 설득해도, 중력에 이끌리듯 아이가 제일 좋아하는 색은 언제나 핑크다. 천장의 조명을 받은 아이의 머리칼이 반짝인다—내 머리처럼 어두운 갈색에 루크의 머리처럼 제멋대로 뻗친 고수머리가 머리통을 둥글게 에워쌌다. 나는 그 머리를 쓰담쓰담 어루만지고 싶지만, 엄마! 하고 거부의 외침이 터질 것을 알기에 그 충동을 억지로 눌러담는다. 아이를 어루만지고 싶은 갈망이 때론 견디기 어려울 정도로 벅차다.

조리대 위에서는 크고 육중한 밀가루 봉지가 우리를 기다리고, 따뜻한 물통과 실온의 달걀도 있다.

"좋아요, 엄마." 딸아이가 말한다. "준비됐어요."

애디는 의자 위에 올라서서 작고 통통한 두 손—날마다 조금씩 그 통통함이 빠지고 있다—을 원목 조리대 위에 탁 얹는다. 이른 아침 꼭두새벽이라 루크는 아직 자고 있고, 애디와 나는 둘 다 잠옷 바람이다. 애디의 잠옷에는 핑크색 기린이 점점이 박혀 있다. 아이는 기린을 사랑한다. 텔레비전에서 기린을 볼 때마다 꺄악 괴성을 지르며 웃음을 터뜨린다. 애디 방은 온통 기린투성이고, 심지어 키 큰 기린 하나는 그 긴 목이 외투걸이로 활용되고 있다. 아이의 할머니, 즉 루크의 어머니가 3월에 아이의 네번째 생일선물로 사준 것이다. 방안에는 크리스마스 음악이 나직이 흐른다. 애디는 완전히 집중한 표정으로, 갈색 눈은 또렷이 초점을 맞추고 자그마한 붉은 입술은 오므리고 있다. 아이가 코로 내쉬는 숨소리가 다 들린다.

애디는 이렇게 진지하기 그지없는 어린이다.

Just hear those sleigh bells jinga-ling.*

"맨 처음에 무엇부터 해야 하는지 기억나니, 꼬마 뇨키?" 이 별

* 1950년에 리로이 앤더슨이 발표한 크리스마스 노래 〈Sleigh Ride〉의 첫 소절.

명은 우리 어머니가 지어준 건데 입에 딱 붙어버렸다.

"맨 처음엔, 처음엔, 우물을 만들어요." 애디가 작고 새된 목소리로 한 단어 한 단어 신중히 또박또박 발음한다.

"그렇지, 잘 아네! 그럼 우물은 어떻게 만들까?"

애디는 상체를 내밀고 조리대 위로 최대한 손을 뻗어 밀가루 봉지를 잡는다. 나는 아이가 봉지를 쓰러뜨리기 전에 얼른 앞으로 당겨준다. 애디는 한 손을 봉지 안에 쏙 집어넣고, 밀가루 한줌을 움켜쥔 손이 온통 하얗게 되어 올라온다. 아이는 조리대 위에 밀가루를 털어 내려놓고 곧장 제 엄마가 하는 양을 백 번쯤 본 대로 휘젓기 시작한다. 내가 봉지에서 밀가루를 좀더 퍼서 조리대 위에 뿌리자, 아이는 즉각 내게 눈총을 보낸다—하지 마요.

"내가 할 수 있어요, 엄마."

"네가 할 수 있다는 건 엄마도 잘 알지. 그래, 알았어." 나는 밀가루 범벅이 된 손을 들고 뒤로 물러나 아이가 열심히 파스타 반죽을 만들 준비를 하는 동안 맥없이 구경만 한다. 휘휘 저으며 앞으로 뒤로, 앞으로 뒤로, 꼭대기가 뾰족한 산이 생길 때까지 아이는 찬찬히 정성껏 밀가루를 조금씩 더 보탠다. Jack Frost nipping at your nose, 프랭크 시나트라가 애디의 작업에 배경음악을 제공하며 노래한다.

나는 절대 참을성 많은 인간이 못 되었기에 현실적으로 형편없는 엄마가 될 거라고 생각했었다. 하지만 신기하게도 막상 아이가 있고 그 아이가 내 아이라면, 나도 모르던 내 안의 자질을 발견하게 된다. 부모가 되면 나의 정체성과 성격, 자아감, 몸에 관련된 모든 것이 뒤흔들리고 대대적인 변혁이 일어나 결코 예전으로 돌아가지 못한다. 만약 누군가 딴사람이 파스타 반죽을 만든답시고 봉지에서 밀가루 적당량을 꺼내는 데 이렇게 오래 걸렸다면 당장 옆으로 밀쳐버리고 내가 직접 해치웠을 것이다. 하지만 애디니까, 나는 작년 크리스마스에 루크가 선물로 준 '요리 박사' 앞치마를 입고서 가용한 인내심이 무한정 있는 사람처럼 여기 이렇게 서서 애디가 세상 하잘것없는 일을 하고 있는 모양을 지켜보고 있는 것이다.

"됐어요, 뇨키 씨. 그 정도면 충분하네. 잘했어! 자 이제 엄마가 우물을 만들게."

Everybody knows a turkey and some mistletoe.

"나도 돕고 싶은데."

"당연히 도울 수 있지." 나는 아이를 안아들어—나날이 무거워진다—'밀가루 에베레스트' 바로 위로 띄워준다. "자, 두 손을 들고, 손바닥을 펴서, 애디, 쫙 펴야지, 옳지, 그렇게, 밀가루가 밖으로 퍼지게 꾹 눌러. 그렇지! 잘하네. 이제 옆쪽으로도. 됐다! 이제 널 의자에 내려주고 나머지는 내가 할게."

"하지만—"

"뇨키 만두 씨, 다음에 이 부분을 너 혼자 할 수 있으려면 지금 엄마가 하는 걸 잘 봐둬야겠지?" 나 자신을 삼인칭으로 엄마라고 부르다니—내 평생 절대 안 할 줄 알았던 일들 목록에 또 한 건 올려둔다.

애디는 숨소리 요란하게 한숨을 길게 토하고 고개를 끄덕인다.

나는 애디의 일방적인 분투에서 파스타 재료를 구조하는 작업에 착수한다. 애디가 가장 좋아하는 크리스마스 노래가 나온다. "애디, 우리 같이 노래 부를까? Ohhh, way up North where the air gets cold!*"

"하지만 우리 때문에 아빠가 깨면 어떡해요?" 애디는 걱정하면서도 사람들이 아직 자고 있는 아침에 큰 소리로 떠든다는 생각에 신이 나서 싱글벙글한다.

"아, 아빠 걱정은 하지 마. 안 깰 거야." 내가 말한다. "네 아빠는 폭탄이 터져도 쿨쿨 잘 수 있거든."

루크는 좋은 아빠다—그러하다.

뭐, 노력은 한다. 진심으로.

그러나 희한하게도 그토록 간절하고도 절실하게 아이를 원했던 루크는, 막상 아이가 생긴 지금은 내가 예상했던 남자가 아니다. 그러니까, 나는 그를 사랑하고, 그는 멋진 사람이고, 대체로 쾌활하고, 열심히 하려고는 하는데, 실상 그다지 도움이 되진 않는다.

애디가 태어난 후 매일 아침 루크를 침대에서 일으키려면, 일으켜서 육아에 동참시키려면, 실질적으로 악전고투를 벌여야 했다.

"루크—루크," 나는 답답한 마음에 숨을 한껏 들이마신 다음 외치곤 했다. "루크!" 그러고 나서 양손으로 그를 붙잡아 흔들며 그의 귀에 대고 소리치는데, 사람들이 축구장에서 쓰는 그 응원 나팔

* 비치보이스가 1964년에 발표한 크리스마스 앨범에 수록된 〈Little Saint Nick〉의 첫머리.

이 있으면 좋겠다는 생각이 든다.

"으으음." 루크는 거의 매번 눈도 못 뜨고 비몽사몽이었다. 팔자 좋게도 이 집에는 아기가 있다는 사실을 망각했군. 그 아기는 금세 걸음마를 배우는 유아가 됐고, 이제는 기운차고 수다스러운 어린이집 원아가 됐는데. 잠시 잠깐도 우리 곁을 떠나지 않고 우리의 돌봄과 관심을 필요로 하는 아이, 앞으로도 우리의 돌봄과 관심을 항상 필요로 하게 될 아이가 있다는 사실을 아는지 모르는지.

임신에 대해 노력해보겠다고 마침내 수락하면서 나는 루크와 일을 분담하기로 얘기했었다. 아무리 우리 둘이 같이 애쓴다 해도 결국 출산을 해야 하는 것은 나니까, 그에 대한 벌충으로 루크는 자기가 절반보다 더 많은 일을 하겠다고 약속했다. 나에게 다 보상하겠다고 맹세했다.

그러나 아이가 태어난 첫해의 현실은 다른 누구도 준비해줄 수 없고 그 무엇으로도 대비할 수 없다. 그냥 여자가 다 하게 된다. 무슨 말이냐면, 내 몸에서 일어나는 일이니, 앞으로 일어날 모든 일에 대한 기조도 그렇게 형성될 수밖에 없다는 얘기다. 임신 열 달, 출산의 아수라장, 그 강렬하고 소란스러우며 흐릿한 과정, 여자가 일생에서 경험할 수 있는 가장 강력한 신체적 트라우마를 견뎌야 하는 힘겨운 현실이 이어지고, 그 일이 끝난 바로 그 순간에, 나를 먹고 사는 이 무력한 생물을 돌봐야 한다는 책임이 지워진다.

나는 모유 수유는 않겠다고, 절대 하지 않을 거라고 누누이 얘기했었다. 루크와 난 그 때문에 끝도 없이 싸웠다. 루크는 모유 수유가 왜 필수적인지 설파하는 온갖 잡지 기사와 모유 수유를 하지 않는 것은 범죄나 다름없다는 각종 신문 기사를 있는 대로 긁어

모아 내게 들이댔다. 나로 말할 것 같으면, 어림없어, 절대, 난 상관 안 해, 우리 애는 그런 거 안 해도 잘 클 거야, 로 일관했다. 루크와 나 둘 다 아기 때 분유를 먹고 자랐고 그럭저럭 별 탈 없이 잘 컸다. 하지만 애디를 처음 본 순간, 그 난리를 친 후였음에도 불구하고—스무 시간의 진통 끝에 결국 응급 제왕절개수술을 해야 했다—젖을 먹이고 싶다는 이해도 안 되고 예상도 못한 욕망이 솟아났다. 내가 그럴 줄 누가 알았겠는가?

애디의 조그맣고 완벽한 주름진 얼굴을 맨 처음 들여다본 그 순간만 아니었다면, 그 때문에 모유 수유를 하게 되지 않았더라면, 루크와 나는 일을 오십 대 오십으로 나누는 방법을 알아냈을지도 모른다. 그러나 나는 그 순간을 만나버렸고, 우리는 일을 정확히 반반 나누는 방법을 찾아내지 못했으며, 루크는, 뭐, 좋은 아빠긴 하지만, 내가 생각했던 것만큼 좋은 아빠는 아니다.

애디가 태어나고 얼마 안 있어 루크는 출장을 무척 자주 가기 시작했다. 내가 그걸 지적했을 때 그는 웃음을 터뜨리며 이렇게 말했다. "아냐, 안 그래. 로즈 당신이 착각한 거야. 잠이 부족해서 그런가." 그러더니 내게 다가왔고—그때 나는 가스레인지 앞에 서서 냄비 속에서 부글부글 끓고 있는 브로콜리와 마늘을 살피고 있었다—내 목에 키스했다. "사랑해, 자기도 알지. 아주 많이."

"나도 사랑해." 사랑했고 사랑하니까, 나는 그렇게 대답했다. 하지만 잠이 부족해서 착각한 건 아니었다. 그가 전보다 더 자주 출장을 다닌다는 사실을 나는 똑똑히 알고 있었다.

몇 달 후 다시 그 얘기를 꺼냈을 때, 그의 대답에 나는 정나미가 좀 떨어졌다.

"누구나 다 뭘 발표할 때마다 승진하는 건 아니거든." 루크는 신경질적으로 대꾸했다. "난 우리 가족을 먹여 살리려고 노력하는 중이라고, 응?"

"당신이 애쓰는 거 나도 알지. 하지만 집에서 같이 시간을 좀더 보냈으면 좋겠어. 나 혼자 애디를 보는 게 쉽지 않아."

그는 뭔가 딴 얘기를 하려다가 마음을 바꾼 듯 어조를 누그러뜨렸다. "하지만 당신이 워낙 애를 잘 보니까. 나보다 훨씬 낫잖아." 그러고는 웃음을 터뜨렸지만 처량한 웃음이었다.

"루크," 나는 불만이 사그라들었고, 남편을 달랬다. "당신은 애디한테 정말 잘하고 있어. 진짜야." 애 옆에 있을 때는, 나는 속으로 덧붙였다.

"노력하고 있어." 그가 말했다.

아직 멀었어. "그리고 누가 더 애를 잘 보나 경쟁하는 것도 아니잖아. 그냥 우리랑 좀더 오래 같이 있어줘. 나랑 좀더 오래 같이 있어줘." 이 말은 덧붙이지 않을 수가 없었다. "요즘 당신과 나 단둘이 보낸 시간이 거의 없잖아."

루크는 대답하지 않았다. 대신 이렇게 말을 돌렸다. "나 지금 베이글 사러 나갈 건데. 뭐 먹고 싶은 거 있어?"

나는 고개를 저었다.

루크는 뚜벅뚜벅 걸어가서 외투를 집어들고는 나가버렸다.

나는 침실에 들어가서 루크 쪽 침대맡 협탁을 차지하고 있는 두 개의 사진을 물끄러미 들여다보았다—하나는 거기에 영원히 자리잡고 있는, 눈을 맞으며 웃고 있는 내 사진이고, 이제 거기에 얼마 전에 찍은 두번째 사진이 추가됐는데, 눈을 맞으며 애디와 내가 웃고 있는 사진이다. 꼭 한 세트 같다. 루크는 매일 잠자리에 들기 전에 이 사진들을 바라본다. 덕분에 자신이 지금 살고 있는 이 삶에 만족한다면서, 좋았던 모든 일들이 떠오른다면서. 내 경우에 이 사진들은 온 힘을 다해 우리를 사랑하는 남편이 있음을 떠올리는 데 도움이 된다.

그날 밤 늦게 루크는 내게 사과하면서 좀더 집에 있도록 노력하겠다고 말했다. 다음날 그는 들뜬 표정으로 신이 나서 내가 제일 좋아하는 꽃인 작약을 한아름 사들고 집에 돌아왔다. 그리고 내게 키스하더니 주말에 그의 부모가 아이를 봐주기로 했다고, 우리 단둘이 특별한 곳에 가자고 했다. 애디가 태어난 후 우리가 주말에 어디 나간 적이 없다는 것을 새삼 깨달았고, 기분전환이 필요하다는 생각이 들었단다. 로즈와 루크와 애디가 아니라, 다시 로즈와 루크가 되어, 어딘가로 떠나는 것도 좋을 거라면서.

맞아, 나는 생각했다. 그래.

우리가 묵은 아담한 숙소는 바다 바로 앞이었고, 우리 방 창문으로 바다가 보였다. 정말 가까워서 거기 있는 내내 파도가 바로 옆까지 밀려들어오는 느낌이었다. 우리는 부모가 아닌 성인이 되어 바에 앉아서 와인을 홀짝이며 얘기를 하고 예전 그 시절처럼 웃었다. 맛깔나고 호화로운 만찬을 느긋하게 즐겼다. 그리고 방으로 돌아와 애디가 있기 전에 누렸던 자유를 만끽하며 사랑을 나눴다—중간에 애가 깰까봐, 너무 소란스러울까봐 걱정하지 않아도 되는 자유. 내가 이 남자를 사랑하게 되고 결혼까지 하게 됐던 이유가 새삼 기억났고, 부모가 되어 시야가 어두워지는 바람에 보이지 않던 것들이 다시 보였다. 루크도 나에 대해 그런 것들을 다시 떠올렸을 것 같다. 그랬기를 바란다.

루크의 부모는 우리에게 단 한 번도 연락하지 않았다.

"둘이 좋은 시간 보내고 오렴." 집을 나설 때 루크의 어머니 낸시가 내게 말했다.

나는 너무 고마워서 몇 년 동안 하지 않던 행동을 했다—낸시를 꼭 껴안았다. 내가 낸시의 조그만 체구에 두 팔을 두르자 낸시는 화들짝 놀라서 숨을 집어삼켰다. 그리고 곧 나를 힘껏 안아주었다.

내가 아이를 갖지 않겠다고 버틸 때 루크의 부모가 나를 어떻게 대했는지, 그 상처는 쉽게 지워질 만한 것이 아니다. 그들이 애디의 할머니 할아버지니까 지금은 그럭저럭 원만히 지내고 있지만, 애디를 빼면 그들에 대한 내 느낌은 잘해야 새우 칵테일과 비슷하다—나쁘진 않은데 뭔가 시원찮은.

그럼에도, 그때 시부모가 베푼 한 자락의 관용에 나는 와락 감격한 나머지 루크의 아버지 조하고도 포옹을 했다.

그 덕분에 루크는 우리의 주말을 밝은 미소로 시작했다. 그의 부모에 대한 나의 분노, 그의 표현을 빌리자면 '그들을 용서하길 거부하는 나의 원한'은 우리 사이에서 늘 자갈처럼 덜그럭거렸다. 자기 부모가 나를 계속 거북하게 대하는 건 알아차리지도 못하는 주제에.

어쨌든 우리의 주말은 첫출발부터 산뜻하게 시작해서 기분좋은 일만 이어졌다.

나는 힘들어질 때면 바닷가 그 숙소에서 지냈던 우리의 시간을 열심히 떠올린다. 루크를 침대에서 끌어내 그가 약속했던 대로 애디를 데리고 공원에 나가게 하는 일은 점점 더 요원해진다. 나는 주말여행 한 번이면 모든 게 단번에 해소된다고 혼잣속으로 말하고 만다. 휘리릭 뿅!

초인종이 울린다.

"엄마, 누구예요?"

애디와 나는 밀가루를 뒤집어썼고 양손은 팔뚝까지 몽땅 반죽으로 끈적하다. 애디는 뺨과 머리카락에까지 반죽이 묻었다. 아이는 조리대 위에서 구른 것처럼 보인다. "여기 있어. 아무것도 만지지 말고."

우리는 방금 우물을 무너뜨린 참이었고, 이 지점은 파스타 제조 과정에서 아주 까다로운 순간이다. 이 와중에 머라이어 캐리는 내가 가장 좋아하는 캐럴을 힘껏 부르고 있다. 나는 노래를 따라 부르며 싱크대에서 손을 씻는다—파스타 반죽을 깨끗이 떼어내는 건 쉽지 않은 일이다. 이따 밤에 잠자리에 들 때 팔뚝과 목과 발에 점점이 묻은 반죽을 발견하게 되겠지.

초인종이 울리고, 또 울린다. "나가요, 나간다고요!" 나는 수도꼭지를 잠그고 여전히 반죽이 묻어 있는 손을 수건으로 닦는다. 손바닥과 손가락에 붙은 밀가루가 반쯤 벗겨지다 말아서 꼭 좀비 피부 같다.

"크리스마스 선물일지도 몰라요." 애디가 잔뜩 기대에 차서 말한다. 아이는 제 조그만 의자 위에 서서 머라이어 캐리에 맞춰 엉덩이를 들썩인다. 루크와 나는 산타가 조수를 시켜 선물을 일찍 배달하는 경우도 있다고 애한테 잘 얘기해놨다. 조수들은 택배 기사로 변장해야 하기 때문에 산타처럼 입을 수 없다고도.

현관문을 여니 내 절친한 친구이자 같은 대학의 심리학과 교수인 질이 커다란 갈색 쇼핑백을 들고 문 앞에 서 있다. "전화했는데 안 받더라!" 질은 밀가루를 뒤집어쓴 내 모습과 앞치마를 지그시 바라보더니 한마디 보탠다. "요리 박사님!"

"휴대폰을 진동으로 해놔서."

질은 집안으로 들어와 제가 신으려고 우리 아파트에 비치해둔 슬리퍼로 곧장 갈아신는다. "오오, 머라이어 캐리! 내가 제일 좋아하는 거다! I just want you for my own, more than you could ever know!"

나는 질을 따라 들어오며 그 음정 박자 다 무시한 노래에 웃음을 터뜨리고 만다. "게다가 지금은 손이 이래서 뭘 만질 형편이 못 돼." 그러나 내 말은 질의 귓등으로 흐른다.

질은 식탁 위에 쇼핑백을 내려놓는다. "안녕하신가, 우리 꼬마 뇨키 씨." 질은 환성을 지르며 애가 밀가루 범벅이든 어떻든 개의치 않고 꽈악 껴안아서 애디한테서 까르륵 폭소를 뽑아내고야 만다. 질은 아이가 없다. 아이를 원하지 않는다, 나처럼. 아니 예전의 나처럼. "환상의 요리쇼를 방해해서 미안하다만, 네 엄마랑 긴히 할 얘기가 있어서 말이야." 질은 애디의 뺨에 떠들썩하게 키스한 후 음악에 맞춰 엉덩이를 살짝살짝 흔들며 내 쪽으로 돌아선다. "루크는 어디 있어? 아직 자?"

"어디 있겠어?" 나는 질이 쇼핑백에서 물건을 하나씩 꺼내는 모습을 지켜본다. 질은 그 와중에도 춤을 춘다. 도넛 한 상자. 초콜릿. 내가 제일 좋아하는 빵집의 버터향 가득한 크루아상 봉투.

"이게 다 뭐야?" 내가 묻는다. "파티해?" 그다음으로 오렌지주스가 나오고, 이어서 샴페인까지 등장한다. 속에서 뭔가 철렁한다. "무슨 일 있어?"

"오늘 아침에 온라인 접속 안 해봤지? 이메일 확인했어?"

"아니. 뭔데, 얘기해줘."

질이 씨익 웃으며 오렌지주스를 딴다.

"세상에, 탔구나, 그치? 내가 탄 거지?"

질은 잠시 뜸을 들이며 조리대를 드럼처럼 타다다다 두드린다. 그러고 나서, "탔습니다! 네, 로즈 나폴리타노 씨가 연구지원금을 따냈습니다! 오늘 아침에 수혜자 명단이 온라인에 떴어!"

"씨발 설마!" 나는 소리지른다. 그때 애디가 고개를 내 쪽으로 홱 돌리는 바람에 나는 한 손으로 입을 막는다. "와, 와, 와! 진짜 엄청나다! 와, 미친!"

"엄마!"

"미안, 아가야. 다신 그런 말 안 할게."

질이 팔을 쭉 뻗어 샴페인병을 멀찌감치 들고 능숙하게 코르크를 뽑자 그 뻥 소리에 애디가 깜짝 놀라 꺅 소리를 지른다. 나는 찬장에서 샴페인잔 세 개를 꺼낸다. 애디에게 술잔을 주는 건 좋은 생각이 아니겠지만 달리 어쩔 수가 없고, 어차피 아이의 잔에는 주스만 담길 것이다. 밀가루를 뒤집어쓴 아일랜드 조리대 위에 술잔들을 나란히 내려놓자, 질이 분주히 오렌지주스와 샴페인을 섞어 미모사 칵테일을 만든다.

"그거 사이다예요?" 애디가 샴페인을 가리키며 묻는다. 아이는 고개를 내밀고 술병을 열심히 연구한다.

"엄마만 마시는 사이다란다." 질이 말한다.

"에에이." 애디는 김빠졌다는 투다. 유년기는 각종 김빠짐으로 이루어져 있으며, 끝없는 금제의 연속이다—안 돼, 그건 만지지 마, 그런 말 하면 못 써, 그런 거 하면 안 돼. 애디는 늘 한탄하며 우리에게 그 점을 지적한다. 왜 맨날 안 된다고만 해요?라고 아이는 묻는다. 너도 어릴 때 늘 그랬지, 내 어머니는 곧잘 내게 상기시킨다. 만면에 고소해하는 웃음을 띠고, 나도 너 때문에 아주 고생했다, 라고 말씀하시겠지.

질이 조리대 반대편에서 샴페인잔을 든다. 밀가루 폭탄 한가운데에 만들다 만 파스타 반죽이 우리 사이에 태산처럼 자리잡고 있다.

"로즈를 위해 건배!"

나는 잔을 들고, 애디가 자기 잔을 드는 것을 도와준다. 아이가 길쭉한 손잡이를 주체하지 못해 술잔이 비스듬히 흔들리고 주스가 조리대 위로 튄다.

"이야!"

애디는 우리의 건배에 웃음소리를 보탠다.

셋이서 잔을 부딪친다. 애디의 주스가 조리대 위로 또 쏟아지고, 이번엔 파스타 반죽에도 튀지만 지금 그게 대수랴. 샴페인 거품이 내 손끝 사이로 흘러내려 발가락을 적신다.

"그리고 꼬마 뇨키를 위해 건배!" 나는 애디의 옆구리를 콕 찌른다. "너 말이야, 우리 딸."

아이가 방긋 웃고, 뺨에 묻어 굳은 반죽이 갈라져 일부 떨어져내린다.

나는 아이의 이마에 입술을 대고 푸르르르 요란하게 입바람을 분다.

“엄마!” 아이는 질색하며 꼼지락꼼지락 몸을 뺀다.

만약 오 년 전에 누가 내게 아이가 있으면 어떻게 될 것 같냐고 물었다면, 나는 임신과 육아는 경력상 자살이라고 말했을 것이다. 그것은 사실이고, 출산 첫해엔 충분히 쉰다는 느낌이 뭔지 두 번 다시 알지 못할 것만 같았다. 노상 피곤에 절어 살았다.

애디가 첫돌을 맞기 전 그 기나긴 몇 달을 정신없이 보내다가 어느 날 밤 젖을 먹이고 애를 재웠는데 통 잠이 오질 않았다. 그래서 랩톱을 열고 손이 가는 대로 타이핑하기 시작했다. 그때 속에서 나온 말들은 그토록 오래 거부한 끝에 결국 엄마가 되었다는 걱정과 불안의 총집합이었다. 내 과거가 나를 나쁜 엄마로 만들까? 이제 난 빼도 박도 못하게 내가 거부했던 미래로 들어와버렸으니, 내 과거가 요주의 사항이 된 걸까? 사람들은 나를 더 깐깐하게 평가하고 더 미심쩍게 바라볼까? 사람들은 내가 엄마 노릇을 하기에 부적합하다며 우리 딸을 걱정할까? 내가 부적합할까? 세상에 나처럼 마지못해 엄마가 된 사람들이, 나와 비슷한 걱정을 하는 사람들이 있을까, 아님 나 혼자만 이럴까?

그후 어느 날 저녁, 질이 내 스웨터에 묻은 애가 토한 자국 따윈 아는 척하지 않겠다고 약속하고, 와인과 와인 다음에 마실 위스키와 주전부리까지 바리바리 싸들고 왔다. 나는 훌륭한 엄마라면 응당 해야 할 일들을 미리미리 해치워놔서 질과 한잔할 수 있었다. 나는 임신중에도 저녁 외식을 할 때면 기쁘게 와인을 주문하곤 했다—딱 한 잔이었지만, 그럴 때마다 사람들의 흉보는 시선을 도전적인 미소로 되

받아쳐야 했다. 루크와도 그 때문에 싸웠다. 루크의 부모는 기겁했다. 그들의 기함과 모두의 기분 나쁜 시선에 나는 두번째 잔을 주문할 수밖에 없었고 이어서 테킬라 샷까지 해치우곤 했다.

질에게 나는 그동안 뭘 좀 끄적이긴 했는데 고작 불안에 떠는 질문 목록일 뿐이라고 털어놓았다. 이런 걱정—내가 애를 원하지 않았기 때문에 필연적으로 육아를 못할 수밖에 없는가—을 하는 사람이 나쁜인지 아닌지 모르겠다고.

질이 눈을 반짝였다. "흠, 나폴리타노 교수, 그건 자네가 직접 알아보지 그래?"

"뭐라고?"

"그거 말야, 내 귀엔 아주 훌륭한 연구 주제로 들리는데, 로즈."

"그래?" 녹초가 된 탓에 내 반응은 좀 무뎠다. 그러다 옛 감각이, 내가 박사까지 하게 된 계기를 끊임없이 일깨워주던 그 감각이 별안간 되살아났다. 희미하지만 낯익은 감각. 가슴이 설레며 두근거렸다. "맙소사, 이 질문들이 연구의 기초가 될 수 있네. 그 자체가 하나의 연구잖아!"

질은 고개를 끄덕이고 있었다.

질 말이 맞았다.

그날 저녁이 아득한 옛날처럼 느껴지는데, 실제로 그 연구지원서를 작성하는 데 평소보다 훨씬 오래 걸렸다. 하지만 나는 해냈다. 지금 나는 여기 우리집 부엌에서 축하의 샴페인을 마시며 도넛과 초콜릿을 입안에 욱여넣는 중이다. 애디는 벌써 캐러멜을 최소 네 개는 먹었다. 밀가루 반죽이 묻은 양볼에 찐득한 캐러멜이 덕지덕지 발렸다.

"와, 진짜 대박이다." 나는 질에게 말한다. 아마 열번째 하는 말 같다. "도저히 믿기지가 않네."

바로 그때 루크가 파란 테리 가운을 걸치고 눈을 비비며 침실에서 나온다. "뭐가 안 믿긴다는 거야, 로즈?"

"자기야! 좋은 아침!"

"안녕, 루크." 질이 말한다.

"안녕히 주무셨어요, 아빠."

"이런." 루크는 부엌으로 와서 애디를 의자에서 안아들더니 꼭 껴안는다. 그다음에 나를 본다. "아침부터 나를 자기야, 라고 불러주다니 신기하네. 무슨 일인데?"

"내가 연구지원금을 탔어, 루크, 내가 따냈어!" 나는 소리를 높이지 않을 수가 없고, 질이 환성을 지르며 동참한다. 우리는 방방 뛰고, 샴페인잔에 남아 있던 미모사가 찰랑이다가 바닥으로 흘러넘친다.

"와. 진짜 굉장해, 로즈! 축하해! 해냈구나!"

내 시선이 여전히 질을 향해 있을 때 루크가 그렇게 말하며 잔뜩 힘주어 감탄을 표한다. 나는 고개를 획 돌려 루크를 본다. 그의 표정을 유심히 관찰한다. 설렘의 기운도, 내 허파 속에 남은 숨도 싹 가신다. 나는 루크를 빤히 쳐다본다. 그는 만면에 미소를 띠고 흐뭇해하는 남편이라면 마땅히 해야 할 말을 하고 있다. 그럼에도, 그 마땅한 말들과 흐뭇한 미소의 이면에서 가식이 감지된다. 루크는 활짝 웃는 얼굴로 거짓말을 하고 있다. 그는 기뻐하고 있지 않다. 기쁘긴커녕 그 정반대다. 나는 알 수 있다. 아내들은 항상 알 수 있다.

8
2008년 9월 19일
로즈, 인생 2

루크는 바람을 피우고 있다.

확실하다.

이것은 내가 받는 벌이다, 그렇지 않은가?

이것은 내가 아이를 원하지 않기 때문에 받는 벌이다. 남편과 시부모에게 자식과 손주를 안기지 않기 때문에. 완강히 버티기 때문에, 생각을 바꾸려 하지 않기 때문에. 한때는 사랑하는 남편과 행복한 삶을 살았는데, 내 선택의 결과로 이제 나의 사랑하는 남편은 다른 여자를 사랑하고 있다.

그걸 어떻게 아느냐고?

흠.

그 질문은 이렇게 하는 편이 낫겠다. 그걸 어떻게 모를 수가 있지?

남편이 바람을 피우고 있는데 어느 아내가 그걸 모를 수 있을까?

루크가 수상한 전화를 종종 받는다든가 뭐 그런 게 아니다. 그냥 감이랄까. 루크의 태도라든가. 아니, 나를 바라보는 눈빛이라든가. 아니 그보다는, 나를 아예 보지 않는다든가.

거리감. 비타민 때문에 싸웠던 그날, 그가 내게 임신에 대해 더 이상 부담을 주지 않겠다고 약속한 것으로 끝맺은 그날의 싸움 이후 우리 사이에 거리가 생겼다. 상황은 잠시 나아지는가 싶더니, 그후로는 아니나다를까……

루크는 항상 정신이 딴 데 가 있다. 집안일 때문도 아니고 직장일이나 이메일 때문도 아니다. 그의 머릿속은 내가 닿을 수 없는 뭔가로 항상 가득차 있다. 혹여나 닿아보려 하면, 그는 실없이 과장되게 현실로 돌아온다. 억지스러운 쾌활함, 뜬금없는 애정 공세. 너무 과한 애정.

루크는 이런 얘기를 정말 열심히 주워섬긴다. "로즈, 당신은 내가 사랑에 빠진 유일한 여자야—당신도 알지, 응?" 그때 내가 한 질문은 이런 무해한 것들이었다. 루크, 내가 제일 좋아하는 티셔츠 못 봤어? 또는, 루크, 오늘 저녁으로 버섯 리조토 어때?

가책. 그는 양심의 가책을 느끼고 있다.

우리집에 스며든 냄새 같은 것이다. 그의 몸에서 피어나는, 그의 자취를 따라다니는 불쾌한 돼지우리 냄새. 전부 그런 식으로 애매하고 정체가 불분명한 심증뿐이었다. 그랬는데, 흠.

사진이 나왔다.

그런 종류의 사진은 아니다.

다른 거다. 이쪽이 훨씬 안 좋다. 더 효과적인 폭로다.

그 사진은 루크의 휴대폰 사진첩에서 휙 스쳐지나갔다. 루크는 느긋하게 뒹굴거리는 고양이를 발견하고 웃겨서 사진을 찍었다며 내게 보여주려고 했다. 그는 늘 고양이 사진을 찍었고, 그러다 우리도 고양이나 한 마리 기르면 어떨까 하는 대화로 이어지곤 했다—우리는 절대 가질 일 없는 아이 대신에, 뭐 꿩 대신 닭이랄까. 나는 고양이를 기르고 싶었고, 하나 입양하자고 루크를 조르는 중이었다. 고양이가 우리의 무자녀 결혼생활에 생긴 구멍을 확실히 메워줄 거라고 곧잘 농담삼아 얘기했고, 때론 루크도 장단을 맞췄다. 하지만 그런 일은 일어나지 않았고, 누가 놓친 공처럼 우리 옆으로 굴러와 금방이라도 폭발할 듯 짤랑대며 겁박하는 수류탄은 해체될 것 같지 않았다.

루크는 손가락으로 화면을 스크롤하며 사진들을 쭉쭉 넘겼다. 사진이 어마어마하게 많았다.

나는 그의 어깨 너머로 들여다보고 있었다.

루크는 벌써부터 키득거리며 일단 그 고양이를 보기만 하면 배꼽 빠지게 웃을 거라고 내게 말했다.

그때 내 검지가 그의 휴대폰 화면으로 불쑥 뻗어나가 그 사진을 잡으려 했다. 화면을 잠깐 정지시켜 더 잘 보고 싶었다. "그건 누구야?"

"누구 말이야?"

"그 사람. 방금 지나간 사진에 나온 여자."

"여자?" 루크가 다시 위쪽으로 스크롤하려는데 내 손가락이 화면을 누르고 있었다. 루크는 내 쪽으로 고개를 갸웃하더니 눈썹을 치켜올렸다. "당신이 손을 안 떼면 내가 사진을 찾을 수가 없잖아."

"아." 나는 얼른 손가락을 뗐다. 루크의 말투에 짜증이 묻어났다. "미안." 나는 사과하면서도 꼼짝 않고 루크의 휴대폰 화면을 주시했다. 어물쩍 넘어가기 싫었고, 루크가 그 사진의 존재를 부정하는 걸 막고 싶었다. 그가 사진을 너무 빨리 넘기는 바람에 제대로 알아볼 수 없었다. "천천히! 지나간 것 같아."

루크는 반대쪽으로 스크롤했고, 이번에는 거북이처럼 느리게 내렸다. 싸움으로 번지겠지, 이걸로 싸우고 싶지 않은데, 나는 생각했다. 처음에 화면에 뜬 사진들은 작업물이었다—시장의 기자회견, 지난 주말의 예약 촬영, 그다음에는 닥치는 대로 찍은 일련의 사진들. 루크는 길거리에서든 가게에서든 뭔가 재미있는 게 보이면 무조건 찍었다.

내 손가락이 다시 불쑥 나왔다. "그 사람."

"아, 셰릴?" 루크가 하도 태연하게 말해서 나는 내가 당연히 셰릴을 알아야 하는 줄 알았다. 아니면 자기 휴대폰에 이 여자의 사진이 있는 게 아주 당연하다는 사실을 전하려는 것인지. 그러나 자신이 이 여자의 이름을 안다는 사실을 밝히자마자, 셰릴이라는 이름이 로즈라는 이름만큼이나 편하게 자기 혓바닥에서 굴러나올 수 있다는 사실을 밝히자마자 루크가 아차 하고 후회하는 게 빤히 보였다. "아니 뭐, 그런 이름이었을 거야." 루크가 덧붙였다.

"그런 이름이었다고? 왜 과거형이야? 죽었어?"

루크는 나를 똑바로 쳐다보았다. "아니, 안 죽었어, 근데 로즈, 죽든 말든 내 알 바도 아니고 그게 나랑 무슨 상관이야? 그냥 어쩌다 마주친 사람일 뿐인데." 그가 섬네일을 탭했고 이미지가 화면을 가득 채웠다. 그리고 내게 더 잘 보이게끔 화면을 돌려주었다. 마치 그 사진을 내게 보여주게 되어 더할 나위 없이 기쁘다는 듯, 그 사진은 다른 여느 사진과 마찬가지로 무해하다는 듯.

그 여자의 얼굴과 표정과 자세를 유심히 살피는 동안 내 위장에 구멍이 뚫렸다. 내 가슴 한가운데에서 동굴이 아가리를 벌린 것은 단지 그 여자의 미모나 길고 구불구불한 빨간 머리나 맑은 피부나 빨간 머리들만이 가질 수 있는 주근깨 때문만은 아니었다. 그 여자가 웃고 있다는 사실, 그 웃는 모습, 고개를 뒤로 젖히고 머리칼을 어깨에 풍성하게 늘어뜨리고 눈은 반쯤 감은 채 붉은 입술을 한껏 벌려 남의 눈치 볼 것 없이 신나서 깔깔 웃고 있다는 사실 때문이었다.

루크가 제일 좋아하는 내 사진과 똑 닮았다.

"그래서 누군데?" 나는 부엌으로 가면서 물었다. 물을 틀고 그릇을 헹구어 식기세척기에 넣으며 최선을 다해 심드렁한 척 말했다. "처음 듣는 것 같은데. 당신이 셰릴에 대해 말하는 건." 그 이름을 알게 된 이상, 도저히 입에 올리지 않을 수 없었다.

"말한 적 있는데. 그냥 공원에서 본 사람이야." 루크는 우리가 술을 보관해두는 선반으로 가서 위스키를 꺼냈고, 이어서 조그만 유리잔도 꺼냈다. 술병의 마개를 돌려 열고 한 잔을 따랐다. 위스키는 입에 대지도 않던 사람이, 느닷없이 마시고 있었다. "내 웹사이트에 저 사진을 올리려고 했지, 프로필 사진 촬영 의뢰가 더 들어올까 싶어서. 양도 계약서에 서명을 받았기 때문에 그 사람 이름을 아는 것뿐이야. 제법 잘 나온 것 같지 않아?"

나는 세척기 칸 안에 그릇들이 좀더 잘 자리잡도록 접시와 대접과 컵을 이리저리 배치하고 재배치하는 중이었다. "굉장히 잘 나왔네."

"응, 나도 그렇게 생각해." 루크는 마치 내가 먼저 그 사실을 알아냈고 자기는 맞장구칠 뿐이라는 듯 말했다. 그는 여전히 넘칠 듯 가득 든 위스키잔을 들고 내 쪽으로 걸어와서 한 모금 가볍게 홀짝였다. "내가 할게."

나는 옆으로 비켰고, 루크는 내게 술잔을 넘겼다. 그는 허리를 숙이고 대접 하나를 옮기고, 또다른 대접을 깊은 칸으로 밀어넣고, 세제 한 알을 던져넣은 다음 문을 닫았다. 시작 버튼을 누르고 내 쪽으로 고개를 돌려 위스키잔을 다시 달라고 손을 내밀던 루크는 웃음을 터뜨렸다.

잔은 비었다.

그가 그릇을 옮기는 동안 내가 단숨에 들이켰으니까.

나는 시계를 본다. 스튜디오로 출근한 루크는 지금쯤 점심시간일 것이다.

나는 전화기를 들어 그에게 전화를 건다.

통화연결음은 그의 음성사서함으로 넘어간다. 그가 바람을 피운다는 또다른 증후다. 전에 루크는 내가 전화를 걸면 항상 제꺽 받았다. 그 빌어먹을 사진을 안 봤다면 좋았을걸. 이젠 그의 행동 하나하나가 다 바람을 피우고 있다는 증거 같다.

"안녕, 루크," 나는 메시지를 남긴다. "그냥 잘 있나 궁금해서 전화했어, 보고 싶어서. 오늘 저녁으로 특별히 먹고 싶은 거 있어? 당기는 게 있으면 나한테 전화하거나 문자 줘. 당신 바쁜 거 잘 아니까. 사랑해!" 내 말투에서 뚝뚝 떨어지는 달달한 시럽에 복통과 두통이 몰려온다. 한입에 설탕을 너무 많이 삼켰다.

이래서 사람들이 홱 돌아서 사립탐정을 고용하는구나.

다음으로 나는 질에게 전화를 건다.

질은 첫번째 통화연결음에 전화를 받는다. "안녕! 잘 지내?"

이 세상에 최소한 한 사람은 내게 성심성의껏 말을 걸어주는구나. "잠깐 와줄 수 있어?"

"학교로 아님 집으로? 오늘 재택근무인 것 같던데?"

"응. 집에서 일하고 있었지. 지금은 잠깐 쉬는 중. 근데 실은, 일이 손에 안 잡히네. 네가 와줬으면 좋겠어. 부탁이야." 이런 말을 하는 내가 얼마나 한심하고 애처롭게 들릴지 생각만 해도 끔찍하다.

수화기 저편이 조용하다. 이윽고, "로즈," 질의 음성이 낮아지며 내 이름이 조용히 흘러나온다. "무슨 일 있는 거지?"

나는 심호흡을 한다. 아직까지 그 얘기를 입 밖에 낸 적은 한 번도 없었다. 말로 했다가 현실이 되어버릴까봐. 하지만 지금 나는 말한다. "루크가 바람났어."

이번에 질은 날 기다리게 하지 않는다. "금방 갈게" 하더니 바로 찰칵 전화를 끊는다.

현관문을 열자 질이 나를 끌어안는다.

“일단 차부터 한잔하자.” 질이 집안으로 들어오며 말한다. 질은 곧장 부엌으로 가서 우리가 머그잔을 두는 찬장에서 잔 두 개를 꺼내 아일랜드 조리대 위에 놓은 다음 캐모마일 티백 두 개를 꺼내서 태그를 잔 손잡이에 건다. 나는 물을 끓이기 위해, 손이라도 놀리기 위해 주전자를 불 위에 올린다.

물이 끓기를 기다리는 동안 질이 말한다. “차를 마시면 불안감을 다스리는 데 도움이 될 거야.”

“난 불안하다고 얘기한 적 없는데.”

질이 믿을 수 없다는 표정으로 나를 빤히 쳐다본다.

“알았어. 불안한 거 맞아, 안 그랬음 너한테 전화도 안 했겠지.”

“어째서 루크가 바람났다고 생각해? 뭐라도 봤어? 호텔 영수증? 문자 메시지?”

“그런 건 아닌데.”

질이 팔짱을 낀다. 질은 눈 색깔과 잘 어울리는 밝은 감색 상의를 입었다. “그럼 뭔데?”

“흠.” 내 기분을 어떻게 설명해야 할지 나는 생각을 가다듬으려 애쓴다. “루크가 하는 행동이…… 평소와 좀 달라. 거리감이 느껴져—항상 그런 건 아니고, 이따금.”

“남편들은 거리를 두지. 아내들도 거리를 두고. 마리아는 항상 거리를 두는데.” 마리아는 질의 파트너다. “그렇다고 꼭 바람을 피운다는 뜻은 아니지.”

"나도 알아. 하지만," 나는 말을 끊고, 숨을 들이마신다. "거리를 두다가 금방 또 정반대가 되는 거야. 애정 표현이 과한 게, 꼭 뭔가를 벌충하려고 애쓰는 것 같아. 죄책감을 느끼는 것처럼. 하여간 그랬는데, 사진을 봤어."

질의 눈썹이 아치를 그리며 올라간다. "저런." 질은 신발을 한 짝씩 벗어던지더니 벽 쪽으로 가서 슬리퍼를 꿰어 신고는 타박타박 아일랜드 조리대로 돌아온다. "그 사진에 대해 좀 말해봐."

"루크가 찍은 내 사진, 눈을 맞으며 웃고 있는 그 사진 알지?"

질이 고개를 끄덕인다.

"음, 루크가 휴대폰 사진첩을 스크롤할 때 내 사진과 거의 똑같은 구도로 찍은 사진을 봤어. 근데 생전 처음 보는 여자였어. 이름은 셰릴이라더라."

"셰릴이라! 그럼 아무나는 아니란 거네."

"루크는 아무나라고 주장해. 하지만 내가 보기엔 거의 무심결에 자동으로 그 이름이 루크 입에서 튀어나왔어. 그러고선 모른 척 얼버무리려 하더라고."

주전자가 삐익 소리를 낸다. 질이 머그잔에 물을 붓고 내게 하나를 건넨다. 나는 수면에서 깐닥거리는 티백을 스푼으로 눌러 물에 푹 담근다.

질이 두 손으로 잔을 감싸쥐고, 질의 얼굴 주위로 김이 피어오른다. "네가 잘못 해석한 걸 수도 있잖아. 루크는 오히려 네 생각이 나서 아련한 추억에 잠겨 그 사진을 찍었을지도 몰라. 순간적으로 감상에 젖어서."

나는 고개를 젓는다. "그 여자가 요주의 인물이라고 생각하게 된 계기가 또 있어." 나는 한숨을 쉰다. "넌 나보고 미쳤다고 할 거야."

"얘기해봐."

"루크는 내 사진이 항상 자기 쪽을 보게 놨었거든, 침대에 들어갈 때나 아침에 눈 떴을 때 곧장 볼 수 있도록."

질은 숨이 막힌 것처럼 캑캑거리는 소리를 내며 야유한다. "그건 루크가 너를 사랑한다는 표시잖아, 로즈, 그 반대가 아니라. 참 눈물겨운 로맨티스트네."

나는 계속 말을 잇는다. "요전번에 보니까 사진이 각도가 틀어져 있길래 내가 다시 돌려놨어. 근데 다음날 아침에 보니까 또 바깥쪽으로 틀어져 있는 거야. 루크가 일부러 그런 게 틀림없어. 그날 밤 잠들면서 내 사진을 보기 싫었던 거지. 내 얼굴이 보이지 않게 돌려버린 거라고!"

"그거야 모르는 일이지. 잘못 넘어뜨렸다가 세웠는데 우연히 그렇게 된 걸 수도 있고. 침대에 들어가는 방식을 바꿨을 수도 있고."

"너무 좋게 해석해주는 거 아니니." 나도 그렇게 믿고 싶었지만. "그보다는 셰릴이라는 여자와 바람이 나서 죄책감 때문에 그랬을 가능성이 다분해."

질은 머그잔에서 티백을 꺼내 스푼으로 눌러 짠 후 접시 위에 내려놓는다. "증거가 필요해." 질이 말한다. "만약 루크가 바람을 피우고 있다면—만에 하나 말이야—그걸 입증할 만한 뭔가가 있을 거야. 그걸 우리가 찾아내는 거지."

"우리가?"

"응, 우리가. 지금 당장. 루크는 집에 언제 와?"

"일곱시 지나서 올 거야."

"딱 좋다. 시간 충분하네." 머그잔을 손에 들고 질은 곧장 루크와 내가 각자 책상을 놓고 쓰고 있는 서재로 향한다.

나는 심호흡을 하고 질의 뒤를 따른다.

질은 이미 루크의 책상 서랍을 뒤지는 중이다. "루크라면 네 눈에 띄고 싶지 않은 물건을 어디에 둘 것 같아? 또는 잘 보관해두고 싶은 물건을?"

순간, 앞으로든 뒤로든 옆으로든 하여간 조금이라도 움직였다간 그대로 절벽 아래로 굴러떨어질 것만 같은 현기증이 엄습한다. 내가 지금 이런 짓을 한다고? 남편 물건을 뒤진다고? 남편이 바람피우고 있다는 증거를 찾으려고?

그래, 나는 결정을 내린다. 우리가 뭔가 확실한 것을 찾아낸다면 내가 미치지 않았다는 뜻이겠지. 반대로 이 모든 게 나의 머릿속 망상이라는 것이 증명되면 더이상 신경쓰지 않으면 되는 거고.

나는 루크의 책상에서 책을 한 권 집어든다. 휘리릭 훑어본다. 내려놓는다. "나도 잘 몰라. 전부 다 살펴봐야 하지 않을까."

수북이 쌓인 우편물과 세금용 영수증 등 루크의 물건들을 뒤지고 있자니, 문득 토크쇼에서 남편의 바람이 의심될 때 자기가 했던 온갖 절박한 행동을 털어놓는 아내들 중 하나가 된 기분이다. 그런데 또 한편으론, 빗장을 풀고 최악의 충동에 굴복하고 나니 나름 자유롭다. 낄낄 웃음이 나온다.

"뭐가 그렇게 웃겨?" 질이 서랍을 열고 안의 물건들을 뒤적이며 묻는다.

"내가. 우리가. 이게." 나는 서가에서 서류 한 뭉치를 꺼내들고 주욱 훑는다. "그니까, 이런 짓을 하는 거랑 사립탐정을 고용하는 거랑 무슨 차이가 있어? 그게 그거잖아? 망원경과 카메라만 없다 뿐이지. 어쩐지 웃긴다." 내가 말한다.

"글쎄, 우리가 뭔가를 찾아내기 전까지는 웃기겠지." 질의 대꾸에 내 웃음이 멎는다.

내가 루크를 사랑한다는 것을 처음 깨달은 그 순간, 돌이킬 수 없이 속수무책으로 빠져들었음을 자각한 그 순간을 나는 기억한다. 내 심장이 납치당한 기분이었다.

십 년 전 일이다. 대학원 동료인 라야와 데니즈가 나를 끌고 글쓰기 칩거 모드에 들어갔다. 각자의 학위논문에서 글을 짜내어 구직 시장에서 더 나은 위치를 점하기 위해서였다.

그러나 실상은 그 친구들이 나를 루크에게서 떼어놓은 것이었다.

그때쯤 루크와 나는 사귄 지 겨우 석 달째였지만, 두번째 저녁식사 이후로는 떼려야 뗄 수 없는 사이가 되었다. 우리는 함께 자전거를 탔고, 함께 공원을 거닐었고, 함께 슈퍼마켓에 갔다. 그 모든 일에, 가령 우유와 시리얼을 사는 지극히 평범한 일상에조차 왠지 고양감이 충만했다. 우리가 같이하는 모든 일들이 우리가 함께할 미래를 미리 일별하는 것처럼 의미심장하게 느껴졌다. 평생을 그렇게 살아온 것처럼 결국 일상으로 느껴지게 될, 우리가 한집에서 같이 사는 끝없는 오후들.

데니즈와 라야와 나는 오후 내내 칩거용으로 빌린 숙소의 테라스에서 작업 진도를 빼려고 용을 쓰며 엉덩이를 붙이고 있었다. 나는 소파에 널브러져 있다가 몸을 일으켰고, 의자에 앉아 책을 읽고 있던 데니즈에게 다가가 선언했다. "나 도저히 집중이 안 돼서 못 하겠어!"

데니즈가 책에서 눈을 떼고 고개를 들더니 나를 보며 능글맞게 싱글거리던 모습이 똑똑히 기억난다. "머릿속이 온통 루크뿐이니 집중이 될 턱이 있나." 데니즈의 말이었다.

"아냐!" 나는 항변했지만, 데니즈 말이 맞기에 헤벌쭉 웃음이 번졌다.

내 머릿속 저 안쪽에는 항상 루크가 자리하고 있었다. 내 두뇌의 길목 한가운데 서서 끊임없이 손을 흔들며 안녕? 인사하는 루크가 그려졌다. 조심하지 않으면 나 자신을 완전히 놓아버리고 루크에게 넘어갈 것 같아서 겁이 날 때도 있었다. 그래도 대체로는 그냥 그 느낌을 즐기며 그 흐름에 몸을 맡기려 했고, 깊숙한 내면 어딘가에 나는 늘 변함없이 나라는 확신이 있었다.

바로 그때 집안에서 전화기가 울렸고 나는 안으로 우당탕 달려 들어가 수화기를 집어들었다. 테라스에서 데니즈와 라야가 웃어대는 소리가 들렸다. 우리 모두 루크의 전화라는 걸 알고 있었다. "여보세요?" 나는 숨넘어가게 말했다. 구불구불한 코드가 달린 구식 전화기였다.

"안녕?" 루크가 말했다.

"목소리 들으니 진짜 좋다." 나는 루크에게 말했다.

"보고 싶어." 그가 말했다.

나는 설레어 아찔했다. "나도."

"글쓰기는 잘돼가?"

"응. 음. 거의 딴 데 정신이 팔려서."

"어? 왜?" 말은 그렇게 해도 루크의 말투에 웃음이 묻어나는 게 들렸다.

"알면서."

"알아."

우리 둘 다 알고 있었다. 피차 아는 걸 굳이 설명할 필요는 없지 않나.

"뭐하고 있었어?" 나는 루크에게 물었다.

"사업을 키워보려고 노력중이지. 늘 하는 일."

"잘 풀릴 거야."

"그럴까?"

"포기하면 안 돼." 나는 이어서 말했다. "언젠가 우리 함께 이 시간을 되돌아보며 웃게 될 테니까, 그때쯤 되면 나는 구직 시장에 더이상 볼일이 없고, 당신은 감당하기 벅찰 정도로 일이 몰려들 거야, 웨딩 촬영 같은 게 아니라 당신이 좋아하는 일이."

"그거 괜찮네, 특히 '언젠가 우리 함께 되돌아본다'고 말한 부분이. 우리가 인생에서 긴 시간을 함께 보낼 거라고 생각하고 있다는 말로 들리는데."

나는 전화선을 최대한 끝까지 당겨 방 저쪽으로 걸어가 창가에 섰다. "난 그렇게 생각해. 당신은?"

"나도."

우리 사이에 길게 펼쳐진 침묵 속에서, 우리가 함께하는 시간들이 내 머리를 스쳐지나갔다. 내가 아담한 셋집 부엌 식탁 앞에 앉아 매체에 발표하고 싶은 글을 열심히 쓰는 동안 루크는 컴퓨터로 사진을 정리한다. 그리고 이따금, 느닷없이, 각자 하던 일을 멈추고 다급하게 열정적으로 섹스를 하는 거다. 마치 이번이 마지막이라는 듯, 우리 둘 중 하나가 밤중에 돌연사하든가 길거리에서 살해당하든가 할 것처럼, 그래서 이 한 번뿐인 섹스를 소중히 즐겨야 한다는 듯. 그런 상상에 내가 얼마나 탐닉하면서 동시에 혐오감을 느꼈는지. 이 남자가 세상을 떠난다면 내가 어떻게 살 수 있을까? 어떻게 이렇게 단시간에, 이 남자 없는 내 삶은 결코 완전하지 못하리란 느낌이 들 수 있을까? 하여간 나는 대체로 그런 느낌을 매우 좋아했다. 그를 매우 좋아했다.

나는 그를 사랑했다.

"여보세요? 어디 갔어, 로즈?"

"아무데도. 그냥 생각 좀 하느라."

"밝은 생각들이었으면 좋겠는데."

나는 피식 웃었다. "응, 밝은 것들이야."

"지금 나한테 말해줄 수 있어?"

"전화보다는 직접 만나서 말하고 싶어." 가령 "사랑해, 루크" 같은 말.

"알았어." 루크는 의기소침한 투였다.

"금방 집에 갈 거야."

"내가 바라는 만큼 금방은 아닐걸."

"하루이틀 정도는 더 나 없이 살 수 있잖아."

"모르겠어—가능할까?"

둘이 동시에 웃음이 터졌다. 나는 테라스를 힐끔거리며 라야와 데니즈가 듣고 있지 않음을 확인했다. 그들은 루크와 내가 어젯밤 자기 전에 나눈 대화가 오글거린다며 하루종일 나를 놀려댔다. "이만 끊어야겠다. 그게, 써야 할 글도 있고, 데니즈와 라야와 같이 해야 할 작업도 있고 그래서."

그러자 루크가 조용해졌던 기억이 난다. 우리 둘 다 말이 없었다.

사랑해. 이것이 그때 내가 입 밖에 꺼내지 않은 말이었다.

나도 사랑해. 이것이 그때 루크가 내게 답해주지 않은 말이라고, 나는 확신했다.

그것은 이미 우리 둘에게 와 있었다. 나는 느낄 수 있었다, 그 말이 우리 두 사람의 가슴 안쪽 깊숙한 방에 진작부터 자리잡고 있음을.

그를 향한 나의 사랑은 여전히 내 심장 안쪽에 고여 있다. 하지만 나를 향한 그의 사랑은, 아직 그의 마음속에 있긴 할까? 루크의 몸속 특권적 장소에 있던 그것은 이미 누군가에게 밀려 저멀리 굴러가버린 게 아닐까, 루크가 다시 보지도 느끼지도 못할 만큼 멀찌감치?

질과 나는 허탕을 쳤다.

나는 이만 의구심을 놓아주고 싶지만, 그렇게 되지가 않는다. 나는 루크가 바람을 피우고 있음을 안다. 내가 어머니가 될 그릇이 아님을 원래부터 알고 있던 것과 마찬가지로, 분자 하나하나에서 똑똑히 느껴진다. 마치 그것이 기본 진리이기라도 한 듯.

어쩌면 문제는 나일지도 모르겠다. 아이 얘기를 더이상 꺼내지 않겠다는 루크의 허세를 액면 그대로 믿어주는 법을 터득하지 못한 것 같다. 아니 도대체 불가능하지 않나. 간절히 아이를 바라던 루크가 돌연 알았어, 로즈, 그동안 당신을 괴롭히고 우리 사이를 거의 망가뜨릴 뻔했던 것 정말 미안해, 이제 그만할게라니. 고작 비타민 갖고 사소한 다툼을 벌이던 와중에. 그 일 이후로 나는 걷는 법도 까먹을 지경이고, 우리의 결혼생활의 토대가 미심쩍다. 도처에 크레바스와 골짜기가 있고 걸핏하면 땅이 허물어지는 느낌이다.

루크와 나는 그저 시간을 좀더 벌었을 뿐일까?

아니면 이 거대한 틈을 건너 영원히 서로에게 닿는 길을 찾아낸 걸까?

내 머릿속의 누군가가 내게 말한다. 아니. 그건 아니거든.

질이 돌아간 후 줄곧 그 생각뿐이다. 질은 현관문을 나서며 몇 번이고 당부했다. "로즈, 증거는 안 나왔어! 단 한 조각도! 걱정 그만해!"

하지만 셰릴은 진짜다. 집안에는 증거가 없을지 몰라도 어쨌거나 그 여자는 여기 있고, 루크와 나 사이에서 유령처럼 집안을 떠돌고 있음이 느껴진다. 그 여자는 아이 제조기일 거다. 아이를 낳는 데 집착해서 루크의 마음을 사로잡았을 것이다. 우웩.

나는 휴대폰을 들어 연락처를 스크롤하다 마침내 원하던 것을 발견한다.

토머스.

여기 있군. 성은 없고 이름만. 이름만 봐도 심장이 벌렁거린다.

손가락이 주저하다가 이내 화면을 탭한다.

나는 타이핑하기 시작한다.

오랜만이죠, 그때 말했던 한잔 지금도 가능할까요?

물음표 뒤에서 커서가 깜박이며 내가 좀더 문장을 이어갈지 아니면 그냥 보내기 버튼을 누를지 대기하고 있다. 내가 정말 이걸 하려는 걸까? 굳이 이 길을 택해서 다음 걸음을 내디뎌야 할까?

그래, 그래, 로즈. 해봐.

토머스와는 다른 도시에서 열린 학회에서 만났다. 리셉션에서 그는 내 동료인 데번과 우리 학과 사람들과 얘기하는 중이었다. 커다란 잔에 와인이 몇 순배 돌았고, 미니 핫도그와 치즈와 크래커가 뒤따랐다. 우리는 다 같이 모여 서서 먹고 마시며 연구 프로젝트에 대해 담소를 나눴다. 거기서 나는 유일한 여성이었는데, 사회학 분야에는 남성 연구자가 여성 연구자보다 훨씬 많아서 드문 일은 아니었다.

나는 밤새도록 토머스와 대화를 이어갔다. 그는 유머러스하고 똑똑하고 재미있고 매력적이었다. 이 부분에 대해서는 너무 많이 생각하지 않으려 애썼지만 그와 대면한 순간부터 그가, 특히 그의 얼굴이, 완전히 내 취향임을 부인하기 어려웠다. 토머스는 내 정신을 산란하게 뒤흔들었고, 마침 나는 그런 정신 분산이 필요했다. 루크가 집에 혼자 있을까 아니면 그 사진 속 여자 셰릴과 우리 침대에서 섹스를 하고 있을까, 그 둘이 나를 멀리 치워버렸다고 신나 하며 우리의 근사한 새하얀 시트 위에서 아기를 만들고 있을까, 머릿속이 온통 그런 생각으로 시끄러워서 전날 한숨도 못 잤다.

무슨 영문인지 나는 토머스가 시카고 사람이라고 생각했고, 그렇다면 그를 두 번 다시 볼 일 없을 테니, 딴사람들이 다들 다른 연회장으로 흩어지고 우리 둘만 남아 몇 시간이고 대화에 열을 올리고 있어도 문제될 것 없다고 생각했다.

"무척 즐거웠어요." 마침내 작별인사를 건네면서 토머스가 말했다. 말은 평범했지만 말투는 다른 것을 담고 있었다.

"그러게요." 우리 사이에 흐르는 미묘한 기류를 감지했음을 미처 숨기지 못한 채 나는 답했다.

"꼭 다시 뭉쳐야겠는걸요." 그가 말했다.

나는 싱긋 웃었다. "내년 이맘때쯤?"

그가 폭소했다. "아뇨. 뭐, 그래도 되고요. 실은 집에 돌아간 후에 어디 바에서 만날까 했는데."

"시카고에 살지 않아요?"

"아뇨, 맨해튼에서 학생들을 가르치는데요."

나는 간이 철렁했다. 토머스에게 내가 결혼했다는 사실을 밝히지 않았던 것이다. 그에게 이 결정적인 정보를 말해야 한다는, 대화 중간에 루크의 이름을 언급해야 한다는 상식이 저녁 내내 나를 닦달했지만, 그래도 나는 발설하지 않았다. 그가 내 결혼반지를 알아차렸을 수도 있지만, 알아차리지 못했을 수도 있었다. 아니면 나의 결혼 여부에 개의치 않을지도 몰랐다. 별안간 나는 벼랑 끝에서 있었고, 내 발밑에서 몇 인치 떨어진 곳에 무저갱이 입을 벌리고 있었고, 그 앞에서 토머스는 내가 수락하기를 기다리고 있었다. 그래요, 토머스, 다시 만나면 정말 좋겠군요.

지금 여기 우리집 부엌에 서서, 휴대폰 화면의 배면광을 받아 빛나는 토머스의 이름을 물끄러미 바라보며, 나는 흔들린다.

이윽고 화면을 탭한다. 메시지를 지운다.

이럴 수는 없어. 못하겠어.

나는 루크를 사랑해.

9
2007년 11월 10일
로즈, 인생 1

"로즈, 괜찮아요?" 데번이 내 사무실 문간에 홀연히 등장해 묻는다. 사실 내 시선은 그를 지나쳐 복도의 허공을 멍하니 향하고 있었다—데번이 입을 열기 전까지 나는 그가 거기 있다는 것도 알아차리지 못했다.

"어…… 왜요?" 억지로 초점을 맺으니 비로소 데번이 형체를 갖춘다. 키가 크고 배 둘레가 넉넉하며, 늘 그러듯 이를 드러내고 활짝 웃으면 짙은 피부색에 새하얀 이가 도드라진다.

데번은 거대한 체구에 사랑스럽고 너그러운 남자다. 우리 과 사람들은 모두 데번을 좋아하고 그의 아내도 똑같이 좋아한다. 데번 부부는 늘 우리 모두를 초대해서 저녁 파티를 열고, 야외 회식 자리를 주선한다. 사회학자들은, 교수들이 전반적으로 다 그렇지만, 독사들이다—바늘로 찔러도 피 한 방울 안 나올 인간들. 하지만 데번은 예외다.

데번이 사무실 안으로 몇 걸음 들어와 내 책상 맞은편에 있는 방문객용 의자 등받이를 두 손으로 잡는다. "요즘 무슨 일 있어요? 진짜로. 영 당신답지가 않네요."

사람들이 말을 걸 때 혼자 내적 심연으로 파고드는 짓은 그만둬야 하는데. 저녁 때 집에 가면 애써 외면하는 주제에, 학교에서는 툭하면 부엌 식탁 위 우편물 더미에 묻혀 있을 이혼 서류에서 헤어나질 못한다. 나는 다시 나답고 싶다. 평소의 로즈. 이혼중인 로즈가 아니라. 상심한 로즈가 아니라. "글쎄요, 데번. 난 그냥…… 별일 없는데."

데번은 한 박자쯤 나를 뚫어지게 쳐다본다. 못 믿겠다는 눈초리다. 동료 교수들은 아직 나와 루크 사이의 일을 모른다. 그동안 내가 그 얘기를 계속 피했다. 데번이 땅이 꺼져라 한숨을 내쉰다. "그리하여, 우리 과의 해피아워는 다음주 목요일이 되겠습니다."

그 말에 나는 웃음이 터지고 만다. 데번의 할 얘기란 게 그런 것일 줄은 상상도 못했다. '그리하여'라고 운을 뗀 그의 어조가 너무 진중해서, 가볍게 한잔하자는 초대가 아니라 뭔가 심각한 얘기가 나올 것만 같았다. "그래요? 처음 듣는 소린데. 어쨌든 나는 좀 어렵겠어요."

"무슨 소립니까, 당신이 꼭 와야 해요. 우리 같이 갈까요? 내가 가는 길에 들러서—"

"지금 당신이 뭐하자는 건지 알겠어요, 데번."

"네? 내가 뭐하자는 건데요?"

"우리가 보통 걱정되는 학생들이 있을 때 걔들한테 그러잖아요. 사무실에서부터 애들을 데리고 상담센터까지 동행하는 거죠, 정말로 가는지 보려고. 이 경우에 당신은 나를 데리고 해피아워 장소까지 동행하겠다는 거로군요."

이번엔 데번이 폭소를 터뜨린다. "그러게요. 하지만 당신은 정말 사람들하고 어울릴 필요가 있어 보이는 얼굴인걸요. 즐거움을 좀 느껴봐요. 그럼 나아질지도 모르니까."

순간, 희망이 불끈 솟는다. 내 안에서 새로운 삶의 가능성이 열리며 밝은 태양처럼 빛나고 몸이 뜨거워지는 그런 귀중한 순간이 찾아온다. 하지만 언제나 뒤이어 따라오는 의구심이 즉각 그 희망을 파괴한다. 루크 없이 내가 다시 행복해질 수 있을까 하는 의구심, 결혼생활에 실패한 스스로에 대한 의구심—의구심은 찰나의 희망보다 질기고 강력하며, 내 마음속 깊은 곳 어딘가에 본부를 차린 슈퍼 빌런이다.

하지만 데번의 얼굴에 피어난 미소—그와 나 둘 다 홀릴 만큼 너끈히 다정하고 희망차다—덕분에 다음 말을 이어갈 만한 동기가 간신히 솟아난다. "좋아요. 목요일 오후에 당신이 나를 데리러 올 때까지 여기 내 방에서 기다리죠, 그리고 같이 해피아워에 가는 겁니다."

데번의 미소가 얼굴 전체로 번지고 광대뼈가 하늘로 솟는다. 그의 미소가 햇빛처럼 등대처럼 반짝여서 나는 생각한다. 까짓것 가보지 뭐. 저 다정한 불빛을 따라가서 안 될 거 없잖아? 사람 일 모르는 거다, 로즈 나폴리타노. 멋진 일들이 코앞에 있을 수도 있지.

그러나 데번이 뒤로 돌아서 "그럼 목요일에 봅시다"라는 말을 어깨 너머로 던지고 내 방을 나가자마자 내 속에서 호시탐탐 기회를 노리던 슈퍼 빌런이 다시 튀어나와 그 사악하고 자기파괴적인 웃음을 킬킬 흘리고, 데번에게서 나온 빛은 힘없이 깜박거리다 훅 꺼져버린다.

목요일, 해피아워가 열리는 레스토랑은 북적북적하다. 데번을 따라 여기까지 오다니 아무래도 실수한 것 같다는 생각에 나는 갈팡질팡 우물쭈물한다.

“이야, 로즈!” 데번과 내가 길쭉한 대리석 바로 다가가자 동료 교수인 제이슨이 내 쪽으로 맥주잔을 살짝 기울이며 아는 척한다. 그는 종교 집단 및 여타 컬트 행동에 관한 전문가다. “올해는 여태 어디에 숨어 있었던 겁니까?”

데번이 우람한 팔을 내게 걸쳐 어깨동무를 하고 내 어깨를 한 번 꾹 힘주어 잡는다. “마실 건 뭘로 할래요?” 데번이 이렇게 물으며 제이슨의 질문을 덮어 나의 궁색한 답을 면해준다.

데번의 말에 나의 결심이 흔들린다—나는 슬플 때 결코 술을 마시지 않는다, 마셔봤자 더 슬퍼지기만 하니까. 이제는 내가 평소에 어떤 술을 마셨는지도 잘 기억나지 않을 정도다. “올드패션드로 할까요?”

데번이 고개를 끄덕이고 바텐더를 부르기 위해 바 안쪽으로 상체를 내민다.

제이슨은 나를 바라보고 있다. 아직도 내 답을 기다리고 있는 걸까. “금방 올게요.” 나는 제이슨에게 말하고 화장실로 향한다.

내 휴대폰에는 열어보지 않은 메시지가 잔뜩 쌓여 있다—어머니가 보냈을 것이다. 어머니는 내 걱정을 달고 살며 매일 괜찮냐고 안부를 확인한다. 나는 어머니에게 답하는 것을 그만두었다. 왜냐면 매일 똑같은 답밖에 나오지 않으니까—서글퍼요, 외로워요, 힘들어요. 대신 질에게 전화를 걸었는데 받지를 않는다. "질, 이 문자 받고 혹시 시간 되면 나를 구하러 메이슨으로 와줄래? 부탁할게. 데번한테 낚여서 우리 과 해피아워에 왔는데 벌써부터 후회된다."

여자들이 화장실을 분주하게 들락거린다. 나는 널따란 황금빛 거울을 응시하며 세면대 위로 상체를 내민다. 그러자 다시 한번 '까짓것 어때' 하는 호기로움이 솟는다—병에 담아놨다가 내가 완전히 풀이 죽었을 때 꺼내서 원샷하고 싶은 호기. 나는 거울에 비친 여자를 본다—얼굴도 제법 괜찮고, 아니 화사하게 예쁘고, 오늘따라 머리도 잘됐고, 정말 교수답지만 고루하지 않은 깨어 있는 교수. 다른 생각이 들기 전에 나는 가방을 뒤져 립스틱을 꺼내 입술에 바른 다음 당당하게 바로 걸어나간다. 바에는 데번과 제이슨뿐 아니라 브랜디, 샘, 윈스턴, 제니퍼까지 나의 존경하는 동료 교수들이 옹기종기 모여 서서, 처음 보는 어떤 남자와 가벼운 담소를 나누고 있다.

나는 만면에 미소를 띤다. "안녕 여러분, 다들 얼굴 보니 좋네요!"

"안녕, 로즈"라는 합창이 나를 맞이하고, 데번이 나에게 마실 것을 건네준다. 나는 벌컥 크게 한 모금 들이켜고, 목구멍에서 느껴지는 화끈함이 확신을 주는 듯하다, 그래, 로즈, 지금 여기 이 바에 온 건 잘한 일이야. 다시 세상 밖으로 나와서 사람이 되는 거야! 립스틱을 바른 사람! 동료들과 어울리는 사람! 교수답게 행동하는 거야—명민하게 깨어 있는 교수!

아까 그 처음 보는 남자를 향해 데번이 묵례를 꾸벅하길래 나는 이제야 그 남자를 똑바로 쳐다본다. "두 분이 만난 적이 있나요?" 데번이 우리에게 묻는다.

무언가가 내 속에서 휘몰아친다, 익숙하지만 어렴풋한 격동, 아주 오래전에 묻힌 기억이 표면까지 밀고 올라온다. 순간 나는 그것이 무엇인지 파악하지 못하지만, 이 남자의 모습을 찬찬히 눈에 담으며 그의 물결치는 다갈색 머리칼, 갈색 눈동자에 비친 맑은 빛에서 문득 깨닫고 만다. 나는 남자에게 한 손을 내밀어 악수를 청한다. "아뇨, 처음 보는데. 난 로즈예요."

남자가 미소를 짓는데 왼쪽 입꼬리만 올라가는 반쪽짜리 웃음이고, 눈에는 능글맞고 장난스러운 표정이 떠오른다. 그는 내가 내민 손을 잡는다. "올리버입니다." 근사한 영국식 억양이다.

"올리버는 런던에서 왔어요, 듣다시피." 데번이 설명한다.

올리버가 웃고, 나도 웃고, 우리 둘은 데번이 세상에서 가장 웃기는 사람이기라도 한 듯 터지는 웃음을 참지 못한다.

"여기서 안식년을 보내려고 왔대요." 데번이 얘기를 이어간다. "영문학과에서 강의하면서."

아주 멋진 남자군, 나의 두뇌와 몸이 덧붙인다. 이 개념은 낯설고 금지된 것이다, 루크가 아닌 남자에 대한 생각이기 때문에. 그러나 좀더 대담한 생각이 꼬리를 문다. 로즈, 생각이야 할 수 있지, 이 외간 남자가 멋지다는 생각 정도는. 어차피 넌 지금 이혼할 거잖아. 그런 생각이 드는 건 '자연스럽다고'.

이 새로운 상념이 잠시 머무른다—아니, 좀더 오래가는 무언가로 단단해지고, 악수하며 맞잡은 손을 놓은 후에도 마음을 다독이고 위로를 해주는 무언가로 자라난다.

10
2008년 10월 10일
로즈, 인생 2

"엄마?"

가을에 어울리는 호박색 스웨터로 한껏 멋을 낸 어머니가—항상 계절에 어울리게, 또 그 계절의 행사에 맞춰 차려입으신다—읽고 있던 소설에서 눈을 든다. 어머니는 오후의 일상인 '느긋한 휴식'을 즐기는 중이고, 보통 그 시간에는 거실에 앉아 책이나 신문을 읽는데 바로 옆 테이블 위에는 꼭 화이트와인 한 잔이 빠지지 않는다. 하지만 거기 놓인 와인은 소도구에 가깝다. 실제로 마신다기보다 책과 함께하는 와인이라는 아이디어를 좋아하는 것이다.

"왜, 우리 딸?"

"뭐 하나 물어봐도 돼요?"

어머니의 고개가 휙 내 쪽으로 돌고, 갈색 눈동자가 독서용 안경 너머로 나를 지그시 들여다본다. 어머니의 각진 얼굴과 강렬한 눈빛이 내게 향하며 흥미를 번득이지만 나는 애써 태연한 척한다. 어머니는 다리를 이렇게 꼬았다 저렇게 꼬았다가 결국 구부려 발을 깔고 앉는다. 그리고 와인 한 모금을 마신다. "물론 해도 되지. 엄마 뒀다가 뭐에 쓰니?"

나는 고개를 끄덕인다. 하지만 이상하다. 정말? 엄마들의 용도가 정말 이런 거야? 이런 게 엄마들의 의무야?

손재주 좋은 아버지가 만든 나뭇결 무늬의 붉은 향나무 수납장을 비롯한 여러 가구들이 뿜어내는 거실 안 숲 내음이 친숙하다. 마음 편해지는 우리집 냄새. 나는 소파에 털썩 앉는다. 질문을 펼칠 준비를 하고, 나 자신에게 격려와 응원을 해준 다음, 포문을 연다. "혹시 엄마는…… 아빠가 엄마와 헤어지고 싶어하는 것 같다는 느낌을 받은 적 있어요?" 나는 마른침을 삼킨다. "그니까, 이혼하고 싶다는 느낌이랄까? 가령 딴 여자가 생겼다든가?"

어머니가 와인잔을 내려놓는다. 코스터 위치를 정확히 맞추지 못해 와인잔이 테이블에 부딪히며 챙 소리가 난다. "어쩌다 우리 딸이 엄마한테 그런 걸 묻게 됐을까?"

이런. 어머니의 어조에 경악과 비난이 서린다. 여기서 이만 접는 게 맞을까. 하지만 나는 그대로 밀고 간다. "그냥…… 루크 때문에 그런 생각이 들었나봐요. 루크는 불행한 것 같아서. 나랑 사는 게."

"로즈. 루크는 절대 너와 헤어지지 않을 거야. 딴사람을 사랑할 리가 없어. 루크는 너를 사랑해."

"하지만 엄마하고 아빠는…… 사이가 나빴던 적 없어요?"

"당연히 있지. 좋기만 한 결혼생활이 어딨겠니. 하지만 잘 헤쳐나가야지. 넌 지금 헤쳐나가는 중인 거야."

"음, 엄마와 아빠는 어떻게 헤쳐나갔는데요?"

어머니가 자세를 바꾸자 턱을 중심으로 완벽하게 모인 어머니의 단발머리가 살짝 흔들린다. "지금 그게 문제가 아니잖니, 로즈. 너랑 루크가 힘든 시기를 겪는데 나와 네 아빠까지 걱정하지 않아도 돼. 루크를 더 행복하게 해주려면 네가 무엇을 할 수 있을지 고민해야지—"

"하지만 좀전엔 루크는 날 사랑하니까 걱정할 것 없다며."

"—우리 둘 다 문제가 뭔지는 잘 알고 있잖니, 네가 그 얘기를 안 하려 들어서 그렇지. 지금이 그 얘길 해야 할 때라고 생각하지 않니? 너 정말 그렇게 고집부리다 남편하고 헤어지고 싶어? 넌 맨날 그 화제를 피하더라."

"엄마—"

"아이 말이야. 넌 애를 낳아야 해. 나와 네 아빠가 그 오랜 세월을 무슨 수로 헤쳐왔다고 생각하니? 다 너 때문에 산 거지. 우린 너에게 온 정성을 기울였고—지금도 기울이고 있고—네 행복과 미래만 바라보고 살았어. 네가 우리 부부 사이를 끈끈하게 붙여주는 접착제지."

나는 쓰린 숨을 길게 들이마신다. 허리를 푹 숙이고 무릎 사이에 고개를 처박고만 싶다. "엄마, 난 애 안 낳을 거고, 루크도 이미 마음 돌렸어—본인 입으로 그렇게 말했다고. 그리고 무엇보다 그건 내가 원하는 인생이 아니야—난 절대 그렇게 살지 않을 거야. 엄마도 알잖아요."

어머니가 빠르게 눈을 깜박인다.

앗 이런. 내가 엄마를 울린 건가? "엄마—"

"내가 그렇게 형편없는 엄마였니?"

결국 이렇게 되고 말았다. 나는 이렇게 끝날 줄 알고 있었고, 그래서 평소에 이 화제를 피한 거다. 내가 루크와 결혼하고 나서야 어머니는 그동안 애를 안 가질 거라고 주구장창 얘기했던 내 말이 진심임을 깨달았고, 임신과 출산에 대한 나의 거부감이 나를 키운 엄마에 대한 반발심 때문이라고 걸핏하면 말했다.

"로즈, 늦었잖니."

나는 열여섯 살 고등학생이었고, 당시 만났다 헤어졌다를 반복하던 남자친구 매슈와 같이 있다가 막 현관문을 열고 들어선 참이었다. 어머니는 부엌 식탁 앞에 앉아 있었다. 자정이 살짝 지난 시각이었고 나는 온통 키스 세례를 받다가 들어왔다. 아버지는 자는 듯했다. 자고 있기를 바랐다. 나는 어머니가 안 자고 내가 귀가할 때까지 기다리는 게 싫었다. "뭐, 이 분 늦긴 했네요."

"우리 '세상의 순리'에 대해 얘기 좀 할까." 어머니는 그게 무슨 뜻인지 내가 당연히 알 거라는 투로 말했다.

나는 불길한 예감을 느끼며 어머니 앞에 가서 섰다. 어머니는 독서용 안경을 벗어 내려놓았다. 읽고 있던 책은 그대로 페이지를 펼친 채 엎어놓았다. 표지에는 옷을 거의 입지 않은 여자를 감싸안은 장발의 남자가 있었다. 웩. 나는 어머니가 야한 로맨스 소설을 읽는 모습이 꼴 보기 싫었다. 어머니는 그런 소설책들을 아무 표시 없는 상자에 넣어 침대 밑에 보관했다. 내가 그걸 어떻게 아느냐 하면, 열두 살 때 섹스에 관해 좀더 알고 싶어 온 집안을 뒤지다가 찾아냈기 때문이다. 하여간 어머니는 야한 로맨스 판타지를 집 안에서 읽어도 된다고 생각했지만, 그런 책들을 어머니의 다른 책들, 이를테면 제인 오스틴 전집처럼 좀더 그럴듯한 책들과 함께 서가에 두지는 않았다. 로맨스 소설들은 어머니가 다 읽고 나면 그냥 사라지는 것 같았다.

어머니는 옆자리를 가볍게 두드리며 말했다. "앉아." 그러고는 의자를 몇 인치 뒤로 밀어 식탁과 대각선으로 앉더니, 내 이름이 적힌 의자도 똑같이 대각선으로 뺐다.

"알았어요, 그 '순리'인가 뭔가에 대해 얘기해보든가." 나는 눈을 곱지 않게 치켜뜨면서 오밤중에 그런 토론을 하며 이 자리에 있고 싶지 않다는 신호를 분명히 보냈다. 그리고 자리에 털썩 앉아 팔짱을 꼈다.

"로즈, 나와 네 아빠는 네가 좋은 삶을 누리기를 바라고, 우리가 살아왔던 것보다 더 편한 삶을 살기를 바란다는 건 알고 있겠지." 말문을 연 어머니는 돌연 생기가 돌았다.

나는 고개를 끄덕였다. 이미 다 아는 얘기였다. 옛날부터 숱하게 들었으니까. 나는 벌써부터 따분해져서 팔꿈치를 식탁에 올리고 한 손으로 턱을 괴었다.

"네 아빠는 대학에 가지 못했고, 네 엄마도 제대로 된 대학교는 다니지 못했어."

"흐음."

"네 아빠는 집에서 땡전 한푼 도움 못 받고 목수 일을 시작해서 닥치는 대로 온갖 잡일을 마다하지 않았고, 나는 실질적으로 무보수나 다름없이 초등학교에서 아이들을 가르쳤다."

"알아, 엄마." 나는 작게 웅얼거렸다. 엄마한테 그 얘기를 들을 때마다, 특히 아빠에 대한 얘기를 들을 때마다 나는 속이 꼬집힌 것처럼 아렸다. 아버지의 고난과 역경을 떠올리면 너무 힘들어서 생각하고 싶지 않았다.

"하지만 너는 다를 거야." 어머니는 계속 이어갔다. "너는 대학에 갈 거야—제대로 된 대학에. 좋은 대학에. 경영학을 공부하고 졸업한 후에는 금융계에서 좋은 일자리를 얻을 거야."

어머니는 내가 수학을 잘하니까 금융 쪽에서 일해야 한다고 굳게 믿었다. 내가 금융 분야에서 일하고 싶어하는지 아닌지는 전연 관심 밖이었다.

"취직하고 나면 그 회사에서 쭉 열심히 일하고 경력을 쌓으면서 돈을 모아야지." 어머니는 말을 끊더니 내가 딴전을 피우고 있기라도 한 것처럼 노려보았다.

"듣고 있어요, 엄마. 그 '순리'라는 건 언제 나와요?"

"이제 말하려는 참이야."

"아, 난 또 엄마 아빠의 인생과 내 인생이 어떻게 다를지 그 얘기를 쭉 하려나보다 했지."

"그것도 이 얘기의 일부야."

"이야기의 요점이 뭔지 모르겠어, 좀더 구체적으로 말해주세요." 시간이 째깍째깍 흐르고 있고 나는 졸리다는 것을 강조하려고 일부러 크게 입을 벌리며 쩍 하품했다.

어머니는 의자를 내 쪽으로 좀더 바싹 당겨 앉았다. "로즈, '순리'라는 건 일단 대학에 가고, 그다음에 대학을 졸업하고, 그다음에 좋은 직장에 취직하고, 그다음에 한동안 회사에서 열심히 일해서 돈을 모으고, 그다음에 사람을 만나고, 그다음에 사랑을 하고, 그다음에 결혼을 하고, 그다음에야, 오로지 그다음에야 섹스를 하고 아이를 낳는 거야."

처음엔 어머니 얘기를 듣는 동안 속으로 히죽히죽 웃음이 났다. 그러다 어머니가 섹스와 아이 얘기를 꺼내는 순간 내 시선은 어머니를 비껴나 내가 태어났을 때부터 부엌 맞은편 벽에 붙어 있던 낡은 다이얼식 전화기로, 싱크대 옆에 놓인 카세트 라디오로, 지금 이때까지 유리창 한가운데 달려 있는 조가비 모빌로 흘러갔다. "엄마, 설마 이거 엄마표 성교육은 아니지?"

어머니는 고개를 흔들었다.

맞는다는 거야 아니라는 거야. 알 수가 없었다.

"엄마는 다만, 네가 부모보다 나은 삶을 살려면 고등학교 때 웬 남자애와 사랑에 빠져 임신하는 일은 없어야 한다는 걸 알았으면 해. 그건 네가 수많은 다른 일들을 하기 전까진 일어나선 안 되는 일이야."

나의 시선은 부엌 아일랜드 조리대 끄트머리에 놓인 과일 바구니에 달라붙었다. 사과, 바나나, 오렌지로 이루어진 산. 우리집은 항상 바나나를 잔뜩 상비해두었다. "그런 걱정은 접어둬요, 엄마. 내가 임신할 일은 절대 없으니까."

"로즈, 엄마가 하는 말 허투루 듣지 말아라! 여자애들은 늘 본인 의사와 상관없이 애를 밴다고! 그럼," 어머니가 손가락을 하도 요란하게 튕기는 바람에 나는 깜짝 놀랐다. "그동안 꿈꿔온 일들은 몽땅 날아가는 거지!"

내 시선이 다시 어머니에게로 돌아갔다. "뭐, 내가 임신할 걱정은 안 해도 돼요, 앞으로 영원히. 난 애 안 낳을 거니까. 난 평생 애 없이 살기로 했어요. 됐죠?"

어머니는 내가 사람을 죽였다고 고백하기라도 한 것처럼, 혹은 내가 어머니를 한 대 치기라도 한 것처럼 등허리를 꼿꼿이 세웠다. "로즈, 너 진심은 아니겠지!"

"진심인데요."

"하지만 그런 결정을 하기엔 넌 아직 어려!"

"안 어려요." 어머니는 입을 다물고 내 얼굴을 빤히 응시했다. 나는 허리를 똑바로 펴고 정자세로 앉았다. "엄마, 둘 중 하나만 해요. 엄마와 아빠가 가져보지 못한 기회를 내가 몽땅 누리면서 부모와 다른 삶을 살기를 바란다더니, 내 미래를 엄마 맘대로 정하고 가두려 하잖아."

"하지만 아이는 삶의 일부일 뿐이야! 여자들은 나이가 차면 다 애를 낳게 되어 있어. 물론 결혼한 후에 말이지. 그리고 직장에서 성과를 쌓은 후에."

"그건 엄마 생각이지. 내 세대의 여자들은 다르게 살아야 한다고 엄마가 늘 입이 닳도록 얘기했잖아. 근데 왜 이건 다르게 못해요?"

"엄마가 되는 일은, 내가 말한 다르다는 것에 포함되지 않아!"

나는 발끈해서 받아쳤다. "당연히 포함되죠."

"지금은 그렇게 생각하겠지만 나중엔 맘이 바뀔 거란다, 로즈."

어머니는 자기 확신에 차 있었다. 나는 그게 너무 기분 나빴다. "아니, 절대 그럴 리 없어. 그 점은 약속드리죠."

어머니는 가소롭다는 듯 웃음을 터뜨렸다. 나는 식탁 위에 있는 어머니의 바보 같은 로맨스 소설을 부엌 저편으로 집어던지고 싶었다. "넌 마음이 바뀔 거고 나중에 나한테 이렇게 얘기하게 될걸. '엄마 말이 맞았어요. 엄마는 처음부터 다 알고 계셨군요!'"

나는 자리에서 일어나며 딱 잘라 말했다. "가서 잘래요."

어머니의 심장이 갈비뼈 안에서 빠르게 뛰는 모습이 두드러지게 보였다. 어머니의 얼굴은 극성스러운 근심 걱정으로 울그락불그락했다. 엄마가 나를 잡을까, 아이에 대한 열망을 내 몸에 옮겨 심으려는 듯 두 손으로 내 어깨를 움켜잡으려나. 그러나 이윽고 어머니는 책을 집어들었고 그 순간은 지나갔다. 어머니의 눈길이 내게서 떠났다. "잘 자렴, 로즈." 그뿐이었다.

내가 어머니의 마음을 상하게 했나 고민했다. 화가 나긴 했어도 어머니에게 상처를 주고 싶지는 않았다. 나는 허리를 숙여 어머니의 볼에 키스했다. 어머니는 그런 나를 무시했다. 그저 책을 집어들고 손가락으로 책장을 쓸었다. 내가 방으로 올라가려고 등을 돌리자마자 그날 밤 어머니의 마지막 말이 내 등뒤로 날아들었다.

"로즈, 네가 그렇게 애를 낳기 싫다면 말이다, 밤새 매슈랑 바닥에서 뒹구는 짓은 그만해라."

눈물이 어머니의 얼굴을 타고 줄줄 흐른다.

나는 침을 삼킨다. "엄마?"

어머니는 고개를 돌린다. "왜, 뭔데, 로즈?"

나는 또 어머니의 마음을 상하게 했다. 정말 그러기 싫은데. 어머니도 천하무적은 아니라는 것을 나는 종종 까먹고 만다.

어머니의 친구들은 어머니보고 늘 '악바리'라며 혀를 내둘렀다. 정말로 어머니는 모질고 억척스러운 면이 있다. 그래서 어머니를 잘 모르는 사람들은 그 내면이 얼마나 부드러운지, 얼마나 쉽게 상처받는지 미처 깨닫지 못할 가능성이 높다. 내가 어머니에 대해 가장 존경하는 점은 그 악착같은 치열함이며, 사랑 또한 악착같이 치열하게 한다는 사실이다. 그래서 가끔은 강한 소유욕을 보이며 고압적이 되기도 하고, 외고집에 방어적이 되기도 한다. 열여섯 살 때를 돌이켜보면, 나는 어머니에게 존경한다거나 감사하다는 말을 한 번도 하지 않았다. 하지만 그때는 어머니가 결국 이렇게 나의 결정을 받아들이면서 그것을 엄마에 대한 개인적 비난으로 여길 거라곤 상상도 못했다. 어머니에 대한 존경심을 표현하지 않음으로써, 내가 얼마나 어머니의 인정을 갈구했는지 끝끝내 함구함으로써 우리 사이의 골이 이렇게 깊고 넓어질 거라곤 상상도 못했다.

"엄마는 아마 모르겠지만, 내가 별로 얘기를 안 해서, 아니 한 번도 얘기한 적 없지." 나는 눈을 감았고, 그러면 이 말을 밖으로 꺼내기 더 쉬울 것 같았다. "엄마는 정말 좋은 엄마예요. 훌륭한 엄마야. 언제나 그랬어."

"내가? 정말?" 어머니는 깜짝 놀란 투다.

"응. 그래서 난 정말 엄마를 기쁘게 해주고 싶었어. 안 그랬던 적이 없는걸. 엄마가 나를 자랑스러워하기를 바랐어. 하지만 아이를 낳는 건, 그거 한 가지만은 내가 할 수 없는 일이고, 거기에 대해서만큼은 엄마가 내 말을 들어줘야 해요. 난 아이를 낳을 수 없어." 집안이 사뭇 고요하다. "낳고 싶지 않고, 한 번도 낳고 싶다는 생각을 해본 적 없어. 그런 건 그냥…… 내가 아닌 거야. 그리고 내가 아무리 엄마나 루크를 기쁘게 해주고 싶다지만, 그러려고 아이를 낳을 수는 없어요." 내 말소리는 갈수록 작아진다. 집 앞의 떡갈나무를 비추던 햇빛의 마지막 오라기가 자취를 감추고, 어둠의 담요가 앞마당과 유리창에 깔리며 주변의 가구들이 어둑한 그림자가 되어간다.

어머니는 티슈로 얼굴을 닦는다. "하지만 어째서, 로즈? 어째서 아이를 안 낳겠다는 거니?"

숨이 멎는 것 같다. 어머니가 이 주제로 단순히 나를 타박하는 게 아니라 이렇게 근원적 질문을 던진 것은 이번이 처음이다. 하지만 정말 어머니에게 얘기해도 될까? "설명하기 어려운데요."

"그래도 해봐. 응?"

나는 천천히 고개를 끄덕인다. "음, 일단 엄마도 짐작할 만한 이유들이 있죠. 나는 지금 내 인생이 마음에 들어요. 내 자유, 내 직업, 내 친구들, 내 남편."

"하지만 네가 애를 낳는다고 해서 그것들이 어디 가는 것도 아니잖아."

나는 어머니를 물끄러미 바라보고, 내 표정을 본 어머니는 입을 다문다.

"미안. 계속해."

"단순히 그것 때문만은 아니야, 엄마. 좀더 뿌리깊고 복잡한 게 있어요." 나는 한숨을 내쉰다. 어머니의 눈동자가 커지고 나를 열심히 지켜본다. "다들 여자들은 모성 본능이 있다고들 하잖아." 나는 운을 뗀다.

어머니는 고개를 끄덕인다.

"근데, 난 없는 것 같아요. 나는 모성 본능이 내재되지 않은 채 태어났다고 생각해. 내 친구들 모두, 심지어 질까지, 모성 본능이란 게 정확히 무엇인지 잘 아는 것처럼 얘기하겠지. 걔들은 아이를 갖지 않겠다고 결심했어도 그 본능을 이해하는 것 같아. 하지만 난 아냐. 요컨대 그런 욕구가 내 속에는 없다고. 나의 생명활동에 처음부터 속하지 않았던 것처럼." 나는 여기서 말을 끊는다. 그렇다. 진실은 이러하다. 그 외에 달리 어떻게 설명해야 할지 모르겠다.

"하지만 로즈, 그 본능을 애를 낳고 나서야 발견할 수도 있는 거잖니!"

"그건 굉장히 위험한 도박 같은데, 엄마."

"애를 낳는 건 언제나 도박이야." 어머니는 물러서지 않는다. "애를 죽도록 갖고 싶다고 해도, 자신의 숙명이 엄마가 되는 거라고 생각하는 것도 맹신이지."

나는 소파 옆 스탠드를 켠다. "어느 쪽이든 도박일걸. 나는 애를 낳을 숙명이 아니라는 데 걸었어요, 다른 여자들은 대체로 반대쪽에 걸겠지만."

"그렇겠지. 하지만 너처럼 생각하는 여자들도 아주 많을 거야, 로즈. 네가 생각하는 것보다 훨씬 더 많아. 그래도 여자들은 어쨌든 아이를 낳고, 일단 아이가 생기면 낳길 잘했다고 생각하게 돼."

나는 무릎을 세워 끌어안고 고개를 기울이며 어머니를 유심히 살핀다. 어머니는 진심으로 그렇게 생각하는 모양이다. "엄마가 손주를 보고 싶어한다는 거 알아요. 내가 엄마한테 손주를 안겨주기 싫어서 이러는 게 아니야. 할 수만 있다면 나도 했겠지. 그 점을 좀 알아줬으면 좋겠어요. 그리고 손주를 안겨드리지 않아도 여전히 나를 사랑해주길 바라고. 왜냐면 실제로 난 손주를 안겨주지 않을 테니까."

"오, 로즈, 엄마는—"

"—그리고 제발 좀 세상이 달라졌으면 좋겠어." 나는 어머니의 말을 자르고 얘기를 계속한다. 눈 안쪽에 눈물이 고인다. "여자가 애를 안 낳는 게 낳는 것만큼이나 정상이라고 생각했으면 좋겠어. 가끔 숨이 안 쉬어져, 나에게 나 아닌 딴사람이 되라는 압력이 얼마나 무지막지한지. 내 말은, 만약 해야 한다면 나도 할 수 있다는 건 알아. 루크에게 아이를 안겨줄 수도 있어. 하지만 분명히 그건 내가 원하는 게 아니라고. 내 앞에 놓인 선택지가 그것뿐인 것 같다는 게 싫어. 남편을 붙잡아두기 위해 원하지도 않는 애를 낳거나 아니면 그냥…… 이 결혼을 끝장내거나 둘 중 하나밖에 없다니."

"로즈, 우리 딸! 엄마는 네가 그렇게 힘든 줄 미처 몰랐어. 미안해. 엄마까지 너를 힘들게 해서 미안하다." 어머니는 의자에서 일어나 소파로 와서 내 옆에 앉는다. "시간을 되돌려 그때 네 얘기를 더 귀담아들을 수 있다면 좋으련만. 지금이라도 엄마가 할 수 있는 건 다 해줄게."

이 말. 나는 어머니가 이런 말을 해주기를 오매불망 기다렸다. "난 루크를 잃을까봐 겁이 나, 엄마."

내 등을 어루만지는 손이 느껴진다. "우리 딸," 어머니가 힘이 되는 어조로 얘기한다. 어릴 때 넘어져 팔꿈치가 깨지거나 무릎이 까졌을 때 혹은 속상해할 때 나를 위로하던 말투. "엄마가 네 옆에 있어. 무슨 일이 있어도 엄마는 네 편이야." 어머니의 말이 담요가 되어 나를 감싼다. "우리 로즈, 엄마가 아주 많이 사랑해. 무슨 일이 있어도 난 널 사랑할 거야, 약속한다. 그리고 만약 루크 그 녀석이 지금 제 마누라가 얼마나 멋진 여자인지 깨닫지 못한다면, 애가 있건 없건 말이야, 그건 개 손해지." 이 마지막 문장에서는 거의 분개하는 듯하다.

어머니의 얘기를 들으며 내 몸의 긴장이 풀린다. 나는 다시 똑바로 앉으며 어머니의 말과 나를 바라보는 눈빛을 스펀지처럼 흠뻑 빨아들인다.

"너는 너야, 로즈, 그리고 난 네가 무척 자랑스러워."

"내가 자랑스러워요?"

"오, 로즈. 당연하지. 넌 아주 뛰어난 아이란다. 나와 네 아빠가 박사 딸을 두게 될 거라고 누가 상상이나 했겠니? 내가 이 얘길 너한테 별로 안 했나봐." 어머니는 식탁 위 티슈 상자로 손을 뻗어 티슈를 뽑고는 시원하게 코를 푼다. 이어서 눈물을 훔치더니 곧장 웃음을 터뜨린다. 화이트와인을 한 모금 꿀꺽 삼킨다. "다시 생각해보니 말이야, 넌 엄마가 되지 않는 편이 낫겠어. 골치 아픈 일투성이지. 실패와 실수투성이!"

"엄마."

"정말이지, 로즈. 네가 엄마를 가장 필요로 할 때 난 너를 도와주지 못했잖아. 아주 형편없는 엄마지 뭐니!"

"그렇게 말하지 말아요. 전혀 형편없지 않아요. 내겐 늘 바위처럼 든든한 엄마인걸."

"오! 로즈! 진짜?"

"진짜로." 눈물이 핑 돌면서도 나는 어머니를 따라 웃고 있다.

어머니가 티슈를 한 장 더 뽑아서 내게 건넨다.

우리 모녀는 마음을 가라앉히고 진정을 되찾는다. 고요한 가운데 문득 어머니가 너무 왜소하고 늙어 보인다. 저 우스꽝스러운 스웨터를 입고 있는데도. 어머니의 바지는 너무 헐렁해졌고 손은 주름이 자글자글하며 손등에는 정맥이 새파랗게 도드라진 것이 새삼 눈에 띈다. 그걸 보니 가슴이 먹먹하고, 언제라도 어머니를 떠나보낼 것 같아 불안하다. 어머니 덕분에 나는 세상에 혼자가 아니라는 느낌인데. 어머니가 이 땅을 걷고 있는 동안에는.

그때 아버지가 문을 열고 들어선다. "세상에서 내가 제일 좋아하는 두 아가씨는 뭘 하고 계시나?" 아버지는 작업복 차림이고 셔츠에는 톱밥과 대팻밥이 묻어 있다. "어이쿠." 아버지는 눈물로 얼룩진 우리의 뺨을 알아본다.

"아무것도 아냐." 어머니가 말한다. "우리끼리 얘기하는 시간을 좀 갖느라."

"즐거운 시간이었죠." 내가 덧붙인다.

"아, 그렇담 다행이고." 아버지는 허리를 숙여 어머니에게 키스한 다음 내 볼에도 키스한 후 허리를 편다. "함께하는 시간은 즐거워야지."

11
2009년 1월 19일
로즈, 인생 2

아파트 현관문이 열렸다 닫힌다.

"여보오오오오?" 나는 침실에서 한껏 유혹적인 목소리를 낸다.

뭐, 유혹적으로 들리려고 노력했다는 뜻이다. 뜻한 효과를 달성했는지는 모르겠다. 딱히 유혹하고 싶은 기분도 아니고. 그보다는 이게 다 뭐하는 짓인가 싶어 짜증난다. 내 란제리마저 분개하고 있다. 지금 입은 속옷은 활활 타오르는 빨강, 불의 빨강, 분노의 빨강이다. 나는 란제리를 입은 성난 여자다.

"로즈?" 루크의 웬일이냐는 듯한 말소리가 집안을 굽이굽이 돌아 들어온다.

"나 여기 있어! 침실이야! 이리 와봐! 후회하지 않을걸!"

나는 스스로에게 눈을 굴린다.

이건 명백히 끝장이다. 모든 것의 끝. 로즈 나폴리타노의 끝.

"금방 갈게." 루크는 침실에서 자신을 기다리고 있는 성적 유희,

다시 말해 할머니의 무지개색 줄무늬 아프간 담요를 두르고 기다리고 있는 그의 아내에 대해 전혀 알지 못한 채 대답한다. 내 계획은 루크가 방에 들어오기 전에 이 담요를 벗어던지는 것이다, 1월 중순에 거의 알몸으로 침대 위에 나른히 누워 있는 것이 더없이 기쁘다는 듯. 젠장 이러다 얼어죽겠다. 루크가 귀가하기 전에 보일러를 켰어야 했는데. 하지만 이제 와선 늦었다. 이런 꼴로 보일러 온도조절기가 있는 거실까지 터벅터벅 걸어나갈 수는 없다. 루크를 깜짝 놀라게 해주려고 하는데 그랬다간 말짱 물거품이 된다.

남편이 우편물을 뒤적이며 이것저것 식탁에 던져놓는 소리가 들린다. 봉투를 뜯고, 안에 든 종이를 펴고, 내용을 읽는 동안 이어지는 정적. 이어서 다음 것을 뜯고, 펴고, 읽는다. 어느 세월에 들어올까. 어쩌면 침실에 안 들어오고 소파에서 자려는지도 모른다.

그러면 세상 비참해질까?

나는 그 질문에 대한 답을 내지 않으려 애쓰며 서둘러 생각을 딴 데로 돌린다. 학기가 곧 시작되는데 아직도 강의계획서를 완성하지 못했다. 마음만은 늘 겨울방학에 들어가는 즉시 강의계획서를 해치우리라 다짐하지만, 현실에선 절대 그런 일이 일어나지 않는다. 학생들 성적 처리가 끝나고 나면 오 분도 안 되어 휴가 모드에 들어가버린다. 거기다 이번 12월과 1월에는 연구도 글도 거의 진도를 나가지 못했다. 실로, 바람난 남편은 학문 생산성에 치명적 피해를 입히는 게 아닐까 싶다.

또다른 봉투가 뜯어지고, 또다른 편지가 펼쳐지고, 뭔지 모르겠는 그것을 루크가 손에 들고 열심히 읽는 정적이 이어진다. 나는 담요를 더욱 단단히 여민다.

루크와 나는 한참 동안 섹스를 하지 않았다. 몇 달 동안. 루크가 2세 계획을 철회했을 때 나는 우리의 상쾌한 새 출발을, 곧 다가올 더 나은 시간을 기대했다. 그러나 최근 우리는 각자 다른 방향으로 멀리, 멀리, 머얼리 가고 있는 것만 같다. 거기에다가, 뭐, 각자의 일상이 우리 사이에 끼어든다. 강의, 연구, 친구들과 먹는 저녁, 점점 더 빈도가 잦아지는 루크의 출장. 루크는 섹스를 조르지 않고, 그러니 내가 거부할 일도 없다. 루크가 섹스를 조르지 않은 지는 한참 됐다.

어쩌면 딴 데서 하고 있기 때문일지도.

아니면 내가 먼저 나서기를 기다리고 있을지도. 그는 내가 우리의 결혼생활에 섹스를 재도입하기를 기다리고 있을지도 모른다. 우리가 서로 얼마나 멀어졌는지 깨달은 내가 모든 것을 한 땀 한 땀 다시 이어붙이는 작업에 돌입하기를 기다리는 거다. 내가 그를 유혹할 때까지, 섹스를 요구할 때까지, 우선권을 내게 준 것이다. 루크가 아이에 대해 나를 압박하지 않기로 한 발짝 물러났으니, 이젠 내가 루크를 향해 한 발짝 다가갈 차례다. 우리를 향해.

침실 내 자리 쪽 벽에는 결혼식 당일에 찍은 우리의 사진이 걸려 있다. 나는 고개를 내밀어 루크의 입술에 입을 맞추고, 루크는 눈을 초롱초롱 빛낸다. 우리는 무척 행복해 보인다. 저 사진을 보기가 너무나도 괴로운 이유가 바로 저 행복감 때문이다. 저기서부터 여기까지 얼마나 까마득히 멀리 왔는지 생각하면 마음이 아프다. 나는 저 사진을 찍은 순간을 정확히 기억한다. 케이크 커팅 직전, 하객을 위해 우리가 마련한 슬라이드 사진쇼가 끝난 직후였다. 슬라이드쇼는 당연히 루크가 찍은 사진들로 직접 만들었다. 우리 인생의 공식 지정 사진사 루크.

댄스 플로어 중앙에 의자 두 개가 놓였고, 루크와 나는 그리로 걸어들어가 둘이 나란히 의자에 앉았다. 스크린이 가장 잘 보이는 자리였고, 하객들이 슬라이드쇼를 보는 우리를 지켜볼 수 있도록 마련한 자리였다. 루크의 어린 사촌 둘이 달려나와 내 드레스 자락을 의자 주위로 예쁘게 펼쳐줬는데, 그것이 그날 그애들이 하루종일 맡은 임무였다. 음악이 흘러나오고 슬라이드쇼가 시작되자 루크가 내게 속삭였다. "난 세상에서 가장 운좋은 남자야, 로즈."

우리가 처음 만난 날부터 바로 지난주까지, 루크와 나의 사진으로 시작해서 결혼식의 세부사항을 마지막으로 조율한 후 양가 부모님을 모시고 여섯 명이 피자를 먹으러 갔던 사진까지, 한 장 한 장 지나가는 사진을 보면서 나는 카메라를 몹시도 꺼렸던 예전의 내가 생각났다. 그러나 신기하게도, 지금 내 옆에 앉아 있는 이 남자 덕분에, 카메라를 전혀 의식하지 않고 자연스럽게 미소 짓고 웃음을 터뜨리는 내가 저기에 있었다. 루크는 진짜 로즈를 아는 사람이다, 아주 깊은 속까지 진실된 로즈를. 그리고 그 로즈를 바깥세상으로 꺼내는 법을 아는 사람, 로즈의 진짜 자아를 포착할 줄 아는 사람이다. 그가 내게 부모님께 드릴 나의 대학원생활을 담은 앨범을 건네준 그 순간부터 나는 다른 생각을 해본 적이 없었다. 이 우주에 루크보다 더 나은 남자가 있으리라곤, 생을 함께할 더 나은 남자가 있으리라곤 상상도 하지 못했다. 내 인생을 함께할 남자.

슬라이드쇼는 완벽했고, 그 자체로 우리였으며, 영상이 끝난 후 나는 상체를 돌리고 고개를 젖혀 내 남편을 바라보며 말했다. "그리고 난 세상에서 가장 운좋은 여자야, 루크. 사랑해. 당신은 이 세상 어느 누구보다 나를 잘 아는 사람이야."

"그건 사실이지." 루크가 나를 돌아보며 말했다. "당신도 나를 잘 알고."

나는 루크에게 키스했다. 불이 들어온 후에도 우리는 여전히 키스하는 중이었고, 그날 이후로 우리집 벽에 상주하고 있는 저 사진이 바로 그때 찍힌 것이다. 지금 내가 물끄러미 응시하고 있는 바로 저 사진. 저 사진 속에 담긴 순도 백 퍼센트의 행복감, 그걸 가만히 음미하고 있으면 어쩔 수 없는 상실감에 울고 싶어진다.

루크가 내게서 저런 감정을 다시 느낄 수 있을까?

나는 루크에게 저런 감정을 다시 느낄 수 있을까?

수도꼭지를 틀어 잔을 채우는 소리가 들린다.

"뭐해?" 나는 소리친다. "내가 기다리고 있다는 거 잊지 마!"

"금방 갈게!"

루크의 발소리가 부엌에서 들리다가, 거실에서 멈춘다.

나는 할머니의 아프간 담요를 간신히 벗어 바닥에 던진다. 담요가 없어진 순간 내 몸에는 온통 소름이 돋는다.

아까 낮에, 그럴듯해 보이는 다양한 유혹용 포즈를 시험해보았다. 옆으로 비스듬히 누워 팔꿈치를 대고 한 손으로 머리를 받친다. 엎드려 누워 무릎을 구부려 발을 올리고 두 손은 역시 팔꿈치를 대고 턱을 괸다. 똑바로 눕는다, 근데 이건 수술대에 누워 배를 열어젖히길 기다리는 기분이라 금방 기각됐다.

침실로 오는 루크의 발소리. 드디어.

루크가 나를 발견할 때쯤 나는 추워서 덜덜 떨고 있다. 거기다 초조하기도 하고 어쩌면 겁이 나기도 해서 온몸이 떨려온다. 지금이 저 지극한 행복의 나라로 돌아가는 우리의 여정이 시작되는 순간일까? 지금 그 여행을 시작할 수 있을까?

어쩌면?

루크는 나를 보자 그 자리에 멈춰 선다. 미소는커녕 웃음기 하나 없다. 그저 경악한 표정, 전적으로 기뻐한다고 보기 힘든 표정이 떠올라 있다. "로즈, 그게 뭐야?"

환한 미소를 머금은 루크가 나를 원할 때 눈에 어리던 반짝임—그 반짝임을 보는 것을 좋아했건만 오랫동안 보지 못했다—을 띠고 침실로 들어오기를 기대했는데.

"그러게—이게 뭐라고 생각해?" 세상에서 가장 섹시하고 유혹적인 대답은 아니지만, 중요한 건 내가 지금까지 들인 정성이라고 나는 혼잣속으로 위안을 삼는다. 내가 지금 걸치고 있는 것과 침대 위에서 거의 알몸으로 한 시간 동안 남편을 기다렸다는 사실을 감안하면, 내가 들인 공은 누가 봐도 명백해야 마땅하다.

루크는 침대를 빙 돌아 반대편에 선다. 그리고 바닥에서 담요를 집어들더니 내 쪽으로 던진다. "꽁꽁 얼었잖아."

나는 온몸이 시뻘겋게 물든다. 담요를 두르고 배에서 발가락까지 덮는다. "깜짝 놀라게 해주고 싶었는데."

"로즈." 루크는 한숨을 푹 쉬고 침대 가장자리에 걸터앉는다—멀찍이, 팔을 뻗어도 닿지 않을 만큼 멀찍이 떨어져 앉는다. "오늘은 못할 것 같아."

뭘 못해? 섹스를?

세상 모든 부부에게 섹스는 결국 이런 느낌이 되는 걸까? 한때 즐거운 결합이던 행위가 설거지나 청소 같은 집안 잡일이 되는 걸까? 쾌락이 아니라 해치워야 할 일이?

나를 바라보는 루크의 저 눈길, 여기만 아니라면 다른 어디든 좋겠다는, 제 아내가 섹스하자며 도사리고 있는 방안 침대만 아니라면 어디든 좋겠다는 저 표정. 우리가 이 결혼을 구할 수 있을 거라는, 우리 스스로를 구할 수 있을 거라는 내 생각이 잘못이었을까? 내가 너무 늦었나?

"이런 생각이 들었거든." 나는 물불 가리지 않고 이불 저쪽의 루크에게 조금씩 다가간다. "내가 틀렸을지도 모른다는 생각이. 루크, 우리 노력해보자."

너 지금 뭐하는 거야, 로즈?

루크의 눈이 점점 의심의 빛을 띤다. 심지어 살짝 차가워지기까지 한다. "뭘 노력해보자는 거야?"

"알잖아—아기 갖는 거." 나는 필사적이 되어간다. 누가 봐도 분명하다.

루크가 침대에서 벌떡 일어난다. "싫어." 화난 말투다.

나는 그대로 얼어붙어 루크를 멀거니 바라본다, 거절당한 담요와 란제리와 아내가 한 덩이가 되어서. "싫다니, 그게 무슨 뜻이야? 왜? 애를 갖자며 나를 몇 년 동안 닦달했잖아. 내가 마침내 그러자고 하는데, 당신은 싫다고?"

"로즈, 당신 장난해? 지금 나한테 장난치는 거야?"

나는 입을 열었다가 도로 닫는다. 재결합, 재점화가 되어야 했는데, 완전 대참사다. 맙소사.

루크의 눈은 냉랭하다. 오늘 이 일로, 즉 그에게 섹스를 제안하고 이제 와서 느닷없이 아기를 갖자면서 그가 그토록 원하는, 아니 원했던 것을 그에게 주겠다고 함으로써, 마치 내가 그의 숙원을 불쾌한 모욕으로 만들어버렸다는 듯.

나도 모르게 내 입에서 다른 질문이 튀어나온다. 몇 달 동안 내 두뇌를 헤집고 다녔지만 감히 입 밖에 내지 못했던 질문.

"누구 딴사람 만나?" 나는 남편에게 묻는다.

그의 침묵은 끝이 없다.

12
2009년 5월 3일
로즈, 인생 1

"음."

이 케이크 엄청 맛있네. 인상적이다. 나는 한입 더 먹는다. 인상적인 케이크에 어울리는 인상적인 커피도 곁들여 마시고 있다. 지금 내가 앉아 있는 이 카페는 아름다운 곳이다. 넓고 쾌적한 공간에 높은 흰색 테이블과 그에 어울리는 높은 흰색 스툴이 있다. 스피커에서는 듣기 좋은 음악이 나직이 흘러나온다. 옅은 회색 콘크리트 바닥, 흰색 메탈 프레임을 얇게 두른 시원스레 키 큰 유리창. 흰색과 옅은 회색, 옅은 회색과 흰색. 밝다. 깨끗하다. 차분하다. 싱그럽다.

롱아일랜드에서 열리는 학회에 참석하는 게 이번주 일정인데, 지루한 패널과 대담으로 점철된 오전을 보낸 후 나는 무턱대고 거리로 나와서 아기자기하고 예쁜 마을을 쏘다니다 이 카페에 들어왔다. 스펀지케이크를 포크로 크게 잘라서 게걸스럽게 입에 넣고 부드럽고 달달한 향이 혀 위에서 녹아내리게 머금었다가 삼키고, 딱 어울리게 주문한 그윽한 향의 아메리카노를 곧이어 한 모금 마신다. 평화와 행복의 감각이 목구멍과 뱃속에서 온몸으로 퍼져나간다. 내가 두 번 다시 느낄 수 있을까 의심스러웠던 아련한 감각. 나 혼자서도 다시 느낄 수 있을까 의심했던 감각.

어머니는 당연히 가능하다고 호언장담했다. 질도. 데니즈와 라야도.

그러나 몇 날 며칠 동안 야심한 시각의 전화 통화로 나를 절망에서 건져내 희망의 뭍으로 올려준 사람은 프랭키 고모였다. 프랭키는 화가이고, 파트너 하비와 함께 십오 년째 바르셀로나에 살고 있다. 그들은 서로 한눈에 반했고, 프랭키는 하비에게 푹 빠진 것 못잖게 바르셀로나에 푹 빠졌다. 프랭키는 하비와 결혼하는 일은 절대 없을 거라 단언하고, 둘 사이엔 아이가 없다. 프랭키 고모는 늘 내가 세상에 혼자라는 느낌을 덜어주는 사람이고, 루크가 집을 나간 후로는 그 어느 때보다 내게 힘이 되어준다.

지난 열여덟 달 동안 나는 이런저런 사람들과 데이트했다. 아니, 데이트하려고 노력했다. 한동안 올리버와 데이트했지만 잘되지 않았다. 나는 준비가 되지 않은 상태였고, 너무 질척거렸다. 어쨌든 올리버는 런던으로 돌아갈 사람이었다. 그가 떠나자 나는 원점으로 되돌아가 바닥으로 가라앉았다. 그후 몇 달 동안 외로움에 뒹굴다가 다시 데이트를 시작했지만 결과는 시원찮았다. 어느 날인가는 마크라는 이름의 자기중심적인 남자와 유독 지치고 우울한 저녁을 보내고 나서 시내를 가로질러 집으로 걸어오는 길에 프랭키에게 전화를 걸었다.

고모는 첫 신호음이 울리자마자 전화를 받았다.

"이야, 로즈!" 아득히 먼 바다 건너에서도 프랭키의 열의가 고스란히 느껴졌다. 고모는 밤늦게까지 그림을 그렸으므로 대륙 간 시차에도 불구하고 대체로 깨어 있었다. 혹여 고모가 잠자리에 든 후에 내가 전화를 하더라도, 자신은 잘 때 전화벨을 진동으로 해놓으므로 자신이나 하비의 잠을 방해할 일은 없다고 고모는 딱 잘라 말했다.

"고모가 전화를 받아서 다행이다." 내가 말했다.

"당연히 받아야지!"

"하지만 거긴 한밤중이잖아."

"나 원래 늦게 자. 너도 알면서."

"일하는 중이었어?"

프랭키가 웃었다. "나야 항상 일하는 중이지. 넌 완벽한 타이밍에 전화했어. 마침 휴식이 필요했거든. 요즘 좀 어때?"

나는 좌우를 살피며 길을 건너려고 도로경계석을 넘어 찻길에 내려섰다. "그게, 이번 데이트도 꽝이었어."

"그래?"

"응."

"아이고. 다음은 낫겠지."

"나을까?"

"나아져, 내가 약속한다."

"그 약속 꼭 지켜야 할걸."

"두고 봐."

나는 걸음을 느릿느릿 옮기며 나를 기다리는 빈집으로의 귀가를 늦췄다. "고모, 나 진지한 질문이 하나 있는데."

"진지한 질문이라면 내가 또 환장하지. 뭐든 물어봐."

"고모랑 하비는 애가 없어도 행복해?"

프랭키의 작업실에서 의자가 바닥에 끌리는 소리가 났다. 고모가 긴 대화에 대비해 자리에 앉은 것이다. 고모의 작업실이 머릿속에서 좀더 잘 그려지면 좋으련만. 사진은 봤지만, 고모가 수차례 바르셀로나로 초대했음에도 한 번도 가보지 못했다. 원래는 루크와 신혼여행 때 가볼까 했었다. 하지만 가지 않아서 다행이다. 프랭키의 제2의 고향이 된 도시가 내 결혼에 영향받지 않은 채 아직 내 앞에 고이 모셔져 있다고 생각하니 마음이 놓였다.

"우린 행복해, 로즈. 하지만 지금으로서는 우리의 결정을 뒤집기에 너무 멀리 와버렸다고 말하는 편이 더 정확하겠지."

나는 왼쪽으로 길을 꺾었고, 고급 부티크들의 진열창 불빛 덕분에 환한 거리를 걸으며 우아하고 세련된 드레스들을 감상했다. "전에는 확신이 없었다는 투로 들리네. 난 고모가 흔들림 없는 무자녀파인 줄 알았는데."

"맞아. 하지만 그렇다고 해서 우리에게 망설임의 순간이 없었던 건 아니야. 주위에서 아무도 하지 않는 선택을 하기란 쉽지 않지. 하비와 나는 그런 고민의 시간들을 모두 겪었어. 우리의 결정이 후회되지 않을까, 우리가 실수하는 건 아닐까. 이런 의문에 영향받지 않는 여자는 없을걸."

온통 선명한 핑크빛 꽃으로 뒤덮인 롱드레스 앞에서 내 발길이 멎었고, 욕망이 꽂히는 통렬한 감각이 느껴졌다. 나는 가능한 한 오래 그 감각을 붙잡고 싶었다. 욕망, 정말 극소량의 욕망조차 내 삶에서는 이미 희귀한 것이 되어버렸다. "그 '우리'라는 말이 부럽다, 고모."

프랭키가 한숨을 내쉬었다. "나는 하비와 생각이 맞아서 운이 좋은 편이었어. 너 혼자 그 결정을 오롯이 감당하고 짊어지고 가는 건 분명 어려운 일이겠지, 로즈. 넌 굉장히 용기 있는 아이야."

나는 다시 걸음을 옮겼다. "용기 있다는 게 좋은 건지 잘 모르겠어. 그 용기 덕분에 난 이혼했잖아. 용기 덕분에 외로워졌고. 용기 덕분에 내 남편은," 나는 잠시 말을 끊었다가 그 단어를 물렀다. "내 전남편은 딴 여자와 살림을 차렸고, 그 여자는 오늘이든 내일이든 임신을 하겠지. 아니면 이미 했거나."

"로즈, 이것도 결국 다 지나갈 거야." 프랭키의 음성이 점점 커지며 힘을 더해갔다. "지금부터 내가 하는 얘기 잘 들어. 하비와 내겐 아이가 더이상 가능한 선택지가 아니긴 하지만, 어쨌든 아이가 없어서 얼마나 다행인지 몰라! 우린 지금 이대로 우리의 삶이 좋아. 어떤 사람들에게는, 아마 대부분의 사람들에게는 아이를 낳는 게 좋은 선택이겠지. 근데 아이를 낳지 않는 것 또한 똑같이 좋은 선택이야. 주위 사람들 모두가 네 결정에 회의를 품더라도 말이지. 분명 너도 나와 똑같은 안도감을 느끼게 되는 순간이 올 거야. 휙 하고 너를 지금 당장 그 순간으로 데려갈 수 있다면 좋겠다!"

내 입가에 슬며시 미소가 번졌다. "나도야, 고모."

"오, 사랑한다, 우리 로즈."

프랭키는 종종 내게 사랑한다고 말해주었고, 우리가 나누는 이야기 속에 나에 대한 애정과 삶에 대한 열정, 세상과 하비에 대한 사랑, 일에 대한 정열을 잔뜩 쏟아서 버무렸다. 고모의 사랑이 대양을 건너 전화기를 지나 내게 도달하면, 나는 그 사랑이 내 온몸으로 촉촉이 깊숙이 스며들도록 머금었다. 이런 식으로 한밤중에 통화하면서 고모가 지금 하고 있는 작업에 대해 설명해주거나 지금 뭐하는 중인지 왜 그걸 하는지 자세히 말해주면, 그게 그렇게 유난히 귀에 감기고 재미났다. 그럴 때마다 프랭키의 음성에는 흥겨운 리듬이 생겨났고, 애착이 묻어났고, 말소리는 돌연 노랫가락이 되었다. 한동안은 그것이 나를 처량함에서 건져내주곤 했다.

뿐만 아니라, 나를 내 인생의 다른 시기로 되돌려보내는 느낌이 들었다. 루크 이전의 시기, 내가 나 자신이던 때, 나의 관심과 화제가 언제나 루크를 중심으로 돌아가지 않던 때, 아기를 낳을 것인가 말 것인가로 도돌이표를 그리지도 않고 이혼 후 앞으로 나아간다는 게 뭘 뜻하는가를 두고 맴돌지도 않던 때로 되돌려보냈다. 프랭키가 하는 이야기들에 꼬리가 달려 있어 내가 그 꼬리를 붙잡고 미래로 날아가 오래전 연락이 끊긴 친구처럼 내 속에 여전히 살아 있는 예전의 로즈를 발견하는 상상을 하기도 했다. 그림의 색과 구성, 붓질과 표현과 감성에 관한 프랭키의 비평에는 예전의 로즈를 꼬드겨 밖으로 끌어내 다시 한번 다양한 삶 속으로 밀어넣고, 마음만 먹으면 만날 수 있는 온 세상이 저 밖에서 기다리고 있음을 상기시켜주는 힘이 있었다.

예전의 나는 혼자서도 그렇게 잘 놀았는데.

외동아이들은 원래 혼자 노는 법, 혼자 먹는 법, 혼자 외출하는 법을 스스로 터득한다. 그랬는데, 누군가를 사랑하고 누군가와 결혼하고 누군가와 함께 살면서 그 독립적인 부분이 갉아먹힌 듯 내 존재에서 풀려나와 너울너울 흘러가버렸다. 루크와 이혼한 후 나는 홀로 있는 것을 싫어하고 무서워하고 한탄했고, 내가 다시 혼자임을 즐길 수 있을까 의심했다. 나는 괜찮아지려고 정말 열심히 노력했다. 하지만 괜찮다는 생각이 가까스로 들면 이내 무언가 슬며시 따라나와 나를 잡아채어 도로 비참함 속으로 끌고 들어갔다.

이제 나는 케이크를 마지막 한입까지 싹싹 먹어치우고, 사람들이 삼삼오오 톨 사이즈 커피와 디저트가 든 봉지를 들고 카페를 드나드는 모습을 지켜본다.

서빙하는 직원이 다가오더니 내 접시에 남은 부스러기를 살핀다. "하나 더 드실래요?"

그렇게 드물게 찾아오던 감각, 맨날 순식간에 사라지던 그 통렬히 꽂히는 욕망이 요즘은 점점 더 자주 찾아온다. "네, 먹을래요." 먹을 것이다! 나는 케이크를 먹을 것이다. 이혼 회복 케이크를. 더 더 많이!

"좋은 선택이십니다." 직원은 디저트가 들어 있는 아름다운 진열장으로 향한다.

좋은 선택이었다!

나는 책을 치우고 휴대폰을 꺼낸다. 전화를 걸고, 신호음이 두 번 간다.

"로즈!" 어머니는 내가 전화를 걸 때마다 굉장히 기뻐한다. 보통 전화를 거는 쪽은 어머니니까.

"잘 지내셨어요?"

“아무 일 없는 거 맞지?” 어머니의 목소리 톤이 걱정과 염려로 뚝 떨어진다. 나는 어머니의 ‘로즈가 걱정되어 미치겠는’ 말투에 익숙해졌다.

“네, 별일 없어요. 그냥 전화하고 싶어서 전화하면 안 되나?”

“설마, 당연히 되지. 근데 평소에는 거의 전화 안 하잖아.”

되돌아온 직원이 디저트 접시를 테이블 내 쪽으로 밀어준다. 나는 고개를 들어 직원을 보고 생긋 웃고, 직원이 고개를 끄덕인다. 케이크 크기가 아까 것의 두 배다. “그럼 좀더 자주 전화해야겠네.”

“그래주면 좋지.”

“자주 못해서 미안해요.”

긴 침묵. “로즈, 너 오늘 목소리가 밝네?”

“엄마 목소리는 미심쩍다는 투인데?”

“아냐.” 어머니는 냉큼 반박하더니 곧이어 이렇게 말한다. “뭐, 한동안 네 목소리가 안 좋긴 했잖니.”

“나 기분좋아, 엄마.” 나는 케이크를 한입 크게 물고 씹어서 삼킨 다음, 다시 포크로 크게 잘라서 볼이 미어져라 입속에 욱여넣는다. “맛있는 케이크를 먹는 중이거든.” 나는 입에 케이크를 가득 문 채 얘기한다.

어머니가 웃음을 터뜨리고, 그 소리가 산뜻하다. “케이크는 정신건강에 좋지. 학회는 어떠니?”

“괜찮아요. 사실, 거의 땡땡이치고 있어.”

“그래? 너답지 않은 일이네.”

“날씨가 좋아서. 여기 동네가 아기자기하게 예쁘고 바다에 바로 붙어 있어요. 이런 근사한 카페와 레스토랑도 잔뜩 있고. 여기 있는 동안 즐길 생각이에요. 이리저리 쏘다니고 싶어져서, 그러고 있는 중."

"로즈, 정말 목소리가 좋아졌어. 고비를 넘긴 것 같달까."

"그런 것 같아요." 이렇게 말하고 난 다음 순간, 가슴 안쪽에서 시커먼 어둠이 눈을 뜬다. 그 어둠은 작지만 분명 내 안에 있고, 꿈틀대고 어슬렁거리며 내 안에 서식하고 있음을 끊임없이 상기시킨다. 그러나 나타났을 때처럼 빠르게 자취를 감춘다. "오래가지 않을지도 모르지만." 나는 덧붙인다.

"그래도 괜찮아." 어머니가 말한다. "할 수 있을 때 즐기렴. 그러다보면 너도 모르게 또 만나게 될 거야, 그런 즐거움과."

"응. 그럴게요." 어머니의 말투에 미소가 절로 난다. 내게 말을 걸고, 나를 믿어주고, 나를 북돋아주는 어머니의 기운 덕분이다. 나는 그것을 소중히 간직하고, 신의 존재를 믿듯 그것을 믿고 신뢰한다. 어머니는 항상 내가 가장 필요로 할 때 내 곁으로 다가온다. "사랑해요, 엄마. 알죠?"

"나도 사랑해, 우리 딸. 당연히 알지. 하지만 직접 들으니 더 좋네."

바닷가에는 아무도 없다.

황혼녘의 하늘이 핑크빛과 오렌지빛으로 물든다. 모래는 곱고, 날씨, 기온, 햇볕, 바람 할 것 없이 이 동네는 모든 게 부드럽고 온화하다. 나는 샌들을 벗어 고리를 손가락에 끼고 양손에 대롱거리며 걷다가 이따금 걸음을 멈추고 예쁜 조가비나 동글동글한 하얀 돌멩이, 깨진 연잎성게 반쪽을 살핀다. 잔물결이 일어났다 부서지고, 일어나더니 부서진다. 은은한 빛깔의 진주층 껍데기가 한 무더기 보인다. 두어 개는 살구색이고 나머지는 병아리색이다. 나는 그중 세 개를 집에 가져가려고 주머니에 넣는다. 어머니가 좋아하는 것들이다. 이번에는 좀더 바다 가까이 다가가 맨발을 젖은 모래 속에 집어넣고 아직 쌀쌀한 봄바람을 즐긴다. 대기의 냄새가 여름이 오고 있음을 알려준다.

나는 그곳에서 한참 동안 가만히 바다를 바라보며 서 있는다.

마음의 짐이 걷힌다. 부담이 내 어깨에서 들리는 게 느껴지고, 그 무게가 점점 줄어 가벼워지고 가벼워지다 결국 사라진다. 눈이 아리고 눈물이 핑 돌지만, 이건 슬픔의 눈물이 아니다.

난 엄마가 되지 않아도 돼.

기분좋은 시원한 바닷물이 내 발 위로 넘치고, 밀물이 들어온다.

내가 원하지 않는다면 나는 아이를 낳지 않아도 된다. 그리고 나는 아이를 원하지 않는다. 한 번도 원한 적 없다. 단 한 번도.

천만다행이다.

루크가 떠나서 천만다행이다. 루크가 사라져서 천만다행이다. 결코 되고 싶지 않은 사람이 되라며 내게 억지로 강요했던 그 남자가 더이상 내 인생에 없어서, 내 아파트에 없어서, 매일 밤 내 침대에 없어서 천만다행이다. 그는 나로는 부족하다고 했다. 그러나 어쩌면 진실은, 그로는 내게 부족했을지도 모른다.

이 새로운 진실과 맞닿은 해방감이 내 몸속에서 깨어난다. 드디어, 마침내.

다시 움직이기 시작하자, 다시 한번 해안을 따라 발걸음을 옮기자, 내 안에서 무언가가 변했음이 느껴진다. 영구적인 변화라고, 나는 생각한다. 소망한다. 바다에서 그리 멀지 않은 아담한 방갈로 호텔로 어슬렁어슬렁 돌아온 나는 발톱에 색을 칠한다.

실로, 오늘의 나는 기분이 좋다. 뭔가 다르게, 갓 지댄 밀반죽처럼 부드럽고 유연하고 따스하게 좋다. 나는 푹신한 그 속에 쏙 들어가 파묻힌다.

오래가지 않을지도 모른다.

하지만 오래갈지도 모르잖아?

파트 3

다른 로즈들,
인생 4&5

13
2006년 8월 15일
로즈, 인생 4&5

루크가 침대 내 자리 쪽에 서 있다. 평소엔 절대 내 자리 쪽으로 가지 않는데. 루크의 손에는 산전 비타민제 약병이 들렸다. 그가 약병을 치켜들더니 흔든다. 소리는 둔탁하다, 병이 꽉 차 있으니까.

"당신 약속했잖아." 루크가 말한다.

"가끔 까먹어서."

"가끔?" 루크는 화난 말투다. 비난조다.

나는 비난받는다. 나는 유죄다.

우리 둘 다 알고 있다.

"전에 먹겠다고 말해놓고 안 먹었어, 됐어?" 나는 범행을 인정하고, 그걸로 끝낸다.

루크는 한동안 말이 없다가 툭 내뱉는다. "먹기 싫은 거로군."

"응." 나의 또다른 자백. "먹기 싫어."

나의 결심에 금이 간다.

똑똑히 느껴진다. 껍데기를 까려고 키친타월로 감싸 굴린 삶은 달걀이 된 느낌이다.

루크와 나는 말을 하지 않는다. 거의 일주일째 우리는 서로의 주변을 맴돌며 같은 방에 있어도 아는 체하지 않는다. 우리가 나눈 대화라곤 정중하기 그지없는 내용—"남은 커피 이게 마지막인데 안 마실 거면 내가 마셔도 될까?"—아니면 업무에 관한 고지—"오늘 저녁엔 백화점 행사가 있어서 늦을 거야"—뿐이다.

그러나 애초에 싸움을 촉발했던 차갑고 강경한 분노는 날이 갈수록 누그러졌고, 충분히 녹을 만큼 냉장고 밖에 오래 있었다. 당시의 노여움이 얼마나 남았는지 혹은 다른 것으로 변했는지 나도 모르겠다. 우리의 미미한 교류는 조금씩 더 친절하고 세심해졌고 슬며시 애정이 담기기도 한다. 그래서 나는 미래를 그려본다. 루크와 나의 미래에는 두 개의 길이 있다. 하나를 따라가면 우리는 계속 함께 있고, 아이가 있다—아이가 있기 때문에 함께 있는 것이다. 다른 길을 따라가면 우리는 아이가 없고 헤어졌다—아이가 없기 때문에 헤어진 것이다.

아이를 낳는 게 정말 그렇게 나쁠까? 눈 한번 질끈 감고 저질러 볼까? 아이를 낳고 내 남편의 꿈을 이뤄줘? 내 결혼도 파탄에서 구하고?

괜찮을지도 모른다. 근사할지도 모른다. 내 인생의 이 시기를 돌이켜보며 이렇게 생각할지도 모른다, 오 로즈, 넌 정말 바보였어! 아이를 낳은 게 네가 한 일 중 가장 잘한 일이야! 어떻게 이런 걸 놓칠 뻔했지? 세상 모든 엄마들이 아이를 낳은 후에 그렇게 생각하지 않나? 아이가 자기 인생 최고의 작품이라고, 『샬롯의 거미줄』에서처럼 말이지.

그 여자들 중 절반은 거짓말을 하는지도 모른다. 그렇게 말하는 수밖에 없으니 그렇게 말하는 것뿐일지도 모른다. 이미 낳았는데 뭘 어쩌겠는가? 반품할 수도 없고.

방금 내가 아이를 블루밍데일이나 노드스트롬 백화점에서 무를 수 있는 상품에 비유한 거 실화야? 머릿속에서 경고등이 켜진다. 로즈 나폴리타노: 아이를 블루밍데일에 반품할 생각을 하다니 넌 엄마로서 실격이야! 물론 노드스트롬 쪽이 더 똑똑한 구매가 될 것이다. 아이를 살 때는 묻지도 따지지도 않고 반품 및 환불이 가능한 곳이 제일이다—그게 노드스트롬의 정책이잖아?

밤에 침대에 누워, 나와 결혼한 남자 옆에서 나는 그런 상념에 잠긴다. 적막 속에서 어떤 서글픔이 밀려든다. 어떤 깨달음이겠지. 루크와 나는 지금 교차로에 서 있다. 멀지 않은 순간에 우리 중 한 명은 어디로든 움직일 수밖에 없을 것이다.

"항복." 내가 말한다.

"뜬금없이 그게 무슨 말이야?"

루크는 수건을 두른 채 욕실 세면대 거울 앞에 서서 면도하는 중이다. 얼굴 절반이 하얀 크림으로 덮여 있고 뺨에는 조심스럽게 면도한 자국이 나 있다. 나는 열린 문 바로 앞 복도에 꼼짝 않고 서 있다. 욕실 불빛에 눈이 부시다.

"한번 노력해보자, 됐지?"

"뭘 노력한다는 거야?" 루크가 묻는다. 하지만 그의 말투에는 한동안 들리지 않던 어떤 명랑함, 어떤 기대가 어려 있다.

그 단어를 기어이 소리 내어 말하게 만들겠다는, 아이라는 단어, 아이를 갖도록 노력해보자는 말을 실제로 내 입에서 끌어내고야 말겠다는 그 뻔뻔함이 한 조각 남은 나의 마지막 자제력을 박살낸다. "아냐, 루크. 어휴! 아무것도 아냐. 노력할 거 없어, 지금은. 아니, 앞으로도."

루크가 면도기를 선반에 내려놓는다. 가장자리에 묻은 하얀 셰이빙 크림이 대리석 위에 작은 구름을 형성한다. 그는 자기가 긁어 부스럼 냈다는 것을 안다. "그냥 대답이 듣고 싶어서 그래, 응?"

나는 고개를 가로젓는다. 벽을 타고 주르륵 미끄러져 마룻바닥에 주저앉는다.

"로즈?"

나의 두 손은 말릴 새도 없이 내 얼굴을 가리고 나는 울음을 터뜨린다. 이내 루크가 내 옆에 웅크려 앉는다. 그의 낮고 울림이 풍부한 목소리—내가 사랑했던 목소리다, 하지만 지금은?—가 들려온다. "로즈, 로즈, 왜 그래? 뭐가 문젠데? 나한테 말해봐." 우리가 싸운 이래 처음으로 루크가 진심어린 걱정을 표한다.

나는 실컷 어리광을 부리고 싶지만, 그럴 수가 없다. 루크는 내가 항복했다는 걸 알고, 자신이 원하는 대로 내가 해줄 걸 알고 이러는 것뿐이다. 자신이 이겼으니까. 그동안 우리는 너무 오래 아슬

아슬한 한계점에서 맴돌았고, 바야흐로 그가 원하는 길로 가려고 한다. 루크의 음성에 어린 저 걱정 뒤에는 어쩌면 약간의 공포감이 있을지도 모른다. 내가 노력해보겠다고 말한 바로 그 순간, 단 한 번의 오판과 질문으로 기회를 송두리째 날렸을 수도 있으니.

그가 바라 마지않는 것을 줄 수도 뺏을 수도 있는 힘을 가진 사람은 바로 나라는 것을 깨닫고 나는 고개를 든다. 열쇠는 늘 여자들이 쥐고 있다. 남자들은 속수무책이다. 그래서 남자들은, 우리 여자들은 가졌지만 자기네는 가지지 못한 그 한 가지 때문에 늘 우리를 응징하려고 각종 수단을 강구하지 않는가?

"뭐가 문제인지 당신도 잘 알잖아." 내가 말한다. "우리가 문제지, 루크."

루크가 욕실 매트를 끌고 나와 책상다리를 하고 그 위에 앉아서 나를 마주본다.

"예전의 우리는 그렇게나 행복했는데." 나는 루크에게 말한다.

"그러게."

"근데 지금 우리를 봐."

루크가 두 눈을 깜박이며 상체를 내민다. "아이가 생기면 달라질 거야, 로즈. 내가 장담해. 아이가 우리를 행복했던 그 출발점으로 되돌아가게 해줄 거야."

나는 루크를 물끄러미 바라보며 그가 방금 한 말과 그가 그 말을 하기로 선택한 순간에 대해 곰곰 생각한다. 그는 단 몇 분조차, 심지어 내가 오열하는 모습을 제 눈으로 똑똑히 보고 나서도, 저 자신을 억제하지 못한다. 그는 자기가 원하는 것을 가져야 하고, 나한테서 가져가야만 한다. 그가 원하는 것은 아이다, 왜냐하면 더이상 나만으로는 충분하지 않으므로. 루크는 정말 모르는 걸까? 완전히 절망한 아내에게 자신이 보내고 있는 이 은연중의 메시지를?

이제 그의 눈빛이 약간 흔들리며 안절부절못한다.

선택에 직면하여, 나는 마음을 정한다. 가능한 유일한 선택지로 보인다. 왜냐하면 다른 선택을 할 경우 나는 결국 혼자가 되고 말 테니.

"좋아, 알았어." 나는 긴 한숨을 토하며 말한다. "노력해보자, 루크."

14
2007년 9월 25일
로즈, 인생 4

아버지의 공방은 우리 본가의 차고이고, 부모님은 차를 차고에 넣지 않은 지 오래다. 그냥 진입로에 세워두거나, 눈 예보라도 있으면 앞마당 끄트머리에 가지를 제멋대로 뻗치고 있는 떡갈나무 아래에 둔다. 거센 폭풍우가 지나가면 세차를 해야 하고, 자동차 앞유리에서 서리와 얼음을 긁어내야 하고, 비라도 오면 현관에서 차까지 달려야 한다고 어머니는 곧잘 투덜거리지만 진심은 아니다. 어머니는 아버지의 재능을 자랑스러워한다. 아버지는 아주 아름다운 물건을 만들어낸다.

"아빠? 잠깐 들어가도 돼요?" 나는 옆문을 살짝 열고 물어본다.

"로즈? 우리 딸 왔니?"

집과 차고 사이에는 방충망이 쳐진 좁은 통로가 있는데, 지금 내가 서 있는 곳이 거기다. 나는 문을 조금 더 열고 말한다. "아빠, 잘 지냈어요?"

큰 키의 아버지는 작업대 위로 허리를 굽히고 장갑 낀 손에는 사포를 든 채 내 쪽을 건너다본다. 고운 나무 먼지가 바닥을 뒤덮었다. 아버지 옆에는 작업 공구들을 사용하기 쉽게 펼쳐놓은 벤치가 있다. 뒤쪽 벽에는 작업중인 의자나 여타 미완성 가구들을 걸어두는 용도의 홈이 파여 있다. 그 맞은편에는 각종 바니시로 가득찬 커다란 철제 캐비닛이 있고, 그 옆에는 목재가 무더기로 쌓여 있다. 오늘 아버지는 배기 청바지와 아무 장식 없는 초록색 반팔 티셔츠 차림이다. 머리칼이 햇빛을 받아 철회색으로 반짝인다. "이리 와서 아빠하고 포옹 한번 해야지." 아버지가 허리를 펴고 장갑을 벗는다.

아버지의 두 팔이 나를 감싸고 내 몸이 땅에서 들릴 만큼 힘차게 끌어안는다. "무슨 바람이 불어서 여기까지 왕림하셨나? 오늘은 강의 없어?"

"없어요. 이번 학기는 화, 목에만 수업해요."

아버지가 미소 짓는다. "거기선 사는 게 고단하군."

나는 팔꿈치로 아버지를 가볍게 찌른다. "여유로운 삶이죠." 아버지는 내가 얼마나 열심히 일하는지 잘 알고, 그래서 아버지가 거는 장난스러운 딴죽은 전혀 거슬리지 않는다. 내가 왜 박사를 따고 교수가 되고 싶어하는지 두 분이 이해하지 못해 한참 입씨름하던 나날들에 비하면 부모님과 나는 장족의 발전을 이뤘다. 지금처럼 이렇게 내 직업에 대해 농담을 주고받을 수 있게 되어 아주 기쁘고, 내게 학교생활에 대해 물을 때 부모님의 어조에 묻어나는 진정한 자부심이 내게는 몹시 소중하다. "방해할 생각은 아니고. 아빠 일하는 동안 옆에 잠깐 앉아서 얘기나 할까 해서."

"네가 방해가 된 적은 한 번도 없어." 아버지는 차고 안쪽 구석에 늘 모셔두고 있는 의자를 가져온다. 거의 보라에 가까운 수국의 파란색으로 페인트칠된 그 의자는 꼬마 때부터 내 전용 의자였다. 아버지는 나를 위해 파란색으로 의자를 칠했다. 일반적인 의자보다 더 크고 넓은 의자다. 어머니가 두툼한 꽃무늬 방석을 만들어 등받이에 묶어주었다. 방석은 이제 색이 바랬다.

아버지는 의자를 작업대 바로 옆에 놓는다. "자, 앉으렴, 우리 딸." 그러고서 장갑을 끼고 사포를 집어든다. "최신 소식 좀 들려다오. 어떻게 지내냐? 새 학기의 처음 몇 주는 어땠어? 혼쭐을 내줘야 할 학생은 없고?"

나는 웃음을 터뜨린다. "아직은 없어요, 하지만 아빠가 내 뒷배를 봐준다는 걸 알게 되어 든든하네." 나는 내가 맡은 강의와 우리 과 소식과 새로 시작하고 싶은 연구 프로젝트에 관해 얘기한다.

난 항상 아버지가 일하는 모습을 지켜보는 게 좋았고, 아버지와 함께 있는 게 좋았다. 어릴 때는 책을 가져와서 몇 시간씩 옆에 있으면서 둘이 나란히, 아버지는 일하고 나는 책 읽고, 그렇게 고요한 시간을 보냈다. 아버지는 말수가 적은 편이지만 이야기를 잘 들어주는 사람이고, 아버지와 있으면 마음이 편안해진다. 아버지와 음악을 듣기도 했다. 아버지는 어린 나에게 당신이 좋아하는 1960년대와 1970년대 노래를 알려줬고, 좀 커서는 내가 아버지에게 십대 취향 최신곡을 억지로 들려줬다. 아버지는 그 곡들을 참고 들었는데, 그래야 둘이 함께 더 많은 시간을 보낼 수 있기 때문이었다.

날 좋은 봄가을엔 새소리도 듣고 환기도 할 겸 차고 문을 활짝 열어놓고 작업하기도 하는데 오늘은 문을 닫고 에어컨을 틀었다. 9월

하순이지만 아직 한여름처럼 덥다.

"아빠는 요즘 어떻게 지내요?" 나는 내 소식 업데이트를 마친 후 물었다. 사실 내가 집에 온 진짜 이유는 따로 있지만, 그걸 입 밖에 꺼낼 수 있을 것 같지가 않다.

"아, 그거야. 늘 똑같지. 주문받은 가구를 만들고. 하루 일을 끝낸 후에는 네 엄마가 만든 저녁을 먹고."

"뭐 재미있는 주문 들어왔어요?"

이 질문에 아버지는 활기가 돈다. 어떤 커플이 멕시코에서 들여온 나무로 특이한 캐비닛 세트를 만들어달라고 했다는데 나는 나무 이름을 발음도 못하겠고 아버지도 다뤄본 적 없는 나무다. 아버지는 신이 나서 그 작업에 대해 자세히 얘기해주고, 이윽고 우리는 다정한 침묵에 빠져든다. 나는 의자에 앉은 채 아버지가 일하는 모습을 지켜보며 내가 진짜 하려고 했던 얘기를 꺼낼 용기를 애써 그러모은다. 아버지는 두 손을 꾸준히 작업대 위에서 왔다 갔다 움직이면서 이따금 나를 힐긋 넘겨본다.

나는 무릎을 세우고 다리를 끌어안는다. 슥슥 나무를 가는 친숙한 사포질소리가 계속된다. "아빠, 어쩌면 내가 아빠한테 재미있는 주문을 하나 하게 될지도 모르겠네." 나는 마침내 입을 연다.

"그래? 아빠가 우리 딸한테 뭘 만들어주면 좋을까?"

지난 수십 년간 아버지가 나를 위해 만들어준 온갖 가구와 물건을 생각하며 나는 입술을 깨문다. 고등학교 때는 캐노피가 달린 침대를 만들어줬다. 어머니는 애 버릇 나빠진다고 싫어했지만 나는 너무너무 신났다. 졸업파티와 홈커밍 때 친구들과 함께 찍은 사진, 그리고 루크와 나의 결혼사진을 넣은 멋진 액자도 아버지가 만들어준 것이다. 우리의 침대맡 협탁과 내가 집에서 일할 때 쓰는 책상도 아버지 작품이다. 본가의 가구 중 절반은 아버지의 손을 거쳤다. 어느 것 하나 빠지지 않고 아름답고 근사하다. 어느 것 하나 빠지지 않고 특별하다, 나의 아버지처럼.

"로즈?" 아버지가 어느새 일손을 멈추고 나를 돌아보고 있다.

나는 숨을 깊게 들이마신다. "아기 침대요." 나는 말한다. "아빠가 아기 침대를 만들어줘도 될 것 같아."

아직 루크에게는 임신 사실을 얘기하지 않았다.

일단 노력해보겠다고 약속은 했지만 나는 내 몸이 임신을 거부할 거라고 믿었나보다. 그렇게 오랫동안 서로에게 무심하게 살다가 이제 와서 아이를 낳는다는 게 정말 우리에게 좋은 일인지 모르겠다는 생각이 들었다.

그랬는데, 루크에게 하나둘씩 변화가 생겼다—좋은 쪽으로.

처음은 사소하고 평범했다. 집에서 책상 앞에 앉아 일하다가 문득 랩톱에서 고개를 들고 의자를 빙 돌렸다. 루크가 문가에 기대서서 나를 바라보고 있었다.

"주말에 같이 나가서 저녁 먹을까 해서." 그가 말했다.

"진짜?"

"응. 데이트할 때처럼."

"나랑 데이트하고 싶다고?" 내 말소리에 묻은 회의와 의심이 내 귀에도 들렸다.

그래도 루크는 굴하지 않고 밀어붙였다. "어디서 봤는데 새로운 이탈리안 식당이 생겼대. 직접 만든 수제 라비올리가 끝내준다는 것 같아. 이번주 토요일에 같이 가보면 어떨까 해서."

나는 루크의 표정을 유심히 살폈다. "나 수제 라비올리 엄청 좋아하는데."

"알지. 그래서 가보자는 거였어, 한번 그 집 가서 먹어보자."

루크는 어정쩡하게 문가에 서서 긍정이든 부정이든 내 대답을 기다렸다.

우리가 마지막으로 데이트를 한 게 언제였더라. 결혼하고 함께 살았지만, 오랫동안 우리는 룸메이트나 다름없었다. 섹스하는 룸메이트, 맞다, 그리고 아이를 가지려 노력하는 것으로 보이는 룸메이트, 맞다, 하지만 서로 사랑하는 사이는 아니다. 예전처럼은 아니었다. 여전히 루크를 좋아하긴 하고, 언제나 좋아하는 마음은 있다. 하지만 한동안 사랑은 아니었다. 그간 아이 때문에 벌인 그 모든 홍정, 루크와 그의 부모에게 받은 각종 압박은 확실히 최음제는 아니었다. 오히려 상당히 강력한 성욕억제제였다. 최근 들어서는 루크도 아마 내게 정이 떨어졌을 거다.

결혼한 이들도 다시 사랑에 빠질 수 있을까?

"왜 나한테 데이트 신청하는 거야, 루크?"

아이 만들기에 돌입하기에 앞서 당신이 준비한 전주곡이야?

"이유가 필요한가?"

"응."

루크에게 아이를 주기 위해 노력하겠다고 말한 이후로, 그가 섹스 무드로 나를 이끌려 할 때마다 어쩐지 의심스러웠다. 그러니까,

지금 이 순간 당신이 원하는 건 나야, 아니면 나팔관을 따라 어슬렁어슬렁 내려오고 있는 나의 난자야?

루크는 두 손을 청바지 주머니에 찔러넣고 흔들거리며 앞꿈치로 섰다 뒤꿈치로 섰다 했다. 에어컨 실외기가 돌아가며 팬 소음이 머리 위에서 웅웅거렸다. "그냥 당신이 그리워서." 루크가 말했다. "우리가 그리워서. 예전의 우리가. 당신은?"

나는 고개를 끄덕였다.

"그럼 같이 나가서 저녁 먹자는데 왜 그렇게 대답이 어려워?" 루크가 묻는다.

나는 의자에서 일어나 루크를 지나쳐 거실로 나갔다. 루크가 따라왔고, 우리 두 사람은 소파에 나란히 앉았다. 나는 솔직해지기로 마음먹었다. "당신의 동기를 믿기가 어려워, 루크. 이 결혼생활에서 당신이 하는 모든 행동이 아이를 낳고자 하는 당신의 욕구와 어떻게든 관련이 있다는 느낌이 들어서. 심지어 같이 나가서 저녁 먹자는 얘기조차."

루크는 깍지를 끼고 제 손을 가만히 응시했다. "그 점에 대해선 입이 열 개라도 할말이 없어." 그리고 다른 얘기를 덧붙이려는 것 같았지만 내 말은 아직 끝나지 않았다.

"들어봐. 무엇보다 나는 당신의 동기가 단순했으면 좋겠어. 당신이 나한테 그 식당에 같이 가자고 하는 게 당신 아내가 라비올리를 좋아한다는 걸 알기 때문이었으면 좋겠어." 저녁이 되면서 도시의 하늘이 붉게 물들어가고 있었다. "하지만 난 그게 나를 부추기려는 모종의 계획의 일부가 아니라고 생각하기가 힘들어. 뭐랄까, 아이가 생기도록 더 열심히 노력하라는, 내 주기를 더 열심히 체크

하라는, 비타민을 더 열심히 먹으라는, 열 개 스무 개씩 먹으라는 독려 같아. 혹은 라비올리가 임신에 좋다거나 뭐 그런 얘기를 어디서 주워듣고 이러는 게 아닐까 싶기도 하고."

루크는 웃음을 터뜨렸다. "라비올리가 임신에 좋다는 얘긴 못 들었어, 약속해."

나는 그를 노려보았다. "당신은 그게 웃긴가본데, 난 그게 사실이라 해도 하나도 놀랍지 않아! 어떤 음식이 아기에게 좋고 나쁜지 당신이 그렇게 많이 안다는 게 난 믿기지가 않아. 우린 아기가 없는데도 말이지. 나 아직 임신 안 했어, 루크!"

루크의 웃음이 슬며시 꼬리를 감췄다. "알았어, 알았다고. 알아들었어. 그동안 내가 어떻게 했는지 생각해보면 당신이 왜 그런 느낌이 드는지 이해가 되는 면도 있고."

"그래?" 제발 이해해. 제발 이해해라, 루크.

루크의 손이 소파로 내려왔고, 거기에, 우리 사이에 가만히 머물렀다. "내가 당신과 그 레스토랑에 가고 싶어하는 이유가 오로지 내 아내 로즈 나폴리타노가 라비올리를 좋아한다는 것을 알기 때문이라고 하면, 로즈의 남편 루크가 초밥을 좋아하는 것 못잖게 말이지, 믿어주겠어? 내심 그 아내가 임신하길 바라는 딴 뜻이 있어서가 아니라?"

나는 회의적인 표정을 짓고 어깨를 으쓱했다. "어쩌면?"

"믿으려고 노력해줄 수는 있을까?"

조금씩 자리를 옮기는 햇빛 속에서 나는 남편의 얼굴을 가만히 들여다보았다.

할 수 있을까?

루크가 눈을 깜박이고, 또 한번 깜박였다. 루크는 불안해하는 것 같았다. 내 속에서 무언가 반짝 일렁였다. 내가 사랑하게 될, 사랑할 수 있는 유일한 남자가 루크라고 믿어 의심치 않았던 때의 아련한 기억. 지금 다시 그런 느낌이 든다면 어떨까, 그 난리블루스를 다 겪은 후에?

소파 위에 놓인 루크의 손이 몹시 쓸쓸해 보였다. "응." 나는 그의 손가락 위에 내 손가락을 포갰다. "해볼게."

"그럼 다시 한번 요청해볼게. 로즈 나폴리타노 씨, 이번주 토요일에 저랑 데이트를 해주시겠습니까? 오로지 당신이 기뻐하는 모습을 보고 싶기 때문입니다. 당신의 남편인 제가 당신을 너무나도 사랑하기 때문입니다." 루크는 내 손을 들어 제 입술로 가져가 키스했다.

나는 웃음이 터져나왔고, 그걸로 긴장감을 누그러뜨리기에 충분했다. "응, 루크, 당신과 데이트할게, 다른 이유 없이 오로지 내가 당신을 사랑하기 때문에." 이 말을 하는데 온몸이 붉게 상기되는 기분이었다. 남편과 아내 사이에 자동으로 이루어져야 마땅한 허락이지만, 지금까지의 우리 상황에 비추어볼 때 어쩐지 무장해제된 기분이었다. 마치 비밀을 고백한 것 같았다.

그때 루크가 싱긋 웃었고, 나보다 더 환히 미소 지으며 말했다. "나 정말 딴 뜻 없었어, 로즈. 그냥 아내를 기쁘게 해주고 싶었다니까. 정말로."

우리 둘은 그렇게 앉아서, 서로를 마주보며 바보처럼 헤헤거렸다. 그러다 루크가 와인을 한 병 땄고, 우리는 살짝 취해서 몇 시간 동안 웃고 떠들었으며, 우리의 결혼생활을 괴롭히던 온갖 문제를 잠시나마 싹 다 잊었다. 루크가 와인잔을 소파 테이블에 내려놓고 내게 깊이 키스했을 때 나는 받아들였고, 앞으로 어떻게 될지 그의 동기가 무엇인지 개의치 않고 다시 사랑에 빠져버렸다. 그날 밤 우리가 잠자리에 들었을 때 희망의 씨앗이 내 속에서 움텄고, 나는 행복하게 잠들었다.

그 한 번의 대화에서 출발해, 루크와 나는 다시 서로를 향해 긴 오르막길을 천천히 걷기 시작했다. 한 걸음 한 걸음씩, 행복이 다시 서서히 스며들어 우리의 사랑과 삶과 결혼에 났던 상처에 새살이 돋기 시작했다. 그리하여 처음으로 임신 테스트를 하고 테스트기에 두 줄이 뜨며 양성이 나온 것을 봤을 때, 와락 겁이 나고 조금쯤 후회도 됐지만 동시에 이런 희망도 약간 품게 되었다. 그렇게 싸우고 버티고 했지만서도 결국 루크와 아이를 갖는 것이 실제로 좋은 일일 수도 있겠구나. 그에게나 우리에게뿐만 아니라 나에게도. 나를 위해서도.

"아기 침대?" 아버지의 눈빛에 나타난 표정은 애매하다. 손에 들고 있던 사포가 악력에 구겨졌다.

임신 및 출산에 관해 단 한 번도 내게 압력을 넣지 않은 사람, 모성애 운운하며 왜 너만 항상 유난 떠냐면서 단 한 번도 나를 닦달하지 않은 사람은 내 인생에서 질을 제외하면 아버지가 유일할 것이다.

"나는 루크가 널 몰아세우는 게 탐탁지 않아." 루크와 내가 아이 때문에 싸우고 있다는 말을 어머니에게 전해들은 아버지는 얼마 전 내게 이렇게 말했다.

수업을 마치고 퇴근하면서 아버지와 통화할 때였다. 차들이 빵빵대며 지나가고, 사람들이 차에서 짐을 내리거나 내 옆을 바삐 지나쳤다. 아버지는 루크가 뭘 갖고 나를 몰아세우는지 굳이 얘기하지 않았다. 아버지와 나 둘 다 잘 알고 있었다.

"괜찮아요, 아빠." 괜찮은 건 하나도 없었고, 그래서 루크와 나는 계속 싸우고 있었지만, 그래도 나는 괜찮다고 말했다.

"너한테 뭐가 제일 좋은지는 네가 가장 잘 알지, 로즈. 그러니 나는 네 판단을 믿는다. 너도 네 판단을 믿어야 해."

"고마워요, 아빠." 그다음에 화제는 좀더 안전한 주제로, 예보된 폭풍우와 하루종일 비가 퍼부을 거라는 날씨 얘기로 넘어갔었다.

아버지는 아직 내 반응을 기다린다. 아버지의 눈이 내 눈을 탐색한다.

"응, 아빠. 아기 침대." 나는 숨을 내쉬고 다음 말을 꺼낸다—아직 입에서 떨어지지 않는 그 말을 간신히 밖으로 꺼낸다. "나 임신했거든."

우리 아버지는 내가 처음으로 임신 사실을 알린 사람이다.

"우리 딸" 하고서 아버지는 더이상 말이 없다.

"편하게 생각하려고요."

아버지는 눈썹에서 흘러내린 땀방울을 손등으로 닦는다. "로즈, 그거 유지할 생각이냐?"

내 눈이 눈물로 그렁그렁해진다. "오, 아빠." 아직 내게 선택권이 있음을, 어느 쪽이 내게 바람직한 길인지 아직 고를 수 있음을 말해주는 아버지가 나는 너무 좋다. 그 얘기를 하면서 눈 하나 깜짝하지 않는 우리 아버지.

아버지의 질문에 대답하기 전에 나는 희망에서 의혹으로, 다시 희망에서 더 큰 의혹으로 왔다갔다하던 시간들을 잠시 떠올린다. 임신 테스트를 하고, 다시 해보고, 세번째 테스트를 한 후로 계속 머릿속에서 희망과 의혹이 교차했다. 그러나 내가 어떻게 기어이 다시 희망으로 돌아왔는지, 남편과 내가 사랑을 되찾고 아이라는 새로운 가능성을 찾아낸 지점으로 되돌아왔는지를 떠올린다.

"유지하려고요." 나는 아버지에게 말한다. "이 아이는 낳을 거예요. 그래서 말인데 아기 침대 좀 만들어줄래요, 아빠?"

"당연하지." 아버지는 구겨진 사포를 내려놓고 장갑을 벗어 아직 미완성인 테이블 위에 올려놓는다. 그리고 내게 두 팔을 벌린다. "이 아빠가 평생 만든 것 중 가장 근사한 아기 침대를 만들어주마."

그날 저녁, 시내로 돌아와 전철역에서 집까지 걸어가면서 나는 좀전에 아버지에게 얘기한 것을 루크에게도 말하기로 결심한다.

"루크." 나는 아파트 현관에 들어서자마자 루크를 찾는다. 그는 부엌에서 파스타를 삶으려고 물을 끓이는 중이었다. "할 얘기가 있어."

고개를 돌려 나를 본 루크는 숨이 턱에 닿아 헉헉거리는 내 모습에 이게 무슨 일이냐는 듯 의아한 표정이고, 내가 할 얘기라는 게 뭔지, 좋은 소식인지 별로 안 좋은 소식인지 전혀 감을 잡지 못한 얼굴이다.

"오늘 아빠를 만났거든."

루크가 들고 있는 나무 주걱에서 물이 뚝뚝 떨어진다. "그래?"

나는 고개를 끄덕인다. "아빠가 아주 흔쾌히 우리한테 아기 침대를 만들어주시겠대."

남편의 얼굴에 밝은 빛이 떠오르고 그의 미소와 눈빛이 너무 환히 반짝여서 이런 생각이 내 머릿속을 잠깐 파드닥 스쳐지나간다. 이게 다 그럴 만한 가치가 있을 거야. 이제부터 모든 게 다 잘 풀릴지도 몰라. 나중에 언젠가 지금 이 순간을 떠올리며 아이를 낳은 게 내 인생 최고의 선택이었다고 말하게 될지도 모르지.

15
2007년 9월 25일
로즈, 인생 5

가게가 터져나갈 듯 어디나 손님들로 북새통이고, 인도를 향해 열어둔 유리문을 넘어 길거리까지 사람들이 넘친다. 오후가 저녁에 자리를 넘겨주는 이 시간은 더할 나위 없이 완벽하다. 여름이라고도 할 수 없고 아직 가을이라고도 할 수 없는 그런 날. 열기가 있지만 덥지 않고, 바람은 불지만 너무 세지 않고, 공기가 살짝 선선하지만 춥지 않다. 호사스러운 날씨. 흠뻑 빠져들어 온몸의 긴장을 다 풀고 피부를 진정시키며 느슨히 기대고 싶은 날씨. 경계를 풀고 방심하게 만드는 날씨.

나의 경계심도 풀어지는 중이다.

어디까지 풀어질까?

행복한 사람들, 떠들썩한 웃음소리, 추파와 애교, 와인잔을 든 손, 여자가 남자에게, 남자가 여자에게, 여자가 여자에게 수작을 거는 말들이 휙휙 날아다니는 사이를 비집고 바 쪽으로 걸음을 옮기는 동안 그 모든 것이 내게 푹 스미고, 살짝 비실비실하고 정신이 좀 나간 듯한 나의 세포가 그들의 욕망을 쭉쭉 빨아들인다.

길고 넓고 번쩍이는 대리석 바는 거의 다 찼고, 혼자 있는 남자 옆 한 자리밖에 남지 않았다. 남자는 앞에 잡지를 펴놓고 있는데 한쪽 면만 보이게 반으로 접어서 자리를 많이 차지하지는 않는다. 남자의 손가락은 황금색 액체가 든 짤막한 유리잔을 감싸고 있다. 버번? 라이? 잡지를 읽느라 수그린 고개에서 셔츠 칼라와 뒷목 헤어라인 사이의 피부가 살짝 보인다.

나는 그에게 다가간다.

그 자리는 내 자리다.

나는 말없이 자리에 앉으며 여기 오게 되어 기쁘고 이 특별히 마련된 좌석에 앉게 되어 기쁘다는 뜻으로 입술에 살포시 미소를 띤다. 이어서 대리석 바 밑에 가방을 걸고, 초록색 민소매 원피스 치맛단 아래로 무릎을 드러내며 다리를 꼬고, 남자 쪽으로 몸을 휙 돌린다.

루크가 아닌 이 남자 쪽으로, 남편이 아닌 이 남자 쪽으로.

토머스.

머릿속 한 켠에서는 지금 내가 꿈을 꾸는 게 아닌지, 또는 환각을 보는 게 아닌지 고민한다.

토머스가 고개를 들고, 나와 눈을 마주치고, 싱긋 마주 미소 짓는다.

아니. 아니, 난 지금 환각을 보는 게 아니야.

허를 찔린 듯 그에 반응하여 심장이 덜컹거리고, 뭔가 딱딱한 것으로 세게 얻어맞은 느낌이다.

"왔군요." 이 시끄러운 말소리와 웃음소리 와중에도 그의 음성은 변함없이 낮고 조용하다.

나는 그의 말을 듣기 위해 상체를 더 가까이 기울일 수밖에 없다.

그걸 노렸나?

"올 거라고 했잖아요."

"그렇긴 한데……"

"그런데?"

"안 오기로 마음을 바꿀 줄 알았죠."

"설마. 그럴 가능성은 전무했는데. 원래부터 올 생각이었어요."

그의 미소가 짙어진다. "저도요."

이제 우린 둘 다 고등학생처럼 활짝 웃고 있다. 수업을 마치고 지하철을 타러 내려갈 때마다 항상 보이는 애들. 승강장 한가운데 물때로 얼룩진 벽에 둘이 딱 붙어서 굶주린 입술로 물고 빨고 닥치는 대로 애무하는 커플들. 나는 늘 그애들의 거침없는 애정 표현과 적나라한 욕망에서 즐거움을 얻는다. 그런 점에서 그애들이 참 대견하다. 그런 무모한 간절함이 그립다. 루크와 나도 초기에는 그랬지만 곧 그 간절함은 어른의 생활과 살림살이의 다망함, 가령 누가 화분에 물을 주고 누가 쓰레기를 내놓을 것인가 같은 의사결정에 밀려나버렸다. 누가 아이를 키울 것인가 그리고 애초에 애를 낳기는 할 것인가 하는 질문들 와중에 흩어져버렸다.

"다시 보니 좋네요." 토머스에게 이렇게 말을 건네는데, 지금 우리가 여기서 무엇을 하는지 똑똑히 이해되기 시작한다. 토머스와 거의 닿을 듯 가까운 거리에서 내 몸의 흥분과 설렘이 말 하나하나, 몸짓 하나하나에 여실히 드러난다. 내 속눈썹의 떨림에, 그리고 누가 봐도 명백히 여지를 주는 말투에. 나는 상체를 더욱 바싹 내밀어 바로 여기 이 바에서, 가게 안 모두가 보는 앞에서 내 입술을 토머스의 입술에 대고 누르는 상상을 한다.

토머스도 똑같은 상상을 하고 있을까?

바텐더가 내 앞에 와서 선다. "뭘로 드시겠습니까?"

"상세르* 있나요?" 나는 바텐더에게 묻는다.

"네, 있습니다." 바텐더가 말한다.

"한 잔 주세요." 내가 말한다.

망설임 따위는 없다.

그래야 한다. 이론적으로 나는 대참사에 직면하여 이런 태연자약한 태도에 기가 질려야 마땅하다. 그러나 오늘밤 나는 거칠 것 없이 막 나가는 기분이고, 실제로 막 나가고 있으며, 멀든 가깝든 내게 닥칠 모든 참사와 재앙을 죄다 환영하고, 그중 어떤 재앙은 아주 가까워 한 쌍의 녹갈색 눈으로 현현한다. 호박색보다 초록색에 가까운 눈이 손닿는 거리에서 뚫어져라 나를 보고 있다. 내 손이 닿는 거리에서.

나도 모르게 손이 올라간다.

손가락이 어깨를 어루만지고 등허리를 가볍게 쓸어내린다.

토머스의 등. 루크가 아니라 토머스.

"나도, 다시 보니 정말 좋군요, 로즈." 그는 잠시 뜸을 들였다 화답한다. 서로를 향한 움직임마다, 해서는 안 되는 행위마다—만나는 것, 바에 같이 앉아 있는 것, 술을 주문하는 것, 서로의 손과 몸

---

* 프랑스 루아르 지방의 상세르에서 생산되는 화이트와인.

이 닿는 것—그 모든 사소한 단계마다 또 한번의 인사, 또 한번의 확인, 주고받는 승인이 필요하다는 듯.

토머스의 말투와 태도가 내가 알아야 할 것들을 모조리 일러준다. 분명하고 따스한 환영, 이 모든 것—그와 나, 이 즐거운 바에서 우리 둘이 함께하는 멋진 밤—에 활짝 열린 문, 너무나 좋은 예감이 가득하고 너무나 의미심장한 가능성을 잉태하고 있다.

나처럼 잉태하고 있는 것이다.

나는 임신중이다.

"토할 것 같아."

듣는 이도 없는데 나 혼자 중얼거렸다. 욕실 바닥에 웅크리고 앉아, 속은 뒤집히고 손은 떨리고, 여름 한복판에서 한겨울인 것처럼 온몸을 와들와들 떨었다.

루크와 나는 우리 부모가 주말 동안 빌린 해변 코티지에 같이 묵고 있었고, 밖에서는 폭풍우가 지나가며 파도가 사납게 포효하고 있었다. 바다가 내 뱃속 상황을 반영하는지, 저 허연 물이 몽땅 부글거리고, 소용돌이치고, 수면을 따라 거품을 물고, 들이받았다 물러나고, 또 들이받았다 물러났다. 나는 숨을 깊이 들이마셨다가 내쉬고, 또다시 깊이 들이마셨다. 하얗게 반짝이는 욕실 타일 때문에 눈이 시려서 두 눈을 찡그릴 수밖에 없었다. 구식 긴다리 세면대가 내 바로 옆 바닥에서부터 위풍당당하게 굵직한 기둥처럼 솟았다.

배를 부여잡고 앞뒤로 몸을 흔들거리는데, 헛구역질만 할 뿐 정작 토는 나오지 않았다. 이건 언제 가라앉을까? 조만간? 아님 영원히 이 상태일까?

작게 욕실 문을 두드리는 소리가 났다. "로즈, 괜찮니?"

코티지에는 어머니 외에는 아무도 없었다. 아버지와 루크는 이 자그마한 뉴잉글랜드 마을의 볼거리 중 하나인 헬리콥터 박물관을 구경하러 갔다. 어머니가 두 사람에게 올 때 슈퍼마켓에 들러 사올 목록을 쥐여 보냈으니 시간이 좀 걸릴 것이다.

"모르겠어요." 나는 힘없이 대답했고, 내 말소리는 숨소리만큼이나 떨렸다.

"들어가도 돼?"

"응."

나는 변기 시트 가장자리에 이마를 기댔다. 속이 울렁거릴 때 사람이 어디까지 할 수 있는지 놀랍다—지저분한 바닥에 머리를 대고, 변기에 기꺼이 뺨을 기댄다. 역겨움의 지표가 고장났다.

"아이고, 얘! 낯빛이 노랗네! 뭐 잘못 먹었니? 점심때 그 노점상에서 먹은 조개가 문제였나? 그러게 내가 길가의 판잣집 같은 데서 먹지 말자고 네 아빠한테 그렇게 말했는데."

조개라는 말에, 그 단어 자체의 기분 나쁜 어감에 내 몸이 반항했고, 나는 변기통 위로 고개를 숙였다. 그래도 아무것도 나오지 않았다. 나는 다시 풀썩 주저앉아 하얀 변기 시트의 곡선에 이마와 팔꿈치를 기댄 채 어머니를 응시했다. "나도 내가 왜 이러는지 모르겠어."

어머니는 그 자리에 털썩 주저앉더니 맨바닥에 책상다리를 하고 자리를 잡았다. "걱정 마. 가라앉을 거야, 금방. 내가 장담해. 그런 건 절대 오래가지 않는 법이거든."

내 옆에 있는 어머니의 존재가, 진짜 아무렇지도 않게 욕실 타일 바닥에 철퍼덕 앉아서 내 곁을 지켜준다는 게, 의외로 상당히 위로가 됐다. 어른이 되어서도 어디까지 어머니를 필요로 할 수 있는지 놀랍다. 새삼 고마운 마음에 가슴이 뭉클했다.

"엊저녁 먹은 랍스터가 문제일까?" 어머니가 이어서 덧붙였다. "랍스터는 아니었으면 좋겠는데. 뭐가 몸에 안 맞으면 그거 평생 못 먹게 될 수도 있는데 랍스터가 그러면 안 되잖니. 넌 맨날 랍스터라면 환장했잖아! 어릴 때부터 그랬지. 그 집게발 안쪽의 자잘한 살점까지 파먹는 걸 네가 얼마나 좋아했는지 기억 안 나? 네 아빠랑 나는 네가 그걸 하나씩 하나씩 한참을 걸려서 일일이 발라먹는 모습을 구경하곤 했지. 우린 그게 늘 참 신기하다고 생각했는데 말이야."

"엄마," 나는 신음을 흘렸다. "음식 얘긴 그만해."

"아, 그래! 미안. 음, 어디 보자…… 그럼 또 뭐가……" 잠시 침묵이 흘렀다. 어머니의 머릿속에 뭔가 떠올랐음이 분명한 그런 종류의 침묵이었다.

"엄마, 뭔데?"

"흐음. 이걸 말해도 될지 모르겠네."

나는 고개를 비스듬히 살짝 돌려 간신히 어머니와 눈을 마주쳤다. "말해줘요. 엄마, 제발, 나 지금 줄다리기할 기운 없어."

"그게, 네가 화낼 것 같아서."

"화낼 기운도 없다니까요."

"화내지 않겠다고 약속해라, 엄마가 지금 머리에 떠오른 생각을 말했다고 해서."

"엄마!"

어머니가 두 손으로 바닥을 짚고 상체를 내밀었고, 턱이 변기 가장자리에서 몇 인치 떨어지지 않은 곳까지 왔다. "그니까, 방금 막 든 생각인데, 그거 혹시 입덧 아닌가 해서. 아 물론 너는 애를 안 가질 거니까 입덧일 리는 없다만, 넌 무조건 애 낳는 거에 반대했으니까. 근데 혹시…… 너랑 루크랑 마음이 바뀌어서 애를 가지려고 노력중인데 나랑 네 아빠한테 얘기 안 한 거 아니니?" 어머니는 내가 덤벼들기라도 하면 얼른 피하려는지 뒤로 주춤 물러났다. 그리고 목소리를 낮춰 속삭이듯 말했다. "내가 왜 말 안 하려고 했는지 알겠지?"

바로 그때, 내내 헛구역질만 하던 내가 결국 변기 위로 고개를 숙이고 속에 든 것을 게워냈다. 어머니는 내가 다 토할 때까지 두 손으로 나를 붙들고 부축했다. 그리고 입가를 닦으라고 화장지를 건넸다. 우리는 말없이 그렇게 앉아 있었고, 뱃속의 메슥거림은 가라앉았지만 머릿속 기어는 엄청난 속도로 돌아가다 털털대며 버벅거렸다.

이거 정말 임신일 수도 있을까?

맞아, 그래, 그럴 수도 있군.

젠장.

어머니가 자신의 짐작을 입 밖에 내자마자 나는 그게 맞는다는 것을 알았다. 어떻게 변기에 기대앉아 축 처져 있던 그 시간 동안 내내 한 번도 그 생각을 못했는지, 이해가 되지 않는다. 전혀 기대하지 않아서, 나의 이 몸이 임신에 굴복한다는 생각 자체를 받아들이지 못해서 그랬던 것 같다. 머릿속으로 거부하면 나의 재생산 부서 내 여성용 기기의 스위치도 오프off 상태로 꺼질 줄 알았는지. 임신과 모성은 오롯이 종교적 신념의 문제고 나는 무신론자니까 상관없을 줄 알았는지. 최근 도입된 임신 및 출산에 대한 '개방성'은, 루크 때문에 연기를 하고 있던 것뿐이었다. 우리의 결혼이 파탄나는 것을 막기 위한 노력도, 아이를 낳자는 그의 요구에 장단을 맞춰주는 것도 거의 다 내 몫이었다.

"로즈, 너 무슨 생각 해?"

"그럴지도 모르겠다는 생각." 이렇게 소곤거리면서도 막상 그 단어를 입에 올리는 건 꺼려졌다.

"내 말이 맞지, 안 그러냐? 너 임신했지?"

복잡한 상황이므로 신중하게 처신하려는 어머니의 말투에 근심과 우려가 없지는 않았지만, 그전에 어떤 희망의 기운이랄까 경이와 스릴의 미묘한 기색이 어려 있음을 나는 놓치지 않았다. 드디어 내가 어머니를 할머니로 만드는 것이다. 어머니가 바라왔지만 아무래도 그런 일은 없을 거라 포기했던 일.

"그런 것 같아."

누가 우리 엄마 아니랄까봐 어머니는 축하가 아니라 질문으로 반응한다. "그래, 기분이 어때?"

그때 나는 아이라는 스위치가 온on 상태로 켜진 것에 대해 기뻐하려고 노력했다. 곧 엄마가 된다는 신비한 기쁨을 만끽하려고 노력했다.

하지만 그 순간 내가 실제로 느낀 기분은?

후회. 공포. 당혹.

분노.

내가 도대체 무슨 짓을 한 거지?

임신중단이라는 단어가 희망의 뗏목처럼 둥둥 떠다니며 내 머릿속을 들어왔다 나갔다 했다.

근데 내가 그 뗏목까지 헤엄쳐 갈 수 있을까? 그래야 할까?

루크가 잠시라도 아이에 대한 집착에서 기꺼이 물러났더라면, 내가 노력하기로 합의한 이후 내 입에 들어가는 모든 것을 끊임없이 감시하고 내 생리주기 캘린더를 작성하는 짓을 그만뒀더라면. 예전의 평범했던 우리로 돌아갔더라면. 대학원 때 만나서 사랑에 빠졌던 그 루크로 돌아왔더라면, 제 자식의 어미가 될 가능성 때문이 아니라 그저 나 로즈와 섹스하는 게 즐거워서 나와 섹스하길 원하는 사람으로 돌아왔더라면. 그랬다면 모든 게 다르게 느껴졌을지도. 내가 실제로 임신했다는 사실에 더 기뻐했을지도.

현관문이 열렸다 닫히는 소리가 나고, 아버지와 루크의 두런두런하는 말소리가 들렸다.

나는 왼손에 쥔 화장지를 구겼다. "아무한테도 입도 벙긋하지 않겠다고 약속해요, 엄마."

어머니는 허리를 굽혀 내 뺨에 키스했다. "약속할게, 우리 딸. 사랑해. 다 잘될 거야." 어머니는 나와 시선을 마주치며 눈에 힘을 주었다. "암, 잘되고말고."

"나도 사랑해요." 내가 말했다.

바텐더가 와인을 갖다주고, 나는 두 손으로 잔을 잡고 입가로 가져가 크게 한 모금 마신다. 이 상큼한 산미가 너무 좋다. 첫 입이 내 목구멍으로 다 넘어가자마자 나는 한 모금 더 들이켠다. 톡 쏘는 강렬한 향이 내 입에 딱이다.

"맛있어요?" 토머스가 묻는다.

"네. 한동안 와인을 한 잔도 못 마셨거든요." 임신 사실을 알게 된 후 술은 전혀 입에 대지 않았지만, 이런 얘기는 토머스에게 하지 않는다. 천만다행으로 아직은 티가 전혀 안 난다. 조만간 임신중단이 가능한 선을 넘게 될 것이다. 매일 아침 일어날 때마다 처음으로 드는 생각이 그거다. 임신중단. 해야 할까? 할까? 하지만 결국 안 할 거라는 사실 또한 알고 있다. 나는 내 입으로 루크에게 이 2세 관련 일을 할 거라고 말했고, 내가 말한 대로 실천하고 있다. 다만, 그 일을 완벽하게 할 거라고 말한 적은 없다.

나는 또 한 모금 마신 후 잔을 들여다보며 빙그레 웃는다.

저항.

이것은 나의 저항이다. 오늘밤 근사한 유리잔에 담겨 도착한 이것은 루크를 향한 나의 쌍욕이다. 그 망할 플라스틱 막대기에 선명히 그어진 두 줄을 본 순간부터, 절대 아이 따윈 원치 않는다고 평생 주장해온 여자가 자신이 임신했음을 알게 된 순간부터 일으킨 반란의 한 축이다. 애 밴 여자. 새끼를 배고, 알을 배고, 그런 식으로 쓰는 '배다'라는 동사가 난 항상 너무 싫었다. 십중팔구 남자들이 만든 말이겠지.

하여간 이건 자승자박이잖아? 내가 겁쟁이여서, 결혼이 파탄나는 걸 너무 두려워해서, 루크가 나를 떠나 제게 자식을 안겨줄 다른 여자를 찾는 걸 너무 두려워한 나머지 얻은 결과가 이거다. 내가 받은 아차상은 소변을 뒤집어쓰고 두 줄의 양성 판단을 내린 플라스틱 막대기였다. 이것이 혼자가 되는 것을 두려워한 결과였다.

토머스가 의자를 좀더 내 쪽으로 바싹 당긴다.

또다른 결과는 바로 여기 있는 이 토머스다. 내가 루크에게 날리는 거대한 쌍욕의 또다른 축.

토머스를 처음 만난 건 그가 우리 과에서 후원한 연구 강연을 하러 우리 학교에 왔을 때였다. 그도 나처럼 사회학자이고, 이 도시의 다른 대학에 적을 두고 있다. 우리는 곧장 서로를 알아봤고, 강연 후에 열린 리셉션에서 저녁 내내 대화를 나눴으며, 토머스의 강연을 함께 들은 질을 비롯해 다른 사람들이 모두 떠나고 나서도 둘이 정말 많은 얘기를 나눴다. 질이 늦었으니 이만 가야겠다면서 내게 같이 가겠느냐고 물었을 때 나는 고개를 저으며 아니, 좀더 있겠다고 말했고, 질은 너 지금 뭐하는 거야, 로즈 나폴리타노? 하고 말하는 듯 눈썹을 위로 치켜올렸다.

그날 밤 나는 다른 대학의 재미있는 동료와 대화를 하는 것뿐이라고, 근사한 일 아니냐고 혼잣속으로 생각했다. 하지만 시간이 지날수록 서로 몸이 닿을 듯 가까이 선 토머스와의 거리, 그의 음성, 그의 눈빛 그리고 그의 입에서 나오는 말 한마디 한마디가 나의 감각을 점점 강렬히 자극했고, 이거 야단났다는 생각이 들었다. 하지만 토머스와 작별인사를 하고 전화번호를 교환할 무렵에는 야단나거나 말거나 알 게 뭐람 하는 기분이었다.

토머스는 뭔가 심사숙고하는 듯 술잔을 뚫어져라 내려다본다.

무슨 생각을 하는 걸까? 자신이 유부녀와 함께 바에 있는 독신 남자라는 사실과 관련이 있을까? 이 자리에 나온 것을 후회하는 걸까?

이제 나도 그 옆으로 좀더 자리를 옮긴다. 우리의 허벅지가 서로 닿을 만큼 바싹 붙는다. 우리 둘 다 움직이지 않는다.

지금 나는 뭐든 막 나가고 있다. 뱃속의 아기가 내 몸을 점령하면서 나는 거기에 굴복했고, 그와 동시에 또다른 외부의 힘, 내가 어찌할 수 없다고 결정해버린 힘에 내 몸을 맡겼다. 이쪽은 좀더 즐겁고 방만한 탓에 나도 방만해진다. 나는 탐욕스럽다.

토머스가 고개를 들고, 한 박자 쉰 후에 나를 돌아보며 미소 짓는다.

그는 어디로도 가지 않는다.

나는 토머스가 읽고 있다가 나의 도착과 함께 바 한쪽 옆으로 치운 잡지로 시선을 옮긴다. "무슨 기사예요?" 나는 토머스에게 묻는다. 그가 내게 알려줄 수 있는 거라면 뭐든 다 알고 싶다. 나는 무엇에 대해서든 굶주려 있고, 그에게 굶주려 있다.

그의 대답을 들으며 나는 와인을 홀짝인다. 잔이 비자 다음 잔을 주문한다.

집에 있던 임신 테스트기를 다 써버린 그날 오후, 약국으로 달려가 테스트기를 몇 개 더 사온 다음 소변을 보고 또 볼 수 있도록 아이스커피와 물을 몇 잔이고 벌컥벌컥 들이켜고 있을 때, 루크는 촬영 때문에 집에 없었다. 그가 집에 돌아왔을 때 나는 부엌에서 요리하느라 바빴다.

나는 우리 두 사람을 위해 호화로운 축하 만찬을 준비하기로 결심하여 실행에 옮겼고, 이제 막 상을 차리려는 중이었다. 우리가 제일 좋아하는, 특별한 날에만 가는 고급 정육점의 스테이크. 트러플 포테이토, 마늘을 넣고 볶은 브로콜리라브, 루크가 거의 다 마시겠지만 그래도 미래의 우리 아이를 위해 건배할 때 나도 한 모금은 맛볼 샴페인. 접시 위에서 아직도 지글거리는 스테이크는 그 옆에 놓아둔 날카로운 칼로 결의 반대 방향으로 자를 것이다. 루크가 현관문을 열고 들어올 그 순간에 딱 맞춰 모조리 완벽하게 세팅해 놓았다.

나는 이 소식에 즐거워하려고 했다. 분발하고 있었다.

분발하느라 머리가 다 지끈거렸다.

"이게 다 뭐야?" 루크가 내 뒤로 다가오며 물었다. "와, 샴페인까지—화요일 저녁인데 샴페인을 샀어?"

나는 나이프를 들었다.

"로즈?"

나는 다른 손으로 포크를 들어 고기에 찔러넣고 스테이크를 썰기 시작했다. 결혼식 때 마음씨 좋은 손님들이 선물해준 새하얀 도자기 접시 위로 진홍빛 핏물이 웅덩이를 이뤘다. 나는 말이 나오지 않았다. 고개를 들 수가 없었고, 루크를 쳐다볼 수가 없었다.

루크가 내 손에서 나이프를 가져가고, 이어서 포크도 가져가더니 조리대 위에 내려놓았다. 그리고 두 손으로 내 양쪽 위팔을 잡고 나를 돌려세웠다.

"왜 울고 있어?"

"나도 모르겠어." 내가 말했다.

하지만 알고 있었다.

루크도 알았다.

"얘기해줘." 루크의 목소리에 우려가 담겼지만, 그 밑에서 보글거리는 흥분과 설렘을 다 덮을 수는 없었다.

나는 말을 할 수 없었다. 대답이 나오지 않았다. 나는 죽고 싶었다. 과거로 돌아가 우리가 했던 일들, 내가 했던 일들을 깡그리 되돌리고 싶었다. 비타민 때문에 그 바보 같은 싸움을 했던 때로 다시 돌아가 다른 식으로 끝내고 싶었다. 루크를 떠나 이 결혼생활에서 탈출하는 거다. 아이가 있으면 루크와 나 사이가 벌어지는 것을 막을 수 있을 거라고 생각하다니 난 정말 어리석었다. 이러나저러나 어차피 아이는 우리를 갈라놓을 텐데. 더욱 나쁜 것은, 당연히 알아야 했는데 내가 예상치 못했던 것은, 아이를 낳으면 나는 나 자신으로부터도 멀어지게 된다는 것이었다.

그리고 그 여자도 보였다. 과거에 실제 나였던 로즈, 그 진짜 로즈가 숨을 쉬기 위해서, 목소리를 찾기 위해서, 자신의 인생을 찾기 위해서 발버둥치고 있었다. 진짜 로즈는, 더이상 왕년에 제가 결혼했던 남자로 보이지 않는 이 남자와 애를 만들어버린 다른 로즈, 새로운 로즈 속에 갇혀 있었다. 지금의 로즈는 자신의 의지와 욕망을 포기해버렸고, 용기가 부족해서 애초에 했어야 할 선택을 끝내 하지 않았다.

어느 쪽 로즈가 이길까? 나는 궁금했다.

그러고 서 있는데, 내 남편은 그저 나의 대답을, 내 입에서 무슨 말이든 나오기만을 기다리고 있었고, 그때 나는 이제 항상 이런 식으로 끝나겠군, 안 그래? 하는 깨달음을 얻었다. 루크는 내가 내 것을 포기할 때만 자신의 것을 얻을 수 있었다. 그의 기쁨과 쾌락은 나의 최후가 될 것이었다. 나는 루크에게 그가 간절히 바라던 것을 주었지만, 그건 나 자신과 나의 몸과 나의 시간을 희생함으로써 가능한 것이었다. 나를 버리면서. 나는 나를 희생했다.

눈물이 걷잡을 수 없이 쏟아졌다.

"로즈." 루크가 거듭 불렀다.

"미안해." 그러나 이 사과는 루크에게 한 것이 아니었다.

미련한 것, 미련한 것, 미련한 것. 어찌 그리 미련했을까? 어떻게 나 자신에게 그런 짓을 할 수 있었지? 왜 임신과 출산에 동의했을까? 왜 나 자신을 위해서, 내가 아는 진정한 나 자신을 위해서 더 분투하지 않았던 거야? 이제는 빠져나갈 수 없었다. 나는 이 아이를 낳을 것이다. 다른 선택지는 나를 괴물로 만들 테니까. 단순히 임신을 원치 않았던 때보다 훨씬 더 나쁜 지독한 괴물. 이제 난 실제로 임신을 했으니, 만약 이 아이—루크와 그의 부모가 그토록 바라던 이 아이—를 지운다면 나는 아이를 죽인 괴물이 될 것이다. 그리고 임신중단에는 필연적으로 이혼이 뒤따르겠지.

두 팔로 내 허리를 감싸안고 내 뒤에 선 루크의 존재가 나를 에워싼 벽이 되고, 내 몸을 둘러싼 쇠창살이 되었다.

나는 몸부림을 쳐서 루크를 떼어내고, 우리 두 사람을 위해 내가 근사하게 차려놓은 식탁에 가서 앉았다. "나 임신 테스트 해봤어." 나는 마침내 루크에게 말했다.

루크가 내 맞은편 자리에 앉았다. "그렇다면 결과가 양성인 거로군." 나는 엉엉 울면서도 루크의 말투에서 절실함을 읽을 수 있었다.

이제 나는 그를 증오했다.

"맞아." 나는 간신히 대답했다.

그리고 샴페인병으로 손을 뻗어 루크가 말릴 새도 없이 코르크 마개를 뽑아 내 잔에 샴페인을 따랐다. 그리고 맥주를 피처째 들고 원샷하는 대학생들처럼 단숨에 쭉 들이켰다. 목구멍을 간지럽히는 따스한 탄산에 그날 처음으로 만족감이 들었다.

루크는 아연해져서 나를 쳐다봤다. "로즈, 당신 그러면 안 되잖아."

"아니, 난 이래도 돼." 나는 또다시 술을 따랐고, 거의 넘치기 직전까지 잔을 가득 채웠다. "오늘 저녁까진 하고 싶은 거 다 할 수 있어. 내일부터는 고심해서 이 아기한테 해가 될 만한 건 다 끊을 거니까."

루크가 내 잔으로 손을 뻗었지만 나는 술잔을 획 낚아챘다. 샴페인이 바닥으로 튀었다. 루크의 얼굴에 떠오른 표정—당연히 아기를 걱정하는 것이었고, 벌써부터 걱정이 태산이었다—이 내가 느끼는 증오의 시작을 더욱 진하게 물들였다. 증오는 짙은 마젠타색으로, 멋진 레드와인 빛깔로 활짝 피어났다.

"그럼 내일 얘기해." 루크는 반쯤 엉겨붙은 핏물 속에 놓인 스테이크를 먹으러 일어났다.

토머스와 나는 운치 있는 레스토랑을 배경으로 이야기를 나눈다. 우리는 서로를 보며 미소 짓는다. 음식을 주문하고, 술을 더 주문하고, 오늘 저녁 이 자리에 단단히 똬리를 튼다.

나는 이보다 더 행복할 수 없다.

흔히들 모성이 사람을 완전히 변하게 만든다고, 새롭게 만든다고 한다. 그러나 내 뱃속에서 자라고 있는 이 아이가 진짜로 내 존재를 재설계한다면, 그 여자, 즉 그 로즈를 없앨 계획이라면, 이건 항전하는 나, 목숨을 걸고 버티는 진짜 로즈일 것이다. 분명 나는 변하겠지만, 남편을 속이고 바람피우는 여자로 변신할 것이다. 나는 그 모든 것에 반역을 꾀하는 로즈로 변신할 것이다. 사회에서 기대하는 모성과 정반대로 움직이는 반모성.

반모성으로서 나의 첫 공식 활동은 내가 토머스에게 키스하기로 결심한 순간에 시작된다. 둘이 나란히 앉아서 술을 홀짝이고 있을 때, 밤이 얇은 이불처럼 사람들 위로 살포시 내려앉을 때, 깜박이는 촛불 사이로 프라이버시의 베일이 드리워질 때.

나는 몸을 더욱 바싹 붙이고, 다시 생긋 웃고, 눈을 반쯤 감은 채 토머스와 시선을 마주치며 모험을 감행한다.

이번에는, 내 미소와 그의 미소가 만나면서 내 손이 그의 뒷목으로 향하고, 그의 목깃 바로 위로 드러난 맨살에 내 손가락이 놓인다. 나는 나머지 선을 훌쩍 뛰어넘고, 우리의 입술이 처음으로 닿는다.

그러자 나의 일부가, 예전의 내가 다시 돌아왔음이 느껴진다.

16
2010년 7월 16일
로즈, 인생 2

바르셀로나는 지금까지 내가 가본 그 어떤 도시와도 다르다. 중세풍 도시가 굽이굽이 뻗어나가 구불구불한 미로가 된다. 석조 건물과 볕도 안 드는 좁은 골목과 발밑의 자갈로 이루어진 미로.

"로즈, 여기야. 이쪽!"

프랭키 고모가 내 팔꿈치를 잡아끈다. 프랭키가 사뿐사뿐 걸음을 옮길 때마다 치맛자락이 땅바닥을 쓴다. "가고 있어, 고모." 나는 웃으며 말한다. 신이 난 고모는 굉장히 활기 넘친다. 건물 꼭대기 사이로 보이는 하늘은 완벽한 파랑의 연속이고, 태양은 눈부시게 빛나면서도 머리 위에서 작열한다는 느낌이 들지 않는다. 얼굴에 닿는 따스함, 한낮의 따스함이 내 안에 흐르는 좋은 느낌을 북돋운다. 나는 괜찮다. 기분좋다. 살아 있다는 느낌이다!

"로즈, 저 가게야, 봐봐! 맘에 들지 않니?"

이 골목은 정말 좁아서 몇 걸음 전에는 양팔을 벌리면 손끝이 양쪽 담벼락에 닿을 정도였는데, 조금씩 넓어지다 휙 꺾어지더니 세 길이 만나는 삼거리가 나온다. 그 삼거리에 삼각형 건물이 서 있고, 그곳 1층에 문을 활짝 열어놓은 레스토랑은 점심을 먹으러 온 이들로 북적인다. 손님들이 넘쳐 거리까지 나와 있다. 그들은 스툴에 앉아 있거나 야외로 돌출된 높은 테이블 앞에 서 있다. 수다를 떨고, 웃음을 터뜨리고, 레드와인이나 카바나 맥주가 든 잔을 들어 입술을 축이며 큰 소리로 떠든다. 누가 점심에 물을 마시나? 그런 사람은 없다. 여기엔 없다.

"야, 저기 저 바깥 자리 찜하자." 프랭키는 냅다 달려가서 술 달린 히피 느낌 가방을 둥근 스툴 위에 던지듯 내려놓는다. 그리고 손을 흔들어 직원을 불러 완벽한 카탈루냐어로 뭐라뭐라 말한다.

"뭐라고 했어?" 나는 프랭키에게 묻는다.

고모는 자기 옆에 있는 빈 스툴을 탁탁 치고, 나는 그 위에 올라앉는다. "레드와인 한 병하고 만체고 치즈하고 구운 고추하고—엊저녁에 너 맛있게 먹은 거 있잖아, 어쩌다 매운 것도 하나씩 나오지만—보케로네*하고 봄바도 시켰어!" 프랭키가 눈을 반짝 빛내며 씨익 웃는다.

"봄바가 뭐야?"

"내가 제일 좋아하는 건데, 여기 이 집 게 최고야. 그러니까, 으깬 감자 속에 고기소를 넣고 동그랗게 반죽해서 튀긴 커다란 공 같은 거야. 으아, 벌써 입안에 군침 돈다!"

"으깬 감자튀김?" 뱃속이 벌써부터 아우성친다. 거기다 오후 두

---

* 신선한 유럽 멸치를 식초와 올리브유 등에 절인 스페인 음식.

시에 와인을 마시는 낮술의 기쁨이 더해지니 갑자기 엄청 허기가 진다. "그렇다면 오전 내내 쏘다닌 보람이 있군."

프랭키는 여전히 싱글거리며 어깨를 으쓱한다. "네가 드디어 바르셀로나에 오다니 도무지 믿기지가 않아!" 고모는 하루종일 이 말을 달고 산다.

이토록 나를 원하는 사람이 있다니 위로받는 기분이다. 이토록 스스럼없는 열정적인 사랑을 받다니. "나도 그래요." 나는 고모에게 말한다. 진짜 나도 실감이 나지 않아서. 내가 이 여행을 왜 그리 오래 미뤘을까? 맨날 이런저런 핑계를 댔다—학교 다니느라 바쁘다고, 그다음엔 대학원 때문에 힘들다고, 그다음엔 약혼하고 결혼하느라 정신없다고, 그다음엔 연구하고 종신교수직 따느라 시간 없다고. 내 삶은 항상 일과 학회 위주로 돌아갔고, 내가 그냥 하고 싶어서, 로즈가 그냥 가고 싶어서 어디론가 떠난다는 선택지는 늘 후순위로 밀렸다.

이걸 이해하기 위해서 나는 이혼을 해야 했을까?

새로운 일들과 새로운 선택에 내 인생을 활짝 열기 위해서?

어쩌면 루크는 바람을 피움으로써 내게 호의를 베푼 것일지도 모른다. 그도 똑같은 얘기를 했지만 나는 늘 그가 틀렸다고 말했다. 나는 이혼을 겪고 싶지 않았다. 그 점에서는 내가 옳았다.

이혼하는 과정은 바쁠 게 하나도 없었다. 그것은 한 사람의 삶에서 시간과 공간을 정리하는 일이었고, 책임과 목적과 의미에서 분리되는 일이었으며, 배우자의 의무에서 해방되는 일이었다. 어느새 나는 해파리처럼 부유하고 있었고, 닻이 풀린 상태로 이리저리 흘러다니며 대체로 불안해했다. 도무지 나 자신을 붙들어 매지 못했고, 움켜잡고 의지할 난간도 발견하지 못했다. 그래서 내 여름 휴가와 겹치는 한 달 동안 하비가 집을 길게 비운다고 프랭키가 이메일을 보냈을 때, 오래 생각하지 않고 냉큼 답장을 보내버렸다. 응, 갈게, 가서 고모가 허락하는 한 오래오래 있을 거야.

직원이 와인을 가지고 와서 코르크 마개를 따고 커다란 와인잔 두 개에 술을 가득 따른다. 그리고 프랭키에게 씨익 웃어 보이며 카탈루냐어로 뭐라뭐라 하더니 둘이 같이 웃음을 터뜨린다. 잘생긴 그 직원은 내 또래로 보인다. 그가 내게 스페인어 억양이 있는 영어로 말한다. "친구분의 카탈루냐어가 완벽하네요."

"실은 고모인데요." 내가 말한다.

"고모라고요! 말도 안 돼." 그는 다시 프랭키에게 몸을 돌려 속사포처럼 빠르게 무슨 말인가 한참 한 후에 자리를 뜬다. 와인 오프너를 머리 위로 치켜들고 빽빽한 사람들 사이로 요리조리 빠져나간다.

"직원들하고 맨날 그렇게 시시덕거려?" 나는 고모에게 묻는다.

프랭키는 어깨를 으쓱한다. "어머, 나 시시덕거린 거 아닌데."

나는 미심쩍다는 표정을 짓는다. "글쎄, 저 사람은 고모하고 시시덕거리던데."

프랭키가 잔을 높이 든다. "바르셀로나에 온 걸 환영해!"

우리는 잔을 부딪친다. "초대해줘서 고마워, 나를 포기하지 않아줘서." 나는 주위를 둘러본다. 활기찬 분위기에는 전염력이 있다. "굉장하다, 여기."

"시시덕거린다는 말이 나와서 말인데, 로즈, 너야말로 실없이 어울려도 보고 연애도 좀 해봐."

"그래야 할까?"

"그럼! 웨이터도 좋고, 관광객도 좋고, 동네 사람도 좋고. 넌 싱글이잖아! 얼마나 신나니!"

구운 고추와 치즈가 각기 작은 접시에 담겨 나온다. 이건 다른 직원이 가져왔다. 나는 치즈 한 조각을 먹고, 또 한 조각을 먹고, 그다음엔 고추를 집어먹는다. 와인을 마구 마셔대기 전에 속을 좀 채워놓고 싶다. "그럴까나." 내 말에 프랭키의 눈이 반짝 빛난다. "고모, 설레발치지 마." 나는 경고한다, 프랭키는 아무나 붙잡고 말을 걸 사람이니까. 우리 고모는 누군가와 말문을 트는 데 남의 소개가 필요한 사람이 아니다. 하비와도 그렇게 만났다. 프랭키는 레스토랑 옆자리에 앉은 하비를 보고 너무 귀여워서 곧장 말을 걸었다. "하비 보고 싶어?" 나는 화제를 돌린다.

"응, 난 그 남자를 사랑하거든." 우리는 치즈와 고추와 그 유명한 봄바를 흡입하며 올여름 하비의 출장과 그들이 함께하는 삶, 최근에 리노베이션한 그들의 아파트에 대해 얘기를 나눈다. 본 지역에 위치한 고모네 아파트의 아름다운 테라스에서는 중세 성당의 꼭대기가 내다보인다.

"우리집 욕실이 고모네 같았으면 좋겠다." 테라스로 난 통유리문이 딸린 멋진 욕실에서 아침에 했던 샤워를 떠올리며 나는 혼잣말로 중얼거린다. 그 집의 유일한 이웃은 길 건너 성당 첨탑에 앉은 새들뿐이니, 매일매일 햇빛을 받으며 샤워하고 싶은 마음이 드는 건 당연하다.

"로즈, 너 있고 싶은 만큼 실컷 우리집에서 살아도 돼." 이 또한 프랭키가 늘 내게 하는 말이다.

"우리 아빠한테 이런 멋진 여동생이 있다니 난 진짜 행운아라니까." 내가 말한다.

"어머나! 로즈!" 프랭키가 복잡한 테이블 너머로 팔을 뻗어 내 손을 꽉 잡는다.

보케로네가 나왔다. 나는 와인을 길게 한 모금 마신다. 두 다리에서도 술기운이 느껴지기 시작한다. 이 기분좋은 알딸딸함, 몸 전체로 내쉬는 안도의 한숨. "마음대로 실컷 있으라니, 그런 제안은 신중히 해, 고모. 아예 눌러앉을지도 몰라."

"그런 거라면 하비와 난 완전 환영이야! 우리집에 남는 방을 달리 어디다 쓰겠니? 다음 안식년은 여기서 보내."

피식 웃음이 나온다. 프랭키는 이렇게 자유롭다. 고모와 하비는 여행도 많이 하고 저녁식사에 항상 친구들을 초대하며 누구나 꿈꾸는 삶을 살고 있다. 영화에서나 볼 법한 꿈같은 삶. "그럴까. 뭐, 안 될 거 없잖아? 한 학기쯤 유럽에서 보낸다고 나를 말릴 사람은 아무도 없어." 나를 말릴 루크가 없지. 불쑥 내 머릿속에 들어오는 루크에 대한 생각을 막을 수가 없다. 다만 뜻밖에도 그를 떠올릴 때면 늘 같이 불거지던 아픔이 희미해졌다. 시간이 지나면서 점점 무뎌진다.

프랭키가 잔을 들고 우리는 다시 건배한다. 고모는 열심히 나와 눈을 맞추고 말한다. "맞아, 안 될 거 없잖아, 로즈?"

나는 생각에 잠긴 채 고추를 하나 더 집어먹는다. "고모, 나 여기 온 후로 한 번도 안 울었거든. 이 도시에서는 슬퍼지는 게 불가능한 것 같아."

프랭키의 눈에서 장난기가 자취를 감춘다. "그 얘기 하고 싶니?" 고모의 음성이 한 옥타브 떨어진다.

하고 싶은가? 나는 우리를 둘러싼 손님들의 즐거운 수다에 귀를 기울이며 와인을 응시한다. 지난 일의 날카로운 모서리에서 나를 보호해주는 푹신한 쿠션 같은 활력. "아니 뭐, 고모는 이미 다 알잖아." 질도 그렇고, 프랭키 고모도 루크의 배신과 관련된 처참한 사정을 전부 알고 있다. 딴 여자 때문에 나를 떠난 루크, 나와 이혼한 루크. "셰릴은," 그 이름을 말할 때면 코끝이 시큰해지고 비꼬는 투가 되는 건 어쩔 수 없다. "이제 언제라도 애를 낳겠지." 셰릴, 아이와 관련된 루크의 꿈을 모두 이루어줄 여자.

"오, 로즈." 프랭키가 한숨을 쉰다.

"그러게. 가끔은 이상한 영화 속에 살았던 것 같은 기분이 들어." 나는 눈을 감고 잠시 마음을 추스른다. 지금 여기가 어딘지, 내가 어떻게 지내는지, 루크가 마침내 셰릴에 대해 얘기했던 그 첫 순간 이후, 그러고 얼마 안 있어 내게서 영영 떠나버린 그때 이후로 내가 얼마나 멀리 왔는지 생각한다. 나는 지금 프랭키 고모와 함께 바르셀로나에 있음을 떠올린다. 숨이 돌아오고, 나는 눈을 뜬다. "나 많이 좋아졌어, 고모. 진짜로. 매일 조금씩 더 나아져. 이 또한 지나가리라." 프랭키가 고개를 끄덕인다. 나는 와인잔의 손잡이를 만지작거린다. "루크도 그렇고, 그동안의 일들이 다 진짜 머나먼 옛일처럼 아련해. 그렇게 놔두고 싶어. 따지고 보면 지금 루크는 아주 멀리 있잖아, 솔직히 그래서 안심이 돼. 그러니까…… 딴 얘기 하자. 내가 돌아가서 고모와 바르셀로나를 아쉬워하지 않도록."

프랭키는 앞으로 내려온 긴 은빛 머리칼을 쓸어넘긴다. "요즘

네 아빠는 잘 지내?"

"뭐 평소와 다름없이 일이 많지. 아빠도 엄마도 올여름 일주일 동안 바닷가에서 지낼 생각에 잔뜩 들떠 있어. 바다를 워낙 좋아하잖아."

"너처럼 말이지. 나도 그렇고. 바다 좋아하는 건 나폴리타노 집안 내력인가봐."

나는 고추를 이리저리 뒤적이며 되도록 제일 작은 것을 고른다. 그래도 매울까봐 겁난다. "요리도 그런가."

"아, 그건 네 엄마 쪽 내력일걸."

"엄마가 그 말 들으면 좋아하겠네."

프랭키가 스툴에서 일어나 내 쪽으로 온다. 두 팔로 나를 감싸고 와락 부둥켜안으며 빰을 부빈다. 나는 애써 눈물을 참는다. "너한테서 두 사람 다 보여! 네 아빠랑 네 엄마. 진짜 멋진 조합이야." 프랭키는 나를 풀어주고 도로 자리에 가서 앉는다. 그리고 다시 잔을 든다. "오빠랑 언니 둘 다 네가 여기 온 걸 기뻐할 거야. 네가 다시 힘내서 네 인생을 찾아간다고 좋아할 거야."

우리는 다시 잔을 부딪친다. 이번에 나는 살짝 입만 댄다. "이러다 나 취하겠어, 고모."

"점심 먹으면서 살짝 취하는 게 어디가 어때서."

나는 주위를 둘러본다. 웃고 마시는 사람들을 보고 유쾌한 소음을 들으며 조금씩 찬찬히 몸속에 퍼지는 행복감을 진심으로 맛본다. 새콤한 보케로네를 하나 먹고, 하나 더 먹고, 치즈도 먹고, 고추도 먹고, 와인도 좀더 마신다. 대낮의 따사로움, 이 도시의 아름다움, 생기 넘치는 우리 고모, 부드럽고 향긋한 레드와인의 목 넘김, 이 모든 것에 흠뻑 빠지지 않기란 여간해선 불가능하다. 이 한 가운데에서 행복해지지 않기란, 행복감이 나를 붙잡아 들어올리지 못하게 하기란, 무엇에든 누구에게든 나를 열지 않기란 불가능하다. 인생 그 자체에 나를 열지 않기란 불가능하다. "좋아지겠지." 나는 한 박자 쉬었다가 말한다.

프랭키는 뭔가 중요한 얘기를 하고 싶을 때면 늘 그러듯 강렬한 눈빛으로 내 눈을 마주본다. "넌 반드시 좋아져."

17
2007년 10월 19일
로즈, 인생 5

나는 침대에 똑바로 누워 천장을 응시하면서 이어폰을 끼고 음악을 듣는다. 토머스가 선곡해준 음악이다.

우리는 십대 아이들처럼 사귀고 있다. 바에서 첫 데이트를 한 후 서로 얼굴 본 횟수는 두 번밖에 되지 않지만, 그동안 우리는 마음을 담은 기나긴 이메일을 주고받았다. 나는 매일 토머스에게 이메일을 보내고, 그도 매일 내게 이메일을 보낸다. 이게 내가 강의를 마치고 학교의 내 방에 틀어박혀서 하는 일이다. 컴퓨터 앞에 앉아서 토머스에게 들려줄 나의 인생 이야기를 타이핑하고, 그가 지난번 편지에서 내게 한 질문에 답하고, 내가 토머스에 관해 알고 싶은 것들을 묻는다.

처음엔 순전히 직접 만나는 방법을 찾기가 어려워서, 서로 대면할 기회가 너무 적어서 어쩔 수 없이 편지를 썼다. 루크는 내가 몰래 피해다녀야 하는 부모 같다. 나는 하루종일 랩톱을 켜놓고 새로

온 메일이 없나 강박적으로 받은 편지함을 확인한다. 클릭, 클릭, 클릭. 하도 자주 눌러댄 탓에 루크에게는 연구지원금 소식을 기다리고 있다고, 그다음엔 대학 심사위원회 결과를 기다리고 있다고, 그다음엔 저널에 낸 논문이 통과됐는지 답변을 기다리고 있다고 둘러대야 했다. 날마다 토머스에게서 올 무언가를 기다리는 일은, 받은 편지함 상단에 토머스의 이름이 뜨고 내 안에서 점점 커져가는 욕구가 채워지기 전까지, 아니 채워지는 그 순간까지 사람 미치게 하는 과정이다. 이메일은 매번 더 길어지고, 더 친근해지고, 더 농밀해진다.

너무 좋다.

다시 십대 로즈가 되는 기분이 너무 좋다. 내 인생을 다시 시작한 것만 같고, 다른 사람과 새로운 길을 택한 것만 같다. 나는 루크와 사는 이 삶이 실제로는 내게 일어나지 않은 일인 척한다. 결혼을 하고 그의 아이를 임신한 지금 이 상황까지 오게 된 나의 선택이 실제로는 없었던 일인 척하려 한다.

갑자기 누가 내 이어폰 한쪽을 홱 잡아당기는 바람에 나는 화들짝 놀란다.

"로즈."

깜짝이야! 루크가 집에 일찍 왔다.

"뭘 듣고 있어?" 루크는 이상한 표정으로 날 바라본다.

나는 다른 쪽 이어폰을 빼내며 침대에서 일어나 앉는다. "별거 아냐."

"진짜? 눈을 지그시 감고 황홀한 미소를 지으며 듣고 있던데?"

"그래?"

그래. 그랬다. 나도 알고 있다. 나는 허겁지겁 이어폰을 돌돌 감는다. 들킨 기분. 죄책감. 양볼이 붉게 상기된다. 루크가 봤을까? 알아차렸을까?

그때 루크가 말한다. "얼른 준비해."

"뭘?"

"정기검진 받으러 가야지." 루크의 눈썹이 치켜올라간다. "태아 검진."

"아. 맞네. 깜빡했다."

하! 그렇지! 항상 속이 메슥거리는데 어떻게 까맣게 잊을 수가 있지? 유방이 끊임없이 아픈데? 이제 막 티가 날락 말락 해서 아직 멀었는데도? 하지만 사람들에게 얘기해야 하는 때가 그렇게 멀지는 않았다. 토머스에게 얘기해야 하는 때가. 나는 그와 함께하는 이 한계상황을 좀더 유지하고 싶다. 이제 곧 배가 불러올 임신한, 출산할, 미래의 엄마가 될 로즈가 아니라 아직 토머스에게 연애 상대가 될 수 있는 섹시하고 재미있는 교수 로즈로서의 나를.

루크가 무겁고 긴 한숨을 내쉰다. 성마르게 나를 나무라듯 팔짱을 낀다.

나의 죄책감이 사라진다.

이틀 후 저녁, 토머스와 나는 손을 꼭 잡고 이 도시의 밤거리를 걷는다.

"아직 집에 보내기 싫은데." 그가 말한다.

늦은 시각, 거리는 어둡고, 이 어둠이 차폐막처럼 안전하게 느껴지며 실제로 아무도 우리를 볼 수 없을 거라는 기분이 든다. 머리 위로 이불을 뒤집어쓰면 아무도 우리가 여기 있다는 것을 모를 거라고 생각하는 어린애들. 위험하다는 건 안다. 언제라도 아는 사람과 마주칠 수 있다. 루크의 친구나, 내 친구나. 나는 누구에게도 토머스에 대해 말하지 않았다. 데니즈에게도, 라야에게도, 심지어 질에게도.

"나도 집에 가고 싶지 않아." 나의 현실을 일깨워줄 그곳에는. 토머스와 함께 있으면 너무나 쉽게 현실을 잊을 수 있는데.

우리는 방금 길고 멋진 저녁식사를 하며 우리의 삶과 과거에 대해 한참을 얘기했다. 그가 왜 싱글인지, 나는 왜 싱글이 아닌지, 그가 아끼는 여동생에 대해, 산밑에서 자랐지만 어른이 되어 알고 보니 그도 나처럼 바다를 더 좋아하더라는 얘기, 사회학자로서 나와 비슷하지만 또 전혀 다른 그의 일에 대한 얘기. 토머스는 중독과 중독자들, 중독에 이르게 되는 환경, 중독자들의 재활을 돕는 다양한 프로그램, 그리고 그 프로그램을 운영하는 사람들에 대해 연구한다.

"그럼 집에 가지 말까." 나는 토머스에게 말한다. "아직은."

"하지만 집에서 기다리는 사람이 있지 않아?"

토머스는 절대 루크라고 대놓고 말하지 않는다. 나도 루크의 이름을 말한 적은 없다, 토머스에게는. 그렇게 하기로 한 건 아니지만, 그냥 그렇게 해왔다.

"좀더 있어도 괜찮아."

하지만 루크가 촬영 때문에 보스턴에 출장 갔다는 사실은 말하지 않는다. 원래 루크는 걸핏하면 출장을 다녔는데 내가 임신한 후로는 거의 나가질 않아서 미칠 것 같았다고 말하지 않는다. 딴 게 아니라 토머스 당신을 만나 저녁식사를, 기나긴 저녁식사를 함께할 기회가 생길 거라는 이유로 루크가 보스턴에 가기를 목이 빠져라 기다렸다고, 엄밀히 말해서 마음만 먹으면 내일 아침까지 안 들어가도 아무도 모를 거라고는 얘기하지 않는다.

근데 그러고 싶은가?

응. 아니. 나도 모르겠다.

"정확히 얼마나 더?" 토머스가 묻는다.

"얼마간은." 나는 얼버무린다.

그 정보를 알렸다간 내가 무엇을 할지, 우리가 무엇을 할지 이미 알고 있으므로 나는 루크가 출장 갔다는 사실을 털어놓지 못한다.

토머스와 나는 아직 자지는 않았다. 아직은. 첫 데이트 이후로 거의 줄곧 그 생각을 하긴 했지만, 정작 다음 단계로 넘어가려니 두려움이 없지 않았다. 키스에서 끝내면, 어두운 바 한구석에서 한두 번 키스한 걸로 끝내면, 지금 내가 하는 짓이 불륜이 아니기라도 한 듯. 여기서 그만두면 나 로즈가 실제로 그런 짓을 한 게 아니게 된다는 듯, 모든 걸 원점으로 되돌릴 수 있다는 듯. 그러나 토머스와 내가 선을 넘으면, 여기서 한 단계만 더 나아가면, 도로 물릴 수 있는 방법은 없다. 이게 실제가 아니라고 부인할 수 없게 된다.

비가 내리기 시작한다. 토머스는 나를 끌어당겨 근처 빌딩 처마 밑으로 들어간다. 내 팔에 닿는 그의 스웨터는 부드럽고, 그에게서 삼나무와 월하향 냄새가 난다.

"공원에서 잠깐 산책할까 했는데, 좋은 생각이 아니겠군." 그는 처마 밖으로 한 손을 뻗는다. 빗방울이 그의 손바닥을 토도독 때린다. "어디 가서 커피나 한잔할까."

"그래도 되고." 내가 말한다.

나는 두 팔로 그를 얼싸안고 내 뺨을 그의 가슴에 대고 그의 냄새를 한껏 들이마신다. 고개를 들자 토머스가 나를 내려다보는데, 그 눈길의 무언가가 나를 불쑥 휘감는다—어떤 욕망이, 간절함이. 나는 손을 뻗어 그의 목덜미를 잡고 가까이 끌어당기고, 우리의 키스는 길고 농염하다. 우리가 처마 밑에 서 있는 이 좁은 거리는 빗소리 외엔 고요하고 인적도 없다. 그러나 키스를 마치자 우리가 길거리에 있다는 사실이 어쩔 수 없이 마음에 걸린다. 나는 양쪽 인도를 훑어보며 주위를 살핀다.

"아니면 그냥 당신 집으로 갈까." 나는 슬쩍 제안한다. 심장이 기대와 불안으로 죄어온다. 내가 지금 무슨 짓을 하는 거지?

"그래도 되고." 토머스는 뜻밖이라는 투다.

"당신이 원한다면." 내가 말한다.

"원합니다." 그가 말한다.

토머스가 잠긴 문을 열고 불을 켠다.

나는 토머스가 사는 집은 어떻게 생겼을지 궁금했다. 모든 게 질서정연하고 깨끗할까? 엉망진창일까? 나처럼 책을 두 겹으로 꽂아 천장까지 쌓아올린 책장이 있을까, 그도 대학원에 다녔고 학계에 있으니까? 침대는 클까 작을까? 청색과 회색 등 온통 어두운 계열로 그야말로 남자 방 같을까? 냉장고 안에 든 것들에서 토머스에 관해 새로운 걸 알게 될까?

조그만 주황색 고양이 한 마리가 토머스에게 달려들고, 토머스는 고양이를 안아들어 머리부터 엉덩이까지 쓰다듬는다. "안녕, 맥스. 로즈하고 인사하렴. 착하지."

맥스는 나를 미심쩍게 쳐다보며 내 다리를 쿡 찌른 다음 야옹거리더니 가버린다.

"나도 늘 고양이 키우고 싶었는데." 나는 토머스에게 말한다. 루크와 나는 그에 대해 한두 번 얘기하긴 했지만 실제로 실행에 옮기지는 못했다.

"맥스가 낯을 가려서." 토머스가 말한다. "좀만 지나면 살갑게 굴 거야."

오늘밤에 좀만 지나면, 아니면 몇 달 지나면, 아니면 몇 년 지나면? 토머스가 우리 사이를 얼마나 길게 보는지 알고 싶지만, 아직 물어볼 마음의 준비가 되지 않았다. 우리 사이를 얼마나 길게 볼지 나도 모르겠는걸. 내가 어떻게 알겠는가? 지금 내 뱃속에는 딴사람의 아이가 있는데!

나는 그 생각을 잠시 접어둔다.

토머스는 거실과 이어진 부엌에 들어가 레드와인 한 병과 코르크 따개와 잔을 꺼낸다. 그동안 나는 주위를 둘러본다. 벽면에 사진이 죽 걸려 있다. 토머스, 그의 부모로 보이는 사람들, 그리고 저건 분명 그의 여동생이다. 조그맣고 예쁘장한 여동생은 토머스처럼 짙은 색 눈에 짙은 색 머리다. 남매가 똑같이 얼굴과 눈이 환해지도록 크고 시원스런 미소를 짓는다. 토머스와 청년들 한 무리가 같이 찍은 사진도 있는데, 아마도 그가 얘기했던 대학 시절 친구들인 듯하다. 사진은 우리집 벽면에 걸린 것들과는 달리 명백히 아마추어의 솜씨다. 나는 이 사진들이 마음에 든다. 내게 익숙한 사진들과 좋은 대비를 이룬다.

토머스의 아파트는 아담하고 평범하고 특별할 게 전혀 없다. 한쪽 벽을 차지한 책들만 빼면 약간 휑한 느낌이다. 우리집처럼 천장까지 쌓인 책들이 선반마다 빼곡히 들어차서 흘러넘친다. 덕분에 나는 집에 온 듯 편안하고 안전한 느낌이다. 책은 늘 그런 느낌을 준다. 그러다 소파 뒤에 거의 숨다시피 벽에 기대어 있는 기타를 발견한다. 토머스가 다가와 내게 와인잔을 건넨다. "기타를 치네!" 내가 말한다.

"아냐. 나는 그냥 시늉이나 내는 거고. 여동생이 오면 걔가 쳐. 걘 진짜 잘 치거든."

소파 뒤에 또 뭐가 숨겨져 있나 열심히 보는데 축구공 두어 개가 눈에 띈다. "당신 축구하는 모습은 언제 볼 수 있을까?"

토머스는 대학 때 축구를 했고 지금도 클럽 팀에서 뛰고 있다. 그는 일과 가족을 제외하면 가장 좋아하는 것은 항상 축구라고 말했다. "아무때나. 주말에 시간만 내면 돼."

나는 한숨을 내쉰다. "그렇지." 우리 둘 다 그게 어렵다는 것을 안다.

토머스가 소파 쪽을 몸짓으로 가리킨다. 나는 소파 테이블에 와인잔을 놓고 다리를 접어 깔고 앉는다. 둘 중 어느 쪽도 입을 열지 않는다. 내 심장이 쿵쾅거린다.

토머스와 나는 한 번도 단둘이 있어본 적 없다. 이런 식으로는.

그가 내 쪽으로 몸을 기울여 키스하고, 더욱 바싹 당겨 앉아 나를 감싸안는다. 그가 한 손으로 내 등허리를 단단히 받친다. 원피스 천을 사이에 두고 내 등에 닿는 그의 손바닥 감촉이 좋다. 내 피부에 직접 닿았으면 좋겠다. 내 소망은 곧 이루어진다.

일은 천천히 진행되고, 그 일이 진행되는 동안 나는 막지 않는다. 키스, 속삭임, 단추를 풀고, 지퍼를 열고. 나는 그 모든 일을, 모든 순간을 허락한다. 아주 살짝 부푼 배를 감춰주는 어둠에, 그것도 아주 미묘해서 알아차리기 어렵다는 사실에 감사한다. 토머스와 내가 마침내 침대에 들어가자 시트는 차갑고 우리의 살갗은 뜨겁다. 서로를 끌어안으며 나는 토머스 외의, 우리 외의 모든 것을 깡그리 잊는다. 나는 눈을 감는다.

이대로 끝내기 싫다.

두 번 다시 집에 가기 싫다.

나는 이 아이를 원치 않는다.

나는 계속 스스로에게 말한다. 난 이걸 가져야겠다.

루크가 이 아이를 갖겠다면, 나는 토머스를 갖겠다.

이것은 거래다. 내가 하고 있는 교환 거래.

토머스와 내가 하는 짓이 잘못된 일이라는 건 알고 있다. 그럼에도 왜 잘못으로 느껴지지 않을까? 지금보단 잘못으로 느껴져야 하지 않을까?

마치 내가 시소를 타고 있고, 임신이 나를 땅으로 끌어내리는 것 같다. 루크는 나를 붙들고 흙에 딱 붙여놓는다. 하지만 토머스를 볼 때마다 그는 시소 반대편에 올라타 나를 들어올려 균형을 맞춰주고, 내가 다시 땅을 박차고 올라올 수 있게, 그리하여 내가 나의 위치를 확인하고 좀더 명확하게 내 주변을 두루 돌아볼 수 있게 해준다.

어느 순간이 되면, 나는 이런 짓을 그만두어야 한다. 그렇지 않은가?

어느 순간이 되면, 나는 토머스를 포기해야 한다. 그렇지 않은가?

토머스가 내 배를 어루만진다. 허리를 숙여 나의 배꼽 아래에 키스한다. 그는 전혀 주저함이 없다. 하지만 그가 망설일 이유가 어디 있겠는가? 그는 내 벗은 몸을 처음 본다. 내가 임신했다고는 꿈에도 생각지 않을 것이다.

어느 순간이 되면, 나는 그에게 말해야겠지.

그럼 그는 어떻게 나올까?

토머스가 고개를 든다. "이런 게 정말 가능할까 궁금했는데."

"이런 거라니?"

그가 내 몸에 찬찬히 키스하며 우리가 얼굴을 마주할 때까지 올라오고, 그의 손가락이 내 등허리를 쓸며 올라온다. 그가 내 몸에 자신의 몸을 대고 누른다. "이런 거."

나는 두 다리로 그를 감아 대답을 대신하고, 우리가 다시 함께 움직일 때까지 나 자신을 그에게 밀어붙인다. 우리의 입술이 닿을 듯 말 듯 스친다. "아, 이거." 나는 속삭인다.

그가 미소 짓고, 눈을 감고, 나를 받아들인다.

나는 그에게 말할 것이다. 조만간. 그러나 오늘밤은 아니다.

토머스에 대한 꿈, 토머스와 나에 대한 꿈, 토머스와 함께 있는 나 로즈에 대한 꿈을 끝내고 싶지 않다. 아직은. 아직은 마음의 준비가 되지 않았다.

한 달이 지나자 정말로 티가 나기 시작한다. 이젠 돌이킬 수 없다. 나는 작정하고 이러고 있다. 나는 아이를 갖고 있다.

루크의 아이.

빌어먹을.

그 밖에 또 내가 아직도 작정하고 하고 있는 일은, 토머스와의 연애다.

어느 날 오후 나는 토머스와 커피를 마시러 간다. 그는 카푸치노를, 나는 디카페인을 시킨다. 나는 디카페인을 싫어하지만, 그게 나 같은 처지의 여자들이 주문해야 하는 커피인 듯하다. 나는 나의 '상태'를 가리기에 좋은 특정 종류의 원피스를 입으라고 배웠다. 하지만 더이상 토머스에게 이 사실을 숨길 수는 없다. 나는 토머스를 너무 좋아한다. 게다가 조만간 내 상태는 명확해질 것이다.

테이블에 제대로 앉기도 전에 나는 털어놓는다. "할 얘기가 있어." 나는 토머스가 끼어들기 전에 대뜸 말해버린다. "나 임신했어.” 그의 눈이 휘둥그레지는 것을 보고 나는 얼른 덧붙인다. “루크의 애야. 확실해. 난…… 나는……” 말해야 한다, 그 말을 입 밖에, 몸밖에 꺼내놔야 한다. “우리가 처음 데이트할 때부터 임신중이었어.”

토머스의 입이 떡 벌어진다. 그의 눈이 빠르게 깜박인다. “하지만……” 그는 입을 열었다가 말꼬리를 흐린다. 그의 얼굴에 나타난 고통에 나는 울고 싶어진다. “임신?”

나는 고개를 끄덕인다. “나는…… 내가……”

무슨 말을 하지? 내가 한 짓을 어떻게 표현하지?

나는 사실대로 말한다. “임신을 원하지 않았어, 임신하지 말았어야 했는데. 그리고 내가 임신했다는 걸 깨달았을 땐 화가 났고 그래서……”

토머스가 고개를 젓는다. “나와 데이트하는 것으로 당신의 분노를 표명하기로 결심했다?”

나는 토머스의 손을 잡고 손등에 키스하고 싶지만 그러지 않는다. 그러지 못한다. 여긴 너무 사람이 많고, 너무 밝아서 눈이 부시다. “아니, 당신을 갖기로 결심했어, 그게 하룻저녁뿐이라 해도.”

“하지만 하룻저녁이 아니었지.”

“응, 아니었지.” 토머스의 상완근에 힘이 들어가고, 그의 몸이 뻣뻣해진다. 내가 그에게 이런 짓을 하고 있다니 정말 싫다. “미리 말하지 않아서 미안해. 당신을 너무 좋아해서 말하는 걸 계속 미뤘어.”

그는 커피잔을 옆으로 밀어버린다. “너무 좋아해서 그런 중요한 얘기를 나한테 계속 숨겼다고?”

"지금 얘기하고 있잖아." 한심하게 들린다는 거 나도 안다.

"왜, 말할 수밖에 없으니까? 결국 내가 알아챌 테니까?" 토머스는 냅킨을 구겨 쥐더니 테이블 위로 던진다. "맙소사, 로즈. 그래서 늘 불을 켜지 말라고 했던 거야?"

나는 내 배를 슬쩍 내려다봤다가 다시 고개를 든다. "나도 모르겠어." 나는 한숨을 쉰다. "그래." 난 인정한다. "난 형편없는 사람이야, 됐어?"

토머스가 고개를 젓는다.

내가 형편없는 사람이 아니란 뜻인가?

아니면, 내가 너무 역겨워서 무슨 말을 해야 할지 모르겠다는 건가?

나는 두 손을 테이블 위에 올려놓는다. 내 손가락이 그의 손가락에 거의 닿을 듯하다. "얘기하면 끝이라는 걸 아니까 말할 수 없었어, 견딜 수가 없을 테니까. 지금도 견딜 수가 없어."

"당신은 내게 약속했어, 로즈." 토머스가 말한다. "당신이 절대 거짓말하지 않을 유일한 상대가 나라고."

"정말 미안해." 나는 그를 잃었구나. 나는 그를 잃었다. 이제 끝이다.

"그 모든 시간들, 그 모든 이메일들, 난 그냥 당신의 놀잇감이었군—"

"아니야!" 나는 소리지르다시피 말한다. 그리고 목소리를 낮춘다. "단 한 번도 놀이라고 생각한 적 없어. 지금도. 난…… 나는……" 나는 당신을 너무 좋아해. 당신을 사랑해. 제발 날 떠나지 말아줘.

토머스는 의자에 등을 기댄 채 두 손을 깍지 끼워 뒤통수를 받치고 천장을 노려본다. "우린 만나지 말았어야 했어. 머리로는 늘 알고 있었지만. 이제 우린 정말 이러지 말아야 해."

임신한 채 바람을 피우는 게 훨씬 더 끔찍한 일일까? 그냥 기혼자인 것보다? 내가 그렇게 지독한 사람일까? 지독한 여자일까? 아마도. 그렇겠지.

"나도 알아." 나는 말한다. 하지만 정말로 아는 걸까?

토머스가 자리에서 일어난다. 그의 커피는 거의 손대지 않아 그대로다. "가봐야겠어. 생각할 시간이 필요해."

"알았어." 아니, 모르겠다. 잘은. 생각할 시간이 필요하다는 건 문을 살짝 열어놓는다는 건가? 여지를 두는 건가?

"당신도." 토머스가 말한다. "당신도 생각할 시간이 필요할 거야."

나는 대답하지 않는다. 나는 생각할 시간 따위 필요 없다. 진짜다. 나는 아이가 있든 없든 토머스를 계속 만나고 싶다. 임신 구 개월이 되어도 여전히 그를 만나고 싶을 것이다.

나는 토머스의 뒷모습을 멀거니 바라본다. 카페 유리창 너머로 그가 다음 블록까지 내려가 이윽고 사라질 때까지 바라본다. 그는 돌아보지 않는다.

우린 끝난 거겠지. 나는 집으로 돌아오는 길 내내 울고, 현관문을 열고 들어가면서도 운다.

"무슨 일이야?" 루크가 묻는다. 그는 부엌 식탁에서 랩톱을 켜놓고 일하는 중이다.

"호르몬 때문에 그래." 나는 루크에게 말한다.

18
2007년 10월 19일
로즈, 인생 4

루크가 와인잔 너머로 나를 보며 싱글벙글한다. 저 미소 속에, 저 행복감 속에 아주 많은 뜻이 내포되어 있음을 나는 그의 눈에서 읽어낸다. 그게 무슨 뜻인지 알기에 즐겁고, 이 방안에서 그 뜻을 아는 사람이 나 혼자밖에 없기에 즐겁다. 루크가 다시 그런 눈길로 나를 바라보고 있다는 것도 기쁘다. 얼마 전까지만 해도 저 눈빛을 다시는 못 볼 거라고 생각했는데.

"로즈, 치킨 한 조각 더 줄까요?" 루크의 친구 크리스가 이미 일어나서 식탁 위로 몸을 굽히고 손에 든 서빙 포크로 접시에 남은 닭다리 중 하나를 찌를 채비를 하고 있다. "하나 더 들어요. 처음 드린 걸 순식간에 다 먹었잖아요."

"그럼 사양하지 않고 기꺼이." 내가 말한다.

임신 때문인지 나는 먹성이 엄청 좋아졌다.

나는 크리스의 아내 마이에게 말한다. "남편분이 굉장한 요리사네요."

마이는 크리스가 두번째 닭다리를 내 접시 위에 올려놓는 모습을 힐긋 쳐다본다. "잘된 일이죠. 안 그럼 이 집에선 아무도 뭘 먹으려 하지 않을 테니." 마이와 크리스는 최근에 둘째를 낳았고, 이번이 둘째 아이 출산 이후 처음으로 우리와 만난 것이다. 그들은 아이들이 잠자리에 든 후에 우리가 자기네 집으로 오는 게 더 편하다며 루크와 나를 초대했다. 그래야 베이비시터를 구하지 않아도 되니까.

크리스가 내 잔에 와인을 더 따르려 하자 나는 손바닥으로 잔을 덮어 막는다.

"안 마셔요?" 크리스는 뜻밖이라는 투다.

"괜찮아요." 내가 말한다.

루크와 내가 합의한 일들 중 하나가 와인 한 잔까지는 괜찮다는 것이다. 루크가 이런 것들에 더 강박적으로 나올까봐 걱정되지만 아직까지는 내가 먹고 마시는 것에 대해, 그리고 출산 거부에서 갑자기 임신을 감당해야 하는 이 변화에 어떻게 적응할지에 대해 내가 알아서 결정하겠다는 뜻을 존중해주고 있다.

"알았어요." 크리스는 내가 마음을 바꿀 경우 손을 뻗으면 충분히 닿을 수 있도록 가까운 곳에 와인병을 놓는다.

마이가 나를 빤히 바라본다. 분명 이런 생각을 하고 있을 테지만 큰 소리로 말하지는 않는다. 잠깐만, 로즈 당신 혹시……?

루크와 나는 각자의 부모와 질 외엔 아무에게도 알리지 않았다. 나의 다른 친구들에게도, 루크의 친구들에게도. 내가 아직 그냥 로즈인 이 순간에, 내가 말하지 않는 이상 아무도 내가 임신한 것을 모르는 이 순간에 머무는 것이 좋다. 그동안 알고 지낸 사람들은 모두 내가 얼마나 임신과 출산에 반대했는지, 엄마가 되길 바라는 일은 결단코 없을 거라고 얼마나 큰소리 땅땅 쳤는지 다 아는데, 친구들에게 임신 사실을 알리는 일이 솔직히 별로 내키지 않는다. 사람들은 의심하고 미심쩍어할 것이다. 이미 질에게 얘기하면서 겪어봤기 때문에 잘 안다.

오래전부터 매주 수요일이면 질과 나는 우리의 일터인 대학을 벗어나 우리집이나 질의 집에서 와인과 함께 포장해온 음식을 먹으며 각자의 소식과 세상 이야기를 주고받았다. 질이 내게 무슨 일이 생겼음을 알아차린 것은 바로 그 와인 때문이었다—나의 주량이 확 줄었고, 지난 두 달 동안 한 잔 이상은 마시지 않았다. 그날 우린 질의 아파트에 있었고, 병에 술이 3분의 1쯤 남은 시점에서 질이 한사코 내게 한 잔 더 따라주려고 했다.

"아냐, 진짜로. 괜찮아." 임신 전에는 함께 저녁 시간을 보내며 둘이서 못해도 한 병쯤은 거뜬히 해치웠고, 한 병 반을 마실 때도 종종 있었다. "내일 아침 일찍 수업이 있어서." 나는 둘러댔다. 임신 사실을 알게 된 후 매번 나는 질에게 새로운 핑곗거리를 댔다—일찍 수업이 있어서, 잠이 부족해서, 아침에 할일이 많아서. 진짜 이유를 말하는 일을 피할 수만 있다면 뭐든.

질은 여전히 술병을 비스듬히 든 채 내 와인잔 위로 술을 콸콸 따를 기세였다. "전에는 그런 것 때문에 몸 사린 적 없잖아." 질이 말했다.

나는 어깨를 으쓱했다. "새 학기엔 새 마음가짐이랄까."

질이 와인병을 테이블 위에 내려놓았다. 그리고 소파에 앉더니 나를 흰 눈으로 보았다. "로즈 나폴리타노, 너 거짓말하는 거 척 보면 다 알아. 왜 그래? 무슨 일인지 말 안 할 거야?"

나는 다 비운 접시를 바지런히 모아 가지런히 쌓으며 딴청을 피웠다.

"야," 질이 내 팔을 잡았다. "말해줘. 응?"

나는 시선을 접시로, 소파 테이블로, 내 친구만 빼고 어디로든 돌렸다. "무슨 일인지 내가 사실대로 말하면 넌 별로 달가워하지 않을걸."

한 박자 침묵이 흘렀다. 이어서 질이 헉하고 숨을 삼켰다. "로즈. 너 설마."

"짐작이 가?"

"너 임신했구나!"

나는 질이 늘 소파 테이블 위에 놓아두는 초콜릿 바구니에서 하나를 집어들어 껍질을 까서 입에 쏙 집어넣고 껍질을 도로 바구니 속으로 던졌다. 그리고 고개를 끄덕이고, 초콜릿을 씹고, 삼켰다.

"그 미친놈이." 질의 첫마디였다.

"아냐, 실은 그보다 좀 복잡한 사정이—"

"임신중단할 거야? 할 거지, 응? 내가 같이 가줄게. 필요하면 진료 예약도 내가 잡아줄게. 임신중단에 찬성한다고 말하는 것과 실제로 가서 수술을 하기로 결심하는 건 전혀 다른 얘기라는 거 알아."

바로 이래서 내가 여태껏 질에게 말하기를 꺼렸다. 내 기분과 내가 앞으로 어떻게 할 것인지에 대해 질이 어떤 짐작들을 할지 처음부터 뻔히 알고 있었고, 그것들을 하나하나 해명하고 받아넘겨야 한다는 것도 잘 알고 있었다. 질을 탓할 수는 없는 노릇이었다. 입장이 바뀌었다면 나도 똑같이 했을 테니까. 나의 가장 친한 친구로서 질은 최선을 다하려는 것이었다.

"들어봐." 나는 질의 두 손을 잡고 두 눈을 똑바로 들여다보며 말했다. "나 임신중단 안 할 거야, 질. 절대 그럴 일은 없어." 질이 뭐라 반박하려 하길래 나는 틈을 주지 않았다. "진심이야. 나 이 아기 낳을 거야." 나는 숨을 깊이 들이마셨다가 그대로 내뱉었다. "난 이 아이를 원해. 믿기 어렵겠지만, 사실이야."

"네가. 애를 낳는다고."

"응. 내가."

질은 내게서 손을 빼내어 자기 잔에 남은 술을 다 부어버린 후 단숨에 절반을 비웠다. "후와."

"나도 알아."

"나 지금 죽어라 머리 굴리는 중이다, 로즈. 어떻게 이런 일이 가능한지 죽어라 이해하려 애쓰는 중이라고. 루크 때문이지, 그치? 그놈이 기어이 너한테 최후통첩을 한 거지? 아이냐 자기냐?"

"응. 아니. 뭐, 처음엔 맞아, 그랬어. 그래서 내가 노력하기로 했지, 루크를 잡으려고 그가 원하는 것을 주기로 한 거야."

"난 그 자식이 정말 싫어, 가끔씩."

"너무 싫어하지 마." 나를 방어하는 것뿐 아니라 루크까지 방어해야 하는 이 작업에 벌써부터 지친 나는 한숨을 내쉬었다. 해야 하는 일이라는 건 알고 있었지만 실제로 하자니 예상보다 훨씬 힘들었다. "그러니까, 네가 왜 그런 기분인지 이해해. 나도 그런 기분이 들 때가 종종 있었으니까, 너도 알다시피. 믿기 어려워하는 것도 잘 알아, 나 자신도 믿기 어려운걸. 하지만 난 좋아. 아니, 솔직히 최고야. 루크와 나도 다 좋고. 우린 전보다 훨씬 행복해."

질은 발끈했다. "그렇겠지, 놈이 원하는 걸 네가 들어줬으니까."

"제발 날 그런 식으로 비난하지 마."

"나는 널 비난하는 게 아니야."

"하지만 지금 비난하고 있잖아."

질은 잔을 마저 비웠다. "난 그냥…… 그냥 모르겠어, 로즈."

"이해해. 하지만 나한테 정말 필요한 건 이 임신에 대해 자괴감을 느끼지 않는 거야. 너와 함께 있을 때는. 넌 나의 가장 친한 친구잖아, 난 너의 지지가 필요해."

질의 얼굴빛이 새파랗게 질렸다. "너한테 자괴감을 줄 생각은 아니었어."

"그렇겠지."

"너는 네 임신에 대해 자괴감을 느껴?"

나는 내 두 손을 물끄러미 내려다보다가, 질의 소파 패브릭에 묻은 작고 둥근 커피 얼룩으로 시선을 옮겼다. "때로는. 때론 이렇게 내가 나를 실망시켰다는 생각이 들어서 우울해. 하지만 대체로는 사실 들뜨고 설레는 기분이야. 행복하고. 되도록 즐거운 기분을 유지하려 노력하고 있어."

"알았어." 그렇게 말하는 질의 말투에 마뜩잖아하는 기색이 없지 않았다.

"됐어, 그럼." 그러고 나서 우리는 접시를 치워 싱크대에 넣었고, 나는 집으로 돌아왔다.

"질하고 저녁 재밌게 보냈어?" 내가 침대로 기어들어가자 루크가 물었다. 루크는 비몽사몽 상태로 얼굴은 벽을 향한 채였다.

"나 임신했다고 얘기했어."

"그래?" 루크가 돌아누웠다. 그의 눈이 어둠 속에서 반짝 빛났다. "뭐래?"

"별로 잘 이해해주진 않았어. 납득하기 어려워하더라."

"시간이 필요하겠지. 질도 생각이 바뀔 거야. 딴사람들도 어차피 다 바뀔 거야. 결국엔."

나는 루크의 단어 선택에 충격을 받았다. 어차피 다 바뀔 거야. 결국엔. 임신과 출산에 대해 수십 년 동안 사람들이 내게 입버릇처럼 하던 말이었다. 그들이 옳았고, 나는 임신했다. 어차피 결국엔. 하지만 질이 생각을 바꿔 이 새로운 나를 받아들이려면 오랜 시간이 필요하지 않을까? 그동안 알고 지낸 다른 사람들도 다 똑같이 그만큼 오래 걸리지 않을까? 처음에 나는, 애는 반드시 필요하고 애를 꼭 낳아야 한다는 사람들의 압력에 시달려야 했고, 임신과 출산을 거부하는 것은 내 권리임을 납득시켜야 했다. 그랬는데 이제는 내 생각이 180도 달라진 것—알았어요, 이제 애 낳을 거예요—에 대해 의혹의 눈초리를 보내는 사람들을 견뎌야 하게 생겼다. 내 인생은 항상 이런 식인 걸까?

로즈 나폴리타노, 엄마가 되지 않겠다고 해도 욕먹고, 엄마가 되겠다고 해도 욕먹는 여자.

크리스와 루크가 설거지를 하려고 식탁에서 일어난다. 내 옆을 지나가며 루크는 허리를 숙여 귓가에 속삭인다. "사랑해. 오늘 당신 진짜 예뻐."

나는 활짝 웃는다.

마이가 나를 지켜본다. 마이는 와인잔을 들어 입술에 댄 후 한 모금 마시고, 나는 그게 살짝 부럽지만 그 순간은 곧 지나간다.

마이가 루크가 앉아 있던 의자로 자리를 옮겨 내 옆에 앉는다. "당신과 루크, 우리한테 말 안 한 소식이 있죠?"

나는 고개를 돌려 부엌을 힐끔 쳐다본다. 루크와 크리스가 나란히 싱크대 앞에 서서 얘기하고 있다. 나는 마이에게 애매하게 어깨를 으쓱해 보인다. 네, 맞아요, 하고 말해버리고 싶은 충동이 일지만, 천천히 알리자는 내 요구를 루크가 존중해주고 있으니, 루크가 먼저 크리스에게 우리 소식을 전할 기회를 뺏고 싶지 않다.

"흐음," 마이는 나를 보고 싱긋 웃는다. "걱정 말아요, 로즈. 크리스한테는 아무 말도 안 할 테니까. 어쨌든 내가 생각하는 그게 맞다면, 당신과 루크 두 사람에게 정말 잘된 일이라 난 너무 기쁘네. 그리고 당신도 엄마가 되는 걸 아주 좋아할 것 같아요. 옛날엔 나도 양가감정이 있었거든. 힘들고 어렵긴 해도, 아이를 낳는 건 아주 멋진 일이기도 해요. 세상에서 가장 멋진 일이죠." 마이가 덧붙인다.

나는 오늘 저녁 두번째로 활짝 미소 짓는다.

어쩌면 내가 틀렸을지도 모르겠다. 어쩌면 모든 사람들이 나의 임신 사실을 알고 회의적인 반응을 보이는 건 아닐지도 모른다. 어쩌면 마이처럼 그저 당연한 일로 받아들이고 나를 위해, 우리를 위해 순수하게 기뻐해줄지도 모른다.

부엌에서 돌아온 루크가 내 의자 등받이에 두 손을 얹는다. "무슨 얘기들을 그렇게 하고 있어요?"

"곧 있을 중대 재판에 대해서요." 마이가 말한다. 마이는 아주 잘나가는 변호사이고 지금은 연방검사로 근무하며, 저녁 초반에 우리는 마이가 맡게 될 살인사건 공판에 대해 토론하고 있었다.

루크는 마이의 자리에 가서 앉는다. 마이가 식탁 밑에서 내 손을 힘주어 잡고 나도 꼭 마주잡는다. 마이의 친절과 신뢰가 내게 스며든다. 내가 아직 인생의 새로운 길에 적응하는 중임을 새삼 깨닫는다. 루크와 내가 함께 적응하는 중임을 실감한다. 어쨌든 오늘은 기분좋은 날이다. 아주 좋은 날들 중 하루다. 나는 최대한 지금 이 순간을 누릴 생각이고, 나중에 올 힘든 시간들에 대비해 비축해두려 한다.

19
2013년 3월 15일
로즈, 인생 3

"애디, 한번 돌아보렴." 조가 말한다.

애디는 시키는 대로 빙그르르 돈다. 머리핀으로 고정한 머리의 깃털과 바느질로 꿰맨 목깃과 치마의 깃털이 아이가 빙그르르 돌자 팔랑거리며 휘날린다.

카메라 플래시가 터진다. 루크, 루크의 부모 조와 낸시, 우리 어머니까지 다들 카메라를 가져왔다. 꼭 졸업파티 같다. 어머니가 아버지에게 카메라를 넘기고, 이제 아버지가 사진을 찍을 차례다. "할애비 보고 웃어요." 아버지의 말에 애디가 방긋 웃는다. 오늘은 애디의 첫 발표회 날이고, 오늘 저녁 아이들이 심장이 터질 듯 열정적으로 춤을 춘 이 조그만 극장에 온 집안 사람들이 다 모였다. 아이들의 군무는 하나도 맞지 않았고, 그래서 더욱 사랑스러웠다. 애디는 백조로 분장했다.

어머니가 아버지한테서 도로 카메라를 뺏는다. "백조가 어떻게 하는지 보여줘라, 애디."

애디가 팔을 파닥거리고, 우아하다고 말하긴 어렵지만 그래도 카메라 플래시는 더 신나게 터진다. 낸시가 휴대폰을 꺼내들고 동영상을 찍는다. 애디는 모두에게 한번 더 회전을 보여줘서 온 사방에 즐거움을 선사한다. 루크는 나를 보며 고개를 절레절레 젓고, 그 사람 좋은 표정에는 이렇게 쓰여 있다. 이 할머니 할아버지 광팬들을 어떡하면 좋지? 나는 어깨를 으쓱하고 멋쩍은 미소를 짓는다.

애디는 우리 집안의 엄청난 통합자이자 중재자이다. 저 혼자서 완전히 UN이다.

아이가 갑자기 입을 쩍 벌리고 요란하게 하품을 한다.

다들 폭소를 터뜨린다.

"백조가 자야 할 시간 같네요." 루크가 말하고 팔을 한 번 크게 휘둘러 우리 딸을 번쩍 들어올린다.

"싫어, 아빠." 애디는 반항하지만 벌써 졸린 눈이다.

"어쩜 저렇게 귀여울까." 낸시는 내가 애디의 엄마로서 애를 정말 잘 키우고 있다고 생각한다는 듯 말한다.

나는 시어머니의 인정을 액면 그대로 받아들이기로 한다.

내 어머니는 고개를 끄덕이면서도 얼른 내 눈치를 살핀다. 어머니는 나와 시부모 사이가 아직 편치 않다는 사실을 안다. 우리는 그에 관해 끊임없이 얘기해왔다. 나는 어머니를 보며 미소 짓는다. 아무 문제 없어요.

우리는 극장을 나선다. 조가 뒤로 처져서 내 아버지에게 말을 건다. 두 사람의 대화를 언뜻 들으니 아버지의 목공일에 관해 물어보는 모양이다. 어머니와 낸시는 루크와 나보다 앞서 걷고 있는데,

그들이 무슨 얘기를 하는지는 모르겠다. 루크의 어깨에 기대어 졸고 있는 애디를 자꾸 돌아보는 걸로 봐서 아마도 애디 얘기를 하고 있을 것이다.

이런 순간들마다, 요 앙증맞은 사람이 우리 삶에 들어와 우리 모두를 예전처럼 하나로 엮고 온 집안 사람들을 잇는 뜨개질 땀이 되어주어 행운이라는 생각이 든다. 그 실이 아주 쉽게 끊어질 수도 있음은 가급적 모른 체한다. 단 한 번의 무심한 가위질이면 우린 그대로 풀어져버릴 것이다.

지금도 여전히 시부모에게 앙금이 남아 있긴 하지만, 그들에게 감사하는 마음도 아주 약간은 없지 않다.

아마도. 가끔은.

나도 잘 모르겠다.

만약 낸시와 조가 아들에게 아이를 낳으라고 닦달하지 않았다면, 며느리에게 손주 좀 보자고 채근하지 않았다면, 그랬다면 애디는 이 세상에 존재하지 않았을 거라는 생각이 들 때도 있다. 우리는 애디를 낳지 않았을지도 모른다. 나는 애디를 낳지 않았을지도 모른다. 그들이 루크를 설득하지 않았다면, 루크가 나를 설득하려 들지 않았다면, 저 앙증맞은 백조 의상을 입고 우리 모두의 마음을 사로잡은 애디는 지금 여기에 없겠지. 나를 사로잡은 애디. 아이에게, 최소한 내가 낳은 아이에게 사로잡히고 싶다는 생각은 꿈에도 해본 적 없는 여자인 나를.

하지만 내 속에 앙금으로 남은 분노가 나의 머릿속 작은 동굴에서 기어나오면, 속얘기를 그들에게 죄다 퍼붓고 싶을 때도 있고, 루크가 제 부모의 면전에서는 절대 하지 말라고 금지한 말을 전부 쏟아버리고 싶은 날도 있다. 나는 궁금하다, 내가 그들을 용서하게 되는 날이 올까? 시부모에 대한 나의 분노가 루크와 함께 사는 한 언제까지고 내 인생을 갉아먹을까?

"로즈, 우리가 너한테 하고 싶은 얘기가 있다."

여러 해 전, 시부모 대표로 먼저 포문을 연 사람은 조였다. 우리 네 사람은 아주 근사한 레스토랑에서 식사를 하고 있었다.

"뭔데요?" 나는 루크를 흘깃 보며 물었고, 루크는 내 시선을 피했다. 자기 접시만 내려다보며 열심히 치킨을 자르는 데 집중했다.

루크와 내가 결혼하고 몇 년쯤 지난 무렵이었고, 나와 시부모의 관계는 슬슬 삐거덕거리고 있었다. 나와 루크의 관계도 마모되기 시작했다. 루크가 본가에 가고 싶어할 때마다 나는 같이 가는 게 점점 더 부담스러워졌다. 나는 구실을 대기 시작했다—학생들 성적 처리해야 할 게 너무 많다, 질과 할 일이 있다, 라야가 오랜만에 올라온다, 그 주말에 우리 아빠가 단둘이 저녁 먹자고 했다. 나는 시부모를 보는 게 더이상 반갑지 않았고, 특히 낸시는 사양하고 싶었다. 우리 사이는 껄끄러워질 대로 껄끄러워진 상태였다.

낸시는 노상 자기가 나를 얼마나 똑똑하다고 생각하는지에 대해 얘기했고, 그래, 거기까진 좋다, 근데 항상 그 끝에 루크와 내가 아이를 낳으면 걔는 정말 똑똑할 거라고 덧붙였다. 그러고 나서 나한테 언제 아이를 가질 거냐고 물었다. 언제 낳을 거니, 언제? 루크와 내가 아이를 가질 계획이 없다는 걸 알면서도 낸시는 그렇게 물었다.

조는 무릎에 놓인 냅킨으로 두 손을 닦았다. “너희 둘 다에게 하고 싶은 얘기가 있다.” 조가 분명히 말했다. “아이에 대해서.”

루크가 한숨을 내쉬고 접시 옆에 나이프와 포크를 내려놓았다. “아빠.” 그는 경고하듯 말했다.

낸시가 팔을 뻗어 아들의 손을 잡았다. 잠시만, 우리 얘기 좀 끝까지 들어, 라는 몸짓이었다.

“우린 너희가 잘못 생각하는 게 아닐까 걱정이 돼서 그래.” 조가 말했다. 나는 조가 루크와 나 둘 다에게 말하는 줄 알았는데, 조는 오로지 나만 쳐다보고 있었다. “너희가 애를 안 낳는 게 판단착오라는 걸 우리는 알아. 너흰 후회하게 될 거야. 분명 후회하겠지만, 그땐 이미 늦었지. 그럼 어떻게 되겠냐?”

나는 고개를 절레절레 저었다. 이런 레스토랑에서 저녁을 먹으며 그런 대화를 하고 싶지 않았다. 그런 대화 자체가 싫었다. 나는 시부모가 내 결정을 존중해주길 바랐다—나의 결정과 루크의 결정을.

낸시가 나와 대화하면서 아이에 대한 내 생각이 시간이 지나면 달라질 거라고 지레짐작하고 그런 말을 슬쩍 흘리는 것과, 아예 작정하고 개입하는 것은 전혀 다른 얘기였다. 마치 루크와 내가 애를 안 갖는 것이 지적과 교정과 치료가 필요한 일이라는 듯.

“그만하시죠.” 나는 냅킨을 접어 테이블 위에 올려놓으며 말했다. “이건 두 분이 상관하실 일이 아닙니다. 루크와 저 사이의 일이지, 다른 누가 개입할 일이 아니에요.” 흉곽에 공기가 들어찬다. “내가 이 집 아들의 인생을 후회하게 만들 거라고 말씀하시다니 기가 차는군요.”

"내 말은 그게 아니라—" 조가 말문을 연다.

"아니었죠, 하지만 그 뜻이 내포되어 있었습니다."

"로즈." 루크의 어조는, 그가 내 이름을 부르는 투는 애원조였다. "우리 부모님 얘기 좀 들어봐. 끝까지 들어."

나는 루크를 바라보았고, 그를 붙잡고 흔들고 싶었다. 어째서 이런 일을 제지하지 않는 거지? 어째서 제 부모가 우리한테 이런 일을 하는 걸 빤히 보고만 있지? 나한테 이러는 걸? 나는 피가 거꾸로 솟는 기분이었고, 더워지다못해 피부가 화끈거렸다. 루크의 저 간청은 본인 생각과도 관련이 있는 건가? 나는 침을 삼켰다. 낸시와 조가 나 모르게 계속 아들을 설득했던 걸까? "난 듣고 싶지 않아, 루크. 내가 왜? 당신이 왜?" 나는 일어섰다. 그 서슬에 뒤로 밀린 의자가 넘어질 뻔하다가 다시 중심을 잡았다.

"화내지 말고." 낸시가 말했다. "우린 그냥 얘기가 하고 싶은 거야."

"로즈, 앉아." 루크가 말했다.

나는 그의 말을 무시했다. "제 생각이 어떤지는 이미 잘 알고 계시잖아요, 몇 년 동안 알고 계셨죠. 왜 제 의견을 존중하지 않으십니까?" 내 목소리가 점점 커졌다. 주변 테이블에서 우리를 돌아보았다. "왜 나를 존중하지 않으십니까? 그 건에 대해 왜 나를 그냥 내버려두지를 못하는 거죠?"

"우린 너를 존중한다." 조가 말했다.

"이게 존중하는 거라고요?" 눈앞이 점점 뿌예졌다. 내 속에서 북받치는 이 분노가 지금 상황에 비해 너무 과하다는 건 알고 있었다. 하지만 제어가 되지 않았다. 루크와 내가 예식장에서 걸어나온 그 순간부터, 우리의 결혼생활이 시작된 그 순간부터 계속해서 사방에서 들어오는 압박이 지긋지긋했다. 나는 의자를 빙 돌아나와 테이블 아래로 밀어넣었다. "갈게요."

루크가 일어났다. "로즈, 당신 못 가."

"당연히 갈 수 있어."

"우리 아버지 차로 왔잖아."

"걸어갈 거야."

"이 밤중에 5마일을 어떻게 걸어가!"

이 구경거리를 열심히 지켜보는 다른 손님들을 무시하고 나는 자리를 떴다. 보든가 말든가, 나는 결연했다. 저 사람들이 뭔 생각을 하든 무슨 상관이람. 레스토랑 문을 밀고 밖으로 나온 후, 공기를 깊게 들이마시며 심호흡을 했다. 나는 주차장을 가로질러 걷기 시작했다. 어쩌면 멜로드라마처럼 과장되게 굴고 있는 건가 싶기도 했지만, 이내 그런 생각을 걷어치웠다. 얼마 안 있어 뒤에서 발소리가 들렸다.

"로즈, 당신 왜 이래?" 루크가 달려와 양팔을 벌리고 내 앞을 막아섰다.

나는 걸음을 멈추고 두 눈을 감았다. 숨을 진정시키려 애썼다. 이렇게 저항하는 것이, 내가 당연히 옳다고 생각하는 것이 과연 맞을까? 아님 내가 틀렸나? 루크의 부모님은 나와 루크가 모르는 것을 아는 걸까? 내가 모르는 무언가를? 나는 그들 말을 들었어야 했나? 그들에게 기회를 주었어야 했나?

하지만 내가 왜 그래야 하지?

나는 비어 있는 주차장 자리로 가서 도로경계석에 걸터앉았다.

루크도 따라 앉았다. 나는 우아한 원피스 차림이었고, 루크도 멋진 셔츠와 바지를 입고 있었다. 캄캄한 데서 근사한 정장 차림으로 주차된 차량과 아스팔트 도로 사이에 걸터앉은 우리 둘은 이상하게 보였을 것이다. "당신 부모님이 오늘 저녁 그 얘기를 꺼낼 거라는 거 알고 있었어?" 나는 루크에게 물었다.

"아니." 그의 말투에 묻어 있는 머뭇거림을 나는 놓치지 않았다.

"정말?"

"응, 정말 몰랐어." 이번에 그는 좀더 단호히 말했다.

"어떻게 할 거야, 루크?"

고요한 가운데 귀뚜라미가 울었다. 레스토랑에서 몇 사람이 걸어나와 주차장 맞은편의 SUV 쪽으로 걸어갔다. 루크는 긴 다리를 쭉 폈고, 그의 구둣발이 자갈 바닥을 긁었다. "그게 무슨 말이야?" 루크의 목소리에서 당혹스러움이 느껴졌다.

내 질문이 애매했다. 루크는 내가 아이에 대해, 아이를 원하는지에 대해 물었다고 생각했나보다. "내 말은, 지금 어떻게 할 거냐고. 당신 부모님한테 돌아갈 건지, 아니면 나랑 같이 집에 갈 건지."

"당신 정말 갈 거야?"

"응. 택시를 불러도 되고."

"로즈, 제발." 루크는 두 손으로 마른세수를 했다. "당신이 이렇게 일을 벌이고 그냥 가버리지 않았으면 좋겠어."

"내가? 그러니까 이게 다 내 잘못이라고? 당신 부모님이 나를 기습한 거잖아!" 나는 일어나려 했지만 루크가 나를 잡아당겨 도로 주저앉혔다. 나는 루크를 노려보았다. "그리고 당신은 나를 전혀 보호해주지 않았어, 루크! 그냥 멍하니 보고만 있었지. 당신은 늘 그런 식이야."

"내 부모님이잖아, 로즈." 루크의 목소리는 애잔했다. "당신 부모님이기도 하고. 그분들은 당신을 사랑해. 정말로."

"아니. 그분들은 나를 사랑하지 못할걸. 내가 그 한 가지 일을 하지 않는 한. 내가 그걸 할 때까지는. 그것만 하면 나를 좋아하시겠지."

"로즈—"

"당신에겐 두 가지 선택지가 있어, 루크. 안에 들어가서 당신 부모님께 우리의 선택을 존중하길 거부하신다면 우리는 함께 저녁식사를 하길 거부한다고 말씀드리거나, 아니면 나 혼자 집에 가고 당신은 오늘밤 소파에서 자거나. 내일 밤도 그다음날도 그다음날도."

"그건 공정한 선택지가 아닌 것 같은데." 루크가 말했다.

"뭐, 당신이 가진 선택지가 그것뿐이야, 그러니까 골라."

루크는 한동안 말이 없었고, 그 침묵의 시간이 영원처럼 느껴졌다. 그리고 루크는 일어나서 금방 돌아오겠다며 레스토랑으로 달려갔다. 이윽고 루크가 다시 밖으로 나와 둘이 함께 택시를 타고 집에 가는 동안 우리는 말을 섞지 않았고, 잠자리에 들어서도 마찬가지였다.

할말이 뭐가 있었을까?

만약 그때 누군가 내게 조만간 너는 임신을 하고 애디를 낳을 거라고 얘기했다면, 나는 꺼지라고 응수했을 것이다. 정말 지긋지긋했고, 속에서 천불이 났고, 나를 압박하는 사람들에 신물이 났다. 임신과 출산에 대한 내 생각은 그렇게 손바닥 뒤집듯 쉽게 바뀔 것 같지 않았다—아무튼 쉽게 바꾼 건 아니었다.

한번은 루크와 내가 산전 비타민 때문에 대판 싸웠다—루크는 내가 비타민을 꾸준히 복용하길 바랐지만, 난 그러마 말만 해놓고는 잘 먹지 않았다. 그날 침실에 들어갔더니 루크가 비타민 병을 들고 나한테 흔들어 보이는 바람에 벌컥 화가 치솟았던 게 기억난다. 그 순간, 누가 내 심장을 뛰지 못하게 아주 작은 상자에 쑤셔넣은 것처럼, 갑자기 이상하게 마비된 듯 가슴이 갑갑하게 죄어들었다. 숨이 쉬어지지 않았다. 왜 숨을 쉴 수가 없지? 하고 생각했던 게 기억난다. 나는 가슴을 들썩이며 요란하게 거위 소리를 내고 숨을 들이켰다.

루크가 소리치던 게 기억난다. "로즈—로즈?"

눈앞이 흐려졌고 귓속에서 세차게 꾸르륵거리는 소리가 들렸다. 그대로 나는 풀썩 쓰러져 뺨을 마룻바닥에 대고 누웠다. 한동안 헐떡임이 계속되다가 마침내 잦아들었다. 눈의 초점이 돌아왔을 때, 나와 머리를 나란히 두고 바닥에 누운 루크가 보였다.

마침내 기운을 되찾아 몸을 일으켜 앉았을 때, 루크가 내 양손을 꼭 잡았다. "공황발작이었나봐." 그가 내 손을 살피며 말했다. 깨진 지 좀 됐지만 도무지 다듬을 시간이 없어서 너덜너덜해진 내 손톱을 루크는 가만히 들여다보았다. "내 잘못이야. 미안해, 로즈. 정말 미안해."

그 말—남편의 사과, 우리의 결혼생활이 이렇게 엉망진창이 되어버린 건 내가 아니라 그 자신의 책임이라는 자각—이 마법처럼, 내 심장을 짓누르던 벽을 밀어내고 공간을 만들었다. 바로 그때 무언가가 내 몸속에서 피어나 나를 다시 남편 쪽으로, 다시 그를 사랑할 수 있다는 가능성 쪽으로 이끌었다. 그동안 임신과 출산과 관련해 우리가 나눴던 대화와 다툼과 분노와 고통이 하나하나 떠오르면서, 혹시 필요 이상으로 일을 어렵게 만든 건 아니었을까 싶었다. 우리가 딴사람들의 기대와 바람에 신경쓰지 않을 수 있다면, 시부모의 기대와 바람에 개의치 않을 수 있다면. 그저 루크와 내가 어떻게 생각하고 무엇을 원하는지에만 집중할 수 있다면. 루크와 나. 이 모든 아수라장이 시작되기 전 예전의 우리.

"나를 봐." 그러고 나서 나는 루크에게 말했다. 그가 눈을 들자, 나는 내 속에 있는 줄도 몰랐던 말을 꺼내기로 했다. 우리집 분위기에서는 이상하게 들리는 말, 궁극적으로는 예쁘고 완벽한 우리의 딸 애디의 탄생으로 이어지게 되는 말. "이다음에 어떻게 될지는 그냥 흘러가는 대로 놔두면 어떨까?"

애디의 발레 발표회가 끝나고 집에 돌아온 우리는 마침내 양가 어른들로부터 해방됐고, 애디는 코를 골며 잔다. 아이의 백조 의상은 아이와 마찬가지로 축 늘어졌다.

"가서 침대에 누이고 올게." 루크가 소곤거린다.

나는 남편의 얼굴을 유심히 살피며 고개를 끄덕인다.

루크가 가방에서 카메라를 꺼내 나에게 건넨다. "오늘 저녁에 찍은 사진들 좀 확인해봐, 근사한 게 몇 장 있을 거야."

나는 빙그레 웃으며 카메라를 받아든다. "누구 솜씨인데 아무렴." 그러고는 남편이 애디를 데리고 아이방으로 사라지는 모습을 지켜본다. 카메라 액정 화면을 스크롤하며 사진—애디의 사진, 루크와 내가 함께 이룬 집안 식구들 사진—을 쭉 보고 있는데, 그동안 시부모와의 관계에서 좀처럼 사라지지 않던 껄끄러움과 어색함이 멀리 물러가는 기분이다. 일단 지금은. 적어도 이 몇 분간 내 눈에 보이는 것은 유쾌한 가족사진뿐이고, 그들은 나의 가족이다.

해가 갈수록 루크와 나는 어떤 면에선 점점 더 멀어져간다. 부모노릇이란 물위에 떠 있는 것과 비슷하다. 쉬지 않고 열심히 발을 차고 차고 또 차고, 물속에서 손과 팔을 내젓고, 머리는 수면 아래로 잠겼다 위로 나왔다 한다. 끊임없는 일련의 움직임은 하나같이 사소하고, 그 어느 것도 실질적으로 우리를 딱히 어디로 데려다주지 않는다.

하지만 발끝으로 살금살금 걷는 루크를 보고 있자니, 루크의 어깨 위에 잠든 우리 딸을 가만히 보고 있자니 아이의 옅은 숨결이 내 허파로 들어오는 것 같아서, 내 심장박동을 유지시키는 것 같아서 경이로움에 빠져든다. 애디가 정말 루크와 나를 엮어서 풀어지지 않게 묶어준 느슨한 바늘땀이라는 생각이 든다. 아이가 태어나기 전날까지의 그 온갖 사연에도 불구하고, 아무튼 우리 두 사람이 여기 이렇게 도착해서, 애디와 함께 말이다, 나는 감사할 뿐이다.

나는 스카프를 풀고 코트를 벗은 후 전등을 켜고 부엌 식탁 앞에 앉아 애디의 발표회 때 찍은 사진을 본다. 카메라 화면에 제일 처음 등장한 것은 무대 위에 줄지어 선 앙증맞은 백조떼가 점프하는 사진으로 아이들 발은 바닥에서 1, 2인치쯤 떠 있고 입을 크게 벌린 얼굴은 환희로 가득하다. 애디가 1번 포지션에서 팔을 둥글게 들고 있는 클로즈업 사진도 있는데 조그만 팔꿈치가 이상한 각도로 삐죽 튀어나왔다. 깃털 달린 튀튀를 어설프게 입고 찌그러진 원형으로 서 있는 꼬마들 사진. 나는 사진을 스크롤하며 피식거리고 낄낄거리다가 루크가 최근에 찍은 다른 사진들을 보게 된다. 책상 앞에 앉아 일하는 내 사진 몇 장, 애디 사진이 또 잔뜩이다—아침에 학교 가는 애디, 저녁에 잠자리에 들기 전 잠옷 차림의 애디. 내 어머니의 멋진 사진도 한 장 있다. 한 손에 나무 국자를 들고 앞치마를 입고 부엌 가스레인지 앞에 서서 카메라를 보며 의기양양하게 웃고 있는 어머니.

그다음에 나온 사진은 루크가 찍은 줄도 몰랐다. 몇 주 전에 내가 연구 주제에 대해 강연했을 때 사진이다—심지어 나는 루크가 온 줄도 몰랐다. 루크는 내게 한마디도 안 했고, 나도 워낙 강연이 많아서 루크가 그걸 다 일일이 찾아올 거라곤 기대하지 않았다. 사진 속 나는 연단에 서서 빽빽하게 들어찬 대강의실의 청중석을 바라보며 한쪽 팔을 들고 있다. 나는 무척 진지해 보이고, 무슨 말을 하고 있는지는 모르겠지만 거기에 완전히 빠져든 상태다. 괜찮은 사진이고, 무척 나다운 사진이다. 그 사진을 보면서 내 남편이 이런 일도 한다는 사실을 깨닫고 루크를 향한 사랑으로 가슴이 벅차오른다—내가 부탁하지도 않았는데 온다는 말도 없이 강연장에 와서 내 사진을 찍다니, 이건 단지 그가 나를 사랑하기 때문이고 내가 무슨 말을 하나 듣고 싶은 것 외엔 딴 이유가 없을 것이다. 벅찬 사랑이 내 혈관 속에서 쇄도하며 손끝 발끝까지 뻗어나간다.

나는 루크에게 키스하고 싶어진다. 그의 손을 잡고 침대로 이끌고 싶어진다. 루크와 나는 아직도 섹스를 한다. 두어 달에 한 번, 운이 좋으면 한 달에 한 번. 하지만 의무적이고 형식적인 부부 관계이고 사실 더이상 하고 싶은 마음이 들지 않더라도 결혼한 사람이라면 으레 해야 한다는 생각에서 하는 행위다. 내 친구들도 대부분 비슷한 심정이다, 게이든 레즈비언이든 이성애자든. 시간이 지나면 욕망은 사그라들고 그다음엔 정기적으로 섹스를 하거나 아예 그만두거나 둘 중 하나를 선택한다.

부모 노릇이 물위에 떠 있는 것과 비슷하다면 결혼생활은 바다와 같다. 밀물이 있으면 썰물이 있고, 때로는 조수 간만의 차가 엄청나고, 이따금 허리케인이 감정의 물꼬를 이쪽으로 텄다가, 또 몇 년 지나면 다른 쪽으로 물길을 낸다. 루크와 나는 지금 새로운 방향으로, 좋은 쪽으로 향하고 있는지도 모른다. 내가 우리를 그쪽으로 이끈다면, 내가 앞장서서 길을 안내한다면.

나는 루크의 카메라 속 사진을 하나씩 눈여겨보며 빠르게 스크롤하고, 루크가 애디를 재우고 나오는 즉시 그를 끌고 침대에 들어가야지, 간만에 내가 섹스를 주도하면 그가 얼마나 기뻐할까 같은 생각을 한다.

그러다 어떤 사진을 보고 심장이 멎는 느낌이 든다.

어떤 여자, 고개를 뒤로 젖히고 웃고 있는 여자. 연두색 스웨터를 입고 있다. 공원에 있는 듯하다. 다른 사진이 또 있나 빠르게 넘겨보지만 이것 한 장뿐이다. 크리스마스 때 사진들과 학교에 있는 애디 사진들 사이에 낀 단 한 장.

셰릴.

그 이름이 머릿속에서 속삭임처럼 떠올랐다 가라앉는다.

그게 이 여자 이름이라는 표시도 없고 이 여자 이름이 셰릴이라고 생각할 만한 실질적 근거도 전혀 없다—아내의 직감, 그리고 지난달 세탁소에 맡긴 루크의 겨울 재킷에서 발견한 쪽지 외에는. 세탁소 주인에게 옷들을 한아름 건네주기 전에 혹시 주머니에 잔돈 같은 건 없나 확인하던 차였다. 꼼꼼하게 접은 조그만 종이쪽지였고, 가로세로 반듯하게 접힌 자국이 종이면을 사분했다. 그 위에 이렇게 쓰여 있었다. 루크, 당신의 재능은 정말 놀라워요. 그저 경탄할 뿐입니다. 셰릴. 유려하게 휘도는 완벽한 서체. 이걸 쓴 사람은, 이 셰릴이란 사람은 글씨체가 정말 아름다웠다.

나는 그 종이쪽지를 손에 들고 물끄러미 들여다보며 아무것도 아닐 거라고, 루크가 스튜디오 사진을 찍어준 약혼 커플 중 한쪽이 감사인사를 한 것뿐일 거라고 속으로 중얼거렸다. 그때 당시에도 반신반의했지만, 세탁소에서 불안한 먹구름이 내 머리 위로 뭉게뭉게 피어났다. 이따금 그 쪽지에 대한 기억이 되살아났고 그 아름다운 서체와 셰릴이라는 이름이 내 머릿속에서 다시 형태화되어 맴돌았다.

애디의 방에서 살금살금 나오는 루크의 조용한 발소리와 아이의 방문이 닫히며 삐걱거리는 소리가 들린다.

나는 재빨리 루크의 사진을 맨 앞장으로, 백조로 분장한 애디로 되돌려놓는다. 남편이 여전히 나를 사랑한다고 생각하게 했던 사진, 그를 침대로 이끌고 싶어지게 했던 사진을 지나친다. 좀전의 충동은 뜻밖의 발견에서 파생된 갑작스러운 먹구름 속으로 사라지며 증발해버렸다.

나는 자리에서 일어나 소파로 가서 담요를 무릎 위로 끌어당긴다. 괜히 크게 하품한다.

루크가 발소리를 죽이며 다가와 내 옆에 털썩 앉으며 담요 한쪽 자락을 들어 제 다리를 덮는다. “멋진 저녁이군, 안 그래?”

지금 우리 모습은 완벽히 영화 속 한 장면이다—피곤하지만 행복한 부모, 그들의 사랑스러운 딸이 양가 어른들이 즐겁게 구경하는 가운데 춤을 추었고, 그 기억을 흐뭇하게 회상하며 서로에게 기대어 앉아 있다. 루크가 내 쪽으로 바싹 파고들며 내 반응을 기다린다.

“그랬지.” 마침내 나는 답하고 루크를 가만히 응시한다. 내 대답의 시제가 과거형이라는 것을 그가 알아차렸을까 궁금하다.

20
2008년 8월 5일
로즈, 인생 5

창밖의 풍경이 환상적이다.

"돈 아끼지 않길 잘했네. 다행이다." 내가 말한다.

당신이 나를 용서해줘서 다행이야. 내게 돌아와줘서 다행이야.

언제 어느 순간 토머스가 또 내 인생에서 사라져버릴지 몰라서, 나는 강한 소유욕을 느끼며 굶주린 눈길로 그를 응시한다. 그는 캐리어를 들어 스탠드에 올려놓고 바다가 내다보이는 유리문 쪽으로 걸어온다. "끝내주는군."

"그치." 나는 몹시 행복하다. 지고의 희열을 맛본다.

행복이 덧없다는 사실을 알 때 비로소 우리는 지고의 행복감을 느끼는 걸까? 아무리 영원하길 빌어도 결국 지속되지 않으리란 것을 알 때에만?

"이렇게 당신과 함께 있으니 좋다." 나는 토머스에게 말한다.

나는 활기가 넘친다. 나는 남편을 속이고 바람을 피울 때 가장

쨍쨍하다. 악을 쓰며 울어대는 아기를 두고 나왔을 때, 루크가 그렇게 간절히 원하던 아기, 내 안의 모든 경고등이 울리며 안 돼, 로즈, 그러지 마, 넌 너 자신을 잘 알잖아, 넌 생애 단 한 번도 엄마가 되고 싶어하지 않았어, 라고 말하는데도 불구하고 루크가 내게 낳으라던 그 아기를 두고 나왔을 때 나는 제일 환히 빛난다.

"여기 레스토랑이 근사하다던데." 토머스가 내 어깨를 감싸안으며 나를 가까이 끌어당긴다. "가서 뭣 좀 먹어야겠지?"

나는 그에게 안기며 그의 단단한 몸에 내 몸을 맡기고, 못잖게 단단하고 세찬 욕망의 물결에 휩쓸리다 결국 포효하는 바다에서 몸을 돌려 토머스를 침대로 이끈다. "가서 뭣 좀 먹어야겠지, 좀 이따가." 나는 그를 슬쩍 떠보며 웃음을 터뜨리고, 부드럽고 차가운 새하얀 고급 시트 위로 그를 밀어뜨린다.

"그 계획 맘에 드는걸." 그가 말한다.

문제는, 내가 애디를 사랑한다는 거다. 나는 애디가 너무너무 좋다.

애디가 태어난 날, 아이의 조그만 얼굴을 처음 봤을 때 나는 사람들이 흔히 말하는 그 모성애에 침몰당한 느낌이었다. 사람들이 흔히 말하는 그 모든 기분—독점욕, 공포, 간절함, 기쁨, 보호본능, 숨막힐 정도로 꼭 껴안고 싶은 욕망, 모성의 광기에 이를 만한 감정의 집합체—을 다 느꼈고, 이 아이를 절대 내 시야 밖에 둘 수 없다는 강한 의지가 뒤따랐다. 뭐랄까 굉장했고, 끔찍했다.

그랬던 것이, 이제 영원히 엄마가 됐으며 애디라는 존재를 돌이킬 수 없다는 압도적 현실에 급속도로 잠식됐다. 이미 저질러진 일이었고, 이제 항구적 상태로 고착됐다. 영구적 수면 부족과 결합된 고된 하루하루가 그 사랑을 짓누르곤 했고, 마법은 허무하게 줄행랑쳤다.

나를 제정신으로 붙잡아준 유일한 존재가 토머스였다. 그날 토머스가 카페에서 나간 후 나는 그를 두 번 다시 보지 못할 거라 생각했다. 그로부터 두 주가 아무런 소식 없이 흘러갔다. 그러다 봄 학기가 끝나갈 무렵 내 받은 편지함에 고뇌에 찬 기나긴 이메일이 한 통 나타났다. 잘못된 일이라는 건 알지만 내가 계속 보고 싶다고, 그 모든 상황에도 불구하고 내 생각을 멈출 수가 없다고 쓰여 있었다. 그날 내가 느낀 벅찬 안도감은 조만간 내가 애디에게 느낄 사랑과 맞먹을 정도로 강력했다. 나는 토머스에게 두 번 다시 거짓말하지 않겠노라 약속했고, 그 약속을 지켰다. 나는 지금까지 그에게 거짓말하지 않았다.

그렇게 우리는 다시 만나기 시작했다. 어떻게든 시간을 내어 둘이 레스토랑에 가서 저녁을 먹거나 카페에 가서 커피와 페이스트리를 먹었고, 그러고 있으면 주변 모르는 사람들은 다들 내 뱃속에서 나날이 커져가는 이 아이의 아버지가 토머스일 거라 짐작했다. 나는 그러거나 말거나 내버려뒀다. 일단 그 사람들의 착각을 바로잡아주고 일일이 해명할 생각이 없었다. 아뇨, 이 남자는 아이아버지가 아니라 내가 바람피우는 상대입니다.

하지만 그보다 토머스와 나 둘만의 비밀인 이 경악스러운 스캔들이 제법 마음에 들었다. 사람들이 이 사실을 알면 얼마나 충격을 받을까 생각하니 뜻밖에 유쾌했다. 기분이 좀 나아졌고, 임신과 출산이라는 이 암담한 사태를 자초하기 전의 내가 일부나마 아직 내 안에 남아 있는 느낌이었다. 아니 어쩌면 아주 많은 부분이 남아 있을지도 몰랐고, 이것—토머스, 우리의 연애—이 그 증거였다.

"학회는 어때?" 루크가 묻는다.

나는 바다를 내다보며 숙소의 방 창가에 서 있다. 토머스는 아래층 레스토랑의 바에서 나를 기다리고 있다. 바다는 짙은 감색이고, 새하얀 포말이 요동치듯 휘젓는다. 분명 폭풍이 오고 있다.

"아, 늘 그렇지 뭐. 트위드 정장을 입은 아저씨들이 잔뜩 모여 자기네들의 놀라운 연구에 대해 미주알고주알 떠들어대고 있어." 나의 거짓말 실력은 일취월장했다. 수화기 반대편이 잠잠하다. 루크가 먼저 말을 꺼내지 않아도 내가 물어봐야 할 질문이 있음을 상기시키려는 의도적 침묵. 결국 나는 묻고야 만다. 신경이 쓰이기도 하고, 집에 딸이 있다는 걸 잊지 않았음을 증명해야 하니까. "애디는 잘 지내? 잘 먹고 있어?"

"애디와 나는 잘 지내고 있어. 근데 애가 당신을 보고 싶어하는 것 같아."

"엄마 소를 보고 싶어한다는 뜻이겠지."

"로즈, 꼭 그런 식으로 말해야겠어?"

"왜? 적절한 기술이잖아."

애디가 울기 시작한다. 아이 입을 수화기에 대고 누르고 있는 것처럼 자지러지는 울음소리가 너무 잘 들린다. 순간 나는 심장이 덜컹하고 아이를 끌어안고 싶어진다. 애디에 관한 한 나는 늘 이렇다—버텨보지만, 버틸 수가 없다. 애디가 내 뱃속에 있었을 때 아이가 발로 차고 움직이는 게 느껴지면 경이롭기도 했다. 하지만 아이가 거기 있다는 것을 실감할 수밖에 없는 그 미세한 태동 하나하나가 원망스러울 때도 적지 않았다.

"가봐야겠다." 루크가 말한다. "발표 잘하고." 속마음은 전혀 그게 아니라는 듯 성의 없이 덧붙이더니 전화를 뚝 끊는다.

나는 토머스에게 문자를 보낸다. 다 됐어. 오 분 내로 갈게.

더 그악스럽게 루크를 속일수록 더욱 나답게 느껴진다. 엄마의 처지로 내던져지기 전의 로즈가 숨을 쉬려 아등바등하며 조금씩 되돌아오고 있다. 그 로즈가 기지개를 켜며 뻗어나와 내 사지를 채우고 모성의 조각들을 모조리 밀어내고 있는 느낌이다. 결국엔 그 조각들이 내 피부 밖으로 떨궈져나와 바닥에 쌓이는 게 아닐까. 그러면 내일 아침에 청소하는 직원이 와서 그것들을 빗자루로 쓸어모아 쓰레기통에 버리겠지.

나는 딱 맞는 원피스에 꼼지락꼼지락 몸을 집어넣는다. 겨우 몇 달 전에 출산을 했는데도 다시 이 원피스가 몸에 맞는다니 내가 생각해도 참 대견하다. 나는 욕실 거울에 비친 나에게 싱긋 미소를 보내고, 립스틱을 고쳐 바르고, 내가 사랑하는 남자와 호화로운 저녁식사를 하러 아래층으로 내려간다. 어쩌다보니 내 남편도 아니고 내 아이의 아버지도 아닌 남자와. 죄책감조차 들지 않는다. 좀 더 양심의 가책을 느껴야 하나?

"지금 쓰고 있는 건 뭐야?" 토머스가 묻는다. 나는 포치의 데이베드에서 한가롭게 뒹굴거리다 고개를 든다. 이 근사한 야외 포치는 호텔에서 짙푸른 바다와 가장 가까운 곳에 자리한다. 오늘 아침 바다는 고요하고, 엊저녁 폭풍우가 지나간 후로는 호수와 다름없이 잔잔하다. 널찍하고 긴 덱에는 색색깔의 의자와 소파가 여기저기 놓여 있고, 그중 가장 끄트머리에 있는 이 데이베드를 내가 차지했다. 캐리어를 끌고 들어오면서 이 포치를 본 순간 여기서 책을 읽든 논문을 쓰든 주말 내내 죽치고 있을 것 같다는 예감이 들었다.

방금 샤워를 마치고 청바지와 가벼운 스웨터로 갈아입은 토머스는 멋지고 잘생겼다. 그가 허리를 숙여 내게 키스하고, 나는 그를 데이베드로 끌어당긴다. 그 바람에 내 랩톱이 바닥에 떨어질 뻔한다. "조심해." 그가 말한다.

"조심은 물 건너간 거 아닌가? 우리의 반란은 이미 정점에 다다랐어."

"그렇다면 그 반란 마음에 드는군. 내가 제일 좋아하는 게 반란이야." 토머스는 내 랩톱의 화면을 좀더 잘 보이게 열고 자세히 들여다본다. "새 연구 주제?"

"응. 몇 주 전에 시작했어. 아직은 그냥 가볍게 이것저것 둘러보는 단계야."

토머스는 랩톱을 자기 앞으로 돌리더니 읽기 시작한다.

나는 다시 베개를 베고 눕는다. 햇볕이 포치 천장 아래로 흘러들어 피부를 따스하게 데운다.

지난 몇 달간 토머스와 나는 서로의 작업을 리뷰해주었다. 우리 관계에서 내가 참 좋아하는 부분이고, 서로의 이런 영역을 함께 나눌 수 있어 즐겁다. 루크와 나는 일—그의 일이나 내 일이나—에 관한 대화를 그만둔 지 오래다. 빠져나올 시간을 만들 수 있으면 나는 토머스의 축구 경기를 보러 가기도 하고, 질과 함께 셋이 만나 커피를 마시기도 한다. 결국 나는 질에게 토머스에 관한 일을 실토했다.

질은 눈썹 하나 까딱하지 않았다. 심지어 놀라지도 않은 듯했다. 질은 예전부터 루크에게 열받은 상태였고, 내가 루크와 헤어지길 바랐다. 질은 토머스가 내가 이혼을 감행할 이유가 되어주길 바라는 것 같다. 그게 그렇게 쉽기만 하다면야.

갓난쟁이 딸린 애엄마가 남편과 헤어져도 될까? 언제쯤 여자가 그래도 되는 세상이 올까? 하지만 달리 생각해보면 나는 바람을 피우는 임부였고, 지금도 그 불륜을 지속하는 신참 엄마다—그런 내가 애아빠와 헤어진다고 해서 상황이 얼마나 더 나빠질까?

바다 위로 잔물결이 일렁이며 햇살을 물비늘로 흐트러뜨린다. 한 여자가 차에서 내려 모퉁이에 있는 가게에 들어가더니 잠시 후 신문을 사서 나와 다시 차를 몰고 떠난다. 머리를 포니테일로 묶은 여자가 조깅을 하며 지나간다.

토머스가 내 컴퓨터에서 고개를 든다. "이번 에세이는 정말 색다른걸. 오히려 회고록에 가까운데."

선글라스 때문에 그의 표정을 읽을 수 없다. 좋다는 걸까, 나쁘다는 걸까?

"회고록이라고 보는 편이 맞을지도." 애디를 낳기 전 내가 임신과 출산, 육아에 대해 갖고 있던 생각들, 그리고 지금 애디를 낳고 나서 이제 영원히 내 삶의 일부가 된 그 작은 사람에 대한 나의 애정, 거기에 뒤엉킨 내 모든 불안과 분노와 원망까지, 그 얽히고설킨 복잡한 정서에 대한 회고록. 시작은 힘들었지만, 일단 시작하고 보니 그것은 내 속에 든 것을 쏟아내는 과정이었다. 나는 토머스의 손을 잡아들고 손바닥의 손금을 살핀다. "괜찮아 보여?" 나는 묻는다. 그리고 토머스가 뭐라 대답하기도 전에 주절주절 늘어놓는다. "아마 터무니없는 아이디어겠지. 하지만 난 두 번 다시 일을 못하게 될 줄 알았어, 당신도 알겠지만, 애디를 낳은 다음에 말이야. 근데 적어도 지금은 뭔가 끄적거리고는 있잖아."

토머스가 랩톱을 데이베드 옆에 내려놓은 다음 신발을 벗고 다리를 올린다. 우리는 서로 몸을 바싹 붙이고 누운 채 나란히 바다를 마주한다. "괜찮은데, 맘에 들어. 훌륭해."

나는 토머스를 쳐다본다. "정말?"

토머스가 고개를 끄덕인다. "응. 당연하지. 나도 그런 글쓰기를 하고 싶어."

"만약 쓴다면 무엇에 관해 쓸 거야?"

토머스는 잠시 말이 없고, 햇볕이 따스하게 내리쬐고, 우리는 긴장을 풀고 편히 누워 볕을 만끽한다. 이 순간은 얼마 지나지 않아 끝날 거고 다시 각자의 일상으로 돌아가야 할 거라는 생각이 머릿속에 슬며시 떠오르지만, 나는 촛불을 끄듯 곧장 꺼버린다.

"우리 가족에 관해 쓰지 않을까. 산에서 자란 내 유년 시절이라든가, 나와 여동생 사이라든가." 토머스는 선글라스를 벗고 한 손으로 눈을 비빈다. "아니면 중독에 관한 연구를 시작하게 된 이유.

어쩌다 이 길로 오게 됐는지. 또는 나와는 전혀 다른 삶을 살고 있는 고등학교 동창들에 관해서."

"그 책 꼭 읽어보고 싶다." 나는 그에게 말한다.

토머스가 고개를 돌려 내 목에 키스한다. "뭐, 나도 당신 책을 꼭 읽어보고 싶으니 비긴 셈이군. 그 말은 곧 당신이 반드시 연구를 완성해야 한다는 뜻이지, 내가 읽을 수 있도록."

"다시 글을 쓸 수 있어서 정말 기뻐." 나는 인정한다. "이걸로 아무런 성과를 내지 못하더라도."

"성과를 낼 거야." 그가 말한다.

나는 토머스의 옆구리를 파고든다. "내가 이걸 출간하면 루크는 나와 헤어지려 들걸." 이 말이 사실임을 깨닫기도 전에 불쑥 내 입에서 나온다.

"그렇다면 무슨 일이 있어도 출간해야겠네." 토머스는 전혀 농담으로 들리지 않게 말한다.

"하지만 그러면…… 애디는. 애디가 나중에 커서 이걸 읽으면 어떻게 생각할까?"

"로즈." 토머스가 내 쪽으로 몸을 돌린다. "애디는 제 엄마가 그렇게 거부하며 버틴 끝에 결국 아이를 낳았다는 것이 엄마 본인에게 어떤 의미인지 이해하려 고군분투했다고 생각할 거야."

나는 한숨을 내쉰다. "내가 걱정하는 게 바로 그거거든."

나는 루크와 애디를 위해 소꿉놀이를 하려고 애썼다. 살림과 육아에 집중했고, 산부인과에서 퇴원한 후 첫 며칠 동안은 특히 더 그랬다. 대학과 강의와 근무시간과 동료들과의 미팅 없이 지내는 그 모든 시간을 감내했다. 하지만 몇 주 지나니 학교로 돌아가고 싶어 온몸이 근질근질했다. 루크는 돌아오는 학기도 쉬라고 압력을 넣었지만, 나는 절대 그렇게는 못한다는 입장을 고수했다. 내가 기를 쓰고 아끼며 모아둔 연구 휴가 중 다섯 달을 애디와 함께 집에 처박혀 써버릴 생각은 추호도 없었다.

그 휴가는 출산과 육아에 쓰라고 주는 게 아니었다. 연구와 집필에 전념하거나 해외 대학에서 강의할 기회로 쓰라는 휴가였다. 여성 학자들은 늘 엄마가 되기 위해 휴가를 내고, 아이를 낳은 다음에는 학계로 돌아오기 위해 죽을 둥 살 둥 안간힘을 써야 한다. 내게 그런 일은 없어야 했다—지금 내게 그런 일은 일어나지 않을 것이었다.

내가 아이를 낳고 엄마가 됐을지언정 엄마 노릇에는 여전히 주저하고, 아내 노릇에는 그보다 더 주저한다는 사실에는 변함이 없다.

토머스를 대할 때와는 다르고, 내가 그에게 느끼는 감정과도 다르다.

토머스에 관한 한, 나는 일말의 주저함도 없다.

“당신은 왜 여기 있어?” 나는 뜬금없이 토머스에게 묻는다.

햇빛의 위치가 바뀌었다. 토머스는 약간 옆으로 이동하더니 선글라스를 다시 쓴다. “그게 무슨 말이야?”

"무슨 말이냐면, 당신은 여기서 나랑 뭘 하는 거야? 난 유부녀잖아. 갓난애도 있고. 말 그대로 몸을 푼 지 얼마 되지도 않았다고."

이렇게 말해놓고 금방 이 말을 도로 주워담을 수만 있다면 하고 후회한다. 내가 지금 어깃장을 부리는 건가? 나 자신에게 어깃장을 놓는 건가? 좀전까지만 해도 이 근사한 포치에서 빈둥거리며 평화롭고 아름다운 오후를 보내고 있었으면서?

토머스가 윗몸을 일으켜 앉는다. "어쩌다 그런 생각이 들었어?"

"애디 생각이 나서. 내가 그 아이를 얼마나 원하지 않았는지. 근데 또 막상 애를 낳고 나니 좋은 엄마가 되고 싶은데 그마저도 실패네. 명백히. 난 엄마로서 실격이고, 당연히 아내로서도 실격이지."

토머스는 미동도 않은 채 조용히 말한다. "내 생각에 그 질문은 이렇게 묻는 편이 더 나을 것 같다. 로즈 당신은 여기서 나랑 뭘 하고 있어? 당신이 지금 말한 그 똑같은 이유들에도 불구하고."

나는 데이베드에 누운 채 몸을 틀어 토머스를 마주본다. "당신을 만나는 걸 그만둘 수가 없어. 애디가 뱃속에 있었을 때 우리가 잠시 헤어졌던 그 두 주도 난 견딜 수 없었는걸."

"뭐, 난 당신을 만나는 걸 그만두려고 계속 애쓰고 있지만, 되지가 않더군." 토머스가 말한다.

내 안에서 당혹감이 스멀스멀 일어난다. "지금도 애쓰는 중이야?"

토머스가 내게서 떨어져 앉고, 우리의 몸은 이제 서로 닿지 않는다. "로즈, 나는 당신과 함께하는 이 주말여행을 가면 안 된다고 나 자신에게 타일렀어. 우리가 이런 일을 할 때마다 상황은 더 나빠지기만 하니까. 당신에게 전화해서 취소해야 한다고 생각했어."

당혹은 고통으로 바뀐다. "취소할 뻔했다고? 당신 정말 주말을 같이 보낼 수 있는 이 기회를 놓아버릴 생각이었어?" 놀랄 일도 아닌데 내 목소리가 높아진다. 나는 그를 백 퍼센트 이해한다. 나는 신생아가 있는 기혼자다. 토머스야말로 나와 이게 뭐하는 짓인가? 그는 잘생기고 재미있고 다정하고 성공한 사람이다—원하기만 하면, 노력하기만 하면, 그는 얼마든 다른 여자를 사귈 수 있다.

"하지만 취소하지 않았지." 그가 말한다. "당신 우는 거야, 로즈?"

손을 들어 뺨을 만지니 손가락에 물이 묻어나온다. "그런가봐."

"이유를 들려줄 수 있을까?"

"언제나와 똑같은 이유인데." 어제 이 숙소에 막 도착했을 때가 생각난다. 우리가 함께하는 시간의 첫 시작은 늘 너무 아찔하고 스릴 넘쳤다. 어찌어찌 이박 삼일을 통째로 비우는 데 성공하여 단둘이 사십팔 시간 연속으로 함께 지낼 수 있게 된 것이다. 나는 뻔뻔하고, 행복하고, 나답고, 늘 지금이 영원히 지속될 것 같은 기분이었다. 하지만 그렇게 몇 시간이 흐르면 내 행복도 시간과 함께 사그라들고, 불현듯 똑똑히 알게 된다—바로 지금처럼 알게 된다. 토머스와 내가 다시 작별인사를 해야 하는 순간이 지나면 각자의 집으로 돌아가 각자의 삶을 살고, 나는 다시 엄마이자 아내가 되어 나 자신이 아닌 사람으로 살아야 한다는 것을. 그리고 토머스는 다시 친구들과 대학과 동료들에게, 매일 장거리통화를 하는 여동생—나는 아직 만나보지 못했다—에게, 그가 너무나도 사랑하는 부모—내가 존재하는 줄도 모른다—에게로 돌아간다. 거품이 터지고 나면, 각자의 그 분리된 삶만 또렷이 보일 뿐이다.

토머스가 내 랩톱을 잘 갈무리해서 가방에 넣어준다. 그리고 손을 내민다. "가자."

"어딜?" 하고 묻지만, 나는 알고 있다. 우리는 방으로 올라가서 침대에 들어가 사랑을 나눈 후 서로 꼭 껴안고 있을 것이다. 현실이 고개를 들면 우리가 항상 하는 일이다. 그리고 현실은 항상 고개를 든다, 결국에는.

토머스는 대답하지 않고 그저 나를 위층으로 이끌 뿐이다. 그리고 방에 도착하기 전에, 잠긴 문을 열고 방안으로 들어가기 전에, 그는 몸을 돌려 내 눈을 똑바로 바라보며 말한다. "나는 아무데도 안 가, 로즈."

"정말?"

"응. 못 갈 것 같아."

"왜?"

"왜냐하면 당신을 사랑하니까." 토머스는 그냥 그렇게 딱 잘라서, 생각할 것도 없다는 듯 말한다. 어쩌면 그럴지도. 우리 두 사람에게 되돌아가는 길이란 존재하지 않을지도.

"나도 사랑해." 내가 말한다. 결코 후회하지 않을 것임을 알기에. 그것 하나는 확신하니까.

주말 동안 내가 다시 울음을 터뜨린 건 우리가 헤어져야 했을 때, 즉 토머스가 나를 집에서 좀 떨어진 길거리에 내려줘야 했을 때밖에 없다. 나는 토머스가 차를 몰고 내 삶과 완전히 분리된 그 자신의 삶으로 되돌아가는 뒷모습을 속절없이 바라보았다. 이번 주말에 내가 한 일—내가 루크와 애디에게 저지른 짓—과 이 엄청난 기만에 기분이 더러워야 맞겠지. 하지만 내 기분은 더럽지 않다. 누군가를 이렇게 열렬히 사랑하는데 어떻게 기분이 더러울 수 있지? 진짜 나다운 게 뭔지 기억나게 해주는 사람인데?

캐리어를 끌고 우리 아파트까지 두 블록쯤 되는 거리를 걸어가는데 눈물이 핑 돈다. 한 블록쯤 남겨두고는 숨도 못 쉴 정도로 엉엉 운다. 길거리 한구석에 서서 끅끅거리며 울고 있으니 지나가는 사람들이 웬 미친 여자가 길바닥에 있나 빤히 쳐다본다.

아파트 근처에 작지만 아름다운 성당이 하나 있다. 나는 캐리어니 뭐니 다 들고 얼른 성당으로 숨어든다. 스테인드글라스를 통해 들어오는 빛이 어둡고 축축한 공간을 가로질러 빨강과 주홍과 핑크 빛을 뿌리고, 허공에서 먼지 입자들이 반짝거리며 나풀나풀 춤을 춘다. 이 시간의 성당은 텅 비어 있다. 나는 캐리어를 끌고 성수반을 지나쳐 신도석 맨 끝줄에 앉는다. 눈물 한 방울 남지 않을 때까지 울어버린다.

그러고 나서 마침내 숨을 가다듬고, 그사이 기운 햇빛에 성당 유리창이 초록과 노랑과 보라로 빛날 때, 나는 일어나서 짐을 끌고 다시 대낮의 분주한 도시 길거리로 나와서 남편 루크와 딸 애디가 있는 아파트로 향한다. 현관문을 열고 내가 다시 엄마가 되어야만 하는 곳으로 들어간다. 내 살아생전 결코 하지 않으리라 생각했던 역할, 진심으로 하고 싶지 않았던 유일한 역할. 하지만 어찌됐든, 나는 이곳으로 돌아왔다.

21
2008년 3월 2일
로즈, 인생 4

"루크, 나 좀 이상해."

나는 부엌에 서 있다. 내 손이 검은색 조리대 가장자리를 붙잡는다. 대리석이 살짝 깨져나간 바로 그 자리다. 엄지 끝이 그 깔깔한 홈으로 파고들고, 나는 그대로 엄지를 홈에 끼운다.

"루크?" 나는 좀더 크게 외친다.

머릿속이 빙빙 돌고, 귓속에서 혈류가 거세게 웅웅거린다. 사람들이 해준 얘기가 무슨 뜻인지 드디어 알 것 같다. 나는 바닥에 주저앉는다. 저녁을 준비하느라 흘린 부스러기와 기타 식자재 부산물 위에 그대로 털썩 앉아버린다. 무릎은 직각으로 굽힌다. 내 몸 중심부가 된 거대하고 불룩한 복부가 딴딴해지며 땅기는데, 이런 느낌은 처음이다. 이제는 익숙해진 임신한 배의 일반적인 딴딴함이 아니다. 뭔가 좀 다르다.

막 소리를 지르려는 찰나 루크가 복도에서 모퉁이를 돌아나온다. 귀에는 이어폰을 꽂고 뭘 듣는지 몰라도 아주 삼매경이다. 그는 바닥에 주저앉은 나를 보고 달려온다.

"양수 터졌어?"

"아니." 내가 말한다. "아닌 거 같은데?"

우리의 시선은 내 다리 사이로 향한다. 임부용 레깅스를 유심히 살피며 차콜그레이색 가랑이가 젖지 않았는지 확인한다. 안 젖었다. 아무 일도 아닌데 내가 그냥 호들갑을 떨었나보다.

"때가 된 것 같아?" 루크가 묻는다. 그의 목소리에는 기쁨이 어려 있다. 그에게 임신 사실을 알린 후 지난 몇 달 동안 나는 그 기쁨어린 목소리가 점차 좋아졌다. 지금도 그 기쁨이 루크의 어조에 밴 걱정을 에워싸고 만다.

나는 그의 기쁨에 몸을 맡긴다. 나는 위로가 필요하다.

임신 초기부터 루크의 행복감은 내게 스며들었고, 필요한 줄 몰랐지만 효과 좋은 약처럼 내 안에서 번져갔다. 임신은 우리의 결혼생활을 치유했다. 이보다 더 좋을 수 없었다.

임신이 해답이 될 수도 있다는 걸 누가 알았으랴?

난 그것이 우리에게 행복을 주기는커녕 우리를 파괴할 거라고 확신했었다.

바로 그때 통증이 내 부푼 배를 벼락처럼 때리고, 나는 비명을 지른다.

삼 개월 전 어느 날, 루크가 일찍 퇴근해서 집에 오는 바람에 나는 깜짝 놀랐다—두 시간은 더 있어야 올 줄 알았다. 루크가 문을 열고 들어왔을 때 나는 내 배에 대고, 그래 뭐, 아기한테 큰 소리로 얘기를 하고 있다가 들켰다. 맞다, 나는 아기에게 말을 거는 버릇이 생겼다. 남들 앞에서는, 특히 루크 앞에서는 절대 그러지 않았지만.

나는 보통 세시쯤 강의를 마치고 귀가했고, 때로는 호화로운 요리를 만들기도 했다. 그날 오후에는 끓이는 데만 족히 세 시간은 걸리는 까다로운 소스를 만드는 중이었고, 베이스에 들어가는 재료를 썰고 다지고 있었다.

"셀러리와 당근, 양파, 마늘만 있으면 맛있는 건 다 만들 수 있다는 거 아니? 나중에 엄마랑 같이 이 소스도 만들어보자. 엄마가 외할아버지한테 네 전용 스툴이나 꼬마 사다리 같은 걸 만들어달라고 해야겠다. 네가 올라서서 엄마 옆에서 조리대를 볼 수 있게 말이야. 할아버지는 분명 신이 나서 만들어주실 거야. 우린 같이 요리할 거고, 네가 만든 걸 직접 맛보면 넌 스스로가 엄청 뿌듯해질걸! 우리 어머니, 그러니까 네 외할머니는 요리하는 걸 무척 좋아하시고, 그 요리 사랑을 다 나한테 주셨으니, 나도 너한테 전해줄게."

나는 질척거리는 게 딱 질색이고, 사람들이 임부한테 지나치게 감상적으로 구는 것도 싫다. 너도 아기한테 우쭈쭈거리게 될 거라고, 너도 때가 되면 다 알게 될 거라고 훈계 듣는 게 너무 싫다. 숫제 날 잡아 잡수시죠, 네.

그러나 혼자 집에 있는 동안 뱃속의 아기한테 말을 붙이는 게 새로운 일과가 되어버린 것도 사실이긴 하다. 참 이상하다. 나는 나 자신이고 별개의 독립된 개체인데, 거의 열 달이라는 기간 동안 나는 하나이면서도 둘이다. 사실 몸의 변화가 느껴지기 전까지는, 아래를 내려다볼 때마다 내 몸속에 무언가 들어 있다는 증거를 보게 되기 전까지는 실감이 나지 않았다. 그러다 깨닫게 되는 순간 나는 이미 변화했다. 늘어났다. 아기가 움직이고 발로 차기 시작하면 그땐 정말 알게 된다. 나는 이제 한 사람이 아니고 두 사람이구나.

나름 근사한 기분이다.

그래서 나는 거기서 그렇게 재잘거리며 판체타를 썰고 있었던 것이다. 한창 말하고 있는데 뒤에서 인기척이 느껴졌다. 나는 말을 끊고 식칼을 떨구고 돌아섰다. 루크가 우스꽝스러운 표정을 띤 채 나를 지켜보고 있었다.

"언제부터 거기 있었어?" 나는 소리쳤다. 내 뺨이 붉게 상기되는 게 느껴졌다. 목에서부터 귀를 지나 이마까지 시뻘게졌다. 이가 으드득 갈렸다. 딱 걸렸군.

루크의 얼굴에 숨길 수 없는 미소가 환히 번져나갔다. "별로 오래는—" 루크가 입을 열었다.

"거짓말! 어디부터 들었어?" 내가 쇳소리로 외쳤다.

"로즈, 진정해. 뭘 그렇게 화를 내?"

나는 가스레인지로 가서 단 한 번의 경쾌한 손목 스냅으로 소스팬 밑의 불을 껐다. "염탐질이나 하고."

루크가 우렁찬 폭소를 터뜨렸다. 그냥 한 대 때릴까보다. "당신 민망해서 화내는 거지. 그러지 마. 난 염탐한 게 아니야. 그냥 듣고 있던 거지."

"내 허락도 없이."

"음, 그건 그렇네. 나 때문에 화났다면 미안해. 하지만 완전 귀여웠어, 로즈, 당신이 아기한테 하는 말을 듣고 있자니, 그냥 너무 뜻밖이라. 전혀 생각도 못한 일이어서 나도 모르게 그만. 당신이 무슨 말을 하는지 듣고 싶었어. 자주 그래?"

나는 주먹을 꽉 쥐었다. 마음을 진정시키려 심호흡을 했다. 아직도 피부가 화끈거렸다. 임신중에는 기분이 널을 뛰어서 어쩔 땐 마냥 좋다가도 또 금세 미친듯이 화가 났다. 다들 내가 아이를 원하지 않았다는 것을 아니까, 눈에 불을 켜고 임신한 나를 지켜보는 것 같았다. 내 행동을 평가하고 관찰하고 의견을 말하는 게 그네들 권리라도 되는 듯 내가 이 임신을 어떻게 대하나 궁금해하는 사람들 천지였고, 나는 그게 지긋지긋했다. 그래서 지금 이 사태에 민감할 수밖에 없었다.

"로즈." 루크가 웃음기를 지우고 한 발짝 가까이 다가왔다. 나는 반쯤 썰다 만 재료들이 어질러진 도마 쪽으로 몸을 돌렸다. "당신이 말하는 걸 듣고 기뻤어." 루크가 말했다. "당신이 아기와 유대감을 느끼긴 하는지 가끔 궁금했거든. 당신은 내가 있을 때는 전혀 내색을 안 하고, 나도 당신이 힘들어하는 거 아니까 묻지 않았지."

루크가 내 양팔을 가볍게 잡고 고개를 숙여 내 뒷목에 키스했다. "사랑해. 당신 허락 없이 들어서 미안해. 다신 안 그럴게."

"하긴 하지." 나는 인정했다. 돌아서서 얼굴을 볼 수가 없어서 그냥 가스레인지에 대고, 소스팬에 있는 마늘과 올리브오일한테 말했다. "응. 난 아기한테 얘기해." 나는 명확히 말했다. "맨날. 됐어?"

"응." 루크가 속삭였다. 그의 손가락이 내 팔을 놓았다.

루크를 신뢰해야 한다는 건 알고 있었다. 주변 사람들이 야박해졌을지언정 루크는 한결같았다. 임신 덕분에 우리 사이는 편안해졌고, 루크와 나는 매일 조금씩 더 예전처럼 가까워졌다. 하지만 그때까지도 나는 여전히 루크의 눈을 똑바로 바라볼 수가 없어서, 시선을 비스듬히 좌측으로 비껴서 아까 내가 깍둑썰기 하다 만 판체타 조각들을 빤히 응시했다. "우리 딸이—뭐, 나는 딸이라는 확신이 드니까—항상 여기 있는 데 점점 익숙해져서. 얘는 현실이지. 얘는 나한테 이미 그런 사람이야. 뭐라고 설명해야 할지 모르겠네."

이쯤 되니 루크는 숨소리조차 내지 않고 들었던 것 같다.

"얘는 나한테 그런 존재라서, 자꾸 얘한테 말을 걸게 돼. 하지만 그 얘긴 더이상 하고 싶지 않아. 당신이 딴사람들한테 얘기하는 것도 싫고." 내 음성이 다시 커지면서 부엌의 맛있는 냄새를 뚫고 솟아올랐다. "특히 당신 부모님한테는!"

"아무한테도 입도 벙긋 안 할 거야." 루크가 약속했다. "어쨌든 아까 내가 한 말은 진심이었어. 민망해할 거 없어. 내 앞에서는."

하지만 난 정말 민망했는걸. 만약 딴사람들이 알았다면 분명 그러길래 내가 뭐라든, 일단 임신하고 나면 생각이 바뀔 거라고 했지. 로즈 좀 봐봐, 벌써부터 엄마 놀이를 하고 있네!라는 생각이 영수증 찍혀나오듯 타닥타닥 흘러나오며 나를 비웃었을 것이다. "개인 사생활이니까"라는 말을 끝으로 나는 다시 부엌일로 돌아갔다.

결국, 그 모든 저항감과 거부감은 서서히 썰물처럼 빠져나갔다. 루크와 나는 미래의 우리 딸과 길고 활기찬 대화를 나누며 우리끼리만 통하는 유쾌한 농담을 주고받게 되었다. 우리는 나의 불룩한 배에 대고 양가 식구들에 대해, 새로운 소식과 그날 각자 직장에서 있었던 일들에 대해 수다를 떨었다. 나는 아기에게 요리하는 법과 대학의 연구윤리심의위원회를 통과하는 법을 알려주었다. 루크는 아기에게 이케아에서 사온 가구를 조립하는 법을 알려주었다. 우리는 아기와 함께 우리가 제일 좋아하는 드라마를 보고, 아기에게 우리 동네 구석구석을 구경시켜주고, 아기를 우리의 모든 단골 레스토랑에 데려갔다.

나의 민망함은 눈 녹듯 사라졌다.

민망은 행복과 기대로, 기쁨으로 바뀌었다.

피가 쏟아져나오고, 내 회색 레깅스가 검붉게 물든다.

"맙소사." 루크가 말한다. "어어, 이거 어떡하지. 자자, 그래, 병원에 가자. 일어날 수 있겠어?"

루크의 말이 들리긴 하는데 실제보다 멀리서 하는 말 같다. 귀가 먹먹하다. 루크의 얼굴이 바로 눈앞에 있는데도. 왜 이렇게 잘 안 들리지? 세상이 흐릿하고, 눈의 초점이 잘 맞지 않는다. 보이지 않는 손들이 내 정수리와 어깨를 누르며 나를 바닥에 처박는다. 나는 몸을 굴려서 옆으로 눕는다. 왜 이렇게 많은 손들이 나를 누르고 있지? 누구 손이야? 집에는 루크와 나밖에 없는데.

"로즈—"

뺨에 닿는 마룻바닥이 차갑고 매끄럽다.

"얼른 일어나! 어서! 로즈!"

백만 개의 손이 내 온몸을 짓누르며 나를 꽉꽉 구기려 한다. 너무 무겁다. 이게 진짜 사람 손일까? 내 팔이 옆구리에서 들린다.

루크다. 아, 그냥 루크구나.

루크가 보인다. 순간 나는 마음이 놓인다.

다시 눈을 떴는데 눈이 부셔 앞이 안 보인다. 햇빛보다도 훨씬 밝다.

"저기…… 여긴 어디야? 지금 몇시야?"

머리가 핑 돈다. 몸에 감각이 없다.

"로즈! 로즈가 깨어났어요!"

루크의 목소리다. 근데 어디 있지?

"루크?"

"나 여기 있어."

나는 억지로 고개를 돌린다. 도무지 불가능한 작업처럼 보이지만 어쨌든 나는 해낸다. 아, 여기 있구나. 바로 내 옆에. "왜 바닥에 앉아 있어, 루크? 당신 우는 거야?"

"로즈." 그의 말은 이게 다다. 루크의 얼굴은 눈물로 얼룩졌다.

왜 이렇게 몸에 감각이 없지?

"왜 이렇게 몸에 감각이 없지?" 나는 루크에게 묻는다. 그는 알 것 같아서. 누군가는 알 테니까. "여기 병원이야?"

기억이 드문드문하다.

간호사가 루크에게 다가온다. 아기를 안고 있다. 루크는 간호사에게서 아기를 받아 안아든다.

눈꺼풀이 천근만근이지만 억지로 눈을 뜨고 있다. "아기, 아기는. 내가 아기를 낳았어?" 기억나는 장면이 하나둘 천천히 머릿속을 스친다. 나는 집에 있다. 통증이 온다. 다리 사이에서 피가 난다. 그다음엔…… 끊겼다. 와락 두려움이 밀려든다. "아기는 괜찮아? 아기는 멀쩡해?"

루크가 몸을 돌려 내가 잘 볼 수 있게 아기를 안아든 팔을 내 쪽으로 내민다. "로즈, 우리 딸이야. 아기는 괜찮아. 괜찮은 게 다 뭐야. 아주 완벽해."

정말 그렇다! 꼭 감은 두 눈, 앙증맞고 완벽한 입술, 작디작고 세상에서 가장 예쁜 코. 근데 누가 내 발을 꽉 잡고 있는 것 같고, 이제는 그게 신경 쓰인다. 누가 나를 물밑으로 잡아당기려 한다. "안녕, 아가야." 나는 간신히 인사한다.

루크가 흐느끼기 시작한다.

"기뻐서 우는 거야?" 나는 루크에게 묻는다.

그는 대답하지 않는다.

그만 좀 울었으면 좋겠는데. "애 낳을 때 병원에서 약을 써야 했나보네, 에이." 나는 농담을 해본다. 루크와 나는 자연분만이냐 경막외마취 및 제왕절개냐를 놓고 싸웠었다. 사사건건. 나는 그 생고생을 왜 하냐고, 아예 의식이 없으면 좋겠다고 했고, 그러면 루크는 늘 화를 냈다. 어쨌든 내가 원하던 대로 했나보다. 나는 그걸로 또 농담을 해볼까 하다가, 루크가 너무 속상해 보여서 그냥 입을 다문다.

하긴 그게 다 무슨 상관인가, 아기가 이렇게 잘 나왔는데?

"우리 부모님 와 계셔?" 나는 묻는다. 방이 빙빙 돈다. "엄마 보고 싶어."

"지금 오시는 중이야. 금방 오실 거야, 로즈."

루크가 아직 말하지 않은 게 있다. 이거 분명 뭔가 있는데.

나는 우리 아기 쪽으로 손을 내민다. 우리 딸. "아이 좀 보여줘."

루크는 순순히 자세를 바꾸어 내가 더 잘 볼 수 있게 해준다. "이름은 뭘로 하지?" 내가 묻는다. 우리는 아이를 만날 때까지 기다렸다가 이름을 고르기로 했다. 그 미신적인 믿음 때문에, 딸일지 아들일지 확실히 알지 못하기도 했거니와, 아직 결정을 하지 못했다.

"로즈라고 해야 할 것 같아." 루크가 말한다.

"로즈? 그건 좀 웃기잖아." 나는 웃으려 하지만 웃음이 나오지 않는다. 몸이 말을 듣지 않는다. "난 속으로 애 이름은 애들레이드라고 찜해놨는데. 줄여서 애디. 좀 고풍스럽긴 해도……"

"로즈—" 루크가 뭔가 얘기를 하는데, 아마 나한테 하는 것 같은데, 다시 귀가 먹먹해서 잘 들리지 않는다. 아니면 아기한테 얘기하는 건가, 그래서 이렇게 그의 말을 알아듣기가 힘든 걸까?

바로 그때, 누군가 혹은 무언가가 기어이 내 발을 꽉 움켜쥐더니 세게 확 끌어당긴다. 나는 곧장 물밑으로 끌려내려가고, 물소리가 다른 소리를 몽땅 집어삼킨다.

예닐곱 살 때쯤 바다에 들어갔는데 하필 그때 어머니는 딴 데 정신이 팔려 있었다. 그날따라 파도가 험했다. 폭풍이 바다를 휘저으며 연안을 지나간 후였고, 태양이 밝게 빛나서 바다는 하나의 거대한 광휘였다. 나는 겁없이 파도를 헤치며 곧장 바다에 뛰어들었다. 아버지한테 제일 큰 파도가 올 때 잠수하는 법을 배웠으므로 혼자서도 잘할 수 있다고 생각했다. 첫번째 파도는 생전 처음 보는 높이였다. 나는 혼자 뿌듯해하며 아버지가 보여줬던 대로 파도 밑으로 몸을 피했다. 하지만 다시 올라왔을 때 연이어 다른 파도가 왔고, 이번 것은 아까 것보다 훨씬 더 컸고, 해안 쪽으로 무시무시하게 돌진해왔다. 무슨 생각을 하기도 전에 파도는 이미 당도해서 와락 나를 덮치더니 저 깊숙한 속으로 빨아들였다. 검고 단단하고 지독히 강력한 무언가가 나를 집어삼킨 느낌이었다. 이놈은 나를 절대 놓아주지 않을 거야—정말로 벗어나지 못할 줄 알았다. 하지만 그날 나는 운이 좋았다. 갑자기 우리 어머니가, 용감하고 사나운 우리 엄마가 두 팔로 나를 꽉 얼싸안고 바다 밖으로 끌어냈다.

단 한순간, 바로 지금, 나는 물위로 올라와 숨을 되찾고, 사람들 말소리가 들린다. "엄마, 엄마야?" 나는 간신히 묻는다. 아니, 어쩌면 묻지 않았는지도 모르겠다, 아무도 내 말을 못 들은 것 같으니.

"환자 바이탈이 위험합니다!" 의사가 소리친다.

"사랑해, 로즈, 너무너무 사랑해, 정말 미안해." 루크가 말한다. 나한텐 루크가 보이지 않는데, 분명 내 귓가에서 속삭이고 있어서겠지.

그때 또 파도가 밀려오고, 이건 지금까지 본 그 어떤 파도보다 크다. 이윽고 세상이 희미해지고, 나도 더불어 희미해지며 이곳을 떠난다.

파트 4

로즈, 인생 4 종료, 인생 6&8 시작

22
2006년 8월 15일
로즈, 인생 6&8

루크가 침대 내 자리 쪽에 서 있다. 평소엔 절대 내 자리 쪽으로 가지 않는데. 루크의 손에는 산전 비타민제 약병이 들렸다. 그가 약병을 치켜들더니 흔든다.

"당신 약속했잖아." 루크가 무덤덤한 어조로 느릿느릿 말한다.

나도 똑같이 느릿느릿 고개를 주억거린다. "약속했지. 당신 말이 맞아."

"맞다고?" 남편은 내가 너무 순순히 인정해서 놀란 눈치다.

나도 놀랐지만 그게 사실이니까. 나는 약속했고, 지키지 않았다. 사실을 사실대로 말하는 게 어디가 어때서? 그래봤자 잃을 게 뭐 있다고? "응. 미안."

루크가 침대 끄트머리에 털썩 주저앉는다. 만약 그가 자기 모습을 사진으로 찍는다면 거기에 붙일 제목은 이렇겠지. '루크, 기 싸움에 밀린 배우자의 초상.' "왜 안 먹었는데?" 루크가 묻는다.

나는 침대로 걸어가 나의 남편이자 요즘 들어 낯선 사람처럼 느껴지는 이 남자 옆에 나란히 앉는다. "나도 모르겠어. 음, 아니, 알 것도 같아. 일단 그걸 먹으면 배가 아파. 하지만 더 정확한 이유는 그냥 별로 먹고 싶지 않아서겠지. 왜냐면 당신도 알다시피 난 애를 낳고 싶지 않거든."

"하지만 당신이 말했—"

"말했지, 비타민을 먹겠다고. 맞아."

"난 그게 노력할 마음이 있다고 말한 거나 똑같다고 생각했어."

"나한텐 전혀 똑같이 느껴지지 않는데."

루크는 두 손으로 비타민 병을 잡은 채 천천히 손안에서 돌리고, 알약들이 둔탁하게 움직이는 덜그럭 소리가 적막을 채운다. 병에 적힌 라벨이 참 많은 것도 약속한다. 엽산! 철분! '**필수**'라는 단어가 굵은 글씨로 여기저기서 반복된다. "여전히 애를 갖는 게 별로라면서 산전 비타민은 왜 먹겠다는 거야?"

"그래야 당신이 기뻐할 테니까." 이렇게 말한 다음 나는 부연 설명을 한다. 그것도 이유 중 하나지만 전부는 아니니까. "그래야 당신이 나를 그만 들볶을 테니까." 나는 다리를 끌어올리고 이 도시의 뜨겁고 습한 여름 동안 침대에 깔아놓은 서걱서걱한 촉감의 하얗고 얇은 이불 위에서 책상다리를 하고 앉는다. 겨울 동안 우리 침대를 장식하는 커다랗고 푹신한 이불이면 더 좋았을 텐데, 안에 쏙 들어가서 아늑하고 편안하게 잠겨 있을 수 있게. "그래야 그만 싸울 것 같았거든. 실제로 한동안 안 싸웠고."

"지금 우리 싸우는 건가?"

"글쎄. 그런가?"

루크가 고개를 돌려 나를 본다. 그도 발을 침대 위로 올려 책상다리를 하고, 이로써 우리는 똑같아진다. "싸움이 되지 않았으면 좋겠어. 싸움으로 만들지 말자, 응?"

나는 고개를 끄덕인다. "응." 우리는 애매한 상태로 서로를 바라본다. "자, 그럼 다음 순서는?"

남편은 어깨를 으쓱하고, 회색 티셔츠의 반소매가 1,2인치 올라가며 이두박근이 드러난다. 늘 들고 다니는 카메라 장비들 때문에 힘세고 단단한 상완근을 보며 나는 루크가 얼마나 매력적인지 새삼 깨닫는다. 요 몇 달 동안 그 사실을 까맣게 잊고 있었다. 나는 그의 몸을 붙잡고 기대어 그에게 키스하고 싶어진다.

물론 나는 그에게 키스할 수 있다.

그의 아내니까, 아마도 키스해야겠지.

맞나?

그런 게 흔히 부부끼리 긴장과 불화, 다툼을 해소하는 방법이겠지? 화해의 섹스. 하지만 루크와 나는 그런 커플이 아니었고, 정말이지 난 그런 개념이 도무지 이해가 되지 않았다. 내가 루크와 싸울 때 하고 싶은 일 목록에 섹스는 없다. 대체로 나는 물건을 집어 던지거나 비명을 지르거나 이십사 시간 내내 삐져 있고 싶다.

그치만 이번 한 번만 잠깐 생각을 멈추고, 걱정은 밀어두고, 아이 문제에 막혀 그에게 내밀려던 손을 거두고 마는 패턴을 끊어보면 어떨까? 엄마가 되느냐 마느냐를 그냥 운과 생물학에 맡겨보면 어떨까? 되면 되는 거고, 안 되더라도 루크와 내가 노력했다고는 말할 수 있으니까. 나는 노력했다, 아니 적어도 임신과 출산의 가능성에 마음을 열었다, 근데 애가 생기지 않았다, 따라서 상황은 최종 완결됐다, 이렇게 말할 수 있을 것이다.

내가 노력했다고 말할 수만 있다면 그것도 나쁘지 않겠지.

가능성이 내 앞에 펼쳐지고, 손짓하며 속삭인다.

그 길로 내디딘 나의 소심한 첫걸음은, 남편의 드러난 위팔에 손가락 하나를 살짝 올린 것이다. 거기에서 껑충 도약한 나는 곧장 남편의 뺨을 만지며 키스를 감행한다—정말로 루크에게 키스한다. 설명도 논쟁도 결심도 필요 없다.

흘러가는 대로 놓아둔다, 일단은.

하나의 실험이다.

23
2007년 7월 3일
로즈, 인생 6&8

"엄마?"

"왜, 우리 딸?" 어머니는 아일랜드 조리대 앞에서 파이 크러스트 반죽을 미느라 여념이 없다. 빨강 하양 파랑이 어우러진 헐렁한 티셔츠의 앞면이 밀가루투성이다. "독립기념일 정신을 기려야지!" 어머니는 아침 식탁에 성조기처럼 차려입고 나타나 주장했다. 우리는 휴가철을 맞아 부모님이 여름휴가 때마다 빌려 지내는 바닷가 숙소에 묵고 있다.

"엄마 아빠 나를 낳지 말자고 생각한 적 없어요?"

몇십 년을 써서 헐거워진 낡은 밀대의 손잡이는 어머니가 반죽에 대고 밀 때마다 달그락거린다. 어머니는 기름종이를 빼내어 밀가루 한 움큼을 그 위에 뿌린다. 하얀 분말 연기가 축축한 대기 속으로 피어오른다. "그게 무슨 소리니, 로즈?"

아이스커피가 담긴 플라스틱 컵에 물방울이 맺혀 컵에 두른 냅킨이 젓는다. 얼음은 거의 녹았다. 나는 커피를 한 모금 마시고 빨대를 잘근잘근 씹는다. 코티지 바깥에서 들리는 파도 소리가 고요를 잠식한다. 정말로 난 어머니한테 얘기하고 싶은 걸까? 정말 얘기하려고?

응.

"엄마와 아빠는 애를 가지려고 노력하다가 그만하자고 생각한 적 없어요? 그냥 애 없이 살자고."

밀대가 납작해진 반죽 위에 달그락 내려앉는다. 어머니는 이제 손을 멈추고 고개를 든다. "당연히 있지. 숱하게 많지!"

"진짜?" 나는 미심쩍다는 투로 반문한다, 비록 물어본 사람이 나긴 하지만.

어머니가 눈썹을 찡그린다. 눈썹 위에 땀방울이 반짝 맺혀 있다. 두 손은 여전히 밀대를 움켜잡고 가슴께에 들고 있다. "로즈, 아기를 가지려고 십 년쯤 애쓰다보면 그냥 포기하고 말련다 싶을 때가 수십, 수백 번쯤 있지 않겠니. 그렇다고 널 원하는 마음이 부족해서는 아니었어."

"물론이죠." 나는 얼른 말한다. "그 말도 일리가 있네."

어머니는 밀대를 내려놓고 애국심 만발한 티셔츠에서 밀가루를 털어낸다. 현관 앞 야외 덱에서 아버지가 라운지체어를 이리저리 밀며 적당한 자리를 고르느라 바닥 긁히는 소리가 창문 방충망 밖에서 들린다. "근데 그건 갑자기 왜?"

나는 좀더 가벼운 화제로 넘어갈까 하다가 그냥 밀고 나가기로 한다. "뜻밖으로 들리겠지만," 나는 침을 삼킨다. "루크와 내가 아이를 가지려고 노력중이거든."

어머니의 손과 팔꿈치와 팔과 몸 전체가 꼭두각시 인형처럼 홱 움직이고, 무거운 밀대가 바닥에 떨어지며 쿵 소리가 난다. "뭐라고?"

"안에 무슨 일 있어?" 아버지가 덱에서 소리친다.

"아무 일도 없어요, 아빠!" 내가 소리 높여 대답한다.

"하지만 넌 아이 낳을 생각이 없잖아." 어머니가 소곤소곤 말한다. "한 번도 애를 원한 적이 없었지. 십대 때부터 내 미래에 손주는 절대 없을 테니 꿈도 꾸지 말라며 날 괴롭혔잖아." 어머니가 툴툴거린다. "근데 내가 네 말을 어떻게 믿겠니?"

이건 분명히 실수였다. "좋아요, 그럼 믿지 마세요. 괜한 말 해서 미안하네요." 내가 미지근한 아이스커피를 쭉쭉 빨고 나서 부엌에서 나가려는 찰나, 밀가루 범벅이 된 손이 내 팔을 붙잡는다.

"있어봐." 어머니가 말한다. "얘기 좀 하자."

나는 돌아서지 않는다. "오랜 고민 끝에 꺼낸 얘긴데 그렇게 시큰둥하게 타박만 할 거라면 엄마랑 그 얘기 안 할래." 나는 한낮의 뜨거운 공기를 호흡한다. "나한테도 쉽지 않은 얘기라고."

어머니가 깊게 숨을 들이마시는 소리가 들린다. "로즈, 엄마한테 다 말해도 돼. 아까 엄마가 그런 식으로 얘기하면 안 되는 거였지. 난 그냥 너무 놀라서. 생전 처음……"

"네, 알아요."

"저기 방에 들어가서 좀 앉자. 둘이 조용히 얘기하려면 그게 낫겠다."

어머니가 내 옆을 스쳐지나가며 엄마 아빠가 쓰는 방으로 따라오라고 손짓한다. 그 방 창문에서는 각도만 잘 맞춰 서면 바다가 보인다. 루크와 나는 복도 맞은편의 작은방을 쓴다. 루크는 해변 반대편 끝에 있는 조류보호구역으로 사진을 찍으러 갔고, 아버지는 햇볕을 쬐며 책을 읽고 있다.

어머니는 침대에 앉더니 나더러 앉으라고 그 바로 앞자리를 가볍게 두드린다. 그러고 나서 베개를 품에 안고 두 팔로 꾹 누른다. 어머니는 온통 밀가루를 뒤집어쓴 상태여서 회색 퀼트 이불과 베개에 흰 가루가 다 묻는다. 머리칼을 쓸어올리는 바람에 머리에도 묻지만, 나는 아무 말 않는다.

나는 자리에 앉아서 침을 삼키고, 관둘까 싶은 생각과 불안감을 누르며 말을 꺼낸다. "처음엔 사실 큰 결심을 한 것도 아니었어. 루크와 난 그냥…… 여지를 남겨두기로 한 거야." 어머니는 옳지, 잘했네, 라는 듯한 표정이다. "너무 깊이 생각하지 않기로 했어. 임신하면 하는 거고 안 되면 뭐, 그것도 좋고."

"어머나, 로즈. 어머나 세상에!"

갑갑함이 스멀스멀 올라온다. "엄마, 그렇게 놀라기만 할 거면 나 그냥 간다."

어머니는 작게 한숨을 쉬고 눈길을 창문 너머로 보낸다. "그게 아니라. 로즈, 엄마한테 적응할 시간을 좀 주라. 단번에 받아들이기가 버거워서 그래." 어머니는 싱긋 웃고, 환호하듯 손뼉을 탁 친다. 그러고 나서 흥분을 걷어낸다. "됐어, 기쁨의 순간은 보냈고, 이제 마음을 가라앉혔으니 얘기 듣자. 그래, 언제부터? 언제부터 너랑 루크가…… 어찌되든 그냥 두고 보자고 한 거야?"

"거의 일 년쯤 됐어요."

"로즈, 일 년은 아무것도 아니란다. 더군다나 열심히 노력한 것도 아니라면서."

"루크와 나를 대신해 운명이 결정을 내리는 중일지도."

"그럴지도."

"루크나 나나 노력하자고 명시적으로 얘기한 적은 없어요."

그 말에 어머니는 이맛살을 찌푸린다. "그게 어떻게 가능하니?"

나는 결국 섹스로 귀결된 그날의 싸움을 떠올린다. "나도 모르지, 엄마. 하지만 우린…… 거기에 대해 논쟁은 그만두기로 했어. 무언의 합의가 된 거지. 루크는 직접적으로 얘기를 꺼냈다간 내가 화를 내거나 관두자고 할까봐 입다물고 있는지도 모르지만."

어머니가 콧방귀를 뀐다. "관두자고 할 거니?"

나는 솔직해지기로 한다. "나도 모르겠어요. 아마도."

"불쌍한 우리 사위."

"내 남편이 불쌍하다고? 엄마, 진심이야?"

"로즈, 엄마는 너희 둘이 거기에 대해 같이 이해하고 공감하면 좋겠어."

나는 일어나서 에어컨을 켠다. 슬슬 열기가 올라온다. 더운 것도 더운 거지만, 루크가 탐조 촬영을 끝내고 돌아와 우리 얘기를 들을까봐 걱정된다. 실외기가 덜덜거리다가 이내 낮은 웅웅거림으로 변한다. 두 손을 전면 그릴에 얹고 에어컨 앞에 서 있으니 시원한 바람이 나를 덮친다. "루크와 나는 영원히 공감하지 못할 거야." 나는 어머니를 바라본다. "앞으로도 우린 지금처럼 내내 평행선인 거지."

어머니는 좀더 가까이 내 쪽으로 몸을 튼다. "넌 그게 공평하다고 생각하니?"

나는 에어컨을 등지고 선다. 찬바람이 서늘해졌고 이내 못 견디게 추워지겠지만, 나는 움직이지 않는다. 어머니가 그런 질문을 하는 게 마음에 들지 않는다. 듣기 좋은 대답이 나올 리가 없는데.

"글쎄요, 그럼 원하지도 않는 아이를 낳으라고 내가 압박을 받는 건 공평하다고 생각해, 엄마?"

어머니의 한숨소리가 들린다. "로즈. 아니. 공평하지 않은 것 같다."

나는 몸을 떤다. "엄마라면 화가 나지 않겠어?"

"모르겠다. 엄마는 이해가 잘 안 가네. 난 네가 무시하는 그런 여자들 중 하나라서. 제 자식을 낳고 키우는 꿈을 꾸며 자랐고, 내 인생이 자식한테 달린 것처럼 자식을 필요로 했고, 그 자식을 얻으려고 별짓 다 했던 여자라서. 엄마가 되는 게 내 인생의 전부였지."

"엄마." 나는 침대로 돌아가 어머니 앞에 앉는다. "나 엄마 무시하지 않아요."

어머니는 고개를 갸웃하고 다갈색 눈으로 나를 가만히 응시한다. "하지만 넌 나 같은 여자를 존중하지도 않지. 난 네가 세상에서 가장 닮고 싶어하지 않는 사람이잖아."

"그렇지 않아요." 말은 이렇게 했지만, 사실 어머니 말이 맞지 않을까?

"그럴 리가. 너는 나와 정반대인 사람이 되려고 평생을 노력했잖니. 내가 한 번도 해본 적 없는 일만 골라 했지. 그래서 난 네가 자랑스럽다! 넌 너다운 사람이 됐고, 멋지게 성공한 사람이 됐어! 그리고 넌 네가 하는 일을 사랑하지. 그게 가장 훌륭한 점이야." 어머니의 눈물이 이불 위로 떨어지고, 어머니는 품안의 베개를 더욱 세게 껴안는다. "하지만 가끔은 네가 잘 이해가 되지 않았어. 네가 아이를 낳으면 우리가 좀더 가까워지지 않을까 나는 늘 생각했다. 당연히 손주야 보고 싶지. 하지만 더 큰 속마음은, 네가 네 자식을 낳으면 나를 다시 필요로 하지 않을까? 내가 다시 너한테 쓸모가 있지 않을까? 그럼 정말 좋겠다 싶었지." 어머니는 웃음을 터뜨리지만, 너무 서글프게 들린다. "너한테 직업에 관한 조언을 해주는 건 꿈도 못 꾸지만."

어머니의 말이 후텁지근한 7월의 공기 속에서 한참을 맴돈다.

"미안해, 엄마."

어머니는 눈을 마주치며 나를 똑바로 응시한다. "미안해하지 마. 엄마와 전혀 다른 딸이 되어도 괜찮아."

무슨 말을 해야 할지 모르겠다. 어떻게 보면 우리 어머니는 내가 절대 되고 싶지 않았던 바로 그 표본이었다—집에 있으면서 아이를 돌보고, 아버지와 나를 챙기며 평생을 청소와 요리에 바친 전업주부. 나는 정확히 그 반대편에 나의 길을 설정했고, 툭하면 커서 절대 엄마처럼 되지 않을 거라고 공공연히 떠들고 다녔다.

내가 딸을 낳으면, 걔도 나한테 그럴까? 나랑 정반대인 사람이 되려고 기를 쓰면서 그걸 줄기차게 광고하고 다닐까? 내가 결정한 모든 선택에 반대할까? 그럼 난 그걸 감내할 수 있을까? 어느 엄마가 그런 걸 감내할 수 있지?

"사랑해요, 엄마도 알지." 나는 어머니에게 말한다. "난 정말 엄마한테 못된 년이었네. 후회막심이야. 진짜 미안해, 엄마."

내 말에 어머니는 폭소를 터뜨리고, 이번엔 서러움이 가신 진짜 웃음소리다. "못된 년 아니야. 그런 소리 마라."

"난 형편없는 엄마가 될 거야." 나는 계속한다. "어쩌면 이게 맞는 답이겠지. 그치? 그 본능에 귀를 기울여 나 같은 엄마를 만나는 곤란함에서 내 미래의 딸을 구해야 해."

"로즈, 그런 소리도 하지 마! 뭣보다 엄마는 그렇게 생각 안 한다. 넌 좋은 엄마가 될 거야. 훌륭한 엄마가. 그리고 난 훌륭한 할머니가 될 거고!"

"후자는 인정." 나는 한 손을 들어 침대 위에, 어머니의 발 바로 옆에 놓는다. "하지만 전자는, 내가 훌륭한 엄마가 될 거라고 한 부분에 대해선—그건 모르겠는데."

어머니가 뺨에 묻은 밀가루를 쓸어내린다. "해보기 전까진 알 수 없는 거지."

"응, 그거야 뭐. 근데 일이 돌아가는 상황으로 봐선 평생 모를 것 같아요. 몰라도 괜찮을 것 같고."

"그럴지도. 그래도 엄마는 너랑 루크가 계속 노력했으면 좋겠다. 만에 하나 네가 엄마 노릇을 아주 좋아한다는 걸 깨닫게 될지도 모르니까. 또 임신이 안 되면 입양을 생각해볼 수도 있지 않겠니." 어머니의 말투는 가벼우면서도 은근 쿡 찌른다. "그치?"

방안의 온도가 뚝 떨어져 어머니의 팔에 온통 소름이 돋았다. "가서 파이 마저 만듭시다." 내가 말한다. "모녀가 어디로 사라졌나 아빠가 궁금해하겠네. 루크도 곧 돌아올 거고."

"그래, 가자." 어머니는 한 박자 후에 말한다.

우리는 침대에서 일어난다. 어머니가 에어컨을 끄자 주변이 고요해진다.

"정말 그래도 괜찮을까, 엄마? 아이한테 잘할지 어떨지 자신도 없는 주제에 결국 낳게 되어도?"

"괜찮아."

"왜?"

"왜냐면 내가 널 믿으니까, 로즈 나폴리타노." 어머니는 그렇게 말하고 방문을 연다.

24
2009년 4월 22일
로즈, 인생 5

남편이 내 오른쪽에서 자고 있다.

내 왼쪽에는 애디가 자고 있다.

내게 필요한 건 발치에 누운 토머스뿐이다.

어찌 보면 토머스도 곁에 있는 셈이다. 그의 존재감을 지우려 아무리 애를 써도, 항상 곁에 있다. 그의 기억이, 그를 바라는 마음이. 나는 지금 지우려 애쓰는 중이다. 지우리라 다짐한다.

침대맡 스탠드의 불빛이 애디한테도 드리워지지만, 애디는 불이 켜진 줄 모르는 것 같다. 내 옆에 꼭 붙어 자기가 좋아하는 우스꽝스러운 잠들기 자세로 웅크린 채, 조그만 엉덩이를 하늘 높이 치켜들고, 숨쉴 때마다 웃기고 귀엽게 코골이를 한다. 아이의 코골이는 육아를 하면서 제일 사랑스러운 것 중 하나다. 진짜 거슬리는 소린데, 그 엄청 거슬리는 소리가 너무 사랑스러워서 내가 좋은 엄마일지도 모른다는 생각이 든다. 귓가에 들리는 아이 숨소리, 정말 자연스럽고 스스럼없는 나직한 소리.

꼬마 코골리우스. 그게 내가 아이를 부르는 애칭이다. 일찍부터 그 별명으로 불렀다. 나는 애디가 라디오라도 되는 양 아이 곁에 앉아서 귀를 기울이곤 했다. 아이가 텔레비전이라도 되는 양 지켜보곤 했다. 아이가 잘 때 내는 이 소리는 교회 종처럼 가느다란 선으로 내 심장에 연결되어, 들을 때마다 심장을 잡아당긴다. 나는 드라마 정주행하듯 하루종일 아이 소리에 귀기울일 수 있고 아이 모습을 구경할 수 있다.

"안녕, 꼬마 코골리-쭈." 나는 아이에게 속삭인다. 루크는 자고 있으니까. 루크 앞에선 절대 이런 말을 입에 담지 않는다. 루크가 들으면 자신이 이겼다고 우쭐해하면서, 그의 떨떠름한 아내 즉 나를 포함해 세상 모든 여자들은 아기사랑 유전자를 내장하고 있음을 진즉부터 알고 있었다며 기고만장해할 것이다. 저 별명은 애디와 나의 작은 비밀이다.

애디 인생의 중대 이정표를 기록하기 위해 매월 첫날 찍는 사진도 우리만의 비밀이다. 이제 곧 애디는 이 행성에 살게 된 지 십사개월이 된다.

애디가 궁둥이를 씰룩거리며 몸을 약간 꿈틀거리고, 이어서 코골이를 한 번 요란하게 한다. 나는 웃음을 참으려 손으로 입을 막는다.

문득문득 이 결혼생활에서 탈출하고 싶다는 생각이 드는 건 토머스와의 연애 때문만은 아니다. 애디도 있다. 애디와 함께 있을 때 나는 온전히 나 자신으로 있고 싶은데 루크와 함께 아이를 키우면서는 그게 안 된다. 로즈가 된다는 것이, 그래, 떨떠름한 엄마라도 어쨌든 엄마가 되는 길을 찾고 있는 로즈가 된다는 것이 어떤 의미인지 이해하고 싶다. 하루도 빠짐없이 눈에 불을 켜고 애디와 나를 검증하려는 남편의 참견 없이 그냥 엄마가 되고 싶다. 엉덩이를 치켜들고 앙증맞게 코를 고는 요 딸내미에 대한 사랑으로 내가 제정신이 아니라면, 이 감정을 남편에게 숨길 필요 없이, 그 순간을 목격한 남편의 그러길래 내가 뭐랬어를 참아야 할 필요 없이 그냥 날것 그대로 느끼고 싶다. 그래서 때론 루크와 헤어진다는 선택지가 실제로는 토머스와 아무런 관련이 없기도 하다.

나는 입술을 깨문다.

나는 결코 하지 않으리라 맹세한 짓을 해버렸다. 그것도 두 번이나. 토머스라는 이름이 마음속에 흐르게 해버렸다. 그럴 때마다 온 가슴이 에인다. 애디처럼 토머스도 내 심장에 몇 가닥 선으로 붙어 있나보다. 그 선을 잘라버릴 수만 있다면.

토머스와 나는 지금 헤어진 상태다.

오래가지는 않을 것이다. 오래간 적이 없다. 토머스 없이 사는 것은 물속에서 숨을 참고 있는 것과 마찬가지다. 이러다 익사하겠다 싶은 순간까지 버티며 참을 뿐이다.

그래도 버티는 중이다. 지금은.

"난 가정을 지켜야 해." 우리가 마지막으로 만났을 때 나는 토머스에게 말했다.

그게 삼 주 전이다. 나는 침대에 누워 그의 등을, 근육의 곡선과 매끄러운 피부의 윤기를 가만히 바라보고 있었다. 루크와 애디도, 그들의 유령도 우리와 함께 침대에 있었다. 루크는 내 옆에 둥둥 떠다니고 애디는 이불 속으로 파고들어 화요일 오후 호텔방에서 토머스와 내가 나체로 함께 있는 장면을 지켜보며 내게 죄책감을 주입했다. 그 죄책감은 내 척수 깊은 곳에 자리잡아 날이 갈수록 커져갔다. 전에는 토머스와 관련해 죄책감을 느끼지 않았는데, 이 관계가 지속되고 애디가 커가면서 점점 힘들어졌다. 루크와 애디는 토머스를 사랑하는 나를 언제나 지켜보고, 나는 언제나 토머스를 사랑한다. 이게 문제다.

토머스가 침대에서 내 쪽으로 돌아누웠다. "아냐, 로즈."

"토머스."

"다시 못 만나는 건 싫어."

"그래야 해."

그의 눈은 이미 빨갛고 눈시울이 촉촉했다. "안 그래도 돼. 오히려 그 반대야." 토머스가 내게 손을 뻗었다. "당신은 그 결혼생활을 끝내야 해, 지키는 게 아니라."

토머스가 나를 끌어당겨 안았다. 나는 그를 원했다—항상 그를 원했다, 원하지 않으려 애쓰고 있을 때조차.

토머스의 몸, 내 살에 닿는 그의 살, 그 느낌에 비할 수 있는 건 없었다. 나는 바닷속을 헤엄칠 때처럼 늘 이 남자에게 나 자신을 내어 맡겼고, 서로의 속으로 들어갔다. 나는 아무것도 잃을 게 없는 사람처럼 토머스를 가졌다. 사실상 모든 걸 잃을 처지이면서. 남편, 아이, 가정.

하지만 더이상 남편의 손길을 견딜 수 없었고 그와 동시에 토머스의 손길을 받지 않고서는 살 수 없었다. 난 항상 토머스를 조금이라도 더 갖고 싶고, 한 번에 그의 살을 구석구석 남김없이 만질 수 있기를 소망한다. 아무리 가져도 부족했고 물리지 않았으며 과연 물리는 날이 올까 궁금했다.

“사랑해.” 토머스가 내 목에 얼굴을 묻고 속삭였다.

나는 꾸물꾸물 내려와 그와 눈높이를 맞추고 그의 눈을 들여다보았다. “나도 사랑해. 하지만 계속 이런 식으로 만날 수는 없어.” 나는 양팔로 그를 끌어안고 한 손을 그의 머리칼 속에 넣어 그의 몸을 꽉 끌어안았다. 이렇게 단단히 맞대고 누르면 그와 완전히 겹쳐질 수도 있으려나, 충분히 세게 누르면 토머스와 내가 마침내 합쳐져 한 사람이 될 수도 있으려나. 이런 식으로 누군가의 심장 속에 살고 싶다는 마음이 든 건, 그 불가해한 방을 차지하고 싶다는 생각이 든 건 난생처음이었다. 접근 불가능한 토머스의 세계가 내 것이 되기를 소원했고, 거기에 닿는 열쇠를 영구히 넘겨받기를 갈망했다.

그런 것들은 루크에게 바라야 할 테고 그런 종류의 이해할 수 없는 사랑은 내 아이에게 느껴야 마땅하겠지—어떻게 보면 애디에게는 느끼고 있다. 애디에 대한 사랑은 광기의 한 형태로 나타나기도 한다. 끔찍하고, 끝내주고, 겁난다.

한편 토머스에 대한 사랑은 또다른 형태의 광기다. 나는 토머스에게서 나 자신을 발견하고, 새로운 물길과 새로운 거리를 발견하고, 욕망과 희망과 소망을 발견하고, 고요와 침묵과 적막을 발견한다. 그는 내가 쉴 수 있는 곳이다. 미동도 없이 손가락 하나 까딱하지 않고 결코 불안하거나 초조해지는 일 없이 푹 쉴 수 있는 쉼터.

그의 몸 옆에 내 몸을 늘어뜨린 채 눈을 감고 로즈 이외에 그 어떤 사람도 되지 않고 나 자신으로, 나라는 여성의 본질로서. 루크와 함께 있을 때는 발견할 수도 없고 되지도 못하는 그 여자로서 말이다.

절박하던 토머스의 키스가 나른해졌다. 바깥의 도시를 최대한 밀어내기 위해 커튼을 끝까지 내린 이 호텔방 안에서 우리에게 주어진 시간은 이미 줄어들기 시작한 오후뿐인데, 우린 마치 온 세상의 온 시간을 다 가진 것처럼 즐겼다. 우리를 기다리는 저 밖의 세상이 아예 존재하지 않는 것처럼 굴었다.

이 남자를 위해서라면 나는 무엇이든 희생할 것이다. 그렇게 할 것이다.

그렇다면 왜 안 하는 거지? 생각만 그렇게 하면서 나 자신을 속이고 있을 뿐인가? 내 행동은 그런 희생 의지를 반영하지 않는다. 내 행동은 대신 이렇게 말한다. 로즈 넌 겁쟁이야. 이 남자와 함께 있기 위한 걸음을 내딛지 않을 거잖아. 내디딘 적도 없고 앞으로도 안 할 거지.

마침내 토머스와 나는 몸을 뗐다. 나는 집에 가야 했다. 현실이 나를 손짓해 불렀다. 애디는 밥을 먹어야 하고 루크는 촬영을 나가야 했다. 토머스가 옷을 입기 시작했고 나는 옷을 다 입었다. 우리는 문에서 몇 발짝 떨어진 곳에서 서로의 눈을 간신히 바라보았다.

"제발 울지 마." 내가 말했다. 그의 뺨을 어루만지고 싶었지만 참았다. 집에 도착하기 전에 나 자신을 단단히 추슬러야 했고 이 남자에게 마음을 닫아야 했다. 그래야 여기서 나갈 수 있었다. 하지만 어떻게?

토머스가 손을 들어 눈을 훔쳤다. "언제 다시 만날 수 있을까?"

"나도 모르겠어, 토머스," 하고 나는 덧붙였다. "사랑해." 그리고 서둘러 문을 나섰다.

루크가 침대에서 몸을 뒤척이더니 모로 눕는다. 애디와 나를 향해서가 아니라 우리에게서 돌아눕는다. 팽팽히 긴장했던 내 근육이 풀어진다.

나는 루크가 죽는 상상을 하기 시작했다. 루크 없이 살아가는 내 인생은 어떨까 상상한다. 꼭 토머스 때문이 아니더라도 참 다행일 것 같다. 루크와 있으면 나는 늘 감시받고 평가받고 검증당하는 기분이다. 나는 항상 임무 수행중이고 루크의 승인을 받으려 애쓰며 애디와 관련해 적절한 일과 적절한 말을 하려고 노력한다.

남편이 나를 보는 눈이 달라졌고 내 행동을 평가하고 있음을 처음 깨달았던 때가 생각난다. 그 깨달음이 내게 가했던 정신적 충격도.

8월의 어느 토요일 오후, 루크의 부모와 저녁을 먹다가 아이를 낳을 것인가 말 것인가를 두고 싸운 지 얼마 지나지 않아서였다. 우리는 한 살이 된 친구네 딸의 생일파티에 갔다. 에어컨이 돌아가는 아파트는 바깥의 찌는 듯한 공기를 피할 수 있는 도피처였다. 나는 아이와 인사하고, 잠깐 놀아주고, 아이가 새로 습득한 기어가기 스킬에 대해 다른 손님들과 더불어 찬사를 보냈다. 하지만 솔직히 말해 한 살짜리한테 우쭈쭈해주기는 취미에 맞는 활동은 아니었다.

그러느니 방안의 다른 어른들과 얘기하며 그들의 일과 여행에 관해 듣고 싶었다. 사실 아이들에 관해 얘기하거나 아이들과 얘기하는 것만 아니라면 뭐든 상관없었다. 나는 애들과 잘 노는 사람이 아니었고 애들이 비명을 지르며 웃음을 터뜨리게 만드는 능력도 없었다. 소란스럽게 뛰노는 아이들 한 무리와 같이 있는 어른을 보면 대체로 이런 생각이 들었다. 내가 저 사람이 아니어서 다행이야. 여기저기서 흥미로운 어른들의 대화가 이어지고 있는데 누가 저런 일을 하고 싶겠어?

파티가 한창일 때 접시에 새로 음식을 담고 있으려니 루크가 다가왔다. 루크는 방 맞은편에서 뛰고 달리고 기어다니는 애들을 보라며 내 주의를 돌렸다. "사랑스럽지 않아?"

나는 조그만 홈메이드 키시를 하나 집어 입안에 쏙 넣었다. "음, 그런가? 그러게?" 나는 웃었지만 루크는 따라 웃지 않았다.

무표정한 얼굴에서는 생각을 읽을 수 없었다. 루크는 자기 접시를 채우고 나서 "애들한테 좀더 신경써줬으면 좋겠어" 하더니 뭐라 대꾸할 틈도 없이 저쪽으로 가버렸다.

흉부와 양쪽 허파에 당혹스러움이 밀려들었다. 나 모르게 또 시부모가 아들에게 압력을 넣고 있나? 루크의 생각이 흔들리기 시작했나?

내가 무대 위에 있음을 알고 나서, 나는 파티에 온 다른 어른들과의 대화로 피신했다가 또 그들이 데려온 아이들 종합세트로 튕겨나갔다가 했다. 울며 겨자 먹기로 애들 중 한 명과 바닥에 앉아서 얘기했고, 그동안 생일파티의 주인공이 우리 주위를 기어다녔다. 이따금 눈을 들면 나를 지켜보는 남편의 시선과 마주쳤다.

집까지 걸어서 돌아오는 길에 루크가 말했다. "그저 보여주려고 시늉만 하더군."

나는 그 자리에 우뚝 멈췄다. "왜 이러는 건데? 아니 그게 뭐가 중요해, 내가 애들과 놀든 말든? 우리가 애를 가질 것도 아니고."

루크도 걸음을 멈췄고, 우리는 인도 한중간에 어정쩡하게 섰다. 콘크리트에서 무더운 열기가 피어올랐다. 루크는 뭔가 말을 하려다가 입을 다물어버렸다. 대신 걷기 시작했다.

내 속에 자리잡았던 패닉이 들고 일어나며 기세를 떨쳤다. 지금 여기서 정확히 무슨 일이 벌어진 거지?

나는 성큼성큼 루크를 따라잡았다. 분노와 공포 사이에서 갈팡질팡하다가 끝내 분노가 승리했다. 나는 그를 치고 싶어졌다. "지금 당신이 남 말 할 처지야, 루크? 애들한테 '신경써주기'는 개뿔, 난 당신이 그 집 바닥에 앉는 꼴도 못 봤어."

우리는 그날 저녁 내내 서로 말하지 않았다.

루크가 침대에서 다시 뒤척이며 몸을 돌리지만 여전히 잠에 취해 있다. 이번엔 내 쪽으로 붙었다. 나는 조금씩 몸을 움직여 떨어지지만 애디를 깨우고 싶지 않아서 멀찌감치 떨어지지는 못한다.

다른 여자들도 남편이 죽는 상상을 하나 아니면 나만 그런가? 어쩌면 이것은 결혼에 수반되는 일반적인 상태일지도 모른다. 자유를 향한 갈망, 모든 것을 처음부터 다시 시작하고 이번엔 다른 선택을 하리라는 기대. 루크는 버스가 오는 걸 보지 못하고 건다가

죽을 수도 있다. 멀리 출장을 간다면 비행기 사고일 수도 있다. 살인은 절대 아니다. 루크를 내게서 데려가는 것은 그냥 평범한 운명의 장난이다.

그러다보면 항상 애디한테 생각이 미친다. 그게 가장 걱정되는 부분이다. 애디는 아빠를 그리워할 텐데. 분명 그럴 것이다.

나는?

아마 나는 비탄에 빠지겠지. 그건 내게 일어날 수 있는 최악의 사건이 될 거다. 루크가 세상을 떠나면 나는 그를 진심으로 사랑했음을, 그 없이 살 수 없음을, 그를 잃었다는 비극이 현실임을 깨닫게 될 것이다.

그래도 나는 크게 별일은 없을 것 같다. 더이상 내가 애디에게 하는 행동들이 옳은지 그른지 검증받지 않고, 모성 본능의 훌륭한 징후인지 형편없는 실패인지 평가받지 않는다. 애디와 관련된 잔소리를 무릅쓰지 않고도 내 직업이 얼마나 내게 성취감을 주는지 목청껏 소리 높여 밝힐 수 있다. 피곤하면 피곤하다고, 솔직히 애디가 짜증나게 굴면 짜증난다고 불만을 토할 수 있고, 루크한테 싫은 소리 듣지 않고 애디를 TV 앞에 앉혀둘 수 있다. 인류 역사상 가장 오그라드는 별명으로 애디를 불러도 되고, 그러면서 누가 엿들을까봐 걱정하지 않아도 된다. 마침내 나는 엄마 노릇을 즐길 수 있게 된다. 즐기라고 스스로에게 허락할 수 있다.

맙소사, 그렇게 된다면 정말 자유로울 텐데!

나는 스탠드 불빛을 따라 루크의 잠든 모습을 가만히 살핀다.

그냥 간단하게 이혼을 요구할 수도 있다.

그게 맞겠지?

강아지처럼 웃긴 포즈로 자는 애디는 침대 위에서 이리 흔들 저리 흔들 한다. 한쪽 눈을 반쯤 떴다가 이내 다시 감고, 아이의 숨소리가 점점 고르게 곤해진다.

"잘자, 애디." 나는 나직이 말하고 스탠드를 끈다.

루크가 보고 싶어질걸.

그런 생각이 어둠 속에서 작게 속삭인다.

루크의 부재로 내가 얻게 될 것에 대해 온갖 통쾌한 생각들을 떠올린 후라도, 그 또한 사실임을 나는 안다. 사실이 아니었으면 좋겠지만 엄연히 사실이다.

25
2007년 7월 14일
로즈, 인생 6

"우리 입양하는 건 어떨까?"

내가 이렇게 물은 후, 이 질문은 지하철 안 허공에 걸려 있다. 루크와 나는 바에서 밴드 공연을 보고 집으로 돌아가는 길이다. 밤이 늦었고 피곤하지만 즐거운 시간을 보내고 난 후 기분좋은 노곤함이다. 우리가 탄 지하철에는 승객이 몇 명 없다.

내 어깨에 기대고 있던 루크는 고개를 들고 나를 본다. "아이를 입양한다고?"

나는 루크가 깜짝 놀라는 모습에 웃음을 터뜨리고 팔꿈치로 쿡 찌른다. "뭐, 응, 아이 말이야." 내가 새끼 고양이를 말하는 줄 알았을까? 아님 강아지를? 근데 또 생각해보면 지금까지 일 년 가까이 피임도 하지 않고 아이를 가질 것인가 말 것인가에 대한 언급도 하지 않는다는 조약이 유지되어왔으니. 나는 루크의 손을 꼭 잡고 깍지를 낀다. "아무래도, 당신도 알다시피, 우린 안 될 것 같아."

"그치. 안 될 것 같지." 그가 인정한다.

"내가 불임일지도 모르고. 아님 당신이 불임이거나." 그동안 쭉 알고도 모른 척해왔던 것을 마침내 이렇게 까놓고 얘기하니 속이 다 시원하다.

"그럴지도." 루크가 말한다.

"어쨌든, 입양은 어떻게 생각해?"

루크는 우리의 깍지 낀 손가락을 내려다본다. 지하철 문이 열렸다 닫히고, 다음 정거장을 향해 움직인다. "잘 모르겠어. 사실 별로 생각해본 적이 없어서." 그가 고개를 들어 나를 본다. "당신은?"

"조금." 지난주 바닷가 숙소에서 어머니와 나눈 대화가 그때 이후로 쭉 뇌리에서 맴돌았다. 어머니는 내가 훌륭한 엄마가 될 수 있다고 했다. 훌륭한 엄마가 될 거라고 했다. "사실 그것도 괜찮겠다는 생각이 들어. 우리에겐 좋은 타협안이기도 하고. 그치?"

루크는 대답하지 않는다.

나는 밀고 나가기로 한다. 잠깐 눈을 감고 머릿속으로 선명히 그려본다. "이 상황에서 임신만 따로 떼어놓고 보면, 아기를 가지려고 노력하지만 잘되지 않아서 내가 느꼈던 압박과 부담이 어느 정도는 해소되는 거지." 전동차가 다음 역에 도착한다. 집에 거의 다 왔다. "우리가 입양을 하면, 낳지 않아도 함께 키울 수 있는 아이가 생기는 거야. 그찮아?"

십대 아이들 한 무리가 웃고 떠들며 우르르 탄다. 파티에 다녀오는 길일까, 아니면 이 정거장에 있는 공원에 갔다온 걸지도. 애들은 우리 맞은편 자리에 앉아서 그 에너지로 객차 전체 분위기를 끌어올린다.

"기대된다는 투네." 루크가 말한다.

"글쎄. 어쩌면. 어쩌면 좀 기대하고 있을지도." 애들 무리에서 한 여자애가 다른 여자애를 데리고 나오더니 객차 반대편 끄트머리로 간다. 그리고 둘이 키스하기 시작한다. "당신도 입양에 대해 설레는 기분을 느낄 수 있을까?"

"아마도." 루크가 말한다.

"생각해볼래?"

"응. 알았어. 해볼게. 그래도 난, 음, 우리가 계속 노력해야 한다고 생각해." 전동차가 덜컹 앞으로 나아가고, 우리는 의자에 나란히 앉아 있고, 그의 눈길이 내 표정을 탐색하는 느낌이다.

그 말에 나는 동의할 수 있을까? 여태껏 암묵적으로 해오긴 했지만 이번에는 일부러 소리 내어 명명한 그 노력에 동의해야 할까? 내가 엄마 노릇을 아주 좋아할 거라는 어머니의 말이, 그 모든 걸 잘해낼 거라는 말이 다시 뇌리에 떠오른다.

"응. 알았어. 해볼게." 나는 좀전에 루크가 했던 말 그대로 앵무새처럼 대답한다.

루크는 그걸로 만족한 것 같다. 내 손을 힘주어 잡는다. 내 볼에 키스한다.

결혼한 부부는 십대 아이들과 참 많이 다르다. 객차 반대편 끝으로 간 두 여자애는 서로 몸을 단단히 붙이고 두 팔로 상대를 얼싸안고 있다. 루크와 나는 더이상 지하철 안에서 애무하는 짓은 하지 않는다. 그러나 인생의 이 단계에서 내가 루크에게 느끼는 유대감은 온화하고 안정적이다. 나쁘지 않다. 그저 다를 뿐이다.

지하철이 우리가 내릴 정거장에 도착한다. 집에 와서는 둘 다 곧장 침대로 들어간다. 너무 피곤해서 키스도 섹스도 없이 그냥 잠옷으로 갈아입은 다음 불을 끈다. 오늘밤에는 아이를 가지려고 노력하지 않아도 돼서 다행이다. 나는 입양이야말로 우리에게 완벽한 해답이 될 수 있다는 생각을 하다가 스르르 잠이 든다.

하얀 플라스틱 막대기에 핑크색 두 줄이 나란히 뜬다.

임신이다.

내가 임신했다.

어젯밤에 루크와 했던 입양 얘기가 아이를 빚어낸 것처럼. 아니면 어머니와 바닷가 집에서 했던 얘기가 빚어낸 걸까. 나는 휴대폰을 들고 남편에게 전화하려다가 그만둔다. 얼굴 보고 직접 얘기해야지. 엄청 기뻐하겠지.

나는 기쁜가?

입양은 정말 좋은 생각 같았는데. 루크 말대로 그 가능성에 설레고 기대하던 차였는데.

나는 조심스럽게 테스트기를 닦아서 욕실 선반에 수건을 깔고 그 위에 내려놓는다.

이 소식을 루크에게 어떻게 전할까? 대수롭지 않게 툭 던질까? 안녕, 루크, 오늘 하루 어땠어? 난 재미있었어. 내가 임신했다는 걸 알았거든. 아니면 깜짝 놀라게 해줄까? 밖에 나가서 작고 귀여운 상자를 사올 시간은 있다. 요란한 꽃무늬 말고 단순하지만 세련된 것으로. 아쿠아블루나 더스티로즈 단색으로. 아니 내가 무슨 소릴 하는 거야? 젠더중립적으로 샛노랑이나 진초록으로. 테스트기를 상자에 넣고 뚜껑을 덮고 리본으로 묶는다. 식탁 위에 놓고 루크에게 열어보라고 하는 거다, 선물처럼.

더러울까?

하지만 선물 맞지 않나? 나만이 남편에게 줄 수 있는 것, 여자의 몸만이 제공해줄 수 있는 것. 나는 그런 생각을 걷어치운다. 벌써부터 내가 아기를 일종의 화폐처럼 교환가치로 취급하고 있다는 게 마음에 들지 않는다. 대신 나는 루크에게 어떻게 말할 것인가를 고민하기로 한다.

잠자리에 들 때까지 기다릴 수도 있다. 어쩌면 귀여운 쪽지를 써서 그의 베개맡에 둘 수도 있다. "오, 루크, 그게 뭐야?" 하면서 묻는 거다. "사랑니 요정이 다녀갔나?" 아니, 이건 좀 낯간지럽다. 게다가 우스꽝스럽다.

머릿속에 떠오르는 대로 이런저런 가능성을 굴려보는데 이상한 느낌이 몸속에서 점점 자라난다. 거품 같은 것이 뱃속에서 목구멍 쪽으로 보글보글 솟아오르는 기분이다.

행복감.

나는 행복하다. 그런가?

기지개를 켜고 손목을 털고 손가락을 스트레칭한다. 욕실을 나와 거실로 간다.

이런 게 가능해? 내가 지금 정말 임신했다고 즐거워하는 거야? 이게 이렇게 쉬운 거였나, 양팔을 벌리고 훌쩍 몸을 던져 운명의 손이 이쪽으로든 저쪽으로든 나를 받을 때까지 그냥 내어 맡기면 되는 문제였나?

나는 부엌 바로 앞에서 걸음을 멈춘다. 미동도 없이 가만히 있는다.

그리고 기다린다.

내가 움직임을 멈추면 이 흥분과 설렘도 증발해버릴까? 이 임신이라는 사실이 내 몸 구석구석 스며들어, 천천히 떨어지는 항생제 정맥주사처럼 손끝 발끝까지 전신에 퍼지고 나면? 나는 그 자리에 한참을 서 있는다. 이십 분쯤 혹은 더 오래. 숨을 쉬고 눈을 깜박인다. 이 행복감이 산산이 부서져 분자 단위로 환원되어 결국 무無가 되려나 궁금하다. 내 시선은 집안 여기저기로 휙휙 움직인다. 기다란 원목 테이블 한 켠에는 우편물과 아직 읽지 않은 〈뉴요커〉 한 무더기가 쌓여 있고 소파 등받이에는 루크가 벗어둔 스웨트셔츠가 걸쳐져 있다.

행복감이 사그라들 때까지 한참이 걸리지만 결국 사그라져 다른 어떤 것으로 변한다. 평화, 인가.

"넌 누구야?" 나는 허공에 대고 큰 소리로 말한다.

아니, 아이에게, 내 몸통에, 복부에 대고 말한다. 미래의 우리 딸에게, 나는 딸이라고 확신한다, 아직 옷핀 크기밖에 안 되는 우리 딸에게.

이 모든 게 얼마나 신기한 느낌인지.

나는 지갑을 움켜쥐고 플립플롭을 꿰어 신고 곧장 약국으로 달려간다. 여섯 종의 테스트기를 산다. 테스트기의 표시창이 명백히 알려주는 임신/비임신, 양성/음성, 한 줄/두 줄. 정말 임신이 맞는지 절대적 확신이 필요하다. 루크에게 거짓 희망을 주고 싶지 않다.

아니면 나 자신에게 거짓 희망을 주고 싶지 않은 걸까?

집으로 돌아오는 길에 질에게 전화한다. 질은 곧장 전화를 받는다.

"아, 로즈, 무슨 일이야?"

나는 깊이 숨을 들이마신다. "절대 믿지 않겠지만," 하고 나는 말을 끊는다. 질은 루크와 내가 피임을 하지 않는다는 것을 모른다. 내 친구들은 애아빠가 되고 싶어하는 루크의 강박증에 염증을 냈고, 내가 엄마가 되느냐 마느냐가 어떻게 우리의 결혼생활을 규정하냐고 진저리를 쳤다. 질은 그 이유로 내가 루크와 결별하는 것까지 지지했다. 질은 내 남편의 팬이 아니다. 더이상은.

"내가 뭘 안 믿어?" 질이 묻는다.

루크가 아닌 사람에게 큰 소리로 그 얘기를 해봐야 한다. 나는 그 말을 연습해야 한다. "그러니까…… 내가…… 내가 임신했어. 나 임신했다고."

자. 해냈다.

질은 조용하다.

"뭐라고 말 좀 해봐."

"오, 로즈. 저런. 괜찮아?" 질은 내가 뭐라 대답할 틈을 주지 않고 퍼붓는다. "임신중단이 필요해? 내가 같이 가줄까? 당연히 같이 가줄 거라는 거 너도 알잖아. 최대한 빨리 너네 집으로 갈게."

"임신중단?"

나는 휴대폰을 어깨에 대고 뺨으로 누른 채 아파트 현관 도어락을 열고 집으로 들어간다. 말이야 바른말로, 임신중단은 아직 유효한 선택지다. 질이 그 얘기를 하기 전까진 전혀 생각도 못했지만. 하지만 그건 사실이고, 심지어 루크가 밤늦게 퇴근해서 집에 오기 전에 수술을 받을 수도 있다. 안과 검진을 받듯 임신중단수술을 받을 수 있다. 별거 아니다. 루크는 알 필요도 없을 것이다.

전화선 반대편에서 질이 열쇠를 짤그랑거리는 소리가 들린다. "나 지금 출발해."

"아냐, 안 와도 돼. 괜찮아."

"로즈, 정말 괜찮아? 어떻게 하고 싶은지 자세히 얘기 좀 하자."

"지금 얘기하고 있는데."

"내 말 무슨 뜻인지 알잖아."

나는 질에게 말한다. "나 임신중단 안 할 거야."

"진짜?" 질의 목소리에 묻어나는 의심은 닻이 되고, 마치 낚싯바늘처럼 이 닻은 아까의 행복감을 꿰어 끌어내린다.

나는 질의 반응에 아파하지 않으려 애쓴다. 놀라지 말자. 질은 물론이고 나를 아는 모든 사람들에게서 이 정도 반응은 예상해야 한다. "응. 진짜로. 나 이 아이 낳을 거야. 낳고말고."

"로즈, 너 꼭 스스로를 납득시키려 애쓰는 사람처럼 들리는데."

"그러면 한심해?"

"네가 이성적으로 명료하게 사고하고 있는 건지 잘 모르겠어서."

나는 식탁 의자를 끌어내 앉는다. 몸을 단단히 의지하고 싶어서, 흔들리고 싶지 않아서. "난 정말로 기뻐하고 있다고 생각해, 질. 네가 좋은 친구가 되어주려는 마음에서 그런다는 건 알지만, 나 진심이야. 제발 날 믿어줬으면 좋겠다."

다시 침묵.

방금 마지막에 한 말은 말투도 그렇고 거의 실수처럼 들린다. 제발 날 믿어줬으면 좋겠다라니, 제발 내 말을 믿어줘도 아니고. 내가 지금 여기서 질에게 바라는 건 뭘까, 질에게 필요로 하는 건 뭘까? 어쨌든 내가 엄마 노릇을 훌륭하게 잘해낼 거라는 믿음, 어머니가 내게 보여준 것과 같은 종류의 믿음?

나는 귀에 댄 전화기를 더욱 힘주어 누른다.

마침내 질이 입을 연다. "알았어—누가 내 가장 친한 친구를 훔쳐가서 임신과 출산에 목을 매는 여자로 바꿔놓은 거야?"

"난 여전히 나야." 나는 질에게 말한다.

그런데 정말 그럴까?

지금 내가 하는 말과 하려는 일, 요컨대 여성들이 이 땅에 존재한 그 순간부터 쭉 해왔던 역할에 갑작스럽게 빠져든 나는 뜻밖의 평안함을 느낀다. 나는 그 느낌을 떨쳐내지 않는다. 그냥 그대로 자리잡게 놓아둔다. 거기에 익숙해지려 노력한다.

나는 입고 있는 원피스를 내려다본다. 가볍게 팔랑이는 꽃무늬 원피스, 무더운 날에 공기처럼 가벼운 느낌이 좋아서 즐겨 입는 종류의 옷이다. 맨발은 한여름 햇볕에 타서 까무잡잡하고 양팔도 마찬가지다. 8월 말에 시작될 새학기 강의 생각에 벌써부터 설렌다. 새로 착수한 연구를 토대로 계획한 특강도 너무 하고 싶어 근질근질하다. 지난봄에 그 건으로 연구지원금을 받아서 굉장히 기뻤다.

아이를 낳으면 이런 것들이 바뀔까? 내가 바뀔까?

아마도? 십중팔구?

문득 그래도 상관없다는 기분이 든다.

적어도, 이 아이에 대한 나의 결정을 바꿀 정도까지는 아니다.

내가 아이를 낳은 후에도 강의는 여전히 나를 기다리고 있을 것이다. 내 몸은 평소 사이즈로 되돌아갈 거고(희망사항이지만) 언젠가는 이 원피스도 다시 몸에 맞게 될 것이다(그렇겠지?). 연구에 대한 즐거움은 어디 가지 않을 것이다, 연구 자체는 좀 지연되더라도.

"금방 갈게." 질이 말한다.

"아냐, 난 괜찮아."

"로즈," 질이 내 이름을 진지하면서도 다정하게 부른다. "내가 네 얼굴 보고 싶어서 가는 거야. 난…… 뭐랄까 기습공격당한 기분이야. 걱정도 되고. 네가 정말 확신하는지 확인도 하고 싶고—내 맘이 그래서 그래." 질이 덧붙인다.

"그래." 나는 질에게 말한다. "알았어. 와."

나는 루크에게 줄 선물상자를 골랐다. 진초록색으로.

루크가 퇴근할 때쯤 질은 자기 집으로 돌아갔다. 내가 한 점 거짓 없이 이 임신에 긍정적이라는 사실을 질이 한 점 의심 없이 믿어준 건 아니지만, 나는 그걸로 됐다고 생각하기로 한다. 언젠가는 결국 질도 생각이 바뀌길 바랄 뿐이다. 나는 부엌 식탁 앞에 서서 루크를 기다린다. 귀가한 루크가 집안에 들어와 가방을 의자에 놓자마자 나는 상자를 그의 손에 턱 쥐여준다.

"이게 뭐야?" 루크는 깜짝 놀라며 묻는다.

속에서 어떤 느낌이 막 솟는다—이걸 뭐라고 묘사해야 할까? 어떤 확신, 뭐가 어찌되든 다 괜찮을 거라는 턱없는 낙관. 나도, 루크도, 이 아이도. "열어봐." 나는 배시시 웃으며 말한다. "지금 바로 열어봐. 그게 당신 인생을 바꿀 거야. 내 인생도. 우리 인생을."

26
2013년 5월 2일
로즈, 인생 1&2

"네 엄마가 몸이 안 좋다."

전화를 받자마자 아버지가 말한다. "아빠?"

"네 엄마가 편찮아. 걱정스럽구나."

아버지는 사서 걱정하는 타입이 아니다. 그리고 어머니는 생전 병을 앓은 적 없는 철의 여인이다.

"잠시만요." 나는 일어나서 교수실 문을 닫고 다시 책상에서 전화기를 집어든다. "엄마가 편찮다는 게 무슨 말이에요? 감기나 몸살이에요, 아니면……"

"나도 모르겠다, 로즈. 어젯밤부터 아프다고 잔뜩 웅크리고 있으면서도 병원에는 안 간대. 내가 데려다준다는데도 한사코 싫댄다. 너도 네 엄마 알잖니." 아버지가 한숨을 쉰다. "무슨 고집이 그렇게 센지."

나랑 똑같이 말이죠. 그것 하나만은 어머니와 내가 똑 닮았다. 고

집스럽고 강철 같은 나의 어머니가 아프다고 생각하니 마음이 답답하다. 겁이 난다. "그렇게 아픈 게 이번이 처음이에요?"

긴 침묵. 다시 내쉬는 한숨. "아니."

"언제부터 그런 거예요, 아빠?"

"한 몇 달 됐지."

"아빠!" 심장이 빠르게 뛴다. 나는 회전의자를 휙 돌려 교수실 창문을 마주한다. 바깥 나무에 맺힌 핑크빛 꽃봉오리들이 별안간 부적절해 보인다. 아버지의 음성에 담긴 근심과 어머니가 편찮다는 소식에 비해 너무 찬란해서 대조적이다. "엄마 지금 어디 있어요?"

"위층 침실에."

"아빠는?"

"소파에 앉아서 네 엄마가 나아질 때까지 기다리지. 내려와서 다시 괜찮아졌다고 말해줄 때까지 이러고 있다. 일이 도무지 손에 안 잡혀서 말이야."

"아무 일도 아닐 거예요."

"그렇겠지." 아버지가 말한다.

가슴속 심장이 더욱 빠르게 뛴다. 원피스 옷감 아래에서 쿵쿵거리는 게 느껴진다. "금방 갈게요."

"강의는 없냐?"

"있는데 상관없어요. 휴강할 거예요. 곧 뵈어요."

"그래." 아버지의 음성에 안도한 기색이 역력하다.

"사랑해요." 나는 전화를 끊는다. 손에는 이미 열쇠를 들었다.

부모님 집에 도착하니 아버지는 두 손을 무릎 위에서 맞잡은 채 거실 소파에 앉아 똑바로 앞만 쳐다보고 있다. 처음엔 내가 온 줄도 모르는 듯하더니 이내 고개를 든다. 눈빛이 심상치 않다.

"빠빠." 나는 안 쓰던 말로 아버지를 부른다. 아주 어릴 때만 쓰던 말인데. 아버지의 표정에 더럭 겁이 난다.

"네 엄마한테 병원에 가야 한다고 설득 좀 해다오." 아버지가 말한다. "지금 당장 가자고."

나는 거실 한가운데 서 있다. 나의 커다란 목수 아버지가 별안간 작아 보인다. 아버지가 무너졌다. "하지만 아빠도 못한 걸 내가 어떻게 해요?"

아버지가 고개를 절레절레 젓는다. "나도 모르겠다, 로즈. 하지만 내 말은 도무지 듣지를 않아. 네가 가서 말이라도 해볼래?"

"네. 해야죠."

"네 엄마는 자꾸 단순한 복통이라고만 한다. 진짜 그럴지도 모르지. 하지만 벌써 몇 달째 저러잖아."

"단순한 복통일지도 모르죠." 나는 실없이 따라 말한다.

"나더러 괜한 야단이라는구나. 호들갑 떨지 말라고."

아버지는 괜한 야단이나 호들갑을 떠는 성품이 아니며, 우리 둘 다 그 사실을 잘 안다.

우리는 서로 시선을 마주친다. 우리 둘 다 그게 사실이길, 아버지가 아무것도 아닌 일로 걱정하는 것이길, 호들갑을 떨고 있는 것이길 바란다. 어머니의 고집이 옳았으면 좋겠다. 우리가 틀렸고,

그래서 나중에 어머니가 우리한테 씨익 웃으며 그러길래 내가 뭐라던 하고 의기양양하게 어머니가 제일 좋아하는 잔소리를 했으면 좋겠다. 우리가 아무것도 아닌 일로 소란을 피웠다면서.

나는 아버지에게 빠르고 짧게 고개를 까딱한다.

그리고 위층으로 올라간다.

나는 작게 노크한다. 벌써부터 들어가기 싫은 마음이 든다.

"무슨 일?"

목이 잠긴 듯 탁하게 쉰 피곤한 목소리. 어머니답지 않다.

"엄마? 나예요."

"아! 로즈! 들어와라!" 말투가 금세 바뀌면서 예전의 에너지를 거의 되찾는다.

어머니가 연기를 하는 걸까? 하나뿐인 딸 앞에서 괜찮은 척하는 걸까?

나는 문을 연다. 어머니는 무릎을 세워 가슴 앞에서 끌어안고 침대에 앉아 있다. 나를 돌아보며 아무 일도 없다는 듯 미소를 지으려 하지만 이내 얼굴이 일그러진다. "엄마!"

어머니는 연기를 포기하고 다시 베개를 베고 눕더니 고통스러운 신음을 흘린다.

나는 침대로 다가가 어머니 옆에 조심스레 앉는다. "엄마 아프잖아."

"괜찮아. 금방 지나갈 거야. 늘 그래."

방안이 괴괴하다. 어머니는 침대에 앉아 있으면서 텔레비전도 안 보고 내내 웅크리고 있었던 거다. "엄마, 그만해. 아빠 말이 벌써 몇 달째 이런다며."

"네 아빠가 과장한 거야."

"그게 아니라는 거 엄마도 알잖아."

어머니는 나를 똑바로 마주보려고 열심히 몸을 꿈지럭거리며 자세를 바꾸는데, 그게 상당히 굼뜨다. 내가 무슨 말을 하든 손사래를 칠 게 뻔해서 나는 어머니를 말리지 않는다. 방안이 이렇게 따뜻한데 벌벌 떨고 있어서 깔려 있는 이불을 천천히 조심조심 끌어당겨 잘 덮어준다. 그러고 나서 나도 어머니 옆에서 이불을 덮는다. 어머니는 눈을 감고 있지만 자고 있는 건 아니다.

"엄마가 아프니까 겁이 나." 나는 속삭인다.

"겁먹을 거 없어. 나는 너에 관한 일 아니면 겁날 거 하나도 없다."

어머니의 대꾸에 나는 침대를 주먹으로 쾅쾅 두들기고 싶어진다. "왜 이렇게 답답하게 구실까." 나는 이를 갈며 말한다.

"너 어떻게 사는지나 얘기해봐라. 뭐 새로운 소식 없니."

"싫어요."

"얘 봐라?"

"엄마가 병원에 가면."

"너 지금 나하고 협상하자는 거냐?"

"응!"

"누가 그 애비에 그 딸 아니랄까봐."

"그게 다 우리가 엄마를 사랑하니까 그런 거지. 진짜로 별일 아닌지 확인을 해야 안심이 되잖아. 어린애처럼 이러지 마세요."

어머니가 발끈 성을 낸다. "누가 누구보고 애래."

나는 대답하지 않고, 침대에 앉은 채 팔짱을 끼고 어머니가 결정을 내리길 기다린다. 올바른 결정을.

"알았어, 병원에 가마."

나는 어머니를 쳐다본다. 어머니의 눈은 다시 감겼다. "진짜지?"

"그래. 단, 요즘 너 사는 얘기 다 듣고 나서. 하나도 빠짐없이 죄다."

"그럴게요. 엄마가 알고 싶다는 거 다 얘기할게."

"한마디라도 거짓말했다간 우리 협상은 그걸로 끝이야."

나는 웃음이 터진다—못 말린다 정말. 어머니의 눈이 깜박 떠지고, 그 눈에 비친 희미한 미소를 나는 놓치지 않는다. 이건 고무적이다. "좋아요." 나는 휴대폰을 꺼내든다.

어머니의 손이 내 팔을 움켜잡는다. "너 뭐하는 거니?"

"지금 바로 병원에 전화하려고."

"로즈, 너 방금—"

"예약 먼저 잡은 다음에 원하시는 건 뭐든 다 얘기합지요." 나는 어머니의 손을 떼어내고 어머니가 평생 다닌 병원이자 나도 어렸을 때 다녔던 병원의 전화번호가 나올 때까지 연락처 화면을 스크롤한다. 우리 둘 다 좋아하는 여자 의사 선생님이 계신 병원이다.

내가 병원 접수직원과 얘기하는 동안 어머니는 잠자코 옆에서 듣고 있다. 나는 직원에게 어머니의 상태를 설명하고 최대한 빨리 예약을 잡았으면 좋겠다고 한다. 직원은 내일 아침 일찍 내원자 명단에 어떻게든 밀어넣겠다고 하고, 나는 그때 가겠다고 말한다.

내가 전화를 끊자마자 어머니는 곧장 취조에 들어간다. "그래, 요즘 누구 만나는 사람 있어?"

"어휴." 나는 휴대폰을 침대맡 협탁에 내려놓고 좀더 어머니 쪽으로 당겨 앉는다. "남의 민감한 사생활부터 파고드시겠다?"

"다 말하기로 약속했잖아, 그게 거래 조건이었고. 싫음 관둬라, 나도 네가 방금 꼭두새벽에 잡은 예약 안 갈란다."

"알았어요." 나는 내 생활 전반에 관한 업데이트를 시작하고, 그 내용은 지난번에 얘기했던 것과 별반 다르지 않다. 지금까지 만났던 데이트 상대에 대해 얘기하고, 이젠 과거가 되어버린 그들과의 웃기는 일화를 들려준다. 루크 이후로 딱히 마음에 드는 사람은 없다, 그게 벌써 몇 년 전이건만. 이젠 루크 생각 없이 지나가는 날도 며칠씩 있다, 처음 헤어졌을 땐 가능하리라곤 생각지도 않았는데. 루크와 그의 새 아내 셰릴과 그들의 아이 사진을 온라인으로 찾아보는 짓도 그만두었다. 어머니는 잘했어, 그게 정신건강에 좋아, 라고 얘기한다. 조금만 더 인내심을 갖고 기다려봐, 조만간 네 인생에도 특별한 사람이 생길 거야, 내가 장담해.

오후가 이우는 동안 어머니와 나는 얘기하고 얘기하고 또 얘기하고, 지난 몇십 년간 했던 것보다 더 많은 얘기를 나눈다. 아무 일 없는 듯, 그냥 평소 내가 집에 들렀을 때랑 똑같다고 느껴질 때도 있다. 그러다가도 어머니의 얼굴에서 당신이 겪고 있는 고통이 보이고, 배를 감싸안고 웅크리는 모습에서 내가 학기말 수업을 휴강하고 집에 온 이유가 기억난다.

그럴 때면, 어머니가 좀더 편안한 자세를 찾으려 꿈지럭거릴 때면 나는 하던 얘기를 멈추고 입을 다문다. 그 적막 속에서, 이 복잡하고 종잡을 수 없는 어머니를, 나라는 존재의 일분일초까지 속속들이 알고 있는 지구상의 단 하나뿐인 사람을 내가 얼마나 필요로 하는지 새삼 떠올린다. 루크와 이혼한 덕에 혹여나 더 좋아진 게 하나라도 있다면 바로 이것이다. 우리 모녀 관계의 변화. 어머니와 내가 더 가까워진 것. 그 어느 때보다 친해진 것.

"엄마까지 잃을 수는 없어." 나는 기어이 어머니에게 말한다.

"나 아무데도 안 간다. 나는 네 엄마야. 내가 가긴 어딜 가니?"

나는 대답하지 않는다. 생각하기도 싫다.

그때 어머니가 불쑥 말한다. "내가 널 미치게 만들지, 로즈. 너 맨날 나한테 그랬잖아."

"응, 하지만 좋은 쪽으로 미치게 해." 나는 대꾸한다.

어머니의 눈이 깜박이다 다시 감긴다. "너 어릴 때 밤마다 무서워했던 거 기억나? 이렇게 내 옆에 와서 이불 속으로 파고들었지. 엄만 그게 무척 좋았는데."

"엄마! 난 무서웠는데 엄만 좋았다고?"

"아니. 네가 엄마 이불 속으로 들어온 게 좋았다고."

"하지만 그러면서 맨날 엄마를 깨웠잖아. 그 부분은 안 좋았을걸."

어머니가 눈을 크게 뜨고 나를 쳐다본다. "난 아무렇지도 않았는데. 네가 옆에 있어서 좋았어, 로즈. 지금 네가 여기 있어서 좋다. 언제까지나 좋을 거야."

27
2009년 12월 18일
로즈, 인생 8

섹스를 하자는 결심이 내 인생을 끝장낼 거다.

결심을 해야 한다는 바로 그 사실—그게 무슨 의무라도 되는 듯, 설거지를 하거나 진공청소기를 돌리는 것과 같은 수준으로—이 문제다. 그 자체가 고된 노동이 되어버렸다. 섹스가 어느 날 마룻바닥을 박박 닦는 것과 흡사한 노동이 되리라고 누가 상상이나 했으랴. 전에는 섹스하는 걸 좋아했다. 무척 좋아했다. 루크와 섹스하는 걸 엄청 좋아했다. 하지만 지금은 섹스를 한다는 생각만으로, 아이를 가지려는 노력의 일환으로 옷을 다 벗고 이 남자 옆에 누워야 한다는 생각만으로 공포감에 휩싸인다. 우리는 몇 년째 노력중이다. 원래는 미결사항으로 두었던 것이 어느새 이 결혼의 의무사항이 됐고, 지금 내 신세와 더불어 아주 지긋지긋하다. 루크도 지긋지긋하다. 그의 살, 몸뚱이, 입, 숨결, 다 지긋지긋하다.

결혼한 부부들은 다 이렇게 되나? 아니면 아이를 가지려 노력하는 사람들만 이런가—노력하지만 실패하는 사람들만? 아니, 노력하는 사람은 루크다. 나는 대체로 그의 노력을 방관할 뿐이다.

"로즈? 나 지금 집에 가는 길이야. 금방 갈게."

루크가 보낸 이 음성 메시지를 들으면 몸서리가 난다. 오늘은 '반드시 섹스해야 하는 날'이라서 집으로 달려오는 거다. 우리는 의무를 다해야 하며 내 몸이 지시하는 스케줄에 따라야 한다. 나의 생물학적 시계는 변함없이 째깍째깍 흘러가고 있고, 나의 생식기관은 달력, 체온, 어느 쪽 난소가 그달의 난자를 배출하느냐에 따라 오른쪽 혹은 왼쪽 복부의 통증을 통해 다음과 같이 고지한다—**지금이야! 바로 지금 해, 안 그럼 또 실패한다! 플라스틱 막대기에서 분홍색 승리의 두 줄이 아닌 한 줄을 보게 될걸!**

루크는 달력을 계속 체크한다. 내가 알기론 아이를 가지려 노력하는 부부들은 대체로 여자 쪽이 배란일 달력을 기록하고 날짜를 세고 임신 가능성이 가장 높은 날짜를 체크한다. 그러나 우리의 경우엔 루크가 일지와 배란 주기를 관리한다. 여자들 중에는 남편이 그런 수고를 하는 것에 고마워하는 사람도 분명 있겠지만, 나는 아니다. 루크는 완전히 필사적이 됐고, 할 수만 있다면 자신의 정자를 병에 넣어 품에 안고서 내 자궁 속으로 기어들어와 나의 난자와 수정하여 자궁에 심고 그 성장을 추적 관찰할 거란 생각이 들 때도 있다. 나의 안위는 안중에도 없이.

내 몸에서 난소가 없어졌으면 좋겠다. 아예 난소 없이 태어났으면 좋았을걸.

나는 방에 들어가 잠시 방안을 바라본다. 침대에는 시트와 이불이 아무렇게나 뒤엉켜 있고 베개와 쿠션들 중 절반은 바닥에 떨어져 있고 사방에 옷가지가 널브러져 있다. 나는 무릎에 구멍나고 엉덩이가 늘어진 회색 레깅스와 제일 좋아하는 맨투맨 티셔츠를 입는다. 가슴팍에 WEEKEND라고 쓰여 있고 원피스처럼 허벅지 중간까지 내려오는 오버사이즈 티셔츠다. 얼어죽을 듯 추워서 두꺼운 무지개색 줄무늬 양말을 신고 머리를 하나로 묶는다. 나는 샤워도 안 했다.

슈퍼 섹시한 여자. 그게 나다.

오늘은 강의가 없어서 학교에 가지 않았고, 게다가 학기말이다. 1월의 연구지원금 신청 마감이 다가오고 부엌 식탁에는 채점해야 할 시험지가 산처럼 쌓였다. 이 상황에서 누가 샤워를 하겠냐고. 이 상황에서 누가 섹스를 반기겠냔 말이다.

"루크." 나는 루크의 전화를 벨이 한 번 울리고 바로 받는다. 머릿속 한편으론 루크의 촬영 작업이 지연되어 오늘 저녁 섹스는 취소한다는 전화이길 바란다.

"로즈, 시간이 좀 걸릴 것 같아, 미안해, 그래도 금방 갈게. 약속해."

"미안할 거 없어, 천천히 와. 내가 자기 전까지 집에 못 와도 상관없는데, 다만 날 깨우진 말아줘. 내일은 강의가 많아서 힘든 날이거든."

"아, 아니야, 금방 갈게. 이번 기회의 창을 놓치면 안 되지! 이따 봐!" 루크가 전화를 끊는다.

"당연히 기회의 창을 놓치면 안 되지. 놓칠 수 없지! 존나 중요한 그놈의 기회의 창!" 나는 끊어진 전화기에 대고 말한다.

아쉽다, 이렇게 말할 수도 있었는데. "루크, 당신이 집에 오는 동안 내가 야구공을 던지며 놀다가 임신 기회의 창을 깨먹었네. 어이쿠!" 혹은 "자기야, 내가 너무 추워서 임신 기회의 창을 닫았는데 그게 지금 완전히 밀봉됐네. 미안!"

나는 터벅터벅 거실로 걸어가 랩톱과 시험지 한 뭉치를 들고 침대로 돌아와서 이불 속에 들어가 베개에 등허리를 기대고 앉아 일을 하기 시작한다. 루크가 돌아와 창문을 열기 전에 일부라도 채점을 끝내놓는 편이 낫겠다.

"알다시피 마리아하고 나는 일주일에 한 번씩 해, 월요일마다."

캠퍼스 근처 바에서 파트너와의 섹스 라이프에 관해 질이 한 얘기였다. 기혼 여성 교수이자 우리의 친구인 브랜디도 그 자리에 있었다.

"하지만 일정표대로 하는 섹스는 최악이야." 내가 툴툴거렸다. 요즘 나는 질이나 다른 친구들을 만날 때마다 항상 섹스에 대해 불평을 늘어놓았다. 브랜디에게 사죄의 눈길을 보냈다. 요즘의 나는 어느 모로 보나 품위를 지키는 능력을 상실했다. "그런 거 존나 싫어." 그러고서 또 뭔가 한심한 소리를 입에 담을까봐 샌드위치를 덥석 크게 베어 물었다.

"그렇다면 로즈 네 말은 루크랑 네가 무척 잘 지내고 있다는 소리잖아." 브랜디가 낄낄거렸지만 연민의 기색이 없지는 않았다. 아름다운 브랜디는 커다란 다갈색 눈에 끝내주게 멋지고 긴 레게머리의 소유자다. "그 문제에 대해서는 나도 질과 같은 의견이야. 일주일에 한두 번 날을 정해놓는 것만으로 집에서 두통거리가 많이 해소되는걸. 그니까, 종신교수직도 따야 하고 논문도 끝내야 하는데 관계에 관한 문제로 타리크와 실랑이할 시간이 없어. 그게 마찰이 제일 적은 길이잖아. 그것만 해치우면 적어도 다음 일주일은 문제없는 거지. 때론 이 주까지도!"

"주 1회는 부부심리상담사가 우리에게 해준 조언이야." 질이 말을 이었다. "'유대감'을 지속하기 위해서." 질은 손가락으로 강조 따옴표를 찍는 시늉을 하며 잔뜩 비아냥거리는 말투로 얘기했다. "나도 그게 뭐야 했는데, 막상 하고 보니까 그다지 나쁘지 않더라고. 꼭 월요일로 하자는 건 마리아였어. 그게 자기 일정에 가장 잘 맞는다나."

"이건 역대 페미니스트들이 해온 대화 중 가장 우울하다, 야." 내 말에 친구들이 폭소를 터뜨렸다. "글로리아 스타이넘 선생한테 전화해서 다음 세대는 섹스에 실패했다고 말씀드려야겠네."

"아니 뭐," 브랜디가 말했다. "경력 단절을 막기 위해 필요한 일을 해온 우리의 등을 서로 두드려줄 수도 있지. 솔직히 말해봐—하루 일을 끝내고 집에 왔을 때 누군가가 있다는 건 근사하잖아. 게다가 타리크가 집안일을 하는걸! 좋은 날이 이어지는 한 나는 계속 이렇게 살기 위해 필요한 건 뭐든 하겠어. 그냥—뭐랄까? 여기저기서 내 시간을 십 분 십오 분 빼는 것 정도는?"

질이 상체를 앞으로 내밀었고, 블라우스 앞섶이 수프 접시에 빠질락 말락 했다. "진짜 문제는 말이야, 로즈, 루크와 같이 사는 일이 그만큼의 가치가 있느냐 하는 거지. 하여간 왜 아직도 같이 사는 건데? 너는 그 이유를 알기는 알아?"

나는 내 접시를 가만히 내려다봤다. 그런 생각을 안 해본 건 아니었고, 전에도 질이 그 비슷한 질문을 안 한 건 아니었다. 나는 왜 아직도 루크와 같이 살까, 이렇게까지 나를 들들 볶는데? 나를 만지는 손길이 지긋지긋하고 침대 옆에 눕는 것조차 싫은데 왜 같이 살까?

유일하게 진실된 대답은 두려움이었다. 변화에 대한 두려움, 혼자가 되는 것에 대한 두려움, 내 인생에서 루크가 없어지면 겪어내야 할 슬픔에 대한 두려움. 그것은 상실이 될 것이다. 나는 루크를 사랑했다. 마음 안쪽 깊은 곳에 처음 만나던 시절의 루크를 여전히 소중히 간직하고 있었다. 우리가 행복했던 그 첫 시절의 루크. 우린 행복했었으니까. 루크와 함께 있으면서 이보다 더 행복할 수 없다고 생각하곤 했다. 루크가 내 인생의 사랑이라고 생각했다. 우리는 영원히 함께할 거라고 생각했다.

결혼한 부부들 모두 처음엔 그렇게 생각하지 않나? 결혼식장 통로를 걸어들어가 친구들과 친지들 앞에 서 있을 때는 삶이 희망과 기대로 가득차 있지 않나? 사랑에 푹 빠져 있을 때는 서로 상대방 외엔 아무것도 보이지 않잖아? 인생을 좀 살아본 나이든 부부가 결혼생활이 힘들어질 거라고, 어려운 시절도 있을 거라고, 서로를 미워하기도 할 거라고 말해줘도 한사코 믿지를 않는다. 우리 사랑에는 결코 그런 일이 없을 거라고 믿는다. 그런 건 딴사람들한테나 일어나는 일이다.

그랬던 부부가 결혼생활을 포기하기까지, 가령 내 몸에 닿는 손길처럼 현실적인 사랑을 기꺼이 저버리게 되기까지는 얼마나 많은 것을 감내해야 할까? 예전처럼은 절대 되돌아가지 않을 거라는, 못할 거라는 확신은 언제 드는 걸까?

사랑이 얼마나 깨지기 쉬운지 사람들은 왜 말해주지 않을까? 그리고 말을 해주면 왜 귀기울여 듣지를 않고 사랑을 살리기 위해 기를 쓰고 물을 주고 보살피고 햇볕을 쬐이는 걸까?

"관성이란 게 원래 강력하잖아." 마침내 나는 질과 브랜디에게 말했다. "안 그래?"

"아, 그야 그렇지." 브랜디가 맞장구쳤다.

우리 셋은 말이 없어졌다.

관성은 확실히 내 결혼생활을 유지하게 만드는 힘이었다. 갈라선다면 분명 고통스러울 테고, 나는 그 고통을 감내하고 싶지 않았다. 아직은.

"관성은 또한 연구지원금 신청과 기말 성적 처리와 연구 논문을 마감 내에 끝낼 수 있게 도와주지." 나는 분위기를 밝게 띄우려고 덧붙였다. "이혼에는 별 도움이 안 되지만."

우리의 결혼생활에서, 우리의 섹스 라이프에서 루크가 편집증적으로 태세를 전환하게 된 건 유산 때문이었다.

아주 짧게, 두어 주 동안 나는 임신한 적이 있었다. 유방이 계속 쓰라렸고, 속이 메슥거리고 이상하게 피곤했다. 의혹을 확인하기 위해 임신 테스트를 한 결과 양성이었다. 거의 일 년 전 일이고, 우리가 노력한 지도 일 년이 한참 넘은 시점이었다. 나의 첫번째 실수는 루크에게 얘기한 것이었다.

그날 저녁 강의를 마치고 집에 돌아와 나는 저녁을 만들고 있었다. 뭘 만들었는지 잘 기억이 안 나는데 아마도 파스타였을 것이다. 나는 현기증에 시달리고 있었다.

귀가한 루크가 모자와 장갑과 외투를 벗었다. "맛있는 냄새가 나네." 루크가 가스레인지 앞에 선 나의 몸을 두 팔로 감싸안으며 말했다—내가 좋아하던 애무였다. 그는 내 목덜미에 키스했다.

그때 우리 둘 사이는 여전히 좋았다. 비타민 때문에 싸우고 나서 내가 피임을 그만두고 아이에 대한 가능성을 열어젖힌 후 축복받은 일 년 동안 우리는 영영 잃어버렸다고 생각했던 그 자리로 돌아왔다.

나는 대답하지 않았다.

루크가 물었다. "무슨 일 있어?"

"아니." 내가 말했다. 응.

"로즈, 아무래도 뭔 일 있는 것 같은데."

"별일은 아니고. 그냥……"

"뭔데?"

그날 저녁 무슨 요리를 했는지는 기억에 없어도, 그 순간은, 가스레인지의 불을 몽땅 끄고 식탁으로 가서 앉은 그 순간만은 똑똑히 기억한다. 루크가 따라와서 맞은편에 앉았다. 불과 몇 시간 전에 나는 임신 테스트기에 나타난 양성 반응을 보았고, 그걸 손에 들고 있었고, 그게 현실이라는 걸 알았지만 그래도 그 결과가 참이라는 것을 믿을 수가 없었다. 다른 여자들에겐 참일지 몰라도 나에겐 아니었다.

"나 임신 테스트 해봤어." 마침내 나는 루크에게 말했다.

그 순간 루크의 표정을 뭐라고 묘사할 수 있을까? 기대? 희열?

"그랬더니?" 흥분한 탓에 그의 목소리 톤이 그네처럼 올라갔다.

"양성이었어." 이 한마디는 루크의 한껏 고양된 기대감에 비해 아주 잔잔했다.

루크가 벌떡 일어나는 바람에 의자가 뒤로 쓰러졌다. "우리 임신한 거야?"

순간적으로, 루크가 우리라는 단어를 쓴 데 대한 반응인지 나의 오장육부가 움찔하며 씰룩거렸다. 알레르기 반응으로 살짝 두드러기가 올라올 것 같았다. 방금 전까진 정말 분위기 좋았는데 눈 깜짝할 사이에 모든 게 변했다. "우리가 임신한 건 아니지." 내가 말했다. "내가 임신한 거지. 아기를 낳아야 하는 건 내 몸이야, 당신 몸이 아니라."

"로즈, 이건 굉장한 일이야!" 루크는 옆구리에 늘어뜨린 두 손을 꼼지락거리며 고개를 주억거렸다. 벽면에 세워둔 와인랙 쪽으로 갔다가 도로 식탁 앞으로 왔다. "집안에 있는 와인을 다 치워야 해. 당신이 못 마시면 나도 안 마셔." 루크는 아이를 위해 이 집안에서 치우거나 고쳐야 할 온갖 것들에 대해 한참을 떠들어댔다. 아이를 낳을 나를 단속하기 위해.

루크에게서 한 문장 한 문장 흘러나올 때마다 나는 미심쩍은 마음이 커져갔다. 양팔로 내 몸을 감싸안고 이건 내 거라고, 건드리지 말라고 주장하고 싶었다. 와인랙에 든 와인병을 몽땅 내 교수실로 가져가 캐비닛에 숨기고 싶었다. 공강 시간에 마시게. 테이블과 가구들 모서리를 날카롭게 갈아버리고 싶었다.

"부모님께 전화해야겠다." 루크가 휴대폰을 집어들었다. "그러고 나서 병원에 전화해서 예약을 잡을게."

우리는 이틀 후에 병원에 갔고, 의사는 그렇다고, 내가 정말 임신했다고 확인해주었다. 루크는 내게 기분이 어떠냐고 굳이 캐물었다.

내 대답이 어떻게 나올까 겁이 나서였을까?

임신에 대해 루크가 느끼는 기분을 나도 느낄 수 있으려나, 바이러스처럼 그것과 접촉하면 나도 감염되어 이 미심쩍음에서 벗어날 수 있으려나 궁금해하며 집안을 이리저리 거닐었다. 그 짧은 두 주 동안 루크는 완전히 흥분한 상태였다. 그는 만삭 사진과 아기 사진을 찍는 일을 찾아다녔다. 집안에서 휘파람을 불고 노래를 부르고, 퇴근하고 돌아오면 임신 기간 동안 뭘 해야 하는지 뭘 하지 말아야 하는지 활기차게 떠들어댔다—초밥도 안 되고 내가 좋아하는 치즈도 안 된다. 분명 아기를 죽음에 이르게 할 테니. 그는 자신이 촬영한 사랑스러운 갓난아기들에 대해, 부모가 되는 기쁨에 대해 얘기했다.

나는 루크의 흥분이 조류처럼 나를 끌고 가기를 바랐다. 내가 그 속으로 풍덩 걸음을 내디디면 나를 실어가기를 바랐다. 그러나 조류는 그렇게 강하지 않았다. 나는 바윗덩이처럼 가라앉았다.

어느 날 아침, 일어난 지 한 시간쯤 지났는데 뭔가 이상했다. 그날은 속도 메슥거리지 않고 피곤하지도 않고 유방도 쓰라리지 않았다. 엊그제 생리통 비슷한 게 느껴졌지만 그땐 별생각 없이 그냥 임신 증상 중 하나인가보다 했다. 그러나 그날 아침 통증이 다시 시작됐고 화장실에 갔을 때 하혈을 했다. 양이 많지는 않았지만 나는 겁이 났다. 통증은 평소와 비슷했다. 평소의 생리통과.

생리를 한다고? 임신은 꿈이었나?

난 자유인가?

이게 나의 '탈옥 카드'인가?

나는 약국까지 걸어가 임신 테스트기 세 개를 더 구입했다. 루크는 일 때문에 나가 있었다. 집으로 돌아온 나는 오전 내내 하나씩 하나씩 사용해서 세 개를 다 시험해보았다.

셋 다 음성이었다.

테스트기 세 개를 멍하니 바라보던 게 기억난다. 욕실 선반 위에 나란히 늘어놨던 게 기억난다. 세 개를 일렬로 늘어놓고 한눈에 보면 그것이 내게 말해주는 현실을 믿기가 더 수월해질까 싶어서. 의문이 머릿속에서 뱅뱅 돌았다. 어떻게 며칠 전엔 임신이었다가 지금은 아닐 수 있지? 내 속에 있던 미래의 아기가 갑자기 없어진 건 무엇 때문일까? 내가 뭘 잘못했나? 내 몸속에 들어와 살던 아이가 어떻게 나랑 상의도 없이 방을 비울 수가 있지?

그리고 지금 내 기분은 뭐지?

슬픔? 상실감? 안도감?

나의 생리는, 아니 그게 뭐가 됐든, 계속됐고 시간이 지날수록 점점 양이 많아졌다. 그때 단 한 가지 확실한 것은 다가올 저녁이 무서웠다는 것, 그 소식을 루크에게 알려야 하는 때가 오는 것이 겁났다는 것이었다.

루크는 울었다. 흐느꼈다. 나는 식탁 맞은편에 앉아 그의 손을 잡았다. 어느 순간 그는 고개를 들어 나를 살폈다. "당신은 왜 안 울어?" 그가 물었다.

"하루종일 울었어." 나는 거짓말을 했다. 내일 아니면 모레 울지도 몰랐다.

루크는 고개를 끄덕이고 자신을 추슬렀다. "배란일 달력을 만들어야겠다."

나는 그의 손을 뿌리쳤다. "뭐라고?"

"당신의 배란일을 정확히 계산해야겠어. 전부 다 파악하고 기록해야 해."

나는 자리에 앉아서 눈만 껌벅거렸다.

"한 번 임신이 됐으니," 루크가 말을 이었다. "또 될 수 있어, 그렇잖아?"

루크가 기어이 촬영을 마치고 집에 왔을 때 나는 그가 들어오는 소리도 못 들었다.

우리 과 대학원생의 정말 뛰어난 페이퍼에 푹 빠져서, 이 젊은 여성에게 내가 너의 지도교수가 되고 싶다고 열렬히 어필하는 상상을 하느라 여념이 없었다. 확실히 부부간 섹스를 위한 최음제는 아니었다.

"저기, 로즈? 여보세요?" 루크가 침실 문간에 있다.

"아, 왔어." 나는 랩톱에서 고개를 들고 안경을 벗는다.

"적어도 이삼 분은 여기 서 있었는데 전혀 모르더라." 짜증난 말투다.

"아, 미안. 진짜 재능 있는 대학원생을 발견했거든! 그 학생한테 보낼 이메일을 쓰는 중이었어."

루크는 대답하지 않는다. 아마도 '당면 과제' 같은 것들을 머릿속에 떠올리고 있을 것이다. 그는 방안으로 들어와 시계를 풀어 침대맡 협탁에 놓는다. 나는 다시 안경을 쓰고 컴퓨터 화면으로 눈을 돌린다. 곧이어 루크는 셔츠를 벗고, 바지와 속옷을 벗고, 이불 속으로 들어온다. 반면 나는 여전히 옷을 다 입은 상태이고, 여전히 샤워도 안 한 상태이고, 여전히 그 대학원생의 페이퍼에 푹 빠진 상태이다.

"로즈," 루크가 마침내 말한다—그의 유일한 유혹이다, 그걸 유혹이라고 부를 수 있다면 말이지만. 어조에 성급함과 간절함이 묻어난다.

십 분이면 돼, 나는 랩톱을 옆으로 치우고 속으로 중얼거린다. 길어야 십오 분. 그럼 끝날 거야.

오래전 그날 싸우고 나서 내가 왜 남편에게 화해의 손을 내밀었을까? 왜 그를 밀쳐버리지 않았을까? 꼭 손을 내밀었어야 했을까? 그대로 일어나서 나가버렸다면, 이 결혼을 끝내버렸다면 더 낫지 않았을까?

"티셔츠 벗기엔 너무 추운데." 나는 루크에게 말한다.

"그건 괜찮아."

그는 이미 내 레깅스를 벗기는 중이다. 나는 그냥 놔둔다. 달리 뭘 어쩌겠는가? 이건 내가 자원한 일이잖아? 좋을 때나 나쁠 때나. 그리고 이게 최악일까? 어차피 섹스는 결혼 거래의 일부다. 자, 왔다, 그놈의 섹스.

게다가 이 아기 만들기 과정에서 내게 기대되는 일은 하나도 없는 것 같다. 이다음부터는 당연히 있겠지만. 어쨌든 지금 이 과정에서 오르가슴을 느껴야 하는 사람은 루크다. 정자를 밖으로 꺼내야 하는 사람은 루크다. 이 모든 시련 동안 오르가슴에 관해서는 걱정하지 않아도 돼서 천만다행이다, 이런 식으로는 절대 느껴질 리 없으니.

나는 똑바로 누운 채 고개를 옆으로 돌린다. 창밖은 이제 어둑어둑하다. 겨울이 성큼 다가와 해가 너무 일찍 진다.

루크와 나는 키스도 하지 않는다. 더이상 키스 따윈 없다. 그건 그것대로 좋은 일이다. 나도 하기 싫으니까. 남편이 배란일 달력을 기입하기 시작한 순간부터 남편에게 키스하고 싶은 마음이 사라져버렸다. 볼 뽀뽀는 괜찮다. 하지만 예전처럼 길게 오래 끄는 키스라면? 사양이다.

루크가 자기 쪽 협탁에 늘 세워두는 내 사진이 눈에 들어온다. 행복한 로즈, 웃고 있는 로즈—저 로즈는 어디 갔을까? 아직 내 안 어딘가에 있을까? 저 로즈와 지금 이 로즈가 다시 합쳐질 날이 오긴 올까? 아니면 저 로즈는 영영 사라진 걸까? 이 결혼생활이 저 로즈를 죽여버렸을까?

언제까지 이래야 하지? 끝나긴 하는 거야?

죽어도 임신이 안 되면 어쩌지?

앞으로 평생 이 짓을 계속해야 하나? 최소한 갱년기가 올 때까지는?

루크가 집에 오는 순간 깜짝 섹스로 놀라게 해줄 생각에 신이 나서 발가벗고 침대 속에서 기다렸던 기억이 떠오른다. 예전의 나는 둘이 손을 꼭 잡고 공원을 산책하다가 혹은 저녁 먹으러 나가는 길에 루크에게 귓속말로 노팬티라고 얘기해주려고 치마 속에 아무것도 안 입고 도시를 활보하던 사람이었다. 이 남자를 유혹하려고 꼼꼼하게 계획을 짜던 사람이었다—연애하던 시절에도, 약혼 기간에도, 신혼 초 내내. 섹스에 관해서라면 총론 각론 막론하고 유혹에 도가 튼 여자라고 저 혼자 자신만만했던 것이 지금 생각하면 너무 웃긴다. 영화나 TV 드라마 배역처럼, 내가 한동안 맡았던 역은 결국 진짜 내가 아니었다.

섹스를 하고 싶다는 게 어떤 기분이지?

기억조차 나지 않는다.

마치 내 몸속에 켜고 끌 수 있는 스위치가 있고, 지금은 꺼놓은 상태인데—스위치가 있다는 건 아니까—어떻게 도로 켜는지 그 방법을 모르는 것 같다. 속에서 합선이 됐는데 배선을 고칠 줄 아는 전기기술자가 존재하지 않는 것 같다. 적어도 루크는 수리 능력도 없고 수리 방법도 모른다.

분 단위로 시간이 흐르는 동안—삼 분, 사 분, 오 분, 지금쯤 분명 육 분은 지났다—학교에서 섹스와 성적 욕구에 관해 대학생들에게 늘 하던 얘기가 생각난다. 상대의 동의를 구하는 것과 동의 없는 섹스의 결과에 관해. 우리가 신중하게 행동하지 않으면 욕망의 이면에는 성폭력과 범죄의 영역이 기다리고 있다.

그런 식으로 학생들과 선의의 대화를 할 때 언급하는 개념조차, 남편이 내 위에 올라타서 움직이는 동안 이렇게 무감각하게 누워 있자니 우스꽝스럽고 부조리하게 느껴진다. 루크와 내가 하고 있는 이 짓은 뭐라고 부르지? 이것도 분명 기술적으로 섹스의 한 종류인 건 맞다, 둘 다 동의를 하기도 했고. 하지만 원했을까? 욕망했을까? 지금 내게 일어나는 이 섹스는 내가 원한 게 아니라고 장담

할 수 있다. 그럼에도 어쨌든 하고는 있다. 하기로 동의했다, 마지못해 동의하긴 했을지언정. 그럼 이건 어떻게 되나? 절반의 동의? 단순한 거래? 나는 내 집에서 내 남편에게 일종의 매춘부인가?

칠 분은 확실히 경과했다.

팔 분? 구 분까지? 얼마나 더 갈까?

나는 일과 연구와 새로 착수할 프로젝트를 생각한다. 아이를 갖지 않기로 한 젊은 여성들을 인터뷰할 계획이다. 좀 수동 공격적인가? 루크에게는 말하지 않았다. 급발진할 게 뻔한데 이젠 루크와 싸우기도 지쳤다. 그러나 연구 자체는 흥미진진하고 기대된다. 여자들이 뭐라고 말할지 알고 싶다. 온통 그 생각뿐이다. 지금도 그 생각이다.

십 분? 십일 분? 끝에 거의 다 왔을 텐데.

루크가 끙끙대며 신음을 흘린다.

아, 다행이다, 드디어 끝났군.

두 번 다시 안 해, 완전히 어둠에 묻히는 창밖을 보며 나는 생각한다. 할 만큼 했어. 됐어. 그 말들이 내 속을 통과할 때, 그것이 진실임을 나는 깨닫는다.

루크가 헐떡이며 내 위로 쓰러지고, 내 맨투맨 티셔츠에 적힌 WEEKEND라는 문구에 이마를 내려놓는다. "이번엔 드디어 될지도 몰라." 루크가 말한다.

"그럴지도." 내가 말한다.

"만약 안 되면 난임 전문 병원에 가자."

루크는 그런 말을 태연하게, 들숨과 날숨 사이에서, 마치 내게 날씨를 알려주듯, 내일은 눈이 와서 내 강의가 취소될 것 같다는 얘기를 하듯 툭 흘린다.

안 돼, 나는 생각한다. 안 해. 제기랄. 안 한다고.

그리고 끝내, 끝내는, 최근 들어 항상 은밀히 머릿속에 자리하던 저항군이 목구멍으로 진군하여 혀까지 올라와 입 밖으로 나온다.

"안 돼." 나는 루크를 굴려 밀어내고 바닥에 떨어진 속옷과 레깅스를 집어든다. 예전의 나는 남편에게 당당하게 안 된다고 말하는 여자였다. 다시 그 여자가 되어야 한다—그 여자는 여전히 내 안에 있다. 알고 있다. 그 여자가 깨어나는 것을 느낄 수 있다. "난임 전문 병원에는 절대 안 가. 임신이 되든 안 되든 그냥 놔둬보자고 했었지. 그리고 되지 않았어. 안 되고 있고. 그러니까 불임인 거야."

"하지만 로즈—"

"안 돼, 루크." 나는 다시 말한다. "안 해."

28
2014년 2월 16일
로즈, 인생 1&2

"엄마, 아이스크림 더 먹고 싶어요?" 나는 간호사를 찾아 둘러보지만 좀전에 병실에서 나간 모양이다. "내가 나가서 사올게요. 잘 찾아보면 딸기맛이 있을지도 몰라."

"아냐, 됐어. 괜찮아." 어머니는 꾸벅꾸벅 졸고 있다.

엉거주춤 일어났던 나는 도로 자리에 앉는다. 그리고 주위를 두리번거린다.

뭘 해야 할지 모르겠다. 병실에 오면 나는 늘 이렇다.

간호사가 들어와 금속 걸대 꼭대기에 걸려 있는 거의 빈 수액팩을 새것으로 교체한다. 새 팩에서 항암제가 한 방울씩 천천히 떨어져 어머니의 혈관으로 들어가기 시작한다. 어머니가 눈을 뜬다. "아, 안녕하세요, 실비아 간호사님." 어머니가 잠에 취한 듯 중얼거린다.

"나폴리타노 부인, 안녕하세요, 그동안 잘 지내셨어요?" 환자들로 만실인 이 방의 고요함 속에서 간호사의 목소리는 유난히 호방하고 활기차다. 여기는 어머니와 마찬가지로 전부 암환자들이고, 다들 약을 투여받고 있지만 질병의 단계는 저마다 다 다르다. 여전히 건강해 보이고 혈색 좋은 사람들도 있고, 얼굴이 누렇게 떠서 핼쑥하고 이목구비와 피부가 탄력 없이 축 처진 사람들도 있다. 처음 보는 환자도 있지만 대부분 단골손님이다. 어머니가 입원할 때마다 여기서 마주치는 사람들. 우리는 서로 인사를 하고 어떻게 지내는지 안부를 주고받지만, 보통은 그게 전부다. 아주 가끔 누가 안 보이면 두 번 다시 보지 못하고, 그 이유는 대체로 그 사람의 항암 치료가 끝났기 때문이다. 그러나 때론 그 사람이 이겨내지 못했기 때문임을 알게 될 때도 있다. 어쩌면 그래서 이 병실 사람들이 서로 별 얘기를 안 하는지도 모른다. 다음엔 누가 안 보이게 될지 모르니까, 암의 경우엔 이미 패색이 짙은 싸움이니까.

"잘 지내셨어요, 나폴리타노 부인?" 간호사가 더욱 목청을 높여 묻는다.

어머니는 여전히 잠기운에서 빠져나오지 못한 채 억지로 눈을 뜬다. "뭐 그냥, 아시다시피 그렇죠."

"오늘은 처방이 새로 나왔지요? 지난번 혼합제는 몸에 잘 맞지 않으셨잖아요?"

"네." 나는 어머니가 대답하지 않아도 되도록 얼른 대신 답한다.

간호사는 두 눈 가득 연민을 담고 나를 바라본다. "이번엔 잘 들을 거예요."

"제발 그래야죠. 그게 저희 희망사항입니다." 나는 뭐라도 하고 싶어서 그렇게 말한다, 그게 비록 몇 마디 말뿐이라도 뭐든 붙잡고 싶어서.

간호사가 손끝으로 수액팩을 두 번 톡톡 치고 흡족해한다. 수액이 방울방울 떨어진다. 간호사는 병실을 한 바퀴 둘러보고 다시 내게 시선을 돌린다. “그 희망, 꼭 붙잡고 계세요, 아셨죠?”

밖으로 나오니 병원 입구에서 데니즈와 질이 나를 기다리고 있다. 병실의 답답한 공기와 살균제 냄새만 맡다가 찬바람을 쐬니 좀 살 것 같다.

“어디로 갈까?” 질이 묻는다. 질은 빵빵한 보라색 패딩으로 완전무장했다. 질의 날숨으로 형성된 구름이 잠깐 그대로 머물다 사라진다. “뭐하고 싶어?”

어머니가 항암 치료를 받는 날, 아버지가 교대하러 와서 내가 잠깐 쉴 수 있을 때면 친구들이 나를 데리고 어딘가로 가준다. 라야와 데니즈가 올 때도 있고, 오늘처럼 데니즈와 질이 올 때도 있다. 질 혼자 오기도 한다. 제한 시간은 한 시간, 우리는 쇼핑을 하기도 하고 가끔 미술관에도 가고 그냥 정처 없이 시내를 돌아다니기도 한다. “뭘 좀 먹어야 할 것 같은데. 사실 오늘 아직 한 끼도 안 먹었거든.”

“로즈, 끼니를 거르면 안 되지!” 데니즈가 밥 못 먹은 자식새끼 보듯 분개한다.

이래서 내가 데니즈를 좋아한다. “그럼, 어, 피자 어때?”

데니즈가 내 말을 잘근잘근 곱씹는다. 분명 피자가 제일 건강한 선택은 아니라고 보는 거다. 데니즈가 뭐라 잔소리하기 전에 질이 끼어든다. "네가 피자를 먹고 싶다면 우린 그거 먹는 거야."

우리 셋은 걷기 시작한다. 데니즈와 질은 자기들 소식을 내게 전하며 수다를 떤다. 질과 마리아는 휴가 때 올인클루시브 리조트에 갈 계획인데, 그런 곳은 생전 처음이지만 마리아가 가보고 싶단다. 데니즈는 새 연구 프로젝트의 근황을 들려주고, 이번엔 도와줄 대학원생들이 있어서 혼자 다 하지 않아도 되니 너무 좋다고 한다.

나는 열심히 들으며 이따금 웃음을 터뜨리고 이것저것 묻기도 한다.

우리는 내 어머니 얘기를 하지 않는다. 어머니의 암에 관해서는, 항암제가 듣지 않는다는 사실은 입에 올리지 않는다. 이 모든 일들이 얼마나 빠르게 일어났는지, 어머니가 얼마나 급속도로 쇠약해졌고 병세가 악화됐는지는 화제 삼지 않는다. 별로 좋지 않은 어머니의 예후에 관해서는 얘기하지 않는다. 셋이 같이 길을 걸으며 친구들은 어느 피자집이 가장 맛있고 또 금방 나오는지 상의한다. 내가 빨리 병원으로 돌아가야 해서 시간이 많지 않기 때문이다. 이렇게 멋진 친구들이 있어 나는 얼마나 운이 좋은지 새삼 깨닫는다. 데니즈와 라야와 질, 그리고 필요할 때 내 강의를 대신 맡아주는 우리 과의 몇몇 다정한 동료들 덕분에 나는 한 걸음씩 내디딜 수 있다. 나 자신이 잘 버티며 살아가면 왠지 어머니가 버티는 데 도움이 될 것 같아서, 그러면 어머니를 계속 삶 쪽으로 끌어당길 수 있을 것 같아서 나는 내 일상에 최선을 다하는 중이다.

"강의는 어때, 로즈?" 데니즈가 묻는다.

이것이 한참 만에 내가 들은 첫 질문이다. 우리는 피자집 부스에 앉아서 음식이 나오기를 기다리는 중이다. "아, 좋아. 수업하는 동안에는 잡생각이 안 드니까."

"너 아침 달리기는 계속하지?" 질이 묻는다. 질은 늘 규칙적으로 운동해야 한다며 나를 걱정해준다.

"하고 있어. 매일. 나름 유용해. 한동안 불면증이었거든."

친구들이 고개를 끄덕인다.

피자가 왔다. 나는 손대지 않는다.

울음이 터진다.

데니즈가 부스 안쪽에 앉고 내가 그 옆 복도 쪽에 앉았는데, 질이 일어나 내 옆으로 와서 우리 셋은 한쪽 벤치에 나란히 붙어 앉는다. 내가 엉엉 우는 동안 데니즈는 한 팔로 내 어깨를 감싸안고 질은 내 어깨에 고개를 기댄 채 가만히 기다려준다.

나는 스스로와 한 가지 약속을 했다—어머니 앞에서는 울지 않을 것. 오직 기운찬 모습만 보일 것. 어머니라면 내게 그랬을 테니까. 어머니라면 아버지에게 그랬을 테니까. 그것이 내가 어머니를 위해서 할 수 있는 최소한이다. 하지만 지금, 여기, 친구들과 함께 있을 때는 그러지 않아도 된다.

잠시 후 데니즈가 휴대폰을 흘긋 보며 시간을 확인한다. "로즈, 좀 먹는 게 낫겠다. 금방 돌아가야 하잖아."

나는 고개를 끄덕이고, 질이 살그머니 일어나 맞은편 자리로 되돌아간다. 데니즈가 피자 한 조각을 내 접시에 놓아준 다음 자기 것을 가져간다. 데니즈와 질은 무해한 화제로 대화를 이어간다. 이번주에 눈이 올 것 같은지, 곧 있을 질의 연구조사 출장에 대해, 데니즈의 교수실에 자꾸 들르는 새로 온 동료에 대해. "그 사람 귀여워?" 나는 힘을 내서 대화에 끼어든다. 슬슬 정신을 차리고 마음을 가다듬어야 할 때다.

데니즈가 양볼을 빨갛게 물들이며 싱긋 웃는다. "그럼, 귀엽지."

"네가 먼저 데이트 신청해봐." 질이 떠본다.

"그럴까." 데니즈는 마지막 피자 조각을 입안에 쑤셔넣는다.

병원 입구에 도착하자 발걸음이 무거워진다. 허공을 가르며 들어 올리는 다리가 천근만근이다. "너희들 없이 내가 어떻게 버텼을지 짐작도 안 간다." 작별인사를 하며 나는 질과 데니즈에게 말한다.

"짐작 안 해도 돼서 다행이네." 질이 나를 꼭 안아준다.

나는 돌아서서 병원 안으로 들어가고, 예의 병원 냄새가 내 코와 허파 속으로 들어온다. 병원의 구불구불한 복도를 더듬어 어머니가 수액을 맞고 있는 항암실까지 가는 길은 도무지 끝날 것 같지 않은 미로다. 처음에는 간호사와 행정 보조인에게 몇 번씩 방향을 물어야 했는데 이젠 하도 여러 번 다녀서 외웠다.

돌아오니 아버지는 어머니 옆에 앉아 있다.

이번에는 어머니가 깨어 있고, 웬 처음 보는 남자가 어머니 침대의 맞은편에 서 있다. 세 사람은 한창 대화중이다. 어머니는 활기차 보인다. 내 기분도 덩달아 가벼워진다.

"아, 저기 오네요, 내 딸이에요! 로즈!" 어머니는 마치 나를 간만에 보는 것처럼 손짓하며 외친다.

아버지가 나를 보더니 자신은 무고하다며 양손을 들어 보인다.

"로즈, 난 아무 관련 없다는 걸 알아다오." 내가 들을 수 있을 만큼 가까이 오자 아버지가 낮게 속삭인다.

나는 아버지를 쳐다본다. 뭔데요?

아버지는 어깨를 으쓱하더니 키득거린다.

"로즈, 내가 여기 이 근사한 교수님을 만났지 뭐니." 어머니는 말을 끊고 잠시 남자에게 미소를 보내고, 남자는 아마도 예의상 짓는 미소인 듯한데 마주 싱긋 웃어 보인다. "친구 병문안 오셨다는구나."

나는 그 친구란 사람을 쳐다보고, 그 사람 역시 남자인데 웃음을 주체하지 못하고 껄껄대며 내게 손을 흔든다. "안녕하세요, 저는 에인절이라고 합니다."

나도 마주 손을 흔든다. "만나서 반가워요."

"여기 시내에 오니까 우리 딸하고 같이 많은 시간을 보낼 수 있어서 좋네요." 어머니가 두 남자에게 말한다. "얘는 바로 다리 건너에 살거든."

나는 어머니를 빤히 쳐다본다. 이런 식으로 어머니와 많은 시간을 보내고 싶지는 않은데.

"두 사람 혹시 아는 사이일까?" 어머니가 자기 맞은편에 선 남자를 가리키며 다시 내게 말한다. "둘이 같은 분야에서 일하는 동료더라고. 로즈, 이분도 너처럼 사회학자래!"

나는 남자를 쳐다보고, 그제서야 제대로 얼굴을 보는데, 아니 모르는 얼굴이다. 내가 그의 눈빛에서 알아본 것은 인내심이다. 그는 내 어머니의 호들갑을 인내로 받아주고 있고 어머니는 벌써부터 이 남자의 팬이다—보나마나 뻔하다. 나는 고개를 절레절레 젓고 어머니의 어깨를 가만히 힘주어 꾹 누른다. "우리가 동료라고요?"

남자가 웃음을 터뜨린다. "그런 것 같네요. 그러니까, 네 맞습니다, 저는 사회학자입니다. 대학에서 학생들을 가르치고요." 남자는 숨을 들이마시고 뭔가 얘기를 하려 한다—자기 이름인지, 학교 이름인지. 하지만 남자에게 더 말할 틈을 주지 않고 어머니가 냉큼 끼어든다.

"내가 벌써 네 전화번호 알려줬어, 로즈. 둘이 가서 커피라도 한 잔하면서 서로 알아가라고."

"세상에, 엄마! 어떻게 그런!"

"나는 말렸다." 옆에 서 있던 아버지가 입꼬리 끝으로 살짝 내뱉는다.

또다시 웃음을 터뜨리는 남자를 쳐다보고, 그다음엔 완전 배꼽을 잡고 낄낄거리는 에인절을 쳐다본다. "어머니를 대신해 두 분께 사과드리죠. 우리 엄마가 좀 오지랖이 넓으셔서." 나는 어머니를 보며 그만 좀 해!라는 표정을 짓는다. 하지만 너무 즐거워하며 활짝 웃고 있는 엄마를 보니 갑갑했던 마음이 누그러진다. 나는 남자를 돌아본다. 어쩌면 그는 지금 이 상황이 우리 가족에게 얼마나 힘든 시간인지 이해할지도 모른다. 어쨌든 여기 있는 그의 친구도 항암 치료를 받는 중이니까. 나는 손을 내민다. "안녕하세요, 로즈라고 합니다. 그쪽은?"

그가 내 손을 잡고 흔든다. "토머스입니다. 만나뵙게 되어 무척 반갑습니다."

바로 그때, 나는 병실 안 사람들의 시선이 일제히 이 장면에 쏠려 있음을 깨닫는다. 항암 치료를 받고 있는 환자들, 킥킥거리는 간호사들, 내 부모가 우리를 지켜본다.

"제가 토머스한테 당신과 데이트해보라고 했거든요." 에인절이 적막을 깨고 말한다. "이제 이렇게 오셨으니, 정말 데이트 안 하고는 못 배길 것 같은데요."

다들 폭소를 터뜨린다. 양볼이 화끈거리지만 나도 얼떨결에 장단을 맞추고 있다.

오늘 하루 치의 고통이 유예된다.

내가 대학 다닐 때 가끔 어머니는 혼자 나를 만나러 오곤 했다. 우리 학교까지 기차를 타고 와서 나랑 내 친구들과 같이 점심을 먹으러 가기도 했고, 내 자취방 부엌을 급습해 미트볼과 소스를 냄비 한가득 만들어놓고 가기도 했다. 덕분에 나는 친구들과 한 주 내내 홈메이드 요리를 실컷 먹었다. 어머니의 방문 중 한 번은 아주 특별했는데, 내가 당시 사귀던 남자친구 아르투로와 헤어지고 심장이 무너졌을 때였다.

기차역으로 어머니를 마중나갔던 때가 기억난다. 기차에서 내린 어머니가 플랫폼에서 기다리고 있는 나를 향해 걸어오고 있었다. 캐리어를 끌고, 자른 지 얼마 안 된 단발머리를 찰랑거리며. 어머니가 움직일 때마다 머리카락이 어깨 위를 쓸던 모습이 기억난다. 그때 나는 멍하니 서 있었는데, 감각이 몸을 떠나며 의지도 같이 데려간 듯 텅 비어 모든 게 부질없다는 기분이었다.

"어떻게 지내니, 우리 딸?" 어머니는 곧장 양팔을 벌리고 안부를 물으며 나를 으스러져라 꽉 껴안았다. 어머니에게서는 늘 갓 세탁한 옷과 라벤더 비누 냄새가 났다. "좀 나아졌어?"

나는 고개를 도리도리 저었고 우리는 기차역을 걸어나가 택시를 탔다. 나는 울지 않으려고 안간힘을 쓰며 눈물을 참으려 입술을 계속 깨물었다. 어머니가 내 얼굴을 찬찬히 살폈는데, 분명 얼룩덜룩 꼬질꼬질했을 것이다. 내 얼굴은 며칠째 그런 상태였다.

"엄마한테 전화해줘서 고맙다, 로즈." 택시 운전사가 시동을 걸었고 노란불이 빨간불로 바뀌려는 순간 속도를 올렸다. 우리는 내가 다니는 대학의 홈타운을 가로질렀다. 내가 나고 자란 홈타운과는 꽤 멀리 떨어져 있는 이 도시. "엄마 오니까 좋지? 나도 좋다." 어머니는 택시 뒷좌석에서 내 손을 잡고 손깍지를 끼었다. "엄마 됐다가 이럴 때 쓰는 거지."

그때 택시를 타고 가며 내 머릿속에서는 온갖 상념이 스쳤다. 플랫폼에 내려선 어머니를 본 순간 얼마나 숨이 트이고 안심이 됐는지. 아르투로와 헤어진 후 처음으로, 살다보면 다시 좋아질 수도 있겠다는 느낌이 들었다. 어머니에게 전화해서 와달라고, 내 옆에 있어달라고 할 때는 궁상맞다고 생각했지만 전화하길 정말 잘했다. 말 그대로 모든 걸 팽개치고 짐을 싸서 한달음에 달려와준 어머니가 있어서, 지금 여기 내 손을 잡고 있는 어머니가 있어서 감사했다.

택시가 당시 내가 자취하던 아파트 앞에 멈춰 섰다. 룸메이트는 주말 동안 집에 없었다. 어머니가 요금을 지불하는 동안 나는 어머니의 캐리어를 트렁크에서 내렸다. 우리는 같이 계단을 올라 조용한 거실에 들어섰다.

"이야, 여기 좋구나, 로즈." 대체로 비어 있는 벽, 색도 장식도 없는 테이블과 책만 잔뜩 꽂혀 있는 책장을 둘러보며 어머니가 말했다. 그날 어머니는 내가 대학교 3학년 때 이사한 그 아파트에 처음 온 것이었다. "조금만 산뜻하게 꾸미면 좋겠다."

"그럴지도요."

집이 이렇게 휑해 보이는 이유 중 하나가 아르투로와 헤어진 후 그 남자가 생각날 만한 것을 몽땅 내다버렸기 때문이란 얘기는 하지 않았다.

어머니는 내 손에서 캐리어를 가져가더니 나한테 묻지도 않고 내 방으로 끌고 가선 짐을 풀기 시작했다. 나는 방으로 어머니를 따라가 어머니가 자기 옷을 옷장의 내 옷 옆에 거는 모습을 지켜보았다.

아르투로와 헤어지기 전까지 나는 마음이 그렇게 형편없이 무너질 수도 있다는 사실을 몰랐다. 그는 나의 소울메이트이며 우리는 영원히 함께할 거라고 믿어 의심치 않았고, 그게 깨진 지금은 남은 날들을 어떻게 살아가야 할지 알 수 없었다. 어디에 속하는지 모른 채 여기저기 떠도는 유령이 된 느낌이었다.

어머니가 빈 가방의 지퍼를 올려 닫고 벽장에 잘 세워 넣었다. 그리고 돌아서서 내 방을 점검했다. "이불장은 어디 있니?"

나는 복도에 있는 벽장을 알려주었다. 어머니는 깨끗한 이불 세트를 꺼내더니 곧장 내 방의 침대 시트와 이불을 갈고, 베개를 두들겨 푹신하게 부풀리고, 몽땅 반듯하게 정리해서 호텔 침대처럼 만들었다. 나는 좀비처럼 서서 멀뚱히 구경만 했던 게 기억난다.

"좀 낫군, 안 그러냐?"

나는 고개를 끄덕였다. 확실히 나아졌다.

그다음엔 생기 넘치고 결의에 찬 어머니의 뒤를 따라 거실로 갔다. "자, 로즈, 엄마 생각은 이래, 이제부터 우리는 모든 게 반짝반짝해질 때까지 쓸고 닦을 거야. 깨끗한 집안은 언제나 기분을 좋게 만들거든. 그다음엔 같이 나가서 이 집에 색깔을 더해줄 물건을 몇 가지 사는 거야. 근사한 러그와 쿠션, 테이블과 책장에 놓으면 분위기를 띄워줄 만한 장식용 소품 몇 개? 하여간 이 집에 필요하고 어울릴 만한 것들을 사러 쇼핑 좀 가볼까?"

"좋아요." 나는 어머니의 손아귀에 있었다.

어머니가 싱긋 미소 지었다. "신나지."

나는 어머니에게 유리세정제와 빗자루, 대걸레, 먼지떨이, 걸레를 보관해두는 장소를 알려주었다. 우리 둘은 대청소에 나섰고, 티끌 한 점 없이 청결해질 때까지 아담한 부엌부터 차근차근 청소와 정리를 해나갔으며, 이어서 거실과 욕실까지 해치웠다.

어머니는 아르투로에 관해 단 한 번도 묻지 않았다. 번화가에서 쇼핑을 하며 집에 필요한 물건들을 살 때도, 서점에서 읽고 싶은 추리소설 신간을 고를 때도, 그후에 저녁을 먹으러 식당에 가서도. 어머니는 우리가 무엇 때문에 헤어졌는지, 내가 왜 아직도 헤어나지 못하는지 일절 묻지 않았다. 어머니가 묻지 않으니 나는 얘기할 이유가 없었고, 그래서 얼마 전 학교 중정을 걷다가 아마도 1학년인 듯 어려 보이는 여자애와 손을 잡고 걸어가는 아르투로를 봤는데 어쩜 그렇게 순식간에 여자친구를 갈아치울 수 있는지 그걸 보고 정말 심장이 무너졌다고 하소연하며 울 이유도 없었다. 어머니는 과거를 곱씹는 짓을 질색했다.

어쨌든 그날은 몇 주 만에 울지 않고 보낸 첫날이었다.

어머니의 에너지는 끝이 없었고 유쾌한 활기도 마찬가지였다. 전신에서 활력이 뿜어져나왔고, 그것이 내 피부 속으로 스며들어 다친 심장까지 어루만지는 기분이었다.

밖이 어두워지고 잠자리에 들 무렵이 되어 나는 거실 소파에서 자려고 베개를 갖고 나왔다. 그런데 어머니가 말렸다.

"로즈, 됐다. 네 침대는 충분히 넓잖아. 우리 둘이 자도 넉넉해." 어머니는 내 머릿속을 샅샅이 살피는 듯한 눈길로 내 얼굴을 유심히 관찰했다. "잘 때 누가 옆에 있으면 네가 좋아할 것 같아서. 그동안 잠도 잘 못 잤을 텐데 너 원래 옆에 깨어 있는 사람이 있으면 더 잘 자잖니. 너 잠들 때까지 엄마가 옆에서 깨어 있을게, 좋지?"

나는 눈만 껌벅거리며 어머니를 바라보았다. 하긴 그동안 잠을 잘 못 자긴 했고, 엄마가 한 말이 다 맞았고, 어머니가 제시한 그 단순한 위로가 몹시 고프긴 했지만 그래도 반감이 생겼다. "내가 뭐 어린앤가." 나는 어머니에게 말했다.

"어린애 아니지. 하지만 그게 뭐라고 좀 그렇게 하면 안 되니?"

어머니의 말에 대답은 안 했지만, 나는 소파로 갖고 나온 베개를 집어들고 도로 방으로 들어가 이불 속에 들어갔다. 어머니가 내 옆으로 들어왔고, 우리는 독서등을 켜고 각자 아까 서점에서 산 추리소설을 펴고 자리를 잡았다.

어머니가 너무 구식이고 꼰대라고 생각한 적도 있었다. 하지만 점차 나이가 들고 사는 게 점점 힘들고 복잡해지면서 나는 어머니가 누구이고 어떤 사람인지 좀더 제대로 이해하게 됐다고 생각한다—그랬기를 바란다. 내가 어머니를 인간적으로 좋아한다는 것을 깨닫는 순간들, 거의 친구처럼 느껴지는 순간들, 우리의 성격 차이에도 불구하고 어머니가 경이롭다는 생각을 뼈저리게 하게 되는 순간들이 있다. 나이가 들수록, 그런 순간들이 많아질수록, 나는 질과 데니즈와 라야를 이해하듯 어머니도 이해할 수 있게 되었다. 어쩌면 친구보다 훨씬 더 좋다, 엄마니까, 우리 엄마니까, 그리고 엄마는 세상 그 누구보다 나를 사랑할 테니까.

그러나 내가 아직 대학생이던 그 시절에는 어땠던가?

그날 처음으로 나는 지금 내 옆에서 침대에 나란히 앉아 책을 읽고 있는 이 사람을 내가 얼마나 좋아하는지 깨달았다. 졸려서 베개 옆 전등을 끄려고 손을 뻗는 나를 보고 대수롭지 않게 "잘 자, 우리 딸, 엄마는 좀더 책 읽고 있을게" 하고 말하는 이 여인이 얼마나 고마운지, 그날 긴 하루를 보내고 분명 자기도 피곤할 텐데, 얼굴에 피곤하다고 쓰여 있는데도, 내가 자는 동안 기꺼이 밤새 책을 읽을 것처럼 말하는 우리 엄마가 얼마나 고마운지.

토머스가 그의 친구 옆으로 돌아가 앉고 아버지가 뭔가 먹을 것을 사러 카페테리아에 가고 난 지금, 병원 침대에 비스듬히 기대어 누워 있는 어머니에게서 피로감이 선명히 읽힌다. 이번엔 내가 어머니의 침대 속에 들어가 어머니가 잠에 겨워 조는 동안 책을 읽으며 한시도 쉼 없이 곁을 지키고 싶다. 그래서 어머니가 깰 때마다, 눈을 뜰 때마다 사랑하는 사람이 줄곧 옆을 지키고 있음을 알 수 있도록, 어머니의 상태가 괜찮은지 확인하며 불침번을 서고 있음을 알 수 있도록.

어머니의 시선이 토머스와 에인절에게로 흘러갔다가 내게 돌아온다. 그리고 히죽 웃는데 기운이 좀 돌아온 것 같다.

나는 어머니의 손을 힘주어 잡는다. "도대체 무슨 일을 꾸미고 있던 거야, 엄마? 방금 만난 남자한테 내 전화번호를 넘기다니?" 내 말은 나무라는 것처럼 들리지만 웃음기도 들어 있다.

"뻔하잖아? 우리 딸 소개팅 주선하려고 했지." 어머니가 말한다. "게다가 아무나는 아니다? 너랑 똑같잖니, 로즈—교수라잖아! 내 보기엔 완벽해! 잘생겼지, 키 크지, 네 엄마랑 기꺼이 말상대도 해주지." 내 연애생활에 간섭하는 것이 예전처럼 혈기 넘치는 여인으로 되돌아가는 데 도움이 되기라도 하는지 어머니는 점점 에너지가 솟는다. 사사건건 내 일에 이래라저래라 하던 그 양반 맞군. "그리고 난 네가 멋진 사람하고 같이 있는 걸 보고 싶어. 너 헤어진 지도 한참 됐잖아."

"아이고, 엄마, 나는 괜찮습니다." 나는 어머니에게 말한다. "살다보면 누군가 만나겠지."

"뭐, 그 누군가를 만나는 걸 지금 했으면 좋겠다고."

"참아주세요, 엄마."

어머니는 잠잠해졌다가 곧 덧붙인다. "내가 아직 살아 있는 동안 할 수 있는 걸 해야지, 로즈. 엄마 죽기 전에 네가 자리잡고 행복하게 사는 걸 보고 싶어."

점성 높은 덩어리 같은 것이 목구멍을 콱 틀어막는다. "엄마, 그런 말 하지 말아요!"

어머니의 호흡이 고르게 진정된다. 항암제가 똑똑 떨어져 어머니의 정맥으로 흘러드는데, 느리다, 언제나 너무 느리다. "로즈, 때가 오면, 조만간, 우리 모두 진실을 마주해야 할 거야."

나는 숨을 들이쉰다. 벌떡 일어난다. 가슴이 미어진다. 이 자리를 벗어나야 한다. "뭣 좀 마실 게 필요하네. 금방 돌아올게요."

커피 자판기에 다다를 즈음 눈물이 쏟아진다. 나는 가방을 뒤져 동전 몇 개를 꺼내 투입구에 하나씩 하나씩 넣고, 동전이 땡그랑땡그랑 바닥에 떨어지는 소리에 귀를 기울인다. 커피 노즐 바로 밑 받침대에 컵이 내려와 놓인다. 윙윙거리는 소리에 이어 쉭쉭거리는 소리가 나며 김이 피어오르는 액체가 진흙처럼 진하고 걸쭉하게 컵 안으로 쏟아진다.

좀 이상한데, 하고 생각하며 나는 가까이 들여다본다.

순간, 이 커피 자판기처럼 쓸데없는 것에 온 정신을 빼앗긴다—병원에서, 암에서, 어머니와 항암 치료와 어머니가 살고 있을 두려움과 어머니와 같이 살아가고 있는 우리 모두가 느끼는 두려움에서, 어머니가 진실에 관해 방금 얘기한 그 말—무슨 생각에서 그 말을 꺼냈든—의 두려움에서 등을 돌린다. 어머니가 무슨 뜻으로 그랬는지 알면서도. 당연히 안다. 커피 노즐이 멈췄는데 컵은 반밖에 차지 않았다. 아무렴 어때, 하고 컵을 꺼내려는 순간 갑자기 다시 커피가 쏟아져나오는데, 그야말로 폭발해서 커피 가루와 뜨거운 물이 사방에, 내 손과 스웨터 소매에 온통 튀었다.

"젠장!" 나는 손을 빼서 피부를 살핀다. 이미 얼룩덜룩한 자국이 벌겋게 생겼다. "젠장." 이번엔 좀더 나직이 내뱉는다. 나는 고개를 절레절레 젓고 돌아서서 벽에 등을 기댄다. "못 해먹겠군." 나는 어깨를 축 늘어뜨리고 누구에게랄 것 없이 중얼거린다.

"맞아요, 그 커피 자판기가 제일 형편없어요. 2층에 있는 게 훨씬 낫죠."

나는 고개를 든다. 토머스가 거기 서 있다. "빌어먹을." 나는 입속으로 중얼거린다. 억지로 정신을 다잡는다. 커피를 왕창 뒤집어썼고, 팔에서는 커피 가루가 굴러떨어진다. "미안합니다. 난 그냥, 아무래도 오늘이 제일 재수 좋은 날은 아닌가봐요."

"글쎄요, 제가 도움이 될지도요." 토머스가 가방의 지퍼를 열고 가방 안을 뒤지기 시작한다.

"어떻게 해야 할지 모르겠어요." 토머스에게라기보다는 나 자신에게 하는 소리다.

커피를 말하는 것도 아니고.

이 토머스라는 남자는 잠시 말이 없더니, 백팩에서 냅킨을 꺼내 내게 내민다. 나는 그것을 받아들고 그를 쳐다본다. 어머니가 데이트를 강권한 후 처음으로 제대로 본다. 그도 내 시선을 정면으로 받는다. 그의 눈빛에 어린 것은 이해심이다. 그가 내게 손을 내밀며 말한다.

"그런 건 아무도 모르죠."

29
2008년 3월 2일
로즈, 인생 6

창밖에 눈이 온다.

유리 위에 복잡한 얼음 패턴을 그리며 눈이 쌓인다.

이곳 창문 안쪽은, 온통 따스하고 기쁨이 넘친다.

"안녕," 나는 품에 안은 조그만 아기에게 말한다. 내 아기에게. "애디."

도저히 눈을 뗄 수가 없다. 나는 이 아이에게 완전히 홀렸다. 출산의 트라우마나 몸의 피로와 아픔은 이미 저만치 가버린 듯, 고작 몇 시간 전이 아니라 몇 주쯤 지난 일처럼 느껴진다. 애디를 바라보고 있으면 내가 병원에 입원해 있다는 사실도 까맣게 잊어버리고, 소독제 냄새, 따끔거리는 이불, 벽에 붙어 있는 안 예쁜 것들과 의료 장비들이 몽땅 인식의 지평 너머로 사라져버린다. 애디는 눈을 열심히 감고 있지 않으면 금방이라도 날아가버릴까봐 무서운 듯 눈을 꼭 감고 자고 있고, 아기의 나지막한 숨소리가 적막을 채

운다. 어쩌면 제 아빠처럼 코를 골게 될지도 모른다. 그런 생각을 하니, 내 품에 안긴 이 아이가 제 아빠 혹은 제 엄마인 나를 닮을지도 모른다는 생각을 하니 기분이 참 묘하다. 우리 둘 중 아무도 닮지 않고 저 혼자만의 자아를 가지게 된다면 어떤 모습일까?

병실 문이 살짝 열리고, 이어서 소리가 들린다. "로즈?" 반쯤 어둠에 묻힌 공간에서 속삭이듯 나를 부르는 아버지 목소리다.

복도에서 나를 들여다보는 아버지가 보인다. "나 깨어 있어요." 나는 아버지에게 말한다.

아버지가 까치발로 들어오고, 그 뒤에 어머니가 있다.

"걱정하지 않아도 돼요—꼬맹이는 쿨쿨 자고 있어요." 부모님한테 내 말이 들리기나 하는지 모르겠다. 두 분의 시선은 애디한테 꽂혀 있다.

어머니는 당신 표현에 의하면 기쁨의 색깔이라는 병아리색 스웨터를 입고 있다. 루크한테서 다 잘됐고 산모와 아이 모두 건강하다는 소식을 듣자마자 엄마는 그 스웨터를 꺼내 입었다. 나폴리타노 집안은 미신을 믿는 사람들이고, 그래서 어머니는 좋은 소식이 공식화되기 전까지는 기쁨의 스웨터를 입을 수가 없었다. 어머니는 아버지를 구슬려서 비슷한 병아리색 스웨터를 입혔다.

나는 아버지의 스웨터를 가리키며 웃음을 터뜨렸다. "아빠, 그 옷 멋진데요."

"오늘은 네 엄마가 입으란 대로 입어야지." 아버지가 말한다. "좀 있으면 너도 노랑으로 입게 될걸."

어머니는 애디에게 줄 똑같은 색의 앙증맞은 손뜨개 모자를 꺼내든다. "어떠냐, 로즈?"

"웃긴데요." 이렇게 말하면서도 나는 배시시 웃고 있다. "맘에 들어요."

"그치!" 어둑한 조명 아래 어머니의 뺨이 핑크색으로 물든다. "너 줄 스웨터도 당연히 있어." 어머니는 아버지의 어깨에 매달린 더플백을 뒤지기 시작한다. "루크한테 우리 가족사진 찍어달라고 하자."

"거봐라, 로즈." 아버지가 스웨터를 가리키며 말한다. "다음은 네 차례지."

"오늘은 엄마가 시키는 대로 입을게요, 엄마."

어머니는 가방을 뒤지다 말고 고개를 들어 나를 보며 흡족한 미소를 짓는다.

부모님을 기쁘게 해드리는 건 아주 쉽다—어머니가 듣고 싶어 하는 얘기를 하고, 어머니가 늘 바라던 대로 한다—스웨터요? 네, 그럼요, 손주요? 네, 그럼요. 그동안의 저항과 버티기는 결국 다 뭐였을까? 왜 그렇게 아이 낳기를 완강히 거부했을까? 이 모든 사랑을 내 인생에 불러들이는 것이 뭐 그리 잘못된 일이었다고?

어머니가 그 유치한 스웨터를 내게 건네주고 아버지가 애디를 받아들자 나는 욱신거리는 몸에 스웨터를 걸친다. 이 모든 걸 바라마지않았던 것처럼, 오로지 이 배역—아기 엄마—을 맡기 위해 태어난 것처럼 나는 이 모든 일을 수행하고 있다.

나는 병원 침대에 기대어 앉아 부모님이 애디를 두고 수선을 피우는 모습을 바라보며 애디가 좀전까지 있다 간 자리의 따스함, 내 가슴 부근에서 느껴지는 허전함을 새삼 인식한다. 인생에 새로 등장한 이 존재에 두뇌와 몸이 얼마나 빠르게 적응하는지. 아이에 대한 감각—애디가 품에 있고 없고에 따른 밀물과 썰물의 차이, 애디의 소재와 안전과 평안과 안녕에 대한 인식—을 얼마나 빠르게 형성해나가는지 놀랍기만 하다.

내 직업과 경력은 어떻게 되는 거지? 내 두뇌가 연구와 글쓰기와 강의로 다시 돌아갈 수 있을까 아니면 절대 다시 똑같을 수는 없을까? 두 번 다시 예전처럼은 되지 못할까?

그게 중요할까? 신경이나 쓰일까?

나는 이불을 좀더 끌어올린다.

일단 지금은 이렇든 저렇든 상관없다. 지금 이 순간은 밝은 노란색 환희를 만끽하기로 한다.

아버지가 고개를 숙이고 애디의 보드라운 머리에 뺨을 댄다.

이 모든 게 그날 내가 루크에게 손을 내밀었기 때문이지.

그 생각에 매달려 이리저리 굴려보고 검토한다. 나는 뻣뻣하게 물러나는 대신 앞으로 다가갔고, 남편을 밀어내는 대신 남편에게 손을 뻗었다. 그 작은 행동의 변화 덕분에 애디가 존재한다. 그 덕분에 이 병원에 나, 남편, 내 부모, 우리 딸이 함께 있는 이 장면이 존재한다. 까딱하면 애디가 없을 수도 있었다는 사실, 이 세상에서 애디의 존재가 그렇게 가볍다는 현실에 나는 머리가 멍해진다. 아이가 태어난 지 만 하루도 안 됐는데, 아이가 아예 존재하지 않을 수도 있었고 하마터면 생겨나지도 못할 뻔했다는 게 말도 안 되는 것 같다. 애디의 존재는 불가결하고, 필수적이고, 내 가슴속에서 뛰는 심장이나 마시는 공기처럼 소중하다.

루크와 다툼을 계속했더라면 오늘의 나는 어떤 사람이 되어 있을까?

아이를 세상에 안겨주고, 내 부모에게 사랑하고 안아주고 어리광을 받아줄 손주를 안겨주는 일을 해냈다는 묘한 만족감이 든다.

루크가 병실 문 안으로 고개를 쏙 들이밀더니 웃음을 터뜨린다. "멋진 의상이네요, 엄마."

내 어머니가 고개를 돌려 사위를 본다.

루크가 다시 웃는다. "저쪽 엄마를 말한 거였습니다, 로즈 말예요."

어머니가 고개를 내밀어 루크의 뺨에 키스한다. "말이 났으니 말인데, 자네 줄 스웨터도 있거든."

루크가 눈을 굴린다. "물론 그러시겠지요."

"사돈 어른들은 아직 안 오셨나?" 어머니가 묻는다. "가족사진 찍으실 때 우리 스웨터를 빌려드릴 수도 있는데."

"그것 참 사려 깊으시군요." 루크가 어머니를 놀린다. 낸시와 조가 이 스웨터를 입을 일은 절대 없고, 루크도 그걸 안다. 루크는 카메라를 꺼낸다. 중요한 촬영을 위해 아끼는 대형 카메라다.

내가 절대 사양하는 게 있다면, 그것은 시부모를 만나 그들이 미주알고주알 늘어놓는 충고와 조언, 일일이 통제하려는 시도를 듣고 있어야 하는 상황이다—나를 통제하고 애디를 통제하고 당신의 아들을 통제하려는 말들. 내가 아이를 가진 후 며느리에 대한 그들의 태도는 다시 상냥해졌을지도 모른다. 하지만 내게 이래라저래라 지시하고 이런저런 엄마가 되라고 요구하며 사사건건 간섭하려는 욕구는 더욱 심해지기만 했다. 어쩌면 그전의 시간들, 시부모와 내가 사이가 좋았던 때는 다시 오지 않을지도 모른다.

"자, 웃어요." 루크가 말한다. 어머니는 기어이 루크에게 스웨터를 입혔고, 우린 모두 한 세트가 됐다.

기껍지는 않아도, 어머니가 시키는 대로 고분고분 한 일 중 가장 우스꽝스러운 짓이어도, 뭐 어떠랴 싶다. 중요한 건 오늘 어머니가 아주 행복하다는 것, 그 행복감이 온 방안에 퍼져 내 시야 가장자리가 흐릿하게 번진다는 것이다. 마치 오래된 사진처럼, 지금 현실의 이 순간이 아니라 과거 혹은 미래의 어느 순간 일어난 일처럼.

사진을 찍는 내내 애디는 자고 있다—루크가 카메라 타이머를 세팅한 후 우리 다섯이서 찍고, 그다음엔 부모님과 애디와 나, 그다음엔 루크와 애디와 나, 그다음엔 애디와 나만, 애디와 루크만 찍는다. 나는 미소를 거둘 수가 없다. 그랬다간 이 모든 것이, 부모님과 애디와 루크와 이 방안의 좋은 것이 몽땅 사라져버릴까봐. 온갖 조합으로 가족사진을 찍고 나서, 내 인생이 걸린 것처럼 내게 꼭 필요한 사진이 한 장 남았다.

"루크, 엄마랑 나랑 애디랑 사진 좀 찍어줄래? 우리 셋만?"

"물론이지." 그가 말한다.

어머니가 침대 가장자리에 걸터앉는다.

"엄마, 너무 멀어요. 이리 와요, 내가 엄마한테 팔을 두를 수 있게."

어머니는 이 세상에 인간이라곤 오직 나 하나만 있는 것처럼 나를 바라본다. 나는 그 시선을 한껏 머금고, 피부 속으로 스며들어 혈관을 통해 내 온몸으로 구석구석 퍼지게 한다. 궂을 때를 대비해 이 느낌을 저장해두고 싶다. 살다보면 궂을 때는 언제든 생기기 마련이니까, 안 그런가?

"사랑한다, 로즈." 어머니가 말한다.

그 순간 이 장면에는 비현실적인 기묘함이 있다. 기쁨에 넘치는 부모, 기쁨에 넘쳐 얼굴을 환히 빛내는 어머니. 내 시선은 다시 작고 예쁜 애디에게 머물고, 손녀를 품에 안은 할머니가 천성이라는 듯 너무나 편안하게, 너무나 가뿐하게 내 딸아이를 안고 있는 어머니의 모습을 가만히 응시한다.

나는 이 순간을 즐기려고 노력한다.

하지만 꿈이 아닐까? 이게 다 정말 현실일까?

이제 곧 꿈에서 깨면 모든 게 달라지지 않을까?

30
2010년 2월 12일
로즈, 인생 8

임신중단 클리닉의 문은 페인트칠이 떨어져나간 붉은 철문이다.

복도에서 철문 안쪽으로 나를 옮겨놓을 마지막 몇 발짝을 떼지 못한 채 나는 문짝만 열심히 살피고 있다. 약국에서 사온 임신 테스트기에 찍힌 양성 반응, 나란히 그어진 두 줄, 그 긍정의 신호를 읽은 후 계속 오락가락하는 내 선택을 결정지을 몇 발짝.

질이 늦는다. 지하철에 아픈 사람이 있어서 다들 땅 밑에 발이 묶여 있는 상태라고 문자를 보내왔다.

발밑의 카펫은 닳아서 올이 풀려 지저분하고, 한때 새하얬을 벽면은 때가 끼어 회색 줄이 죽죽 그어졌다. 천장에 조명은 두 개인데 그나마 하나는 꺼져 있다.

주위 모든 것이 이렇게 말하는 것 같다. 엄마가 되기를 거부하는 여자들이 받는 대접이 이런 거야—칙칙하고 음침하고 어두컴컴한 시설. 청결한 진료실과 기구, 초음파검사를 위한 밝고 환한 조명과 유쾌한 의사, 명랑한 파스텔 색조의 분만실은 너희에게 과분해.

나는 문을 열고 들어간다.

철문 안쪽도 딱히 나을 게 없다. 조명? 있긴 있다. 미소로 친절하게 맞이하는 직원? 있긴 있다. 하지만 말소리가 통하게 작은 원형 구멍을 여러 개 뚫어놓은 방탄유리를 사이에 두고 얘기한다. 임신중단이 정녕 방탄유리와 관련이 있어야 하는 걸까?

"오후 두시에 예약했습니다. 로즈 나폴리타노예요."

여자가 컴퓨터를 들여다보더니 고개를 끄덕이고 버튼을 눌러 오른쪽에 있는 문을 열어준다. 나는 방탄유리 안쪽으로 건너가 대기실로 들어간다. 여기 인테리어는 복도보다 좀 낫다. 벽면의 페인트는 차분하고 세련된 회색이고, 커피 테이블에는 잡지가 몇 권 쌓여 있고, 비교적 새것으로 보이는 의자가 벽을 따라 가지런히 놓여 있다. 대기실에 있는 여자들 수를 세어보니 총 여섯인데, 둘은 파트너인지 친구인지와 함께 앉아 있고 나머지는 혼자다.

나는 의자에 앉아 똑바로 앞만 쳐다본다. 피임법에 관한 팁을 주욱 적어놓은 포스터가 눈에 들어온다. 질이 오긴 오려나 불안하다. 최소한 집에 가기 전까지는 와줬으면 좋겠는데.

벽에 걸린 시계는 오후 두시 십분을 가리키고, 나는 내 이름이 불릴 때까지 기다린다.

"루크가 구슬려도 넘어가지 마. 너 아닌 딴사람이 될 필요는 없어."

어머니와 나는 본가의 부엌에 있었고, 어머니가 미트볼과 소스를 만드는 동안 나는 옆에서 말벗도 하고 잔심부름도 하고 있었다. 어머니가 재료를 준비하는 동안 옆에서 어머니의 지시를 받아 야채도 썰고 냉장고에서 필요한 것도 꺼내고 하는 이런 친숙한 느낌이 좋았다. 엄마, 마늘 한 통 더 깔까? 이것은 내가 존재하기 훨씬 전에 이미 어머니가 마스터한 예술, 즉 요리의 세계로 어머니가 어린 나를 초대했을 때부터 우리가 같이 해오던 놀이다. 어머니는 부엌에서 자연스럽게 지휘권을 행사했고, 그런 종류의 권능감을 내 경우에는 강의실 앞에 서거나 강연을 할 때 느낀다.

어머니가 그 말을 했을 때 나는 식탁 앞에서 파슬리를 썰고 있었다. "무슨 소리예요, 엄마?"

"로즈, 너 루크랑 있을 때 얼굴빛이 무척 안 좋아. 결혼생활이 행복하지 않게 된 지도 꽤 됐지." 어머니의 말투는 심각했지만 연민이 배어 있었다.

나는 파슬리를 자디잘게 다졌다. 그렇게 빤히 다 보였나?

"엄마한테는 사실대로 얘기해도 돼. 나도 좀 알고 싶다."

"루크랑 문제가 있긴 해요." 나는 시인했다.

어머니가 내게 시킨 작업을 감독하러 왔다. "그만하면 됐다, 그러다 아예 가루가 되겠어." 어머니는 도마를 가져가 부글부글 끓고 있는 토마토소스에 파슬리를 쏟아넣었다. "언제부터?"

"유산한 후부터."

어머니는 도마를 씻어 행주로 닦아 말린 다음 내 앞에 도로 갖다 놓고 마늘 한 통을 건네준다. "미트볼에 넣을 거니까 여덟아홉 알 정도 다져줘—잘게." 어머니가 고개를 숙여 내 정수리에 키스한다. "그런 것 같더라니."

유산한 날 저녁 내내 흐느껴 우는 남편을 보고 나서, 다음날 나는 어머니에게 전화했다. 유산했다고 말하자 어머니는 곧장 반사적으로 정말 안타깝구나, 로즈, 라고 했다. 뒤이어 코 훌쩍이는 소리가 나서 나는 어머니가 울고 있음을 알았다. 오히려 내가 위로해줘야 할 것 같았다. 처음엔 루크가 울고, 이젠 어머니가 울고, 근데 왜 난 안 울까? 왜 난 아무 느낌이 없지? 왜 눈물이 안 나지? 임신했다가 유산한 사람은 난데 왜 나는 딱히 상실감이 안 느껴질까? "뭐, 한번 임신이 됐으니 또 될 수도 있겠지." 어머니도 루크와 똑같이 말했다. "내가 그걸 바라는지 모르겠어요, 엄마." 내 대답에 어머니는 아무 말이 없었다. "난 오히려 마음이 놓였던 것 같아." 실제로 마음이 놓였다. 나는 안다. 어머니가 다시 입을 열더니 시간을 좀 가지라고, 시간이 지나면 다르게 느껴질 수도 있다고 했다.

그래서 그렇게 했다. 시간을 가졌고, 루크가 나와 내 몸을 포함해 모든 것을 통제하게 내버려두었다. 하지만 시간이 지날수록 나는 남편의 일거수일투족에 점점 더 화가 났다.

나는 마늘을 쪼개서 한 알씩 잘게 다졌다. 그러면서 어머니에게 사실대로 말하기로 했다. "유산한 이후로, 루크는 내가 눈에 보이지도 않는 것 같아요. 나를 임신시킬 궁리밖에 안 해. 정말 오랫동안 루크가 하자는 대로 다 하다가 두어 달 전에 그만뒀어요. 더이상은 안 된다고 했어." 나는 고개를 들었다. 어머니는 가스레인지와 식탁 중간쯤에 서서 나를 보고 살짝 고개를 끄덕였다. "내가 원하는 건 아이가 아니야, 엄마. 이젠 심지어 루크를 원하지도 않는 것 같아. 어쩌면 이 결혼생활도. 나 때문에 속상하다면 미안해요,

엄마. 엄마를 속상하게 만들고 싶진 않은데."

어머니는 두 손을 허리에 얹고 잠시 눈을 감았다가 숨을 내쉰다. "로즈. 그래." 어머니는 앞치마 끝자락으로 뺨을 닦는다. "거짓말을 하고 싶진 않구나." 어머니가 한숨을 내뱉는다. "속상하긴 하지, 하지만 그건 네가 아이를 낳을지도 모른다는 희망을 내가 계속 품고 있었기 때문이야. 어쩌면 나한테도 손주가 생길지 모른다는 희망 말이다. 나는 늘 할머니가 되고 싶었거든."

"나도 알아요." 나는 중얼거렸다.

어머니가 앞치마 자락을 매만졌다. 여기저기 점점이 붉은 토마토 얼룩이 묻었다. "하지만 나한테 제일 중요한 건 네가 행복하게 사는 거야. 네가 그렇게 우울하다는 얘기를 들으니 나도 우울해—화도 나고. 난 루크가 늘 마음에 들었는데. 오랫동안 너희 둘이 잘 사는 것 같더니만."

그 순간 이런 대화가 예전에 바닷가에서 우리가 나눴던 얘기, 엄마가 내게 넌 좋은 엄마가 될 거라고 믿는다고 했던 얘기와 참 많이 다르다는 생각이 들었다. 그때와 비교해 지금은 루크와 나 사이의 상황이 너무 많이 바뀌었다. 잠정적인 희망에서 분노와 절망으로 곤두박질쳤다. 설마 그럴 리는 없을 거라 생각했는데.

"너희 둘이 잘 수습해볼 수는 없을까?" 어머니가 말했다. "네가 루크한테 그만 욕심을 버려야 한다고, 너희 사이에 아이는 생기지 않을 테니 다른 길을 찾아보자고 얘기하면 어떨까."

나는 일어나서 스테인리스 믹싱볼에 가득 든 미트볼용 재료, 즉 빵가루와 파르메산 치즈와 허브 위에 마늘 다진 것을 쓸어넣었다. 그러면서 지금의 내 상황을 어머니에게 말할 용기를 내기 위해 열심히 마음을 가다듬었다.

"로즈, 루크한테 안 된다고 얘기해도 괜찮아. '이제 그만하자'고 얘기해. '우리한테는 아이가 안 생겨. 노력했지만 안 생기는 거야.' 그렇게 말하면 돼."

"난 후회가 돼, 엄마—전부 다." 나는 믹싱볼을 뚫어져라 내려다보고 있었다. "애초에 루크랑 헤어졌어야 했는데, 일이 이 지경이 되기 전에."

"이 지경이라니? 그게 무슨 소리야?"

나는 큰 소리로 말하기로 마음먹고 고개를 들어 어머니를 보았다. "만약 내가 임신했다면요?"

어머니는 숨을 헉 들이켰다. 그리고 가스레인지로 가서 소스를 한 번 세게 휘저었다. 소스가 조리대 위로 튀었다. 어머니는 냄비를 뚫어져라 내려다보았다. "임신했니?"

나는 대답하지 않았다.

그렇다. 나는 임신했다.

루크와 내가 마지막으로 섹스했을 때, 난임 병원에 가자는 것을 거절하고 절대 그런 곳에 가는 일은 없을 거라고 루크에게 말한 바로 그날, 나는 임신했다. 그때 이후로 우리는 거의 말을 섞지 않는다. 그 모든 게 너무 아이러니하다. 나는 내가 하고 싶은 마음이 들 때까지 다시는 루크와 섹스하지 않을 거라고 다짐했고, 그로부터 얼마 지나지 않아 내가 두 번 다시 루크와 섹스하기를 원하지 않을 것임이 분명하다는 비참한 결론에 도달했다. 루크를 향한 욕망이 다 죽고 깡그리 사라졌다고 백 퍼센트 확신했다.

그러다 일주일 전쯤, 아침에 학교에 가려고 준비하는데 가슴이 쓰라렸고 유방이 좀 커진 것 같다는 생각이 들면서 옷 입은 태가 확연히 달라 보였다.

생리일이…… 나 임신했구나.

일단 그 말이 내 머릿속에서 경고등처럼 번쩍이기 시작하자 그 번쩍거림은 도무지 그치질 않았다.

나는 울음을 터뜨렸다. 유산했을 때는 눈물 한 방울 나오지 않았는데, 이 임신에 대해서는? 울고 또 울었다. 출근길에 울고 학교 내 방에 도착해서는 책상 앞에 앉아서 울었다. 내 결혼생활의 피할 수 없는 파국에 애통해했고, 루크에게든 누구에게든 결코 안겨줄 리 없는 이 아기 때문에 비통해했다. 낳을 수 없었다. 낳지 않을 것이다. 방법이 없었다.

어머니는 키친타월을 뜯어내 가스레인지 위에 튄 소스를 닦아내며 말했다. "오, 로즈, 어떻게 할 거니?"

아직 대기실에서 기다리고 있을 때 질이 도착한다.

"로즈, 늦어서 미안해!" 질의 목소리는 이 조용한 공간에서 깜짝 놀랄 만큼 우렁차게 울리지만 나 외엔 아무도 고개를 들지 않는다. 우리는 포옹을 나누고 질이 내 옆에 앉는다. "좀 어때?"

나는 어깨를 으쓱한다. 질의 파란 원피스가 주변의 차분한 색상과 대조적으로 생기 있게 빛난다.

"루크한테 얘기하는 건 좀 생각해봤어?" 이것은 질이 내게 계속 묻는 질문이다. 임신 사실을 밝힌 이후로.

나는 고개를 흔든다. 전과 똑같은 대답이다. "그랬다간 여기 오지도 못했지."

질은 고개를 끄덕이고 의자 등받이에 등을 기댄다.

"이후로도 얘기할지 어떨지 잘 모르겠어." 내가 말한다.

질이 주저한다. "말이라도 해봐야—"

"이건 내가 결정할 일이야. 그 사람이 아니라." 의외로 강한 적개심에 나도 놀란다. "루크가 어떻게 생각하는가에 대해선 오래전에 관심 껐어." 이 말을 내뱉고 나서야 이게 사실임을 깨닫는다. 이것이 눈앞에 있는 답이다—내가 무엇을 더이상 원하지 않는가에 대한 답. 그건 바로 이 결혼생활이다.

간호사가 문간에 나타난다. "로즈 나폴리타노 씨?"

"접니다." 나는 손을 든다.

일어나려는데 질이 나를 붙잡는다. "별일 없을 거야, 로즈. 알았지? 나 여기 있을 테니까, 무슨 일이 생기든."

질의 그 말을 듣고 나는 가슴이 약간 벅차오르며 이런 생각이 든다. 여자들에겐 남자보다 서로가 더 필요할 때가 있어. 질 같은 친구들이 없다면 난 어떻게 됐을까? 어떻게 살아남았을까?

"알아." 나는 질에게 말한다. "사랑해."

대기실의 다른 사람들 앞을 지나는데, 임신했지만 이 아기를 낳을 수는 없다고, 나는 엄마 노릇이 맞지 않는다고 또다른 여자에게 털어놨을 때가 떠오른다—내 어머니에게. 그때 어머니는 내 심장이 루크의 아이를 낳을 수 없다고 말한다면 낳지 말아야 한다고 했다. 내 심장이 말하는 건 믿어도 된다고, 어머니도 나를 믿는다고, 내가 어떤 결정을 내리든. 그렇게 말하기까지 어머니는 얼마나 힘들었을까, 나 때문에 그렇게 고대하던 손주를 포기해야 하는데. 바로 그때 나는 어머니가 나를 조건 없이 사랑한다는 사실을, 사람들이 어머니와 자식 간의 무조건적 사랑을 말할 때 바로 이런 걸 뜻한다는 사실을 똑똑히 깨달았다.

이제 나는 어머니의 사랑과 어머니가 내게 해준 말, 그리고 질이 내게 해준 말을 믿기로 한다. 나는 그들의 믿음이 필요했고, 덕분에 나 자신을 믿을 수 있었다. "이건 올바른 일이야." 나는 숨죽여 말한다. 간호사가 연민어린 눈빛으로 나를 돌아본다. 나는 간호사를 따라 문지방을 넘고 뒤돌아보지 않는다.

31
2010년 5월 2일
로즈, 인생 5

토머스와 나는 다시 만나고 있고—당연하다—나는 루크한테 들키기를 기다린다. 종종 여기저기 단서를 흘리고 다닌다—문자, 영수증, 밤늦게 들어오기, 전화 안 받기, 랩톱을 열어둔 채 의심스러운 이메일을 전체 화면으로 띄워놓기. 내가 무슨 짓을 해도 루크는 애디에게서 눈을 들지 않는다. 정말 대문짝만한 서체로 '루크, 당신 아내가 바람났어'라고 적힌 표지판을 목에 걸고 다녀도 루크는 뭐가 바뀐 줄도 모를 거다—내가 바뀌었다는 것을. 그냥 훌훌 털고 루크와 헤어질 용기가 있다면 좋으련만, 그 대담한 로즈는 내 안을 아무리 뒤져도 보이지 않는다.

"애디!" 나는 비명을 지른다.

고작 삼십 초 뒤돌아 있었을 뿐인데 애디가 의자를 타고 식탁 위로 기어올라 위태롭게 서 있다. 아이는 비틀거리더니 앞으로 엎어진다. 나는 애가 떨어지기 직전에 낚아챘지만 내내 비명을 그치지 못한다. 만약 놓쳤다면 어떻게 됐을까? 머리가 깨져서 뇌손상을 입었을까? 아니면 죽었을까? 나는 아이의 조그만 몸뚱이를 꽉 끌어안고 가슴을 들썩이며 씩씩대고, 아이는 울음을 터뜨린다.

"괜찮아, 괜찮아, 엄마가 겁나서 그랬어." 나는 아이의 귓가에 속삭이고, 아이는 더 크게 울어댄다. 나는 아이를 안고 소파로 가서 무릎에 내려놓고, 울며 몸부림치는 아이 위로 상체를 숙인다. "괜찮아." 아이가 내 목에 머리를 묻는다. "하지만 또 거기 올라가면 안 돼, 꼬마 코끌리우스. 거긴 너무 위험해, 엄마는 너를 너무 사랑해서 그렇게 위험하게 놀게 놔둘 수 없어." 엄마는 널 잃으면 감당하지 못할 거야, 내 귀여운 아가.

애디의 울음이 잦아들고 나의 패닉도 가라앉자, 나는 아이의 보드라운 정수리를 키스로 뒤덮는다. 머릿속에서 애디가 식탁 위에서 떨어질 뻔한 장면이 반복 재생되고, 그때마다 식탁은 점점 더 높아져 10피트, 그다음엔 15피트가 되고, 나의 애디는 부엌 낭떠러지 끝에서 데굴데굴 떨어진다. 심장이 쿵쾅거리고, 나는 아이를 더 바싹 끌어안으며 내 몸이 아이를 둘러막기를, 내 사랑이 패딩처럼 아이를 감싸기를 기원한다.

내 품에 안긴 애디는 점점 몸에서 힘이 빠지고 팔다리를 축 늘어뜨리며 숨소리를 고르게 내뱉는다.

한때 나는 루크에게 이런 사랑을 느꼈었다. 신혼여행 때 이런 소유욕을 느꼈던 게 기억난다. 어느 날 갑자기 그가 죽을지 모른다는, 그를 잃을지 모른다는 공포. 그러면 내 심장은 영원히 부서지고 말 텐데. 우리는 침대에 누워 있었고, 때는 오후였다. 새하얀 이불은 스위트룸의 유리문을 통해 쏟아지는 햇살을 받아 눈부시게 환히 빛났다. 신혼여행 때만 가질 수 있는 하루하루, 눈을 뜨면 먹고 수영하고 쉬고 더 먹고 와인과 칵테일을 홀짝이며 티끌 한 점 없이 깨끗한 호텔의 아름다움과 호화로움을 줄기차게 누리는 날들, 갓 결혼한 커플을 위해 부부생활을 유감없이 즐기라고, 사랑을 나누고 실컷 재미있게 놀고 또 사랑을 나누라고 특별히 설계된 매일 중 오후였다.

루크와 나는 침대에 누워 웃고 떠들고 있었다. 무슨 얘기를 했는지는 기억나지 않지만.

하지만 루크의 얼굴을 바라보며 세상에서 가장 아름답고 완벽하며 내가 태어나서 지금까지 보아온 얼굴 중 제일 특별한 얼굴이라고, 그는 온 우주에서 가장 소중한 사람이라고, 절대 그를 잃을 수 없고 만약 그를 잃는다면 인생은 두 번 다시 좋아질 리 없다고 생각했던 장면은 기억난다. 그 느낌이 살을 지지고 속을 태우며 번져나가 흉터를 남기고 고통과 두려움과 절망이 뒤섞인 아픔을 자아냈다. 그때 이런 생각을 했었다. 이런 게 부모가 자식에게 느끼는 사랑일까, 나는 그런 사랑을 루크에게 느끼는 걸까.

애디가 있는 지금, 나는 그때의 물음에 자답할 수 있게 됐고, 답은 그렇다인 동시에 아니다이다. 같으면서도 달랐다. 내가 애디에게 느끼는 사랑이 정확히 그런 종류의 사랑이라는 점에서는 같다. 그러나 내가 신혼여행 때 느꼈던 '큰 사랑'은 왔다가 가버렸지만 애디에 대한 이 사랑은 영구히 지속된다는 점에서 전혀 같지 않다. 애디에 대한 내 사랑은 무시무시한 벼랑 끝에서 끊임없이 줄타기를 하는 것이고, 심연의 가장자리에서 현재진행형으로 살아가는 것이다.

나는 그게 너무 싫다. 이 끝없는 공포감에 기가 빨리고 지친다.

나는 그게 너무 좋다. 세상 그 무엇과도 바꾸지 않을 것이다. 나는 걸어다니는 클리셰이고, 그래도 상관없다. 아무렴 어때? 이렇게 크고 넓은 사랑이 존재한다는 걸 깨달았고, 좋을 때나 나쁠 때나 이 사랑을 영원히 내가 안고 살 텐데, 아무렴 어때?

애디가 자세를 바꾸고 고개를 들어 눈을 뜨더니 내 심장에 곧장 연결된 줄을 잡아당기듯 나를 빤히 쳐다본다. "안녕, 우리 딸."

문이 열리는 소리가 난다. 루크가 부엌 모퉁이를 돌아 나타난다. 그는 소파에 앉아 있는 애디와 나를 바라본다. 아니, 애디를 본다. 내가 아니라 애디만 본다. 나는 제 딸을 안고 있는 받침대에 불과하다. 이래서야 플라스틱으로 만들어진 편이 낫겠군.

"안녕, 루크." 내가 말을 건다.

"아, 안녕. 로즈." 그는 나중에 생각났다는 듯 내 이름을 덧붙인다. 나가서 계란과 우유 같은 것을 사는 동안 내 이름 따윈 까맣게 잊었나보다.

결혼은 어떻게 멈추는 걸까?

부지런히 달리는 기차를 세우려는 것처럼, 완전히 멈추는 데 백만 년은 걸리는 육중하고 만만찮은 무언가를 멈추려는 것 같다. 그것의 자연스러운 상태는 앞으로 나아가는 것이고, 가속도가 꾸준히 붙어 수그러들 줄 모르는데.

루크와 헤어질 수도 있다는 생각이 들 때도 있다. 루크에게 대놓고 말할 수도 있다고 상상한다. "난 더이상 당신을 사랑하지 않아, 내가 사랑해야 하는 방식으로는, 내가 사랑하고 싶고 사랑받고 싶은 방식으로는 더이상 되지가 않아." 루크와 헤어지는 게 옳다, 안 그런가? 결국 시기의 문제 아닌가?

토머스 얘기를 할까? 아니면 그 부분은 생략할까?

나는 아버지에게 토머스 얘기를 했다. 지금도 믿기지 않지만 사실이다. 아버지가 차고를 개조한 공방에서 막 들어왔을 때, 나는 집에서 혼자 아버지를 기다리고 있었다. 아버지와 나는 오롯이 부녀만의 시간을 가지며 저녁을 먹을 계획이었다. 어머니는 독서모임에 가셨다.

나는 어릴 때부터 친숙한 거실에 앉아서 두 손으로 무릎을 꽉 누르고 테이블 위에 놓인 사진 액자들 중 하나—우리의 결혼식 날 부모님과 루크와 내가 함께 찍은 사진—를 노려보고 있었다. 나의 남편인 저 남자와 그토록 행복했었는데 어쩌다가 지금 이 지경이 됐는지, 어떻게 이런 일이 가능한지 알아내려 애쓰는 중이었다. 원한 적은 없지만 사랑하는 아이가 있는 여자, 한때 소울메이트라고 생각했던 남편을 배신하고 바람피우는 여자. 눈물이 났다.

"로즈?" 문간에 선 아버지가 내게 말했다. "왜 그러냐?"

눈물이 볼을 타고 흘러내려 입술과 턱을 적셨다. 나는 슥슥 눈물을 훔쳤다. "아무것도 아녜요. 죄송해요. 그냥 좀 힘든 하루여서."

"무슨 일인데? 아빠한테 말해도 돼." 아버지가 다가와 내 옆에 앉는다.

그러자 울음이 걷잡을 수 없이 터졌다. 내가 정말 무슨 생각을 하는지 아버지에게 말할 순 없었다. 임신했을 때부터 애디가 태어나서 걸음마하는 지금까지 내내 바람을 피웠다고, 어느 딸이 아버지에게 그런 얘기를 할 수 있겠는가? 딴사람들 다 보는 앞에서 그랬다고 어떻게 말할 수 있겠는가? 그런 기망과 배신을 제 부모에게 어떻게 고백할 수 있겠는가? 토머스에 대해 아는 사람은 질뿐이었다. 딴사람들은 모두 루크와 내가 아주 잘 지내고 있다고 생각했다. 아이도 생겼으니 꿈같은 삶을 살고 있잖아!

"애디한테 무슨 일이 생겼어? 아니면 루크한테?"

나는 애써 숨을 고르며 고개를 저었다. "아뇨, 아뇨. 애디는 잘 있어요. 루크도 잘 있고."

아버지는 얼른 작은 테이블로 가서 그 위에 놓인 티슈 상자에서 티슈 몇 장을 뽑아 내게 내밀었다.

나는 눈과 볼을 문질러 닦았다. "고마워요, 아빠."

"그니까 무슨 일인데?"

"말 못할 것 같아."

아버지는 살피는 눈길로 찬찬히 나를 바라봤다. "아빠한텐 뭐든 얘기해도 돼."

"나를 아주 형편없는 사람이라고 생각할걸. 난 형편없는 사람이에요." 나는 훌쩍이기 시작했다. "엄마는 충격받을 테고."

아버지가 두 팔로 나를 얼싸안고 꼬옥 끌어안았다. "아빠한테 말해도 돼." 아버지가 속삭였다. "해도 되고 말고. 약속할게."

아버지가 나를 마지막으로 이렇게 안아준 게 언제였는지 기억나지 않았다. 아마 고등학교 때 육상 시합 도중 발목이 부러져 주 대회에 나가지 못했을 때였나 싶은데. "나 너무 지쳤어, 아빠." 나는 울음을 그치려 애쓰면서 울먹이는 소리로 말했고, 들숨과 날숨을 천천히 고르게 쉬려 노력했다. 내가 허리를 일으켜세우자 아버지는 손을 거뒀다. 나는 다시 눈가를 훔치고, 입으로 숨을 후 내뱉었다. "내가 이 결혼을 지속하고 싶은지 모르겠어." 느닷없이, 고요 속 울부짖음처럼 툭 던졌다. 내 시선은 카펫으로 떨어져 닳아 해진 회색 직물을 꼼꼼히 살폈다. 아버지의 반응을 보고 싶지 않았다.

"너희 둘 사이가 좀 힘든 시기니?"

나는 고개를 저었다. 내 눈길이 마룻바닥을 파고들었다. "아빠, 나 딴 남자를 사랑해." 자. 말했다. 더이상 결혼생활을 지속하고 싶지 않다는 말보다 훨씬 더 센 고백. "나 못됐지. 그래도 제발 미워하지 말아줘요."

내가 아버지에게 무엇을 기대했는지 모르겠다—분노, 비난, 실망, 충격, 뭐가 됐든 아버지가 실제로 보인 반응은 전혀 내 예상에 들어 있지 않았다.

"그 남자 이름이 뭐냐?" 아버지가 물었다.

"이름?"

"네가 사랑에 빠졌다는 그 사람 말이다."

나는 고개를 들어 아버지의 눈을 마주했다. "토머스." 너무 울어서 목소리가 쉬었다.

"언제부터?"

"오래됐어요." 부끄러움이 척추를 따라 목까지 올라온다. "이 년쯤."

아버지는 내 대답을 곰곰 생각해보는 듯했다. 나는 아버지의 표정을 읽을 수 없었다. "너한테 잘해주냐?"

나는 눈을 깜박였다. "네."

"넌 그 사람하고 같이 있고 싶고?"

"응." 아버지에게 소리 내어 말하고 나니 마침내 나도 그것이 진실임을 똑바로 인지하게 되었다. "그만 만나려고 몇 번이나 노력했는데, 안 되더라고요. 그 사람을 너무 많이 사랑하나봐."

"사람들은 의도치 않게 사랑에 빠지기도 하지." 그다음에 아버지가 물었다. "근데 루크는 아니?"

나는 고개를 저었다.

"의심하는 것 같진 않디?" 아버지가 또 물었다.

그동안 내가 부주의하고 무식하게 흘리고 다녔던 단서들이 떠올랐다. 루크가 토머스에 대해 알아차리는 편이 나의 자유의지로 이 결혼을 끝내는 것보다 쉬울 것 같아서. 문득 루크가 애디한테 푹 빠져 내가 무슨 짓을 하든 알아채지 못했다는 사실에 마음이 놓였다. "아닐걸요." 내가 말했다. "루크는 전혀 눈치채지 못한 것 같아요. 루크 눈에는 애디밖에 안 보이니까."

아버지는 한숨을 내쉬었다. "그러니까 너와 루크가 상황을 수습할 수 있을 것 같진 않다는 거지?"

나는 고개를 끄덕였다. "난 할 만큼 했다고 생각해요, 아빠."

"그래. 뭐." 아버지는 나를 바라보았다—너무 서글퍼 보였다. "그렇다면 이 결혼을 끝낼 용기를 찾아야겠구나, 로즈."

"나도 알아요." 나는 조용히 말했다.

"네가 이런 일을 겪게 되어 안타깝다, 우리 딸. 너와 루크가 결국 이렇게 돼서 참 아쉬워."

"나도."

아버지가 손을 뻗어 내 무릎을 꾹 눌렀다. "아빠는 네가 말해줘서 기뻐. 언제든 뭐든 아빠한테 얘기해도 돼, 로즈." 아버지가 말을 이었다. "네가 엄마하고는 곧잘 얘기한다는 건 알지만, 아빠한테도 얘기해도 돼. 아빠도 널 위해 여기 있으니까."

눈물이 주르륵 흘러내렸다. 아버지는 나의 이런 추한 면을 모두 용인하고, 내가 저지른 창피한 일을 감내하고, 그러고도 여전히 나를 사랑했다. "나도 알아요. 알겠어요." 정말 그랬다. 모를 수가 없었다.

나는 루크에게 말하기 위해 시부모가 애디를 잠시 맡아주는 날까지 기다린다.

"저기, 내 카메라 케이스 못 봤어?" 루크가 내게 묻는다. "작은 거. 도무지 안 보이네. 애디가 갖고 놀다가 어디 쑤셔박은 모양인데. 걔 맨날 그러잖아."

"거실 협탁 아래 찾아봤어? 며칠 전에 보니까 영영 사라진 줄 알았던 내 책들 중 몇 권이 거기 있더라고."

루크가 고개를 절레절레 저으며 웃음을 터뜨린다. 마치 우리 딸이 가구 밑에 물건들을 쑤셔넣는 행위가 무슨 대단한 희극적 성취라도 되듯. 애디 저 녀석 정말! 어쩜 저렇게 엉뚱하냐!

나는 짜증이 확 치솟는다. 정말 별거 아닌 일, 루크의 몹시 사소하고 자잘한 반응에도 나는 이렇게 되고 만다. 짜증, 부담, 오늘 저녁 내가 해치워야만 하는 일이 생각난다. 오늘 저녁이어야 한다. 바로 지금. 더이상 시간을 끌지 말아야 한다.

나는 평소처럼 부엌에서 공들여 요리를 한다. 몇 시간의 준비 작업을 요하는 어머니의 라자냐, 홈메이드 파스타, 브라치올라, 뭉근히 끓여서 브라치올라에 끼얹을 소스. 결혼생활이 너덜너덜해질수록 나는 더욱 요리에 공을 들인다. 루크와 나 사이의 시간과 거리와 침묵을 채우는 방식이다.

루크가 카메라 케이스를 찾으러 침실로 향할 때 내가 말한다. "그거 찾고 나서 나랑 얘기 좀 해. 의논하고 싶은 게 있어."

"응, 알았어." 자신의 존재가 내게 눈엣가시가 되기 시작했다는 사실에 무감한 루크가 대꾸한다. 내가 얘기하려고 마음먹은 일이 어떤 종류의 것인지에 완전히 무감한 내 남편.

한줄기 죄책감이 불쾌감을 뚫고 들어온다. 나는 브라치올라 고기 위에 빵가루를 흩뿌리다 너무 서두르는 바람에 왕창 쏟고 만다. "젠장!" 물기가 묻은 손으로 살짝 눌러 빵가루를 손바닥에 붙여 좀 덜어낸다. 싱크대로 가서 손을 씻다가 뜨거운 물에 델 때까지 온수 수도꼭지 아래 손을 방치한다. 나는 손을 말린 후 식탁에 가서 앉는다. 양팔에 얼굴을 묻고 엎드린다.

나는 내가 싸우고 있는 줄도 몰랐던 싸움에서 이미 진 것 같다.

결혼에는 끝이 있다는 세월의 지혜, 아무리 긴 결혼이라도, 아무리 열정적인 사랑으로 시작되어 영원히 지속되리라 믿었던 결혼이라도 끝이 있다는 격언에도 불구하고 나는 내가 루크와의 결혼생활을 품위 있게 마무리할 거라고 생각했다. 나는 다르다고, 더 강인하다고, 삶이 우리를 난타하는 여러 방식에 내성이 강한 특별한 재료로 만들어진 여자라고 생각했다. 그러나 나도 여느 사람들과 다를 바 없다—지치고, 비겁하고, 엉망이다. 비난받을 만한 짓을 불사하고, 그렇게 오래전에 나의 남편이 되었고 이제는 내 딸의 아버지인 남자와 함께 공들여 쌓아올린 삶을 망가뜨리는 짓도 불사한다.

나는 고개를 든다. 돌파하는 수밖에 없다는 건 알지만, 도대체 어떻게?

식탁에서 일어나 침실로 간다. 루크가 여전히 카메라 케이스를 찾아 여기저기 뒤지며 통탕거리는 소리가 들리고, 이제는 제 옷장 안쪽에서 물건들을 일일이 다 끄집어내고 있다. 옷장 바닥에서 백만 년은 굴러다녔을 법한 돌돌 말린 맨투맨 티셔츠들. 사놓고 한 번도 안 입은 청바지 한 무더기. 나는 그 두려운 대화를 시작할 첫 마디를 억지로 목구멍에서 밀어낸다. "루크, 나 진지하게 할 얘기가 있어."

루크는 돌아보지 않는다. "무슨 일인데?" 그는 기린 인형을 끌어내서 잠시 바라보다 침대맡 협탁에 올려놓는다. 그리고 다시 잡동사니를 파내는 작업으로 돌아간다.

나는 기다린다. 루크는 탐색을 계속한다. 분노가 치밀고, 처음엔 작은 불꽃이었다가 이내 화염으로 번진다. 나는 그 에너지를 흠뻑 머금는다. "당신 아내의 말을 듣기 위해 잠시만이라도 손을 멈출 수는 없는 거야?" 당신 아내. 나 자신을 삼인칭으로 칭하는 이 말은 지난 몇 달간 내가 숱하게 써온 표현이다. 나 자신을 이런 식으로 '루크의 아내'라고 언급하면, 내가 나를 제삼자 취급하듯 말하면, 루크가 나를 좀더 똑바로 보고 내 말을 다르게 들을지도 모르니까.

루크는 구겨진 낡은 티셔츠를 뒤로 던지고 양말 한 짝을 집어들더니 허리를 펴고 돌아본다. 눈썹이 활처럼 휘어져 올라갔지만 입은 열지 않는다.

"우리 이혼하자."

나는 간단하게 말한다. 이 선언, 오래전부터 내 안에서 부글부글 끓고 있던 말. 내가 던진 이 말이 방을 가로질러 남편의 발치에 떨어진다. 나로 하여금 이렇게 말을 던지게 만든 것은 루크의 얼굴에 떠오른 짜증이다.

루크는 양말 한 짝을 손에 쥔 채 팔짱을 낀다. "애디는 어쩌고?"

나는 눈을 감고 심호흡을 한 다음, 다시 눈을 뜨고 말한다. "난 우리에 대해 말하고 있는 거야. 우리의 결혼은 우리에 관한 거잖아. 아니 우리에 관한 것이어야 했지. 오랫동안 그렇지 못했지만."

루크는 말없이 나를 관찰한다. 머리를 굴리고 있는 거다.

내가 마침내 이 말을 꺼냈을 때 루크가 어떻게 반응할지 온갖 상상을 했었다. 분노와 고함, 충격, 눈물, 심지어 질질 짜면서 다시 잘해보자고 애걸복걸. 침묵과 정적은 그 리스트에 없었다.

"하지만 애디는 어쩌고?" 그가 다시 묻는다. "애디에겐 부모가 필요해. 당신도 알잖아."

애디는 어쩌고? 애디는 어쩌고? 나는 비명을 지르고 싶다. 내 안쪽 깊숙한 곳 어딘가에 더 현명한 내가, 이렇게 말하는 로즈가 있다. 그래, 우린 이 일을 신중하게 처리해야 해, 애디에게 괜찮은 일인지 확인해야지, 애디는 우리 각자보다 더 소중하니까, 당연히 애디를 고려해야지! 그러니까 더더욱, 서로 같이 있는 게 비참한 부모라면 한쪽이 없는 편이 결국 애디에겐 더 행복하지 않겠어? 그러나 내가 큰 소리로 입 밖에 낸 것은 다른 말이다.

"당신이 신경쓰는 것은 애디밖에 없어?"

루크는 내가 방금 부엌의 칼꽂이에서 커다란 식칼을 뽑아 손에 쥐고 애디의 머리 위로 들어올리기라도 한 것처럼 나를 쳐다본다—우리 딸을 불구로 만들겠다고 위협하는 아브라함. "애디를 것이라고 하면 안 되지." 루크의 말이다.

"젠장, 루크! 내 말은 그게 아니잖아! 당신은 내 질문은 듣지도 않으면서 애디한테만 엄청 예민하게 반응하지. 이 집에 애디 말고 딴사람도 산다는 사실을 까먹은 사람 같아—공교롭게도 당신 아내 되는 사람도 이 집에 살거든."

당신 아내! 당신 아내!

"더이상 내 아내이고 싶지 않은 것으로 보이는 아내 말이지." 루크의 목소리는 건조하다.

나는 침착함을 몸에 주입하기 위해 심호흡을 한다. 한 손으로 벽을 짚어 몸을 고정한다. "맞아, 루크. 당신 아내이고 싶지 않아. 이 결혼 그만두자. 난 그만둬야겠어. 난 당신에게 존재하지도 않는 사람이잖아. 오랫동안 그랬지. 내가 임신한 후로 쭉."

"당신이 이러는 건 단지 애디가 태어나길 원하지 않았기 때문이지. 당신은 처음부터 애디를 원하지 않았어."

나는 심호흡을 하며 애디가 할머니 집에 가 있다는 사실에 감사한다. 아이의 조그만 두 귀가 제 아버지가 방금 한 말과 내가 이제부터 할 말을 듣지 않아서 다행이다.

"당신 말이 맞아, 루크. 난 애디를 원하지 않았어. 난 당신과 함께 있기 위해 노력하느라, 우리의 결혼을 지키고 싶어서 애디를 가졌을 뿐이야. 하지만 우리 결혼은 이미 그때 끝났던 것 같네." 나는 벽을 놓고 루크에게 한 발짝 다가선다. 루크에게 내 표정을 보여주고 싶고, 내 표정에 담긴 진실을 보여주고 싶다. "하지만 애디는— 나는 애디를 사랑하고 당신도 그걸 알지. 나는 좋은 엄마야. 애디가 태어나기 전까진 아이를 원치 않았을지 몰라도 애디가 있는 지금 난 애디 없는 세상은 상상할 수 없어. 그러니까 그딴 말은 두 번 다시 입에 담지 마. 그딴 말을 애디에게 했다간 죽을 줄 알아." 내 입에서 이런 말이 흘러나올수록 나는 더욱 강해지는 느낌이다. 그 말들이 내 안에 뭉쳐 있던 독을 끄집어내는 것 같다. "난 우리가 애디를 낳아서 다행이라고 생각해. 하지만 임신과 출산에 대해 말하자면, 처음에 난 아이를 갖는 문제로 죽을 것 같았고 당신도 알다시피 죽어가고 있었지. 하지만 당신은 아랑곳하지 않고 밀어붙였어. 그래서 지금 우리가 여기까지 온 거야. 이제 우리에겐 예쁜 딸이 있고, 끝장난 결혼이 있지."

루크는 팔짱을 풀고 양말을 떨어뜨리고 왼쪽 발가락을 까딱거린다. 그는 내 쪽으로 걸어오더니 털끝 하나 닿지 않게 몸을 틀어 나를 지나쳐 나간다. 그리고 복도 벽장에서 캐리어를 꺼내 마룻바닥 위로 돌돌 끌고 돌아온다. 이어서 짐을 싸기 시작한다.

32
2014년 6월 4일
로즈, 인생 3

"나 할머니 보고 싶어. 할머니 보러 가면 안 돼요?"

애디는 제 할머니가 만들어준 보드라운 핑크색 토끼를 겨드랑이 사이에 단단히 끼고 강낭콩 같은 여섯 살짜리 몸뚱이에 꼭 붙인 채 거실 한가운데 버티고 서 있다. 밖은 제법 더운 초여름의 화창한 아침이건만 애디는 할머니가 지난 크리스마스 선물로 떠준 스웨터—두껍고 헐렁하고 온갖 톤의 핑크색 줄무늬가 들어간—와 그에 딱 어울린다며 할머니가 사준 핑크색 운동복 바지를 세트로 입고 있다.

내 어머니가 아직 뜨개질할 기운이 있었을 때의 얘기다.

하지만 지금은?

"오, 아가." 나는 식탁 위 내 앞에 놓인 커피 머그잔을 감싸쥐고 눈을 지그시 감은 채 숨을 들이마신다. 어머니의 암은 우리 가족 모두를 불시에 후려쳤다, 그 난데없음과 신속함으로. 나의 꼬마가 사랑하는 할머니의 죽음을 겪어내는 모습을 나는 도저히 지켜볼 수 없을 것만 같다. "안 된다는 거 너도 알지. 이미 그 얘기는 다 했잖니. 루크!" 남편의 지원을 바라며 소리쳐 부르지만 과연 루크에게 들리기나 할지 의심스럽다. 그는 아직 침대에서 자고 있다. 웨딩 촬영 때문에 어젯밤 늦게 들어왔다. 진실이야 어쨌든 루크의 말에 의하면 그렇다.

애디가 소파 앞을 가로질러 부엌이 시작되는 지점인 식탁을 향해 걸어온다. 그제야 나는 아이가 걸을 때 바닥에 불이 들어오는 신발을 신고 있음을 알아차린다—저것도 할머니의 선물이다. 애디는 양말까지 포함해 몽땅 할머니가 준 복장으로 차려입고 있다. 무언가를 요구할 때 어떻게 해야 하는지 아는 아이다. "제발, 엄마. 나 바이바이 해야 해."

나는 호흡에 집중한다. 어머니 앞에서 강한 모습만 보이기로 결심했던 것처럼 애디 앞에서도 강한 모습만 보이기로 한다. "할머니한테는 벌써 바이바이 했잖아."

"하지만 할머니 아직 여기 있잖아! 엄마는 맨날 보러 가잖아요. 그리고 나 아직 바이바이 안 했어. 진짜로는."

"애디, 할머니는 지금 달라지셨어. 아빠와 난 네가 할머니를 건강하셨을 때 모습으로 기억했으면 좋겠어, 요즘 모습이 아니라."

"하지만 엄마—"

"루크!" 이번에는 좀더 크게 소리친다. 나는 옆자리 의자를 끌어당겨 여기 앉으라고 탁탁 두드린다. "앉아봐, 엄마 잠깐 생각 좀 하게, 커피 마시는 동안만, 알았지? 할 수 있지?"

애디가 고개를 끄덕이고 내가 시킨 대로 한다. 애디는 기다린다.

어머니는 병원 침대에 혼수상태로 누워 있다.

우리는 어머니가 세상을 떠날 때까지 대기하는 중이다. 그것은 가능성이 아니라 엄연한 사실이며, 어머니가 돌아가시는 건 그저 시간 문제다. 어머니의 암은 빠르면서도 느렸다. 처음엔 내 어머니의 강철 같은 몸에 암이 생겼다는 사실 자체를 받아들이는 데 시간이 걸렸기 때문에 느렸다. 우리 모두에게 엄청 많은 시간과 엄청 많은 선택지, 엄청 많은 대처 방안이 있는 것처럼 보였다. 어머니가 치료를 받을 때까지 몇 년이고 기다릴 수 있는 사람인 것처럼 우리는 가족으로서 어떤 조치를 취할지 신중하게 이리저리 알아보려 했다.

그러나 어머니는 너무도 빨리 쇠약해졌다. 어머니와 나는 웃으며 실랑이를 벌이고 있었는데, 다음 순간 아버지와 나는 어머니의 몸이 영혼과 마음과 대범한 성격에 반기를 드는 것을 지켜보고 있었고, 어머니의 돌풍 같은 성품이 휘발되며 점점 수척해지는 모습을 보게 되었다. 어머니의 생을 끝내는 것이 암이 아니라 암으로 인한 합병증이 될 줄은, 다리에서 형성된 혈전이 서서히 몰래 뇌로 침투할 줄 누가 알았겠는가? 병원에서의 마지막 몇 주는 몇 년처럼 느껴지다가도 몇 초처럼 느껴졌다. 그리고 이제 살아 있어도 살아 있는 게 아닌 어머니의 생명유지장치를 제거하고 그냥 보내드리기로 아버지와 내가 결정했을 때는, 시간이 전혀 흐르지 않았다. 병원에서 어머니의 몸에 연결된 각종 튜브와 입을 덮은 투명 마스크를 떼어낸 지금 우리가 할 일은 이십사 시간 곁을 지키며 그저 기다리는 것밖에 없었다. 어머니의 숨이 느려지고 맥박이 영으로 떨어질 때까지.

병원에 누워 있는 할머니는 애디가 아는 할머니가 아니다. 루크와 나는 애디가 이런 할머니를, 내가 알던 여인이 아닌 이 여인을 보지 않기를 바란다. 어머니 생의 이 마지막 한 주 동안 어머니의 몸은 괴로움의 현장이 되고, 아직 살아 있는 뇌에 부응하지 못하는 껍데기일 뿐이다.

"우리 엄마 사진 좀 찍어줘." 어제 아침에 나는 루크에게 말했다. 내 요청이 섬뜩하게 들린다는 건 알지만 그래도 부탁했다. 루크와 나는 나란히 내 어머니의 침대맡에 앉아 있었고, 우리 둘 다 지치고 우울해서 말이 없었다. 애디는 루크의 부모에게 맡겨놨는데 시부모는 이 모든 사태가 시작된 이후 늘 변함없이 친절했다.

"로즈—뭐라고?"

나는 침대에 누워 있는 어머니를 물끄러미 눈에 담고 있었다. 참 작아졌다 우리 엄마, 피부는 해쓱하니 쪼글쪼글해졌고 팔다리는 너무 여리고 가늘어졌네. 하지만 기계를 다 떼어내니 왠지 살짝 원래 모습을 되찾은 것도 같았다. 모종의 평화가 깃들어 보였다. "그냥, 엄마 사진 한 장 갖고 있고 싶어서. 마지막 사진."

"오, 로즈." 루크의 목소리는 연민으로 가득했지만 동시에 주저함도 없지 않았다. "당신 어머니의 이런 모습을 기억하고 싶지는 않을 텐데."

"그럴지도." 나는 대답했다. "아닐지도 모르고. 나중에 기억하고 싶을지도 모르지."

"어머니가 그걸 원하실까, 로즈? 아버지는 또 어떻고? 당신 진심이야?"

뱃속에서 죽은 아이의 사진을 찍어달라고 의사에게 부탁한 여자들 얘기를 들은 적이 있다. 아이를 원했던 여자들, 태어나지 못한 아이의 죽음에 비통해한 여자들, 아이를 너무너무 보고 싶어했던 여자들, 더이상 존재하지 않게 된 그 조그만 아이의 유품을 간직하려 한 여자들. 내 대학 동료는 임신 칠 개월째에 쌍둥이를 한꺼번에 잃었다. 죽은 아이들을 꺼내기 위해 사산 과정을 거쳐야 했고, 그 끔찍한 트라우마를 겪어야 했다. 동료는 옷장 서랍 속 실크 스카프와 부드러운 가죽 장갑 밑에 그 아기들 사진을 넣어두었다. 그 얘기를 들었을 때 나는 그런 사진에 집착하다니 소름 끼친다고, 비탄의 심연 속에 사람을 냉동해두는 이상한 자기 학대적 충동이라고 생각했었다.

그러나 이렇게 병실에 앉아 어머니가 숨을 거두는 순간을 기다리며 침대맡을 지키고 있는 지금은 사람이 왜 그런 유품을 원하게 되는지 이해할 수 있었다.

"그냥 날 위해 해주면 안 될까? 부탁이야. 내 말에 동의할 필요도 없고 좋은 생각이라고 맞장구칠 필요도 없어. 그냥 사진만 찍어주면 돼. 아빠한테 얘기하지 않아도 돼. 난 그냥…… 그 사진이 있어야 할 것 같아."

긴 침묵 끝에 루크가 입을 열었다. "알았어. 응. 할게."

한 시간 후 루크가 장비를 가지고 돌아왔고 나는 병실을 나왔다. 안에는 루크와 어머니만 있었다. 이윽고 그가 병실에서 나왔을 때 그는 울고 있었다. "사랑해, 로즈." 그가 말했다.

"나도 사랑해. 고마워." 그 순간 너무 고마워서 하마터면 지금 내게 이렇게 다정한 남편이 바람을 피우고 있다는 사실을 잊을 뻔했다.

루크는 내가 그의 불륜에 대해 알고 있다는 사실을 모른다. 셰릴에 대해 알고 있다는 것을 모른다. 그의 카메라에서 셰릴의 사진을 발견한 후 한동안 나는 부정의 시기를 거쳤지만 조금씩 루크가 딴 여자를 만나고 있다는 징후를 포착하기 시작했다. 모르기엔 너무 빤히 보였다. 밤늦은 귀가, 어디서 누구와 있었는지, 왜 전화 안 했는지, 왜 침대에서 더이상 내게 손을 뻗지 않는지 물어보면 어물쩍대는 회피성 답변. 셰릴이라는 이름은 내 머릿속에서 집요하게 맴도는 속삭임이자 비웃음이 되었다.

그러다 어머니가 입원하고 곧 돌아가실 거라는—이미 죽어가고 있다는—사실을 알게 된 후 셰릴에 대한 생각은 깡그리 증발해버렸다. 내 남편의 불륜은 우리와 애디 앞에 펼쳐진 비극 앞에서 뒷배경으로 희미하게 사라졌다. 셰릴, 불륜, 그런 것들은 나중으로 미루어져야 할 것이다. 나중으로.

"당연히 해야 할 일이지, 로즈." 루크가 말했다. "난 당신을 위해서라면 무슨 일이든 할 거야. 당신도 알지."

나는 그에게 고개를 끄덕였다. 하지만 실은 오랫동안 모르고 지냈다. 그렇지만 지금은 느껴진다. 늘 그 자리에 있었지만 내 눈에 보이지 않았을 따름이었나. 루크와 나 사이엔 끊을 수 없는 강한 결속감이 존재했다.

하지만 루크는 지금 나오지 않는다, 몇 번을 계속 소리쳐 부르는데도.

"자, 애디, 가자." 마침내 내가 말한다. "엄마랑 할머니 보러 가자."

나는 루크에게 메모 한 장 남기지 않는다. 나중에 깨서 애디와 내가 어디 갔는지 궁금해하라고 놔둘 심산이다. 내가 루크가 어디서 누구랑 무엇을 하는지 궁금해하며 보낸 시간이 얼만데. 나가면서 문이 쾅 닫히거나 말거나 냅둔다.

"할머니, 안녕?" 병실에 들어서는 순간 애디가 말한다.

나는 애디에게 말소리를 낮추라며 손가락을 들어 입술 앞에 세우고, 구석 의자에서 자고 있는 내 아버지를 가리킨다. 아버지는 어머니 곁을 거의 떠나지 않고, 그래서 이렇게나마 좀 쉬고 계신 모습을 보니 다행이다.

애디가 내 손을 놓더니 할머니의 침대맡으로 곧장 걸어간다. 겁도 없이. 삑삑거리며 할머니의 호흡을 모니터링하는 기계들을 전혀 무서워하지 않고, 할머니의 맥박과 함께 그 신호음이 아주 느려졌는데도 전혀 무서워하지 않는다. 나는 이 순간 우리 꼬마가 보여주는 품위와 용기의 목격자다. 우리 딸이 언제 이렇게 컸지? 저렇게 의젓할 줄 누가 알았겠는가? 저 기품과 의연함을 누가 물려줬을까? 나? 루크? 아니면 우주의 신비한 힘?

"할머니가 외로울 것 같아서요, 친구를 데려왔어요." 애디가 속삭이며 토끼 인형을 할머니의 가슴 위에 놓는다.

나는 돌아서서 문을 마주하고픈 충동을 억누른다. 이 장면을 지켜볼 수 있을지 모르겠다. 하지만 당연히 지켜봐야만 한다, 난 엄마니까. 내 어머니라면 나를 위해 그랬을 테니까, 나도 애디를 위해 그래야 한다.

"올여름에 할머니가 좋아할 만한 계획이 있어요." 애디는 계속 작게 종알거린다. "할머니가 아프기 전에 나한테 알려줬던 수영을 드디어 배울 거예요."

아버지가 의자에서 몸을 뒤척이다 눈을 뜬다. 애디를 본 순간 허리를 일으켜세우지만, 애디가 제 할머니와 나누는 일방적 대화에 끼어들면 안 된다는 것을 알고 가만히 계신다. 나는 아버지에게 가서 허리를 굽혀 뺨에 키스한다. 아버지가 일어나서 내 손을 잡고, 우리 두 사람은 이 섬세한 순간을 방해하지 않으려 조심하며 숨죽여 그 자리에 서 있는다. 나는 우리 딸이 할머니에게 하는 이런저런 일상 얘기에 귀를 기울인다. 학교에서 무엇을 했는지, 곧 다가올 여름과 가을에 무엇을 하고 싶은지. 애디는 할머니가 대답하지 않아도, 제 얘기를 못 들을지 모르는데도 얘기하고 또 얘기한다. 그래도 나는 어머니가 듣고 있다고 생각하고 싶다. 애디가 하는 얘기를 들으며, 나는 애디가 할머니를 보지 못하게 막았던 우리의 결정이 틀렸음을 깨닫는다. 지금 여기 애디를 데려온 것은 바른 결정이었다. 이렇게 잘해낼 수 있는 아이인데.

이윽고 애디가 말을 그친다.

아버지와 나는 침대 곁으로 다가가 애디 옆에 선다.

"잘 있었니, 꼬마 뇨키?" 아버지가 애디에게 말을 걸자 애디가 빙 돌아서 양팔로 할아버지의 허리를 꽉 껴안는다. "할머니 보러 와줘서 고맙다. 할아버지가 너랑 엄마랑 할머니랑 여자들끼리 있을 시간을 줄게, 알았지?"

애디가 고개를 끄덕이고 팔을 푼다.

눈물을 삼키기가 점점 어려워지고, 아버지에게 고맙다고 말하려는데 목이 메어 말이 나오지 않는다. 아버지는 내 팔을 한 번 힘주어 꾹 잡더니 살금살금 걸어서 조용히 문을 닫고 나가 우리끼리 작별인사를 할 시간을 준다.

나는 어머니의 팔에 가만히 손을 얹고, 애디가 그 옆에 손을 얹는다. 어머니의 피부가 따스하다는 생각이 들면서 어쩌면 이게 살아 있는 어머니를 느끼는 마지막 순간일지도 모른다는 게 실감난다. 어머니의 몸에서 온기를 느끼는 마지막 순간. 우리는 한참을 그렇게 서 있고, 방안에는 우리의 숨소리만 들린다.

"준비됐니, 애디?" 마침내 내가 속삭인다.

나는 준비됐을까?

어머니에게 하는 영원한 작별인사란 어떤 것일까?

꼬마 손녀가 사랑하는 할머니를 어떻게 떠나보내지?

애디는 결연히 고개를 살짝 끄덕인다.

나는 허리를 숙여 종잇장 같은 어머니의 뺨에 키스한다. 그리고 애디를 들어올려 똑같이 키스할 수 있게 해준다. "사랑해요, 할머니." 애디가 소곤거린다.

사랑해요, 엄마.

애디는 우리가 방을 나설 때까지 울지 않는다.

나도 울지 않는다.

애디와 나는 복도에서 서로를 부둥켜안는다. 아무 말도 하지 않고 같이 흐느껴 운다. 엄마처럼, 딸처럼. 순간 어떤 생각이 내 머릿속을 스친다. 나는 그 생각에 담긴 진실을 알아보고, 그 진리에서 기쁨을 느낀다. 내 어머니가 내 속에 살아 있듯, 어머니와 나는 둘 다 애디 속에 살아 있다.

"넌 정말 할머니를 쏙 빼닮았어." 나는 애디에게 말한다. "네게서 할머니가 보여." 보인다. 정말 보인다.

장례식은 그로부터 사흘 후에 열린다. 장례식에 쓰일 관은 아버지가 만들었다. 프랭키는 그 먼 바르셀로나에서 우리와 함께하기 위해 곧장 날아왔다.

어디에나 있는 것 같던 어머니가 어디에도 없다고 생각하니 이상하다. 어머니가 떠나자마자 보고 싶어서 견딜 수가 없다. 독재를 일삼고 나를 미치게 만들던 어머니가 돌아왔으면 좋겠다. 어머니의 그런 부분들에 대해 내가 품고 있던 비밀스러운 사랑은 더이상 내게 비밀이 아니다. 나는 내가 무엇을 잃었는지 너무나 잘 알고, 다시는 그런 관심을 받을 수 없다는 사실 또한 똑똑히 알고 있다.

그게 바로 엄마에게 사랑받는다는 것 아닌가?

인생에서 내가 하는 모든 일에, 그게 얼마나 사소하고 쓸모없는 것이든, 과몰입해주는 사람이 있다는 것, 나에 관한 모든 일에 사사건건 신경쓰고 자잘한 것까지 엄청나게 중요시하는 사람, 또한 그러면서도 나의 고통과 실패와 환멸과 인생의 난제를 수습해주고 내가 앞으로 나아갈 수 있도록 최선을 다해 도와주는 사람. 가끔 아니 자주 그게 너무 지나치기도 하지만, 그렇게 함으로써 내가 혼자가 아님을 마음속 깊이 깨닫게 해주는 사람.

나는 혼자가 되기 싫다. 앞으로 무엇이 닥치든, 분명 좋은 일은 아닐 테니, 그것을 극복할 수 있도록 도와줄 어머니가 있어야 하는

데. 이제부터 나는 나의 남편, 무너져가는 이 결혼생활, 건잡을 수 없을 정도로 악화된 관계에 주의를 기울여야 하고 어떻게든 그것의 끝을 봐야 한다, 항상 내 곁에 있던 어머니 없이.

그러나 나에겐 애디가 있다.

내가 애디를 낳기로 동의한 건 오로지 루크가 원했기 때문이라는 사실이 참 아이러니하지 않은가? 그저 나의 결혼을 지키기 위해 아이를 낳았는데 그와 상관없이 결국 이 결혼은 파탄날 것이며, 다만 그게 언제냐 하는 것만 남았다. 나는 루크가 원하던 것을 주었지만 근본적으로 그는 만족하지 않았다. 내가 뭘 하든 그의 성에 차지 않았으리란 사실을 알았더라면. 그랬더라면 나의 결정은 분명 달랐을 테고 애디가 우리 삶에 들어오기 전에, 내 어머니가 이 아름답고 열정적인 꼬마 손녀를 만나 사랑에 빠지기 전에 이 결혼을 끝냈을 것이다.

몰랐어서 천만다행이다.

33
2015년 4월 8일
로즈, 인생 6

"할아버지, 할아버지는 언제 목수가 되기로 결심했어요?"

애디가 프렌치프라이를 오물오물 씹으며 제 접시의 거대한 케첩 웅덩이에 프렌치프라이를 하나씩 빠뜨린다. 애디는 케첩을 무척 좋아한다.

"너보다 별로 크지도 않을 때였지, 뇨키. 겨우 열두 살쯤 됐을 때였어. 하지만 그때 이미 내가 손으로 뚝딱뚝딱 만드는 일을 좋아한다는 걸 알았거든."

우리는 내 아버지가 가장 좋아하는 식당에 있다. 내가 나고 자란 이곳 마을 사람들이 애정을 담아 '싸구려 집'이라는 별명을 붙인 곳이다. 우리는 한 달에 한 번 이 식당에 온다—아버지와 나와 애디. 그것이 어머니가 돌아가신 후 우리 셋의 월례 행사가 됐다. 아버지와 내가 부스 한쪽에, 애디가 다른 쪽에 앉아서 우리 셋은 테이블을 사이에 두고 세모꼴을 만든다. 요즘 들어 애디는 긴 좌석을 혼자 독차지하려는 경향이 있다. 우리가 먹고 얘기하는 동안 이따금 뒤쪽에서는 버거가 그릴 위에서 지글거리는 소리나 요리사가 홀 직원에게 큰 소리로 지시를 내리는 소리가 들린다.

애디가 나를 힐끗 보더니 커다란 케첩통을 가져가 엄지와 집게로 집어든 프렌치프라이에 케첩을 듬뿍 짜서 뿌린다. 아이는 내가 그 통 내려놓으라고 야단치길 기다리지만 나는 그냥 웃음이 터지고 만다. 아이는 케첩투성이 감자를 입안에 쏙 집어넣고 같은 작업을 반복한다.

"그렇다면, 할아버지," 엄마한테 혼나지 않을 거란 확신이 든 애디가 말한다. "만약 나처럼 다시 아이가 된다면, 그래도 목수가 될 거예요?"

아버지는 애디의 선례를 따라서 케첩통을 아이에게서 받아들고 프렌치프라이마다 일일이 케첩을 길게 뿌려 먹는 것으로 애디를 킥킥거리게 만든다. 둘 다 내가 통을 빼앗기라도 할 듯 계속 나를 흘끔거린다.

"맘대로 하세요." 내가 말한다. 애디와 함께 있는 아버지를 보는 게 너무 좋다. 아버지가 애디와 놀아주는 모습이 너무 사랑스럽다. 아버지에게 나뿐 아니라 애디도 있어 정말 다행이다. 자식과 손주가 있다는 것이 예기치 못한 방식으로 사람을 치유할 수 있다는 사실이 흥미롭다. 아이는 모든 것을 앗아간다고 늘 생각했는데, 문득 보면 제가 주는 줄도 모르면서 어느샌가 주고 있는 쪽이 아이들이다. 그 존재 자체만으로.

밝은 식당 조명이 아버지의 얼굴에 팬 주름을 더 깊게 강조한다. 지난 한 해 동안 아버지가 얼마나 늙었는지 보지 않으려 하지만 이럴 때는 모른 척하기가 불가능하다.

"만약 오늘 이 할애비가 다시 젊어질 수 있다면," 아버지가 말한다. "기필코 대학에 갈 거야. 그러고 나서 나중에 목수가 될 수도 있겠지. 하지만 대학에 갔으면 좋겠구나, 내 직업에 그게 꼭 필요가 없어도. 네 할머니가 대학에 다녔던 것처럼, 네 엄마와 아빠가 다녔던 것처럼."

직원이 아이스크림 셰이크 세 개를 가져와 각자 하나씩 우리 앞에 놓아준다. 나는 딸기, 아버지는 바닐라 앤드 초코, 애디는 초코칩. 애디는 곧장 셰이크에 달려들어 밀도 높은 액체를 빨대로 열심히 빨아먹는다.

그러다 묻는다. "할머니가 대학에 다녔어요?"

"응." 내가 말한다. "할머니는 선생님이 되는 공부를 했어."

"하지만 선생님이 아니었잖아요?"

아버지가 빨대로 셰이크를 휘저어 묽게 만들어보려 한다. "예전엔 선생님이었지, 네 엄마를 낳기 전에."

"엄마를 낳고 나서 왜 그만뒀는데요?"

"그땐 시대가 달랐으니까." 내가 설명한다. "그리고 네 할머니는 나를 낳고 너무 좋아서 집에 있으면서 하루종일 나를 돌보고 싶어하셨어." 나는 그 말이 내 딸에게 어떤 의미로 전달될지 미처 깨닫기 전에 내뱉어버린다.

"하지만 엄마는 지금 선생님이죠." 애디가 말한다.

올 게 왔군.

아버지가 프렌치프라이를 셰이크에 찍어 먹는다. 아버지는 그렇게 먹는 걸 굉장히 좋아하고 나한테도 해보라고 부추겼다, 어머니는 그게 뭐냐고 질색했지만. "네 엄마는 그냥 선생님이 아니지. 박사학위를 따서 대학생들을 가르치는 교수님이야. 네 엄마는 박사님이니까 직함이 다르지. 할아버지는 항상 네 엄마가 그 힘든 공부를 다 해내서 정말 정말 자랑스럽단다."

"어휴, 아빠." 나는 아버지의 접시에서 프렌치프라이 하나를 슬쩍해서 아버지의 셰이크에 푹 찍는다. 프렌치프라이는 역시 바닐라 앤드 초코에 찍어 먹어야 제맛이다. 딸기 셰이크는 안 어울린다. 나는 옆에 앉아 있는 아버지를 돌아보며 입 모양으로 말한다. 사랑해요.

애디는 계속 그 진득한 셰이크를 부지런히 빨아먹는다. "할머니는 엄마랑 같이 집에 있었는데, 엄마는 나랑 같이 집에 있지 않네."

"그렇지, 꼬마 뇨키."

"왜요?"

"왜냐하면 나는 내 일을 사랑하니까, 애디. 나는 너를 사랑하고 또 내 직업도 사랑해. 그리고 지금은 여자들도 일과 사랑을 동시에 가질 수 있는 시대가 됐지."

아버지가 애디를 가만히 지켜본다. 나도 아이를 지켜본다.

아이의 두뇌 속 바퀴가 돌아가고 있다. 애디는 프렌치프라이를 내려놓고 셰이크를 빨던 것도 멈춘다. 직원이 다가와 필요한 것 더 없냐고 묻고 우리가 없다고 하자 다른 곳으로 간다.

이어서 애디가 묻는다. "그럼 아빠가 엄마 대신 나하고 집에 있으려고 했어요?"

아버지가 눈썹을 치켜올리고 나를 힐긋 본다.

"아니, 애디." 내가 말한다.

애디가 나를 빤히 쳐다본다. 아이가 커갈수록 애매한 답변으로 면피하는 게 어려워진다. "엄마가 엄마 일을 좋아하는 것만큼이나 아빠도 자기 일을 좋아해서?"

나는 애디의 이 질문을 곰곰 생각해본다. "그건 애디 네가 아빠한테 직접 물어봐야 할 것 같은데. 엄마는 아빠가 자기 일을 아주 좋아하고 무척 잘한다는 것까지만 얘기해줄게."

애디가 고개를 끄덕인다. "그래서 아빠가 그렇게 출장을 자주 가는 거지요. 사람들이 아빠 사진을 좋아하니까 멀리서도 사진을 찍어달라고 하는 거야."

"바로 그렇지. 잘 아는구나." 아버지가 말한다.

또는, 네 부모의 결혼생활이 요즘 별로 안 좋아서란다. 네가 우리 삶에 들어온 게 멋진 일이긴 하지만, 함께 아이를 갖는 것만으론 우리의 관계를 지키기에 역부족이었어.

이야기는 좀더 위험도가 낮은 다른 화제로 옮겨간다. 애디가 학교에서 제일 좋아하는 과목—역사—에 대해서. 아버지는 애디가 아직 안 가본, 시내에 있는 역사 박물관에 애디를 데려가주겠다고 약속한다. 이어서 할머니의 삶에 대한 질문이 좀더 나오고, 이것은 요즘 들어 애디가 부쩍 궁금해하는 화제다. 그리고 애디는 이번 여름에도 해마다 가던 바닷가 집에 갈 건지 궁금해한다—아버지와 나는 아마도 그럴 거라고 대답한다. 네 아빠는 빠질지도 모르겠다만, 나는 속으로 덧붙인다. 마침내 우리는 프렌치프라이와 셰이크를 다 먹고, 계산을 하고, 이제는 확고히 자리잡힌 이 월례 행사의 다음 순서를 위해 다시 아버지의 집으로 향한다. 아마도 내가 가장 좋아하는 순서일 것이다.

아버지는 공방의 조명을 전부 켜고, 나는 내 의자를 끌어다 맘에 드는 곳에 놓고 앉는다. 하지만 애디는 내 옆에 앉지 않는다.

"장갑 끼고." 아버지가 애디에게 말한다.

애디는 시키는 대로 한다. 애디의 장갑은 당연히 핑크색이다. 할아버지가 찾아낸 건데, 어디서 구했는지는 아무도 모른다. "거의 다 완성했네요." 애디가 의기양양하게 말한다.

"그렇구나, 애디."

다음 한 시간 동안 애디와 할아버지는 둘이 함께 만들고 있는, 애디의 방에 놓을 책상에 사포질을 한다. 아버지는 당신처럼 두 손을 직접 놀려 일하는 방법을 애디에게 가르쳤고, 가르치고 보니 애디는 목공일을 아주 좋아했다. 두 사람은 공방에서 몇 시간이고 별 얘기 없이 망치질과 사포질을 하며 어울릴 수 있다. 아버지가 이따금 손을 멈추고 애디에게 올바른 작업 방법을 알려주고, 공방 안에는 나지막이 음악이 흐른다. 셋이 다 같이 수다를 떨기도 하지만 대체로 나는 이렇게 앉아서 구경만 한다.

애디의 손이 잠시 멎더니 할아버지를 쳐다보며 묻는다. "이거 다 만든 다음에 딴거 또 만들어도 돼요?"

아버지의 얼굴이 환히 빛난다. "물론이지. 네가 만들고 싶은 거 다 만들어도 돼!"

"책상과 같이 쓸 의자는 어때요?"

"그거 아주 완벽하구나."

"할머니가 좋아하는 핑크색으로 둘 다 똑같이 칠하는 거예요." 애디가 결정한다.

아버지와 나는 시선을 교환하고 동시에 킥킥 웃는다. 어머니가 저 선명한 핑크색을 용인한 유일한 이유는 애디가 저 색을 너무 좋아해서였다.

"네 할머니도 분명 찬성하실 거다." 아버지가 애디에게 말한다.

애디는 다시 사포질을 하기 전에 나를 흘긋 넘겨다본다. "엄마, 할머니가 지금도 우릴 보고 있을까요? 우리가 여기서 자기 얘기 하는 거 아실까요? 우리가 보고 싶어하는 거 아실까요?"

나는 애디의 물음에 진지하게 고민한다. 어머니가 여기 있다고, 지금 우리가 무엇을 하는지 잘 알고 있고 당신이 세상을 떠난 후 우리가 얼마나 그리워하고 사랑하는지도 다 알고 있다고 말해주고 싶은 건 단지 나의 희망사항일 뿐이다. 그렇더라도, 애디와 공유하고픈 희망이니까 아무래도 상관없다는 생각이 든다. 어머니가 돌아가신 그날 이후 나 또한 하루도 빠짐없이 똑같은 소망을 갖고 있으니. "응, 애디." 나는 비로소 아이에게 말한다. "다 보고 있고, 다 아실 거야."

34
2015년 4월 8일
로즈, 인생 1&2

"나폴리타노 박사님, 박사님 책 정말 재미있게 읽었습니다." 대학원생으로 보이는 젊은 여성이 컨퍼런스 홀 복도에서 나를 불러 세운다. 얼어죽을 듯 눈보라 치는 바깥의 콜로라도 날씨와는 대조적으로 이 안은 밝고 따뜻하다.

"고마워요." 학생은 나와 비슷한 키에 검은 머리이고, 근육질 팔과 종아리를 과시하는 붉은 민소매 원피스를 세련되게 차려입었다. "학교에서 읽었나요?" 나는 학생에게 묻는다.

"그건 아니고요." 컨퍼런스를 마치고 나온 사람들이 양편으로 갈라져 우리를 지나친다. 트위드 정장을 입은 물고기떼가 토론과 강연을 위해 마련된 다양한 회의실로 이동하거나 위층에서 열리는 도서전시회를 보러 계단을 올라간다. "제가 아이를 원하지 않는다는 생각이 들어서요. 저를 위해 읽은 거죠." 학생의 발언은 마치 고백처럼, 범죄 사실의 시인처럼 들린다.

나는 학생을 꼭 안아준 다음 한 팔을 어깨에 두르고 어딘가 앉아서 커피를 마실 수 있는 곳으로 데려가고 싶다. 넌 혼자가 아니라고, 우리 같은 이들이 네 생각보다 훨씬 많다고 알려주고 싶다. "나는 나를 위해 그 책을 썼어요." 나는 학생에게 말한다. "궁극적으로는, 우리 같은 사람들을 위해서."

애초에 그 프로젝트는, 현재 아이가 없고 앞으로도 낳을 생각이 없는 여성들, 아이를 원하지 않고 비출산을 고수하는 다른 여성들을 찾아내겠다는 결심—부분적으로는 탈脫루크 이후 살아남기 위해서—에서 비롯됐다. 나는 비슷한 경험을 가진 우리 여성 동료들, 아마도 이혼으로 그 대가를 치른 내 또래들을 만나고 싶었다. 알고 보니 우리 같은 이들은 숱하게 많았다. 그러나 거의 대부분 숨기고 살고 있었다.

나는 그 책에 감사한다. 어머니가 돌아가신 후 우울한 생각을 떨치고 몰두할 수 있는 요긴한 일거리였고, 이후 책을 홍보하는 일에 내 관심과 주의력을 남김없이 소진했다. 나는 출판사에서 제안한 모든 홍보 행사에 하나도 빠짐없이 참석하겠다고 나서서 온몸을 던졌다.

"이름이 어떻게 돼요?" 나는 학생에게 묻는다.

학생이 다시 얼굴을 든다. "마리카입니다."

"아이를 원치 않는다고 해서 당혹스러워할 필요는 없어요."

"저도 알아요." 마리카는 체중을 이 발 저 발로 옮겨 싣고, 스파이크힐이 카펫 깊숙이 파고든다. "하지만 다른 사람들하고 얘기하기 무척 껄끄러운 주제 중 하나잖아요. 말해봤자 믿는 사람도 없고. 혹은 나한테 문제가 있다고들 생각하고."

"무슨 말인지 정확히 알겠어요. 나도 진짜 고립된 기분이었죠." 인생의 그 시기에서 빠져나와 얼마나 다행인지 모르겠다는 생각이 든다. 직장에서 얻는 만족감과 혼자 사는 멋진 삶. 나에겐 근사한 친구들과 동료들, 아버지와 프랭키 고모가 있다. "책을 쓰기 위해 그 모든 여성들을 만나 인터뷰한 건 정말 다행스럽고 멋진 경험이었어요." 나는 마리카에게 말한다.

마리카가 고개를 끄덕인다. "진짜 근사했을 것 같아요."

"맞아요." 복도가 조용해지고, 다음 토론 섹션이 시작될 시간이다. 나는 넘쳐나는 두꺼운 책들과 컨퍼런스 프로그램표, 지갑 등을 헤치고 동굴 같은 가방을 뒤져 얇은 파란 가죽 명함집을 꺼내든다. 그리고 명함 한 장을 마리카에게 건넨다. "혹시 우리가 다시 못 만나면 편하게 이메일 줘요, 좀더 얘기할 수 있게. 회의만 없다면 지금 당장 커피 한잔하자고 말하고 싶은데." 마리카가 명함을 받아든다. "만나서 정말 반가워요."

나는 조그만 가죽 명함집을 닫아서 도로 가방 밑바닥에 쑤셔넣고 걸음을 재촉한다. 나의 첫 교수직을 축하하던 날 저녁을 먹으며 루크가 내게 주었던 선물이다. 그는 명함집과 잘 어울리는 파란색 종이로 정성 들여 포장했고, 맑은 날의 새파란 바다색은 내가 제일 좋아하는 색이다, 내가 두번째로 좋아하는 색인 초록색 리본으로 묶었다. 그리고 카드에는 이렇게 적었다. 나의 영원한 사랑 로즈 교수님께, 길고 성공적인 커리어의 출발점에서. 언제나 사랑해, 루크. 토씨 하나 안 틀리고 똑똑히 기억하고 있다. 나는 복도를 걸어가며 그 추억이 예전처럼 격하게 쓰리지도 않고 움츠러들 만큼 두렵지도 않다는 사실에 놀라고 만다. 그냥 평온할 뿐이다. 한때 내 남편이었던 남자를 떠올리며 가능하리라고는 생각하지 못했던 평온함.

이혼의 아픔에도 불구하고, 루크가 딴 여자와 살림을 차리고 아이까지 낳았음에도 불구하고, 우리는 우정 비슷한 곳으로 가는 길을 찾아냈다.

그 일을 해낸 것은 죽어가던 내 어머니였다.

나는 어머니에게 남은 시간이 많지 않다는 소식을 루크에게 문자로 알렸다. 왠지 그래야 할 것 같았다. 루크는 내 어머니를 십수년간 알고 지냈고, '엄마'라고 부르기도 하며 내 어머니를 좋아했고, 어머니도 그를 좋아했다. 루크는 거의 곧장 답문을 보냈다.

어떻게 위로의 말을 해야 할지 모르겠어, 로즈.

이어서 두번째 문자가 왔다.

작별인사를 드리러 가도 될까?

루크의 요청에 나는 깜짝 놀랐다. 그때 나는 어머니의 병실에 있었고, 보통 아버지가 주무시는 의자에 앉아 추리소설을 읽는 중이었다. 아버지에게는 집에 가서 다만 몇 시간이라도 좀 쉬시라고 했다. 나는 아버지가 걱정스러웠다. 쉬지 않고 침대맡을 지키는 일은 아버지의 건강에도 악영향을 미쳤다. 나는 루크에게 바로 답하지 못하고 한참을 머뭇거렸다. 우선 무슨 말을 해야 할지 알 수 없었다. 루크와 내가 서로 안 본 지 몇 년이 지났다.

이혼이란 게 참 묘하다. 언제나 누군가와 함께 있다가, 십여 년을 함께 살며 모든 것을 같이하다가 아이가 없다는 이유로 돌연 더

이상 서로에게 아무것도 아닌 사람이 되기도 한다. 혹은 아무것도 아니고 싶다면 아무것도 아니어도 된다.

그러나 병실에 앉아 어머니를 지켜보며 몇 날 며칠을 보내고 나니, 내 생애 일분일초까지 나를 사랑했던 이 사람을 곧 잃게 되는 상황에서 나의 시야가 변하기 시작했다. 죽음을 목도하는 사람에겐 그런 일이 일어난다. 내가 하는 모든 일이 다르게 느껴진다. 과거의 삶에서 극적 요소가 옅어지고 타인에게 느꼈던 분노가 탈색되어 시시하고 보잘것없게 느껴진다.

그렇게 오랫동안 루크에게 화가 났었는데, 우리의 결혼에서 벗어나서 그렇게 좋았는데, 그와 내가 서로에게 아무것도 아니라는 사실이 마음에 걸렸다. 우리는 살 만큼 살았다. 그리고 어머니를 뵙고 싶다는 그의 말에 나는 조금 감동했다.

나는 답 문자를 타이핑했다.

응. 근데 빨리 와. 어머니에게 시간이 별로 없어.

두 시간 후 루크가 병실 문을 두드렸다. 창밖의 하늘은 해가 이미 졌고, 방안은 침대맡 전등을 제외하면 어두웠다. 나는 순간 주저했다. 잠시 당혹감이 밀려들었다. 어쩌자고 내가 루크한테 오라고 했을까?

그러나 곧 일어나서 문을 열었다.

"안녕, 로즈."

"안녕."

우리는 그 자리에 서서 서로를 바라보았다. 그때 루크가 나를 끌어당겨 안았다. 처음엔 둘 다 이래도 되는지 몰라 어색했다. 그러나 이내 익숙해졌고 모종의 편안함이 생겨났다. 생각해보니 함께 살 때는 아무렇지도 않게 몇 년 동안 해왔던 포옹이었다. "어머니 일은 정말 안됐어, 로즈." 루크가 내 어깨에 대고 말했다.

우리는 떨어져 섰다.

"와줘서 고마워." 내가 말했다. 진심이었다. 조금 전까지만 해도 과연 오라고 한 게 잘한 짓이었는지 떨떠름했지만, 여기 이렇게 루크가 와 있는 지금 그런 의혹은 말끔히 사라졌다.

우리는 들어가서 어머니의 침대맡에 섰다.

어머니는 너무 작고 초췌해서 전혀 내 어머니 같지 않았다. 여기 누워 있는 어머니를 볼 때마다, 눈에 가득 담을 때마다 나는 눈물이 쏟아질 것만 같았다.

"난 지금도 크리스마스 때면 어머님의 라자냐가 생각나." 루크가 말했다.

나는 피식 웃음이 나왔다. "진짜?"

"응. 어머님처럼 라자냐를 잘 만드는 사람은 찾아볼 수 없지."

나는 한숨을 내쉬었다. "맞아."

"우리가 결혼식 때 대형 이탈리아식 쿠키 테이블은 생략할 거라고 말씀드렸더니 어머님이 엄청 화내셨던 거 기억나? 답례품으로 아몬드 캔디도 안 한다고 해서?"

나는 웃음을 터뜨렸다. "내가 그걸 어떻게 잊어? 우리가 무슨 살인범이라도 되는 것처럼 길길이 날뛰었는데."

"진짜로 한을 품을 것 같은 분이었지."

"내 말이."

루크와 나는 어머니에 대한 좋은 추억, 웃긴 추억, 힘들었던 추억을 주거니 받거니 하며 한 시간을 그렇게 서서 어머니가 했던 말과 저지른 일들에 웃음을 터뜨렸다. 어머니가 우리의 삶과 결혼생활에 끼어들었던 장면들, 우리가 좋아하든 말든 유치한 스웨터를 잔뜩 떠서 우리 옷장에 넣어주던 모습. 이야기를 하면 할수록 어머니의 침대맡을 지키는 일이 편해졌다. 마치 우리의 말에 힘이 있어 어머니를 우리가 알던 여인으로 다시 변모시킬 것처럼, 다만 몇 분이라도 어머니에게 다시 생기를 불어넣어줄 것처럼.

"와줘서 정말 기뻐, 루크." 그가 갈 때가 되어 내가 루크에게 말했다.

"당연히 와야지. 나는 어머님을 아주 좋아했는걸."

"말이라도 고맙네."

"진심이야." 그의 목소리가 잠겨들었다. "당신이 어머님을 그리워할 거라는 거 알아, 로즈. 당신과 아버님은 지옥을 겪는 중이겠지."

"지난 몇 주는 정말 끔찍했어." 나는 루크를 쳐다봤다. 그의 시선이 어머니를 향해 있어서 다음 말을 하기가 그나마 수월했다. "다시 얼굴 보니 좋네. 당신이 와줘서 얼마나 좋은지, 아니 좋을 수 있는지 미처 몰랐어."

루크가 나를 바라보았다. "나도 당신 얼굴 보니까 좋아."

우리는 서로를 응시했다. "당신이 인생의 행복을 찾아서 잘됐어, 루크." 내가 말했다. "당신처럼 아이를 원하는 사람을 만나서 잘됐다."

한 박자 후 루크가 말했다. "그렇게 말해줘서 고마워." 그러고는 이렇게 말을 이었다. "로즈, 우리 사이가 참 오랫동안 쉽지 않았지. 그래도 당신에겐 아직 내가 있다는 걸 알아줬으면 좋겠어. 진심이야. 뭐든 필요한 게 있다면, 그냥 얘기라도 하고 싶다면 연락해."

루크의 말이 우리 사이 허공을 맴돌았다. 별안간 루크와 내가 벼랑 위에 서 있고, 여기서 뛰어내리면 무엇이 우리를 잡아줄지, 잡아주는 게 있기나 할지 모르겠다는 생각이 들었다. 그래도 루크가 내게 손을 내밀어준 것 같았다. 나는 그 손을 잡기로 했다.

"그래." 나는 그에게 말했다. "알게 되어 다행이다."

루크는 내 어머니에게 작별인사를 했고, 이어서 내게 작별인사를 한 다음 떠났다.

며칠 후 어머니가 돌아가셨고, 나는 루크에게 부고 메시지를 보냈다. 그는 장례식에 가도 되냐고 물었다.

나는 이번에도 응, 이라고 답했다.

장례식 날 우리는 대화를 나누지 않았다. 나는 그가 왔다는 것조차 거의 인지하지 못했다. 추도 연설을 하려고 일어났을 때 성당 맨 뒤쪽에 있는 루크를 얼핏 봤던 기억이 나긴 한다. 어머니를 잃고 나서야, 그리고 루크 또한 나처럼 내 어머니의 죽음에 상실감을 느낀다는 사실을 알고 나서야 그 모든 불화 끝에 결국 휴전이 이루어지다니 참 많은 생각이 들었다. 그 위태로운 휴전 상태는, 간헐적인 전화 통화로 이루어진 잠정적 휴전이긴 해도, 어쨌든 우정 비슷한 모양새로 조금씩 나아갔다.

어머니가 이 사실을 안다면 좋아하셨을 것 같다.

비록 이 세상에 계시진 않지만 당신이 여전히 내가 내리는 결정과 내가 속한 관계에 영향을 미치고 있고, 절대 불가능하리라 여겼던 루크와 나 사이의 평화협상을 이끌어냈다는 사실을 아신다면. 여전히 내 인생에 오지랖 넓게 끼어들고 있다는 사실을 안다면 신나하시겠지.

나도 좋은 것 같다.

회의실에 도착하니 이미 만원이다.

사람들이 이리저리 서성이다 자리에 앉고 카펫 깔린 바닥에 가방을 내려놓은 다음 파우치에서 랩톱을 꺼낸다. 나는 빈자리를 발견하고 뺏길세라 잽싸게 가방으로 자리를 맡는다.

"안녕, 신시아." 나는 왼쪽에 앉아 있는 여자에게 인사한다. 컨퍼런스에서만 만나는 서부 해안 쪽 대학의 교수다.

"안녕, 로즈, 오늘 회의는 작년처럼 시간을 넘기는 불상사가 없으면 좋겠다."

"으, 농담이라도 싫은걸." 나는 오른쪽에 앉은 남자를 본다. 그는 제 랩톱 화면을 들여다보고, 나는 남자를 들여다본다. "어라!" 나도 모르게 외쳤다가 얼른 목소리를 낮춘다. "토머스, 맞죠?"

남자가 고개를 들더니 나를 보고 싱긋 웃는다. "로즈!"

여기서 토머스를 보니 퍼뜩 어떤 느낌이 되살아나고, 갑자기 혈류가 빨라지며 온몸이 상기된다. 한동안 느끼지 못했던 감각이다. "여기서 보다니 믿기지가 않네요." 나는 웃음을 터뜨린다. "같은 학회 소속이라니 이런 재밌는 인연이."

어머니가 아직 항암 치료를 받던 그날 병원에서 본 후로 처음이었다. 그가 연락을 시도하지 않은 건 아니었지만. 한동안 내게 문자를 보냈고, 나도 가끔 답을 하긴 했는데 어머니가 언제 돌아가실

지 모르는 상황에서 다른 것들이 눈에 들어오지 않았다. 나는 그의 문자에 답을 하다가 말았다. 곧이어 슬픔이 덮쳤고, 나는 앞으로 나아가기 위해 책 쓰기에 몰두했고, 곧이어 책 홍보를 위한 투어에 들어갔다.

"언젠가는 이렇게 만날 운명이었네요." 토머스가 말한다.

나는 의자를 끌어내 자리에 앉는다. 토머스가 랩톱을 닫는다. 우리는 다시 서로를 마주본다.

"잘 지내요?" 내가 묻는다. "친구분은, 에인절 씨는 좀 어떤가요?"

"잘 지냅니다. 그 친구도 잘 있고요. 지금은 완치 판정을 받았어요. 아주 좋은 소식이죠."

"멋지네요. 잘됐다."

"어머님은요?"

나는 고개를 저었다. 목구멍 속에 덩어리가 생겨 목이 멘다. 어머니가 떠나고 아무리 많은 시간이 흘러도, 이러지 않으려고 아무리 애를 써도 여전히 이렇다.

"아, 유감입니다." 토머스가 말한다.

나는 심호흡을 하며 덩어리가 분해될 때까지, 다시 목이 트일 때까지 기다린다. 가방에서 물건을 하나씩 하나씩 꺼내는 작업에 집중한다. 노트를 꺼내 테이블 위에 놓고, 펜을 그 옆에 놓는다. 고개를 들어 토머스를 보니 그는 인내심 있게 기다리고 있다. 그에게서 느껴지는 유대감은 즉각적이다. "고마워요. 나도 뭐라고 말을 해야 할지. 6월이면 일 년이 다 되어가는데도 여전히 어머니 얘기는 참 힘드네요."

토머스의 눈은 묘하게 아름답고, 그의 시선은 내 슬픔을 곧장 관통하여 내 안에 닿는 것 같다. "일 년은 아무것도 아니죠." 그가 내게 말한다. "난 아직도 아버지 얘기가 힘들어요. 돌아가신 지 거의 십 년이 지났는데."

"아버지를 여의셨다니 유감입니다." 그리고 나는 다시 이렇게 내뱉는다. "맙소사, 부모를 잃은 사람에게 할 수 있는 애도 표현이 고작 이런 것밖에 없나? '유감이다'라는 말은 너무 거만해."

토머스와 나는 피식 웃음을 흘린다.

"어머니가 항암 치료를 받던 그날 병원에서 당신 정말 친절하고 점잖았어요." 내가 토머스에게 말한다. "이미 말했는지 모르겠지만. 그때 문자 메시지로 연락하면서. 어쨌든 진심이에요—친절하고 멋졌어요."

"별거 아니었어요." 토머스가 말한다. "어머님이 워낙 활기찬 하루로 만들어주셔서. 에인절과 난 덕분에 실컷 웃었는걸요."

"우리 엄마가 원래 그래요." 나는 다시 눈물로 그렁그렁해진 눈가를 훔친다. 마음을 다스리기 위해 또 심호흡을 한다. 그래도 눈물이 나는 바람에 좀 민망해서 토머스에게 웃어 보인다. "미안해요, 엄마 얘기가 나오면 좀 주체가 안 돼서."

"괜찮습니다, 정말로. 그게 정상이죠." 그가 팔을 들어올리길래 순간 나는 내 손을 잡으려는 건가 아니면 어깨를 가볍게 잡으려는 건가 했는데 아니다. 다만 그는 이렇게 말한다. "그런 사적인 얘기를 하기엔 여긴 좀 이상한 장소지요."

나는 회의실을 둘러본다. 주변의 학자들은 다들 랩톱에 뭔가를 타이핑하거나 서류를 넘겨 보거나 서로에게 깊은 인상을 심어줄 말을 하려고 안달이다. "네, 그래도 일 외에 다른 얘기를 하는 것도 나쁘지 않네요. 뭔가 현실적인 얘기." 내 시선이 다시 토머스에게 내려앉는다. "다시 만나서 정말 반가워요."

"오늘 저녁에 뭐해요?" 그가 묻는다. "계획 있습니까?"

토머스가 내게 데이트 신청을 하려 한다.

그렇게 생각하니 즐거움이 밀려든다. 그리고 이런 생각도 든다. 엄마가 이걸 보면 엄청 좋아하겠는걸. "평소랑 똑같죠." 내가 말한다. "여기저기 리셉션에 얼굴 내밀기. 당신은?"

그가 뭐라 대답하기 전에 학회장이 목청을 돋워 오 분 후에 회의를 시작하겠다고 외친다. 마지막 남은 자리를 두고 치열한 쟁탈전이 벌어진다.

토머스 앞 책상에 놓인 휴대폰에서 웬 소녀의 사진이 번쩍 뜬다. 긴 갈색 머리를 어깨 아래까지 늘어뜨리고 예쁘게 미소 짓는 깡마른 소녀다.

토머스에게 딸이 있을 줄이야. 나의 시선은 그의 손을 탐색한다. 반지는 끼고 있지 않다. 그래도 좀전엔 내가 오해했을지도—토머스는 내게 데이트를 신청하려고 한 게 아니었을지도. 그날 병원에서 있었던 일, 그후에 주고받은 문자 메시지들은 다 어머니 얼굴을 봐서 친절히 대한 것뿐이었을지도.

토머스가 전화를 받고 말한다. "응, 별일 없지?" 잠시 침묵. "알았어. 내가 나중에 다시 전화할게. 사랑해." 그는 휴대폰을 테이블에 엎어놓고 다시 나를 본다. 그의 얼굴에 멋쩍은 웃음이 번진다.

"딸이에요?" 나는 짐작으로 말해본다.

그가 고개를 끄덕인다. "네. 엄청 귀여워요, 내 눈에만 그렇겠지만. 전에는 나를 영웅처럼 숭배하며 내 뒤만 졸졸 따라다녔는데 요즘은 제 방에 틀어박혀 아예 안 나와요. 그러려면 아직 몇 년은 더 남은 줄 알았는데."

나는 빙그레 웃는다. 이해한다는 듯 고개를 끄덕이지만 사실 모른다. 당연히 모른다.

"아이가 있습니까?" 그가 묻는다.

"아뇨. 혼자예요. 아이도 없고."

"저도요—그러니까 저도 싱글이라는 뜻입니다." 그의 말에 나도 모르게 속으로 환호한다. "예전 여자친구랑 사이에 애가 생겨서 그냥 낳기로 한 거죠. 아이 생각은 전혀 없었지만. 지금은 친구로 지내고 있고, 양육자로서 같이 제법 잘 키우고 있다고 생각해요. 이것도 나쁘지 않죠. 하여간!" 토머스가 다시 싱긋 웃는다. 미소가 그의 눈에 닿고, 얼굴 전체로 번지고, 몸 전체에 빛을 뿌린다. "오늘 저녁 리셉션을 몽땅 빼먹고 대신 나와 저녁 먹을 생각이 있는지 물어보려던 참이었습니다만. 어떻게 생각하세요?"

"좋다고 생각해요." 나는 주저 없이 재깍 대답한다. "아주 맘에 들어요."

"좋습니다."

우리 둘은 자리에 앉은 채 서로를 보며 싱글벙글 웃는다. 그때 토머스의 휴대폰에서 문자가 왔음을 알리는 진동음이 나고, 토머스는 문자 메시지를 읽더니 미간을 찡그린다—아주 잘생긴 찡그림이다. "딸아이가 나를 구워삶아서 주말에 친구네서 자고 오겠다는 허락을 받아내겠다고 큰소리친 모양인데, 애 엄마와 나는 계속 안 된다고 하는 중이에요. 애가 맨날 이렇게 우리를 달달 볶는데,

가끔은 그게 먹히기도 하죠.” 그는 어깨를 으쓱하고는 휴대폰을 다시 테이블에 내려놓는다.

“따님 이름이 뭐예요?” 나는 토머스에게 묻는다.

그가 상체를 돌려 나를 다시 쳐다보더니 만면에 미소를 띠며 말한다. “애디예요.”

파트 5

다른 로즈들, 인생 7&9

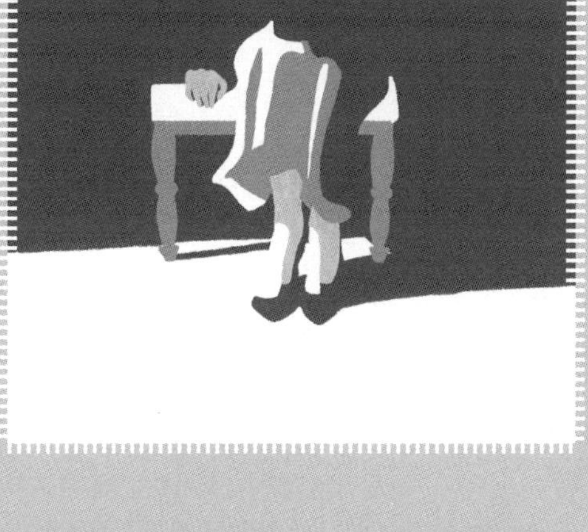

35
2006년 8월 15일
로즈, 인생 7

루크가 침대 내 자리 쪽에 서 있다. 평소엔 절대 내 자리 쪽으로 가지 않는데. 루크의 손에는 산전 비타민제 약병이 들렸다. 그가 약병을 치켜들더니 흔든다.

소리는 둔탁하다, 병이 꽉 차 있으니까.

"당신 약속했잖아." 루크가 말한다.

"내가?

"로즈."

내 이름자, 루크의 입에서 발화된 저 언명. 불길하다.

나는 한숨을 내쉰다. 오늘은 싸울 기력이 없는데. 아니, 그 문제에 관해서라면 다른 어떤 날에도. 임신과 출산 문제로 남편과 싸우는 게 아주 지긋지긋하다. 오늘은 싸울까? 안 싸울까? 내가 마음을 바꿀 때가 과연 오긴 오려나? 온 우주의 다른 모든 여자들이 아기를 낳는 게 생의 유일한 목표인데 왜 나만 아닐까? 세상 여자들 중 왜 하필 나만 그런 데 관심이 없을까?

“왜, 루크?”

“지금쯤 다 먹었을 줄 알았어. 한 병 더 사줘야겠구나 생각했는데.”

나는 옷장 서랍을 열고 속옷—핫핑크색 끈팬티—을 꺼낸다. “아닐걸.” 그러고는 서랍을 쾅 닫는다.

“아닐 거라고.”

루크가 계속 내 말을 따라 한다면 난 비명을 지르고 말 거다. 나는 팬티를 손끝에 달랑달랑 매단 채 빙그르 돌아선다. “우리 그냥 절반씩 양보해서, 산부인과에 가서 난자를 냉동하는 건 어때?”

루크의 입이 떡 벌어진다. 말문이 막혔나보다.

“그럼 이 안건은 잠시 보류할 수 있겠지.” 나는 루크가 이 타협안에 찬성하길 바라고, 내 훌륭한 계획에 등을 두드려주길 바란다.

말문이 뚫린 남편이 말한다. “하지만 난자를 냉동하는 것과 아이를 낳는 건 다르잖아, 로즈.”

“맞아, 다르지. 근데 지금 이 순간 내가 당신에게 제안할 수 있는 최선이 냉동 난자야. 애초에 임신 출산 절대 불가를 외치던 당신 아내가 말이야.” 나는 남편에게 다가가 끈팬티를 침대 위에 내려놓고 대신 남편의 손을 잡는다. 나는 루크의 눈을 똑바로 쳐다보며 그 속을 읽으려 한다. “싫음 말고. 어떻게 할래?”

36
2020년 5월 22일
로즈, 인생 3&6

"애디, 지금 당장 전화하지 않으면 한 달간 외출금지야!"

나는 음성 메시지를 남기고 식탁 의자에 털썩 주저앉는다.

집안은 깜깜하고, 가스레인지 위쪽 조명 하나만 켜져 있다. 해가 하늘에서 빠져나가 주위 세상이 어둑해졌다. 아까부터 나는 식탁 의자에 돌처럼 앉아 휴대폰 화면에 애디의 얼굴이 뜨기를 간절히 빌며 전화기를 노려보고 있다. 그러다 일어나서 몇 군데 램프를 켰고, 장밋빛 불빛이 거실과 부엌을 채운다. 루크와 나는 늘 벽등과 램프가 아늑하고 멋진 무드 조명을 제공하는 반면 천장 조명은 너무 삭막하게 밝다고 생각했고, 우리 부부가 낭만을 고려해 이 집을 꾸몄다는 게 뿌듯했다. 그런데 지금 나를 둘러싼 이 부드러운 빛과 그림자가 비아냥거리며 나를 조롱한다.

나는 애디를 후려칠 것처럼 휴대폰으로 식탁을 탕 때린다. 비명을 지르며 휴대폰으로 식탁을 내리친다. 화면이 깨진다—당연히 깨지지. 이 멍청이! "이게 다 너 때문이야, 애디!" 나는 빈집에서 혼자 외친다.

어릴 때 어머니한테 반항했던 기억이 떠오른다. 엄마는 잔뜩 화가 나서 집에 늦게 들어온 나한테 정신 나간 사람처럼 소리지르곤 했다. 나도 지지 않고 "엄만 미쳤어!" 하고 대거리한 다음 내 방으로 쿵쿵 올라갔고, 그러면 곧이어 외출금지를 선언하며 내 뒤를 따라 올라오는 발소리가 들릴 거라는 걸 알았다. 그럼 나도 맞서 소리지르고 최대한 요란하게 방문을 쾅 닫았다. 때로는 제 분에 못 이겨 그악스럽게 소리를 질러대며 여러 번 문을 열었다 닫았다 하기도 했다.

만약 어머니가 살아 계신다면 지금 당장 전화해서 그때 내가 했던 모든 행동을 진심으로 뉘우치며 사과했을 것이다. 만약 어머니가 살아 계시다면 지금 내 꼴을 그대로 전할 수 있을 테고, 그럼 우리 둘이 낄낄거리며 내 최악의 반항아 시절을 회상했을 텐데. 그러고 나서 요즘 애디가 어떻게 행동하는지 미주알고주알 고자질하고, 그러면 어머니는 경험에서 우러나온 조언을 해줄 텐데. 엄마 없는 세상은 너무 외롭고 쓸쓸하다.

가끔은 애디에게 이렇게 소리치고 싶기도 하다. 너 내가 죽고 나면 후회할걸! 그땐 다 소용없어!

정말이지 부모 노릇은 사람을 돌아버리게 만든다.

휴대폰에 불이 들어오지만 애디가 아니라 루크다. "애한테 연락 왔어?" 내가 묻는다.

"아니." 루크의 한숨은 무겁고 피로에 찌들었다.

말하지 않아도 무슨 생각인지 알겠다. "지금은 화가 나서 미칠 것 같지만 그래도 아직 휴대폰 위치 추적을 할 때는 아니야. 애디에게도 독립성은 필요하니까. 아무래도."

"나도 같은 생각이야. 당신도 알다시피." 루크가 말한다. "하지만 너무 오냐오냐 봐주면 안 될 것 같아."

"당연하지. 걔 지금 선을 넘었어."

"로즈." 또 한숨. "애디가 이러는 건 우리 탓도 있어."

나는 대답하지 않는다.

"우리 때문이야. 당신도 알잖아."

"이 년이 넘었어, 루크. 그리고 그전에도 우린 별거중이었고." 말은 이렇게 하지만 루크 말이 맞다.

"아이한테 이혼은 힘든 일이지."

이번에도 맞는 말이라는 건 안다. 이어서 패닉이 나를 움켜쥔다. "하지만 애한테 무슨 일이 난 거면 어떡하지?" 내 목소리가 높아지고, 나도 올라가는 목소리를 따라 자리를 박차고 일어난다. "누가 애를 유괴한 거면?"

"유괴된 거 아니야, 로즈. 애는 괜찮아. 그냥 유세하는 거야."

푸슈슈 바람이 빠진다. "정말 그렇게 생각해?"

루크가 키득거린다. 진짜로 키득키득 소리 내어 웃는다. "일단 애를 찾고 나면 결국 외출금지를 먹이겠지만, 응, 당연히 아무 일도 없을 거야. 애디는 악당 부모한테 반항하는 것뿐이지."

나는 거실로 가서 소파와 테이블 사이 러그에 벌렁 드러누워 천장을 바라본다. "우리가 언제부터 악당 부모가 됐을까? 악랄하게 키운 적 없는데."

"우리 둘을 비교하자면, 내가 더 악랄한 아버지일걸."

루크의 말투에 장난기가 어린다. "지금 누가 더 사악한 악당인가 따져보자는 거야?" 내가 말한다.

"아마도. 그리고 내가 이겼지."

나는 터지려는 웃음을 참기 위해 손으로 입을 막는다. 어떻게 웃음이 날 수 있지? 애디가 지금 행방불명인데! 나는 루크와 이혼했는데! "실질적으로 당신이 이긴 거 맞아."

"아, 압승이지. 집을 나가서 제 엄마가 아닌 여자와 애까지 낳았는데."

"그러게, 상당히 악랄하네."

"메가 빌런이지."

"당신 생일선물로 이 지구에서 당신이 벌인 악랄한 행각과 끝 모를 사악함의 깊이를 대변하는 특별한 망토와 마스크를 줘야겠군."

"한발 늦으셨소. 나는 이미 슈퍼 빌런 코스튬을 갖고 있지. 핼러윈 끝나고 할인하길래 한 벌 장만했거든."

창밖에서 사이렌소리가 높아졌다 희미해진다. 나는 킥킥거리고 있다. 멈출 수가 없다. "그럼 그거 드라이 맡겼을 때 입을 여벌 빌런 슈트를 사줘야겠네."

루크가 폭소를 터뜨린다. 그가 이렇게 웃는 소리는 우리가 헤어지기 한참 전부터 들어보지 못했다. "지금 당신 어디야?" 루크가 갑자기 묻는다.

"꼭 알아야겠다면 알려주지. 소파 앞 러그 위에 누워서 천장을 노려보고 있어. 당신이 나간 다음에 새 러그를 샀는데 이거 진짜 좋아. 할인 나온 거 꼭 사야 한다고 당신이 우겨서 산 그 꺼끌꺼끌한 러그가 난 처음부터 마음에 들지 않았거든." 창문으로 들어온

바람이 거실을 가볍게 훑는다. 나는 일어나 앉아서 소파 테이블에 팔꿈치를 괸다. 커튼이 살랑 움직인다. "보고 싶다, 루크." 머리를 거치지 않고 불쑥 튀어나온 말. "그러니까, 부적절하게 보고 싶다는 게 아니라. 당신의 유머 감각이 그립다고. 우리의 우정이. 우린 정말 좋은 친구였잖아."

"나도 우리의 우정이 그리워."

"언젠가 다시 친구가 될 수 있을까?"

"우리가 친구로 지내면 애디한테 좋을 거라고 생각해."

"맞아. 어쩌면 우리한테도 좋을지 모르고." 내가 지금 무슨 소릴 하는 거지? 진심인가?

"나도 그렇게 생각해."

진심이었나보다. 하지만 이건 그나마 애디와 관련해 루크와 나의 생각이 일치하기 때문일 거다. 오래전부터 우린 그 어떤 사안에서도 의견의 일치를 보지 못했는데. 아니, 그딴 건 중요치 않을지도 모르지.

나는 주먹으로 테이블을 쾅 내리친다. "빌어먹을 애디는 대체 어디 간 거야?"

"워워, 이 교수님 말본새 좀 보게. 나폴리타노 교수님?"

"젠장 내 말본새가 무슨 상관이야, 애지중지하는 외동딸이 우릴 무시하고 당신의 악랄함에 반기를 든 지금, 내 말은 개한테 들리지도 않을 텐데."

"오늘 저녁 우린 아주 큰 진전을 이룬 것 같아, 로즈."

"망할 그게 무슨 소리야, 루크?"

루크의 집 의자가 바닥에 끌리는 소리가 들린다. 루크가 의자에 앉는 부산스러운 소리도. "우정으로 가는 급행열차를 탄 것 같아서. 우리가 이런 식으로 얘기해본 게," 루크가 멈칫 말을 끊는다. "언제였는지 기억도 안 나네. 내가 당신과 함께 폭소를 터뜨린 게."

나는 솔직해지기로 한다. "나도 그래. 나쁘지 않아."

"어쩌면 이게 우리 딸의 사악한 계획이 아닐까. 제 부모를 압박해서 다시 뭉치게 만들려고. 어쩌면 애디는 당신과 내게 필요한 게 정확히 이런 거라는 걸 알고 있었을지도 몰라. 그래서 제 엄마 아빠를 시험에 들게 하기 위해 십대 초반의 다른 사악한 꼬마 미니언즈들하고 훌쩍 놀러가기로 한 거지."

"흠, 만약 그게 사실이라면, 이 상황은 순전히 당신 탓이야. 내 딸은 원래 꼬마 천사거든. 사랑스럽고 귀엽고 완벽하지."

"좀전하곤 말이 다르신데요."

나는 앉은 자리에서 일어나 찬장에서 유리잔을 하나 꺼내 물을 따른다. "내 말이. 긍정적인 마음으로, 엄마를 사랑하는 우리 딸 버전만 생각하기로 했어. 그럼 사악한 아버지가 빚어낸 그 새로운 십대 초반 버전은 밀려나고 내 버전이 되돌아올 거야."

"그러길래 내가 뭐랬어." 루크의 말이다.

나는 다시 거실 바닥에 앉아 소파 테이블에 물잔을 올려놓는다. "이번엔 또 뭔 소리래?"

"난 당신이 엄마 노릇을 좋아할 줄 알았어."

"맙소사, 당장 그 입 닥치시오. 난 엄마 노릇을 좋아하는 게 아니야. 애디를 좋아하는 거지. 차이가 있다고."

"그게 무슨 말이야, 로즈? 거기에 무슨 차이가 있어?"

"난 모성애가 강한 타입이 아니고, 앞으로도 그렇게 될 일은 없을걸. 내가 저항을 하다 말았다는 이유만으로 전향자가 됐다고 볼 수는 없지. 딸이 있는 지금은 미친 사람처럼 딸내미를 사랑하지만." 나는 물을 벌컥벌컥 마신다. "누군가를 이렇게 처절히 사랑하다니 아주 끔찍해. 젠장 너무 싫어."

루크가 다시 웃음을 터뜨린다. "당신은 진짜 훌륭한 엄마야."

"당연하지. 당신도 알다시피 난 아주 성공한 사람이야. 박사학위도 있고 책도 여러 권 냈고. 내가 못하는 게 뭐야."

"고집 세고 못 말리는 여자."

"좀전엔 찬사를 주셨는데요."

"뭐 하나 물어봐도 돼?"

자못 진지한 그의 말투에 선뜻 응하지 못하고 주저한다. "흠. 아마도? 일단은? 질문에 따라서?"

루크가 내뱉는 숨소리가 들린다. "토머스는 어때?"

이건, 전혀 예상치 못했다. "정말 알고 싶어?"

"응."

우리는 내가 누군가와 만나게 되면 루크에게 얘기해주기로 했었다, 애디에게 영향을 미칠 테니까. 하지만 내가 누군가와 만난다는 언급을 하는 것과 그 관계의 진전에 대해 전남편과 진지한 대화를 하는 것은 전혀 다른 문제다. "이건 이혼 이후 우리가 나눈 얘기 중 가장 이상한 대화가 되겠군."

"난 마음에 드는데." 루크가 말한다.

"나도." 내가 말한다. 이어서, "토머스는 괜찮아. 아주 좋아."

토머스와 나는 저자 사인회 행사장에서 만났다. 그는 우리 학과 동료들과 함께 서점으로 찾아왔다. 그날 저녁 서점에는 내가 아는 사람들이 거의 다 모였다. 우리 아버지도 왔고, 애디, 질, 마리아, 라야, 데니즈에다가 애디네 학교 학부모 대표단까지 대규모로 방문했다. 정말 근사했지만 그렇게 될 줄은 예상하지 못했었다—또한 그날 저녁 그런 식으로 토머스와 만나게 될 줄은 몰랐었다.

"안녕하세요, 성함이?" 사인회 테이블에서 그의 차례가 되자 나는 기계적으로 물었다.

"토머스입니다." 그가 대답했다.

나는 고개를 들었고, 내 앞에 서 있는 멋진 목소리의 남자가 무척 잘생기기까지 했다는 사실을 즉각 알아차렸다.

그가 싱긋 웃었고, 미소 띤 남자는 더욱 매력적이었다. "책 출간을 축하드립니다. 정말 읽어보고 싶습니다. 동료 교수들 평이 무척 좋아서요." 그는 주위를 둘러보더니 와인 테이블 옆에 모여 대화중인 교수 그룹을 가리켰다. "저도 대학에서 사회학을 가르칩니다."

"그렇군요!" 나는 좀 과했나 싶게 열정적으로 말했다. "저도 당신의 연구에 대해 듣고 싶네요!" 토머스 뒤에서 기다리던 사람의 인내심이 졸아드는 게 보였다. 남자는 토머스의 어깨 너머로 자꾸 흘긋거리며 인상을 썼다. "가지 말고 잠시만 기다려줄래요? 행사 끝나고 다 같이 한잔 더 하러 갈 예정이거든요. 그럼 좀더 찬찬히 얘기 나눌 수 있을 텐데."

맙소사. 너 지금 뭐하는 거야, 로즈? 아무 남자한테나 수작 거니?

"물론이죠, 영광입니다." 토머스가 말했다.

나는 토머스가 내민 책에 사인하고 도로 건네주었다. "오늘 저녁에 와주셔서 감사합니다. 같은 분야의 연구자를 만나는 건 늘 가슴 뛰는 일이죠." 특히나 당신처럼 잘생긴 사람을 만나면 말이지.

"맞습니다." 그가 다시 미소를 지었고, 나는 내 동료들 쪽으로 가는 토머스의 뒷모습을 바라보았다.

그날 저녁 우리는 결국 밤새 이야기를 나눴다. 그리고 일주일 후 데이트를 했고, 또 한번 만났고, 그러다 어느 날 침대에서 일어나보니 토머스가 옆에 있었고, 그동안의 데이트가 전부 이 친밀한 관계를 위해 쌓인 것이었음을 깨달았다. 실제로 내게 기쁨을 주는 관계.

"토머스 얘기를 하기엔 아직 이르지." 나는 루크에게 말한다. "아직 만난 지 육 개월밖에 안 됐는데."

"좋아한다는 얘기로 들리는걸."

"좋아해." 나는 인정한다. 통화중 대기음이 울려 휴대폰을 귀에서 떼고 화면을 본다. "왔다, 애디 전화야—"

"잘됐네! 애 너무 잡지 말고—!" 이렇게 말하는 루크의 전화를 끊고 나는 애디의 전화를 받는다.

"애디! 너 괜찮아?"

"엄마, 나 멀쩡해." 애 목소리가 아주 반항적이다. 엄마와 얘기하는 게 아주 고역이라는 투다.

"애디, 너 때문에 정말 십년감수했잖아!"

"엄마—"

"어디서 엄마야, 엄마는! 사랑해, 애디. 너무 사랑해. 네 목소리 들어서 기쁘고, 멀쩡히 잘 있다니 진짜 다행이야. 천만다행이야.

하지만 나와 네 아빠는 걱정돼서 미치는 줄 알았단 말이다. 너 외출금지야! 너 스무 살까지 외출금지야!"

37
2023년 5월 8일
로즈, 인생 1, 2, 7, 8

"애디, 나갈 준비 다 됐어?"

내 목소리가 쩌렁쩌렁 집안에서 울리고 계단 위쪽까지 메아리친다. 문이 삐그덕 열리더니 쾅 닫히고, 마룻바닥을 밟는 발소리가 난다—느릿느릿, 하나도 급할 것 없는 십대의 발걸음이다. 쿵, 쿵, 쿵. 밑창이 두꺼운 무거운 부츠를 요란하게 내디디며 애디가 천천히 내려온다. 딱 제 취향대로다. 모조리 제 취향이다. 처음엔 발, 그다음에 정강이, 무릎에 이어서 청바지에 감싸인 다리, 그리고 얇게 하늘거리는 섹시한 핑크색 탱크톱 밑단이 보이는데, 토머스가 집에서 이 꼴을 봤다간 애를 죽이려 들겠지만, 지금 이 여자애는 배시시 웃고 있다. 애디는 이렇듯 '뭔 상관' '신경 꺼' '난 내 식대로 해'의 반항아인 동시에 신기하게도 내가 지금까지 만나본 여자애들 중 가장 사랑스럽고 다정한 아이이다.

"안녕하세요!" 애디의 갈색 눈이 환한 웃음과 함께 커진다. 고양이 맥스가 애디의 다리에 휘감겼다가 다른 방으로 들어간다. “오늘 쇼핑 완전 기대돼요!”

나는 웃음을 터뜨린다. 애디는 완전이라는 단어를 애용한다. 가급적 모든 표현 앞에 붙인다—완전 배고파, 완전 짜증나, 완전 궁금해, 완전 핫한 저 여자애 완전 멋져. “나도 완전 기대된다.” 내가 말한다.

우리는 포옹으로 인사를 나눈다. 애가 깡말랐다. 상의 속 울퉁불퉁하고 촘촘한 갈빗대가 다 느껴진다. 나는 애디에게 기름진 햄버거 또는 산더미처럼 쌓은 파스타에 진한 볼로네제 소스를 끼얹어 먹이고 싶지만, 맙소사 얘는 열세 살 때부터 채식주의자다. 이렇게 애디를 살찌우고 싶다는 충동이 들다가도, 내가 예전 우리 엄마처럼 굴고 있다는 자각에 혼자 눈살을 찌푸리고 만다. 그런 생각은 늘 내 어머니가 지금의 나란 사람에게 새긴 각인을 일깨웠다가 이내 씁쓸한 따스함과 서글픈 기쁨에 자리를 넘겨준다. 엄마가 이 사실을 알면 좋아할 텐데.

“배고프지 않아?” 나는 애디에게 묻는다. “일단 점심부터 먹을까?”

애디는 고개를 외로 꼰 채 생각에 잠기고, 젤을 바른 짧고 삐죽삐죽한 머리는 비스듬히 기울여도 원래 모양을 유지하고 있다. 애디가 그 긴 머리칼을 싹둑 자른 날은 대충격이었다. 거의 허리까지 닿던 머리카락을, 허락도 구하지 않고 제멋대로 목덜미가 훤히 드러나게 머리통에 바짝 붙여 깎았다—그냥 그렇게 밀어버렸다. 애 아빠는 기겁했지만, 애는 눈만 더 동그랗게 떴을 뿐이다. 그 짧은 머리가 잘 어울린다. “먼저 한 군데 들러서 쇼핑한 다음에 먹어요.” 애디가 타협안을 제시한다. “아직 별로 배가 안 고파서.”

“그래도 일단 앉아서 메뉴판을 훑어보면 배고파질 거야. 네가 좋아하는 그 채식 식당에 가자! 그 왜, 끝내주는 온갖 홈메이드 베지 버거가 잔뜩 있는 거기 어때?”

애디는 거실의 의자 등받이에 걸려 있던 스웨터를 집어든다. 그것도 핑크색이지만, 탱크톱보다는 좀더 연한 핑크다. 애디가 코웃음친다. “나만 보면 맨날 먹이려 들어.”

나는 웃음이 터진다. “내가?”

“네에에엡, 로즈.” 애디는 침울하고 무거운 톤으로 내 이름을 덧붙인다. 제 아빠가 아주 싫어하는 저 검정 레이스업 부츠 밑창처럼 무겁게. 나를 이름으로 부르면서, 어른이 된 기분이 들어 좋은지 애디는 헤실거린다.

나를 로즈라고 부르는 애디라니, 이것 참 신선하다. 애디는 틈만 나면 내 이름을 써먹을 기회를 노리고, 최근 들어 완전 못잖게 자주 써먹는다. 로즈, 댄스파티에 늦게까지 있어도 아무 문제 없다고 우리 아빠한테 말해줄래요? 로즈, 내가 제일 좋아하는 시리얼 어디 있는지 알아요? 찬장에서 못 찾겠어. 로즈, 이번 주말에 같이 쇼핑할래요? 좋아하는 여자애가 생겼는데 걔한테 잘 보여야겠어. 내가 제 아빠와 데이트한다는 걸 알고 나서 처음에 애디가 보였던 반감과 적개심에 비하면 내 이름을 부르는 것쯤이야 오히려 좋으면 좋았지 나쁘지 않다. 그땐 애디가 너무 어렸고 아빠에 대한 독점욕이 강해서 다른 사람이 끼어드는 것을 절대 용납하지 않았다. 그러던 아이가 이제 열다섯이 됐고, 정말 어른이 다 된 것 같다. 나는 애디를 좋아한다. 아주 많이. 내가 사랑하는 남자의 딸이라서만은 아니다. 그 남자와 살림을 합치면 어떨까 지금 얘기하는 중이긴 하지만.

내 배로 낳지 않고도 딸이 생기리라고 누가 예상했겠는가? 그것도 이렇게 재밌고 똑똑하고 멋진 딸이.

생각했던 것보다 훨씬 좋다. 꿈에도 상상하지 못했던 절충안이랄까.

애디가 가방을 둘러멘다. 메탈 징이 박힌 검은색 가방이다. "다음 주말에 아빠가 자정까지 놀아도 된다고 허락해줄까요?"

나는 아이를 빤히 쳐다본다. "그건 네가 직접 물어봐야 할걸."

"그래도, 로즈 생각엔 어떨 것 같아요?"

나는 대답하지 않는다. 애디의 눈썹이 아치를 그리며 올라간다. 아이는 이미 내가 자기 생각에 동의한다는 사실을 알지만, 나는 구태여 말로 확인해주지 않는다. 그런 일을 결정하는 것은 아직 내 소관이 아니다.

토머스가 자제력을 잃을 때마다, 가령 애디가 통금시간을 어기고 친구들과 학교에서 사건을 일으켰을 때나 새로 사귄 여자친구와 아주 드라마 한 편을 찍었을 때, 나는 토머스에게 당신은 운이 매우 좋다고 말해주며 십대는 훨씬 더 끔찍할 수도 있음을 상기시키려 애썼다—적어도 부모가 된 내 친구들이 하나같이 입을 모아 하는 얘기다.

"내가 아빠한테 물어보고," 애디가 계속 말한다. "그다음에 로즈가 아빠와 얘기를 해보면 어때요."

"생각해보지." 나는 애디에게 말한다.

애디가 헤벌쭉 웃으면서 현관문을 연다. 제가 이겼음을 아는 거다. "고마워요, 로즈."

38
2022년 6월 18일
로즈, 인생 3, 5, 6

"애디!"

나는 소리를 지르며 손을 흔든다. 내 옆에 있는 아버지도 똑같이 하고 있다. 오늘 졸업하는 다른 8학년생들과 함께 복도를 걸어가던 애디는 우리 쪽을 돌아보며 엄마, 제발 진정해!라는 표정을 짓지만, 나는 진정이 안 된다. 애디가 눈을 굴린다. 이제 막 싹트기 시작한 반항적 십대의 몸짓조차도, 졸업 모자와 가운을 걸치고 친구들과 함께 단상에 오르는 우리 딸을 보는 기쁨을 꺾을 수는 없다.

"와! 우후!" 힘껏 박수를 치는데, 손바닥이 쓰라릴 정도다.

아버지가 내 쪽으로 고개를 숙인다. "로즈, 너 어릴 때 내가 그랬다간 너 나한테 일주일은 말도 안 걸었을 거다."

질이 내 옆구리를 찌른다. "애디가 분명 나중에 한소리 할 거야. 좀 진정하는 게 좋을걸."

"상관없어." 나는 두 사람 모두에게 말한다. "애디는 민망한 엄마를 참아야 할걸." 나는 강당에 꽉 찬 사람들을 둘러본다. 저쪽 반대편에 용의주도하게 내 시선을 피하는 루크의 부모가 보인다. 우리는 연락을 끊은 지 한참 됐다. "게다가 다른 부모들도 다 똑같이 하잖아."

"뭐, 맞는 말이긴 하다만." 질이 잠시 말을 끊었다가 덧붙인다. "근데, 루크는 시간 맞출 수 있대?"

나는 강당 건너편을 다시 흘끔거리며 루크의 부모 옆자리 빈 좌석을 본다. "맞출 수 있기를 바랄 뿐이지." 루크는 출장에서 돌아오는 중이고, 출발할 때부터 비행기 이륙 지연과 열차 지연과 교통 정체를 두루 지레 걱정했다. 그는 자신의 직업과 우리의 외동딸과 셰릴과 낳은 다른 두 아이에 대한 의무 사이에서 곡예하듯 이것저것 챙기지만, 항상 잘해내는 건 아니다.

"하지만 오늘은 애디의 중학교 졸업식인데."

"나도 알아. 안다고."

"깜짝 놀라게 해주려는지도 모르지." 언제나 낙천적인 우리 아버지 말씀이다.

루크와 나의 우정은 아무리 좋게 봐줘도 불완전하다. 특히 셰릴이 둘째를 낳고 나서는 루크가 애디를 챙기는 게 예전 같지 않다. 그래도 우리 두 사람은 꾸준히 함께 아이를 키우며 최선을 다했고, 애디를 위해 아이 옆에 있어주었고, 가끔은 그저 서로를 위해 옆에 있어주었다. 그럼에도 지금 루크의 부재에 모종의 해방감이 없다고 하면 거짓말일 것이다. 눈치 안 보고 내 멋대로 애디의 엄마 노릇을 할 수 있다는 자유로움. 이기적이라는 것도 알고, 애디에겐 가능한 한 모든 자리에 모습을 보이는 아빠가 필요하다는 것도 알지만, 이 또한 진실이다. 이따금 나는 루크가 없어서 마음이 놓인다.

중학교 밴드의 〈위풍당당 행진곡〉 연주가 다시 시작된다. 아이들이 단상 위의 빈 좌석을 채우고 있다. 내 시선은 앞에서 둘째 줄, 왼쪽에서 네번째, 제일 친한 친구인 이브 옆에 앉은 애디에게서 떠날 줄을 모른다.

아버지가 고개를 절레절레 젓는다. "저 커트 머리가 마음에 들다니 믿기지가 않는다만, 의외로 마음에 드는구나."

애디는 2인치가 안 되게 머리를 아주 바싹 깎았다. 나는 엄청 반대하긴 했지만 말리지는 않았다—그리고 제법 잘 어울린다. 루크는 아주 질색했지만.

곤잘레즈 교장이 모두에게 착석하라고 지시하고, 우리 모두 이 학교 학생이 된 것처럼 얌전히 자리에 앉는다.

질이 고개를 숙이고 소곤거린다. "우리가 애디의 졸업식에 와 있다니 믿어지니? 쪼끄만 꼬마 뇨키였을 때가 엊그제 같은데."

나는 고개를 끄덕이고는 아버지를 흘깃 쳐다본다. 아버지는 벌써부터 눈시울이 촉촉이 젖었다. 나도 입을 열면 눈물이 터질 것 같고, 그러면 이따가 집에서 파티할 때 애디한테 정말로 한소리 듣게 될 거다. 울지 않고 말할 능력이 있었다면 질에게 이렇게 얘기했을 것이다, 애디 없는 세상은 상상이 안 된다고. 까딱했다간 그런 세상에서 살 뻔했다고. 어쨌든 눈물이 뺨을 타고 주르륵 흘러내린다. 나는 손을 들어 눈물을 닦는다.

“토머스도 와?” 질이 묻는다.

테이블 정중앙에 케이크가 놓였다. 초콜릿 케이크인데 설탕 장식은 없다—애디가 싫어한다. 다만 레몬 아이싱으로 ‘졸업 축하해, 애디!’라고 날렵한 서체로 적어놨다. 나는 케이크가 정확히 가운데 놓이도록 다른 음식들 위치를 조정한다—한쪽 편에는 쿠키와 브라우니와 컵케이크가 있고, 샐러드와 파스타, 애디가 제일 좋아하는 미트볼, 깊고 풍부한 맛의 내 어머니식 브라치올라가 있다. 브라치올라를 만드느라 몇 시간이 걸렸는데, 이것도 애디가 아주 좋아하는 요리다. “아니.” 나는 브로콜리 파스타와 시금치 샐러드의 위치를 바꾼다. 이유는 나도 모른다. “토머스가 오면 애디가 난리 칠걸.”

다른 접시를 또 옮기려는 찰나 질이 내 팔을 붙든다. “괜찮아. 더이상 건드리지 마. 테이블은 지금 이대로가 딱 좋아.”

나는 손을 거둔다.

질의 말이 옳다. 이대로 딱 좋다. 테이블 바로 옆 벽면에는 키 큰 옷장이 있다—아름답고 심플한 옷장은 커다란 밝은 핑크색 리본을 둘렀고 안에는 카드가 들었다. 할아버지가 주는 애디의 고등학교 입학 선물이다. 할아버지와 애디가 함께 만든 아이방의 다른 가구들과 잘 어울린다. 애디 맘에 들 거다.

질과 나는 부엌의 아일랜드 조리대로 이동한다. 파티에 올 애디 친구들의 부모를 위해 사놓은 화이트와인 한 병을 질이 딴다. 조리대 위에 있던 잔 두 개를 채워서 하나를 내게 내민다. “애디와 토머스 사이가 좀 나아진 줄 알았는데."

나는 한 모금 마시고, 시원하고 달콤쌉싸름한 액체의 목 넘김을 즐긴다. "나아졌어. 나아졌지. 전보다 훨씬 낫지, 너도 알다시피 처음엔 살벌했으니까. 그래도 지난 몇 달 동안은 나름 친구가 된 것 같아. 그럴 줄 알았거든. 토머스가 워낙 잘해주고, 또 인내심이 깊어서. 나보다 훨씬 나을걸, 만약 내가 연인의 아이를 상대해야 했다면 말이지, 그건 확실해."

질이 웃는다. "아무렴."

나는 휴대폰을 꺼내 루크가 문자를 보냈는지 확인하지만 아직 소식이 없다. 한숨을 쉬고 와인을 빙글빙글 돌린다. "루크가 오늘 파티에 못 오면 애디가 엄청 속상해할 텐데."

바로 그때, 현관 벨이 울리고 내 폰도 같이 울린다.

"내가 나가볼게." 질이 말한다.

나는 휴대폰을 든다. "루크!"

"지금 가는 길이야! 금방 갈게!" 루크가 말한다. "애디 삐쳤어?"

"그럴 리가." 조금은. "당신이 파티에 올 거라는 걸 알면 신나할 거야."

"그리고 나는 애디와 친구들 전용 프로 사진사가 되겠지."

나는 빙그레 웃는다. "그거 좋아하겠네." 진짜 좋아할 거야.

"애디가 나를 용서해줄까?"

"응." 응.

"다행이다."

루크가 경적을 누르는 소리가 들린다. "운전 조심해!"

우리는 전화를 끊는다.

당신 딸에겐 당신이 필요해, 나는 생각한다. 애디에겐 우리 둘 다 필요해.

항상 그럴 것이다, 안 그런가? 애디가 아직은 깨닫지 못할지라도, 현재 애디가 제일 좋아하는 새로운 취미가 부모를 향해 눈 굴리기일지라도. 나는 애디가 언제까지고 제 엄마를 필요로 하면 좋겠다. 왜냐하면 엄마는 너무나 애디에게 필요한 사람이 되고 싶으니까. 모든 어머니들이 그렇지 않을까.

눈물이 차오르고, 나는 손등으로 눈가를 훔친다.

나는 내 어머니가 그랬다는 것을 안다.

39
2006년 8월 15일
로즈, 인생 9

루크가 침대 내 자리 쪽에 서 있다. 평소엔 절대 내 자리 쪽으로 가지 않는데. 루크의 손에는 산전 비타민제 약병이 들렸다. 그가 약병을 치켜든다.

나는 한 발짝 앞으로 다가선다. 숨을 들이쉬고, 내쉬고, 마음을 가다듬는다. "나 그거 안 먹었어, 됐어?"

루크의 어깨가 축 처진다. "로즈. 약속했잖아."

"루크, 나는—"

하지만 그의 말은 아직 끝나지 않았다.

"로즈, 당신은 거짓으로 약속했어."

나는 그를 빤히 응시한다, 그 자리에 구부정하게 서 있는 피해자의 초상을. 마치 내가 그에게 무슨 짓이라도 저지른 것처럼—그에게 상처를 주기라도 한 것처럼. "아니 진짜, 루크! 내가 거짓말을 했다고? 글쎄, 어디 한번 말해봐, 당신이 깬 약속은 하나도 없고?

기억나는 게 한 개도 없어? 당신이 했던 거짓말은 전혀?"

"로즈." 그가 한숨을 내쉰다. 공기와 공간의 거대한 내쉼. "그런 식으로 굴지 마—"

"어떤 식으로 굴지 말라는 거야? 언제나 그랬듯 이 모든 문제에 대해 당신에게 솔직하게 굴지 말라고? 사실상 첫 데이트 때부터, 루크, 나는 아이를 원하지 않는다고 당신한테 경고했어. 수도 없이 얘기했지. 그때 당신이 나한테 뭐라고 대답했는지 기억 안 나?"

또 한숨. 이번엔 더 무겁게. 내 남편이 지금 내 앞에서 쪼그라들어 침대 위로 녹아내린다. 루크는 침대 가장자리에 털썩 주저앉는다. "로즈—"

"방금 그건 수사의문문이었어, 루크." 내 몸이, 나의 모든 것이 확장되어 방안을 뒤덮고 맥동한다. "내가 애 안 낳을 거라고 되새겨줄 때마다 당신이 뭐라고 했지? 당신도 애를 원하지 않는다고 했어. 절대 원하지 않는다고. 우리가 그 빌어먹을 결혼식장 통로를 걸어들어가 혼인 서약을 하기 전에 두고두고 당신이 나한테 했던 얘기라고. 그런데 지금 누가 누구더러 거짓말쟁이라고?"

"난 거짓말한 게 아니—"

"됐어. 그 되도 않는 헛소린 그만해, 지긋지긋해. 당신과 당신 집안사람들 한 사람 한 사람이 다 나 때문에 망했다고 타박하는 거 듣는 데 질렸어. 내가 결함 있는 사람이고, 내가 소름 끼치는 여자고, 내가 악독하고 이기적인 년이라고 자책하는 데 아주 신물이 나." 나는 숨을 돌리기 위해 말을 끊고, 내 손이 그의 따귀라도 때린 듯 충격이 루크의 얼굴을 강타하는 것을 본다. "내가 당신 때문에 망했다는 생각은 해본 적이나 있어? 이 결혼에서 당신이 결함 있는 남편이라는 생각은?"

"로즈, 그 말은 공정하지 않아."

내 웃음소리는 신랄하다. 침대에 주저앉은 남편에게 다가가 그를 물끄러미 내려다보면서 나는 그제야 깨닫는다. 루크가 고개를 비스듬히 들어 나와 눈을 마주친다. 그 눈에 두려움이 스친다. "그동안 내내, 엄마가 되지 않은 것을 넌 평생 후회할 거다, 너네 후회할 거다, 넌 섬뜩한 사람이고, 소름 끼치게 이기적인 여자고, 네가 남편 인생을 망치고 있다, 그런 얘기를 당신과 당신 집안사람들한테 들어왔던 그 고통스러운 시간 내내, 난 그게 진실인 줄 알고 받아들였어. 실상은 당신이 내 인생을 망치고 있는 건데."

"로즈?" 루크의 입에서 내 이름이 거의 비명처럼 새되게 부자연스러운 소리로 새어나온다.

나는 허리를 숙이고 두 손으로 루크의 양볼을 감싸고 그의 이마에 키스한다. 루크가 눈을 깜박이고, 그의 눈빛에 혼란이 내려앉는다. 그러거나 말거나 나는 허리를 펴고 몸을 돌려 침실 밖으로 뚜벅뚜벅 걸어나와 거실을 가로지르고, 복도 벽장으로 가서 높은 선반에서 캐리어를 내린다. 우리집에서 제일 큰 캐리어를 낑낑거리며 끌어내린다. 너무 커서 우리가 늘 시체도 너끈히 들어가겠다며 우스갯소리하던 가방이다. 캐리어가 벽장 문에 쾅 부딪힌 다음 바닥을 쿵 찧는다.

"로즈?" 두번째로 불리는 내 이름.

나는 캐리어를 똑바로 세워서 끌고 침실로 돌아가 곧장 내 속옷과 양말과 잠옷을 넣어두는 서랍장으로 간다. 캐리어를 바닥에 눕혀 지퍼를 열고, 서랍장의 내용물을 모조리 꺼내 가방 안에 쌓기 시작한다. 브래지어 더미가 무너져 잠옷 상의와 뒤섞이지만 상관없다. 나는 기계다, 끊임없이 이쪽 것을 들어 저쪽으로 옮기고, 나의 구부린 양팔은 이번 생과 이 결혼의 컨테이너를 비우는 작업중인 소형 포크레인이다.

맨발이 소리 없이 다가온다. 루크의 발이다. "당신 뭐하는 거야?"

나는 캐리어를 끌고 옷장 앞으로 가서 문을 열고 옷걸이에서 옷을 빼내어 속옷과 탱크톱과 플리스 수면 바지와 작은 개가 그려진 색색의 양말 더미 위로 던진다. 스웨터, 티셔츠, 원피스.

"내가 묻고 있잖아."

"내가 지금 뭐하는 걸로 보이는데?"

"어쩔 생각인데? 질네 집에 가서 하룻밤 신세 지려고?" 꽤나 낙관적인 말투로군.

나는 희망 고문을 하고 싶지 않으므로 사실대로 말한다. "할 만큼 했어." 내가 말한다. "난 당신을 사랑해, 아무렴, 언제나 그랬어. 하지만 당신이 내 인생을 망치게 가만 놔두지 않을 거야."

"진심이야?"

나는 캐리어의 지퍼를 닫고, 그 소리가 유난히 시끄럽다. "응, 진심이야. 나 이제 간다. 돌아오지 않을 거야." 그리고 심호흡을 하고 이렇게 말한다. "더이상 못하겠어. 이 결혼생활."

쇄도하는 안도감이 날개처럼 나를 들어올리고, 몸속의 모든 장기가 가벼워지며 몸이 둥실 떠오르고, 더이상 내 몸은 중력에 구애되지 않는다. 어깨가 쫙 펴지고, 목이 쭉 길어지고, 턱끝이 당당히 들린다.

모성에 대한 질문, 애를 낳을 건지, 낳는다면 언제 낳을 건지, 안 낳는다면 어쩔 건지, 그리고 엄마 노릇을 안 하면 뭘 할 건지, 그 모든 질문이 여자로서 나는 누구인가, 좋은 여자인가 나쁜 여자인가, 성공한 여자인가 실패한 여자인가, 이기적인가 이타적인가, 행복한가 아닌가와 밀접히 연관되고, 그 모든 게 결혼과 일과 이혼과 엮여서 어마어마하게 육중한 바위를 형성했다. 나는 오랜 세월 그 바위를 이고 지고 끌고 밀고 다녔다. 힐을 신고, 러닝화를 신고, 작업복을 입고, 잠옷과 청바지를 입고, 맵시 있고 보기 좋은 시시포스.

이제 나는 그 바위를 손끝으로 아주 살짝 밀고, 그것이 데굴데굴 산밑으로 굴러내려가 골짜기에서 박살나는 모양을 지켜본다.

저 바위를 지고 다니지 않았어도 됐는데.

나는 캐리어를 일으켜세워 손잡이를 당겨 빼낸다. 손잡이를 잡고, 가방을 기울이고, 현관문으로 끌고 간다. 그러는 내내 루크가 내 뒤를 졸졸 따라다닌다. 그의 발소리는 내가 정말로 이별을 실행에 옮기고 있다는 데 대한 루크의 놀라움을 대변하는 메아리 같다.
"잘 있어, 루크. 언젠가 당신을 행복하게 해줄 애엄마를 찾기를 바랄게."

이 말을 끝으로 나는 현관문 손잡이를 돌려 열고 집을 나온다.

40
2024년 8월 23일
로즈, 인생 1～3, 5～9

"애디가 저 바위에서 뛰어내리다 다치진 않겠지, 응? 아니라고 말해줘, 제발."

파랑, 초록, 핑크 줄무늬가 등받이에 화려하게 그려진 비치 의자에 앉아 있던 토머스가 상체를 내밀고 손차양을 만들어 눈부신 햇빛을 막으면서 반쯤은 우스개로 반쯤은 진지하게 말한다.

온갖 연령대의 십대들, 심지어 대학생들까지 해변 저 끝에 우뚝 솟은 제일 큰 바위 꼭대기에 옹기종기 모여 있다. 못해도 20피트 높이다. 긴 빨간 머리 여자애가 바위에서 훌쩍 뛰어 바다에 입수하며 길게 환성을 내지른다.

"아, 걱정하지 마." 나는 손발에 묻은 모래를 털어낸다. "애디는 괜찮을 거야. 잘 놀고 있잖아. 나도 재 나이 때 저런 바위에서 다이빙하고 놀았어. 몇 년을 그러고 놀았는데."

"하지만 요즘 부모들은 훨씬 초조해하고 조심성이 많아서 경계를 게을리하지 않지." 토머스가 말한다. "저런 바위에서 뛰어내리는 걸 여태 지역 학부모회에서 금지하지 않았다는 게 놀랍군. 우리가 저런 행위를 금하는 규칙을 만들어야 해, 로즈."

"웃겨, 당신." 나는 토머스의 어깨에 키스한다. 애디의 친구 팀이 방금 물속에 뛰어든 여자애한테 다시 올라와서 한번 더 뛰어내리자고 소리치고 있다.

"나 농담하는 거 아냐! 저것 좀 보라고! 저 망할 에베레스트산이 뉴잉글랜드 해변에 있잖아!"

나는 토머스의 옆구리를 쿡 찌른다. "그렇게까지 높진 않아. 그리고 저 주변 바다도 충분히 깊고."

"그러니까!"

내 비치 의자가 너무 뒤로 젖혀져 애디가 바위를 기어오르는 모습이 보이지 않는다. 나는 금속 받침의 위치를 조정해 의자를 좀 더 똑바로 세운다. 해변의 다른 사람들도 토머스와 나처럼 아이들이 바위로 헤엄쳐 가서 기어올라 다이빙한 다음 다시 그 과정을 반복하는 모습을 구경하고 있다. 덥고 주말이고 8월이라는 사실 덕분에 이곳은 축제 분위기다. 비치파라솔들의 빨강, 핑크, 오렌지, 노랑, 보라, 초록, 줄무늬와 물방울무늬와 꽃무늬가 풍경을 수놓는다. 타는 듯 뜨거운 하얀 백사장과 차갑고 파란 대양을 배경으로 수건과 수영복들도 색깔과 무늬의 폭동에 가세한다.

아주 어릴 때부터 어머니는 내게 해변에 대한 사랑을 주입했고, 매년 그 사랑에 계속 물을 줘서 키웠다. 다른 모든 엄마들처럼 내 어머니도 평가하려 들고 쌀쌀맞고 다가가기 힘든 면이 있었지만, 동시에 멋지고 재밌고 사랑하고 베푸는 사람이었다. 모험을 해보라고, 내 심장이 원하는 대로 따르라고 용기를 북돋아주는 사람이었다. 나는 지금 특히 어머니가 그립다. 바닷가에서 지내는 것은 어머니 당신의 심장이 바라던 바였으므로.

"맙소사. 애디가 뛰어내리려고 해." 토머스가 양손으로 눈을 가린다. "난 도저히 못 보겠다."

"괜찮을 거야." 내 시선은 라임그린색 비키니를 입고 물에 젖은 긴 머리를 얼굴 주위로 늘어뜨린 앙상한 다리의 훤칠한 여자애에게 고정되어 있다. 한동안 커트 머리를 고집하더니 다시 기르기 시작했고, 지금은 머리칼이 어깨 아래까지 내려온다. 애디가 깊고 어두운 물을 응시하고, 내 심장이 두려움으로 파닥거린다—정말 괜찮을까? 애가 잘못되면 어떡하지? 바위에 올라가게 놔둔 나 자신을 용서할 수 있을까—이게 다 내가 애디 나이 때 꼭 저렇게 놀았다는 얘기를 잔뜩 들려줘서잖아? "자자," 나는 말을 잇는다. "만약 루크가 여기 있었다면 저렇게 목숨이 달린 위험한 일은 어떤 아이에게든 허락할 수 없다고, 그 어떤 재미있는 모험도 아이들에게 허락해서는 안 된다고 잔소리를 늘어놓겠지."

애디가 팔을 뒤로 휘젓고 무릎을 구부린다.

"그 점에 관해서는 나도 루크와 의견이 일치할지도." 토머스가 여전히 눈을 가린 채 말한다.

"설마."

"아니, 진짜야. 나 진심이야."

"이제 뛴다." 바위에서 훌쩍 몸을 던져 바다로 곧장 뛰어드는 애디를 지켜보며 나는 소리친다. 애디는 금방 물위로 고개를 내민다. 다른 아이들이 박수치고 환호한다. "아주 잘했어!"

마침내 토머스가 손을 치운다. 그는 어마어마한 숨을 토해낸다. 그리고 나를 바라본다. "흠. 그 싱글거림은 뭐야, 로즈?"

나는 의자에서 일어나 수건을 거머쥔다. "보기만 해."

"당신도 애디하고 같이 뛰려고? 미쳤어?"

"걱정 마셔! 난 저런 바위에서 뛰어내리는 데 프로야—"

"저건 바위가 아니라 낭떠러지야."

토머스가 내게 손을 내민다. 나는 그 손을 잡는다. "괜찮아. 난 잘할 수 있어."

"좋아. 이제 난 오늘 두 여자가 험한 죽음을 맞을까봐 벌벌 떨게 생겼군."

토머스는 내 손을 놔주지 않는다. 내가 손을 약간 흔들자 손가락이 슬쩍 헐거워지며 빠진다.

"알았어, 그래, 가서 애디랑 같이 있어." 토머스가 고개를 절레절레 저으며 말한다. "어쨌든 애디 혼자 저 위에 있는 것도 마음에 안 드니까. 무슨 사달이라도 나면 당신이 애를 구하겠지."

나는 언짢은 척 한 손을 허리에 얹는다. "나한테 사달이 나면?"

토머스가 웃음을 터뜨린다. "그럼 애디가 당신을 구하겠지, 당연히."

"내가 같이하면 애디도 분명 좋아할 거야."

"속으로만 신나하겠지."

"두고 봐!"

다이빙 바위로 가는 길은 오 분 좀 넘게 걸린다. 아이들은 헤엄치며 놀고, 모래성을 쌓고, 사람들이 웃고, 파도가 배경음악을 제공하며 밀려들었다 밀려나간다. 바위에 도착할 때쯤 나는 온통 땀투성이다. 오늘 기온은 분명 35도가 넘을 거다.

청록색 수영바지 차림의 열여섯이나 열일곱쯤 되어 보이는 키 큰 근육질 소년이 포탄처럼 물속으로 곧장 떨어지고, 제 차례를 기다리던 아이들이 전부 소리치며 박수를 보낸다. 이윽고 그들 중 몇 명이 근처에 서 있는 나를 본다. 이제 나는 모두가 바위에 오르는 지점까지 헤엄쳐 가려고 한다. 애디는 제 친구인 팀과 얘기하느라 정신이 없다. 팀이 뭐라고 얘기하자 애디가 웃음을 터뜨린다.

나는 크게 손을 흔든다. "애디!"

애디가 고개를 들고 막 미소 지었을 때 나는 차갑게 소용돌이치는 바다에 뛰어든다. 더위에 지쳐 있다가 물에 들어오니 상쾌하다. 나는 평영으로 헤엄치고, 스르륵 철썩 내 몸에 부딪히는 바다의 리듬은 못내 그리워하던 음악이다. 바위에 도착해 젖은 돌을 두 손으로 잡으니 머릿속에서 옛 추억이 선명하게 넘실거린다—열세 살 때 처음으로 겁도 없이 다이빙했던 장면들, 나는 수영복 차림으로 저 높은 곳에 꼿꼿이 서 있었고, 아래쪽에서는 당시 내가 좋아하던 남자애 레이가 내 이름을 소리쳐 불렀다. 내가 허락도 없이 나갔다는 것을 알아낸 아버지가 나타나서는 나를 집으로 끌고 가 외출금지령을 내린 것도 바로 그날이었다.

"나폴리타노 선생님, 도와드릴까요?"

팀이 나를 내려다보며 외치고, 나는 애디가 좋아하는 듯한 저 키 큰 소년을 올려다본다. 요전에 애디는 같이 저녁을 먹다가 자신이 바이라고 선언했다. 애디가 스스로의 면면을 세밀하게 들여다볼 수 있게 거들어준 사람이 바로 저 소년인 듯하다. 왜냐면 그전엔 여자애들만 좋아했으니까.

"팀, 로즈라고 부르라니까." 나는 팀에게 외친다.

"잘 안 되네요, 그게. 교수님이나 박사님이나 뭐 그런 분이시잖아요."

"그럼 편한 대로 해." 나는 웃음을 터뜨리고 애디의 친구를, 그리고 애디를 올려다본다. 나는 의외로 애디의 친구들이 맘에 든다. 아이들이라도 십대쯤 되면 정말 괜찮다.

바위 가장자리를 따라 자연적으로 생긴 평평한 발판이 계단처럼 쭉 나 있어 하나씩 딛고 올라갈 수 있다. 팀이 나를 빤히 내려다보는데, 아마도 이 나이든 아줌마가 여기 거대한 바위까지 헤엄쳐 와서 애들하고 뭘 하려나 궁금해서겠지. 애디는 팀 옆에 있다. 초조한 얼굴로 기다리면서, 자기네들이 서 있는 곳까지 올라가려는 내게 힘을 보태주려 열심히 응원의 텔레파시를 보내는 중인 것 같다. 내가 꼭대기에 거의 다 오자 팀이 손을 내밀고 나는 그 손을 잡는다.

"감사합니다, 선생님." 내가 말하자 팀이 웃는다.

"진짜 여기까지 올라올 줄 몰랐어!" 애디는 믿기지 않는다는 표정이지만 즐거워 보인다. 혹은 내가 삐끗 굴러떨어져 죽지 않아서 안도하는 걸지도. 토머스도 눈을 가린 손 좀 치우고 맘을 놓으면 좋으련만.

나는 애디를 꼭 끌어안는다. "자전거 타는 거랑 비슷하거든." 나는 팀을 돌아본다. "괜찮다면 이번 점프는 애디와 나 둘이서 하고 싶은데."

팀이 정상에서 돌출된 다이빙용 바위 턱을 정중히 가리킨다. "그러시죠."

"가자, 애디. 같이 뛰자."

"정말?" 애디는 깜짝 놀란 투다.

"당연하지. 왜? 내가 뭐하러 여기까지 올라왔다고 생각해?"

"좋아요!" 애디가 고개를 끄덕인다.

나는 다시 아이를 끌어안고 싶지만 자제한다.

빼빼 마르고 햇볕에 그을린 다리에 라임그린색 비키니를 입은 애디, 밝은 보라색 원피스 수영복을 입은 나, 우리 두 사람은 바위 끄트머리로 걸어간다. 우리를 바라보는 아이들의 시선이 느껴지고, 웅성거림이 잦아든다. 우리는 손을 꼭 잡는다.

"준비됐니?" 내가 묻고, 곧이어 웃음을 터뜨리며 둘이 함께 뛰어내린다.

41
2000년 5월 23일
로즈, 인생 1～9

루크가 한쪽 무릎을 꿇는다.

너무 갑작스러워 처음에는 당혹스럽다.

"지금 뭐하는 거야, 루크?" 나는 그대로 서서 차려 자세로 양팔을 내리고 안절부절못하며 주먹을 쥐었다 폈다 한다.

루크는 나를 올려다보며 싱글벙글 얼굴만 빛낼 뿐 말을 하지 않는다. 그 자세로 약간 비틀거리더니 이내 중심을 잡는다. 그리고 무언가를 찾아 바지 뒷주머니를 뒤진다.

아. 아!

루크가 청바지 뒤에 쑤셔넣어두었던 조그만 상자를 서툰 손놀림으로 꺼내는 순간 내 심장은 요동치기 시작하고 스웨터를 입었는데도 피부에 소름이 돋는다. 내 입술이 벌어지고, 나는 숨쉬는 법을 열심히 기억해낸다. 나 지금 미소 짓고 있는 거 맞지. 나는 이 순간이 어서 오기를 소망하고 고대하고 기다려왔다.

루크가 상자를 열고 약혼반지를 꺼내든다. 이어서 반지를 내게 바치듯 들어올리며 연설을 시작한다. 루크의 떨리는 손에서 반지가 흔들리며 부드럽게 일렁이는 빛을 뿜는다. "로즈, 당신은 내 인생의 사랑이고, 언제까지나 그럴 거야……"

루크의 아름다운 말들이 내 귀에 들어오는 동안 내 머릿속에서는 또다른 말소리가 들려온다. 그쪽도 나름 지금 이 사태에 대해 할말이 많은 모양인데, 그래도 좀 조용히 해줬으면 좋겠다. 거참 기세등등하고 성가시고 방해되는 녀석이로군.

로즈, 녀석이 말한다, 루크는 왜 한쪽 무릎을 꿇는 거야? 너무 '관습적'이잖아. 네가 루크한테 백만 번은—아니, 천만번쯤—얘기했을 텐데, 관습적인 결혼으로 이어질 관습적인 약혼과 관습적인 프로포즈는 싫다고. 그중에서도 한쪽 무릎을 꿇고 청혼하는 건 '특히' 질색이라고. 루크가 그딴 식으로 청혼한다면 넌 냅다 싫어, 안 해, 라고 소리칠 거라고 농담도 했으면서.

"앞으로 남은 내 인생을 오직 당신과 함께하고 싶어……"

루크의 말들이 이렇게나 달콤하고 아름다운데 내가 어떻게 좋아하지 않을 수 있겠어? 이런 선언을 마주하고 어떻게 녹아내리지 않을 수 있겠어? 그러니까, 루크가 내가 절대 하지 말라고 했던 대로 한쪽 무릎을 꿇었다고 해서 뭘 어쩌겠어? 내가 페미니스트인 게 무슨 상관이냐고. 페미니스트도 멋진 사랑 선언을 즐길 수 있어, 그치? 내 말은, 누구든 그럴 수 있다는 거지. 이것도 근사한 전통이야! 나라고 못 즐길 이유가 있나? 나도 이런 걸 즐길 권리가 있어, 안 그래?

하지만 이것이 앞으로 일어날 다른 사건들의 징후라면?

"로즈 나폴리타노, 당신을 내 아내로 맞는 영광을 내게 주겠어? 나와 결혼해줄래?"

루크가 다른 상황에서도 네 말을 귓등으로 흘려듣는다면?

루크가 환히 미소 짓고, 나의 대부분도 환한 미소로 답한다.

대부분은.

내 안에는 다른 로즈도 있고, 이 녀석은 우려를 표한다. 나는 녀석이 입 닥치고 이 순간을 즐기는 나를 좀 내버려뒀으면 좋겠다.

로즈……

시끄러. 닥쳐.

루크가 기다리고 있다. 한쪽 무릎으로 중심을 잡지 못하고 또 휘청거린다.

나는 손을 내밀어 그를 잡아준다.

다른 로즈가 잠잠해진다.

나는 방긋 웃으며 입을 열고 이렇게 말한다. "응."

42
2025년 12월 12일
로즈

토머스가 방에서 외친다. "로즈, 전화 왔어! 루크인데."

나는 트리에 전구를 매다는 중이다. 새로 입양한 고양이 미라가 크리스마스 장식 상자에서 전구를 잡아당기고 있다. 맥스가 보고 싶다. 하지만 맥스는 고양이별로 떠났다. 내가 미라를 안아들자, 방으로 가는 내 품안에서 미라가 반항하며 야옹거린다.

침대에 앉은 토머스가 내 휴대폰을 내민다. 나는 휴대폰을 받아서 귀에 댄다. "루크, 잘 지내?"

"응, 그쪽은 별 소식 없어?"

토머스가 미라를 달라며 팔을 뻗는다. 나는 입술을 뿌루퉁하니 내밀고 미라를 그에게 넘긴다. "나 연구지원금 땄어!"

"땄구나! 잘됐네! 그럴 줄 알았어."

"고마워." 루크가 특별한 이유 없이 그저 내 안부를 물어보려고 전화를 했다는 게 감동이다. "당신은? 올해 사진상은 어떻게 됐어?"

루크가 한숨을 내쉰다. "그냥 생각을 말려고. 신경쓰지 않는 척 하면 큰 거 하나 들어오지 않을까."

나는 웃음을 터뜨리고 만다. "보통은 신경쓰면서."

"쉬잇. 징크스 건드리지 마."

나는 거실과 부엌으로 돌아가 반쯤 장식하다 만 트리를 지나친다. 식탁 앞에서 애디가 고개를 숙이고 제 휴대폰 화면만 보고 있다. "저기, 이만 끊어야겠다. 오븐에 크리스마스 쿠키 넣어놨는데 태울까봐 겁나네. 오븐을 지켜보기로 한 누군가가 제 휴대폰에 푹 빠져 있어서." 내가 이렇게 말하는데도 애디는 고개를 들지 않는다—내 말이 들리지도 않나보다. "그리고 다른 성탄절 음식들도 슬슬 시작해야 하고."

"거기까지, 염장은 그만." 루크가 말한다. "그 시절 그 부분은 아직도 그립네. 셰릴은 물 끓일 줄도 모르거든."

"그런 얘긴 듣기 싫다, 그럼 연휴 즐겁게 보내, 바이바이!" 나는 루크에게 말할 틈을 주지 않고 전화를 끊어버린다.

타이머가 울린다—애디는 여전히 쳐다보지도 않는다. 나는 부랴부랴 애를 지나쳐 오븐으로 가서 문을 당겨 열고 쿠키 앞면의 완벽한 황금색을 확인한다. 오븐 장갑을 끼고 베이킹 틀을 꺼낸다.

맛있는 냄새가 난다. 이 냄새는……

어머니다.

이 타오르듯 짧은 순간, 어머니가 바로 지금 여기에 나와 함께 있다. 우리는 이 부엌에 함께 있고, 나는 여섯 살 아니면 일곱 살 아이이고, 우리는 함께 쿠키를 굽고 있다—이 쿠키를.

요즘 나는 밤에 침대에서 혹은 강의하러 나갈 때 혹은 그냥 시내를 걸으며 어머니의 삶을 떠올린다—어머니가 나를 낳기 전에 살았던 삶에 대해. 그 삶은 어땠을까, 어머니는 어떤 꿈을 꾸었을까, 나를 낳기로 한 당신의 선택에 의구심을 가진 적은 없을까. 어머니를 알고자 하는 이 간절한 바람, 엄마 노릇 하느라 달라지기 전의 어머니, 즉 여자로서의 어머니에 대해 알고 싶다는 열망이 내 안에서 점점 커지며 뻗어나가 무성히 자라났다. 난 정말 알고 싶다.

그 열망과 필요성이 아까 루크에게 말했던 그 새로운 연구지원금을 신청하게 된 계기였다. 이번에는 엄마들을 인터뷰하는 중이다. 자식들 다 키워 내보내고 생의 후반부에 있는 엄마들. 나는 그들이 엄마가 되기 전과 후에 대해 알고 싶다. 내 어머니가 아직 살아 계신다면 물어봤을 질문들, 내 어머니에게 묻고 싶지만 이제는 할 수 없는 질문들을 모조리 물어볼 계획이다. 그들의 존재에 그 해일 같은 변화가 일어나기 전에 그들은 어떤 사람들이었는지 알고 싶다. 오늘 그들의 인생을 앞에 두고, 어느 정도 거리를 둔 상태에서 당시의 선택을 어떻게 생각하는지 알고 싶다. 지금이라면 다른 선택을 했을까? 이전의 자아 중 아쉬워하는 부분이 있을까? 엄마가 되지 않기로 선택했다면 지금 어떤 사람이 됐을지 궁금해한 적이 있을까? 만약 다른 선택을 했다면 존재했을 다른 여자, 다른 사람을 만나보고 싶어할까?

나는 한 손에 스패출러를 들고 베이킹 시트에서 쿠키를 하나씩 떼내어 식힘 망으로 옮기고, 개중 두어 개를 접시에 담는다. 그러면서 내가 살았을지도 모르는 다른 생들, 아이를 낳지 않기로 한 생들, 아이를 낳거나 혹은 낳으려고 노력한 생들이 궁금해진다. 어느 쪽이든, 임신과 출산에 긍정적으로 대답한 로즈든, 글쎄, 라고 대답한 로즈든, 싫어, 절대 안 하니까 꿈도 꾸지 마, 라고 대답한 로즈든, 그런 로즈들의 조합이든, 어쨌든 나는 여기에 있고, 아이도 있으며, 얘가 엄밀히 말해 내 자식이든 아니든 상관없다고 생각한다. 사랑과 우정과 가족이 있으니, 살아 있음에 필연적인 비탄과 상실의 힘겨운 순간들과 나날들과 세월을 건너기에 충분하다. 거기에는 모종의 평화와 행복이 존재한다. 하나의 생에서 한 사람이 바랄 수 있는 건 기껏해야 그 정도가 아닐까.

나는 오븐에서 갓 나와 아직 뜨거운 쿠키가 담긴 접시를 식탁 위로 쭉 밀어 애디 앞에 놓는다. 아이가 놀라서 고개를 든다. 그리고 씨익 웃는다. 나도 마주 웃으며 묻는다. "하나 맛볼래?"

감사의 말

평소 여자들의 든든한 지지자이자 특히 나의 강력한 후원자인 에이전트 미리엄 앨출러, 이렇게 멋지고 변함없는 '직업적 마리아주'를 찾아내다니 나로서는 행운이며, 맑을 때나 궂을 때나(궂은 날이 너무 많았다) 신뢰를 잃지 않고 나를 든든히 받쳐준 당신이 있어 다행이다.

하룻밤 사이에 내 책과 사랑에 빠져 나의 작가로서의 꿈을 다방면으로 실현해준 현명하고 통찰력 있는 편집자 팸 도먼, 당신이 로즈와 나를 믿어주고 나의 글이 출판할 가치가 있다고 결정해주어 나로서는 영광이고 감사하다. 당신과 같이 일하며 나는 아주 많이 배웠고, 당신에게 이 책의 출간을 맡긴 것은 내 직업 인생에서 하이라이트 중 하나다. 그리고 나의 영국 편집자인 하퍼콜린스의 마사 애슈비, 당신의 점잖은 재촉과 친절에 고마움을 표한다. 내 책을 처음 읽고 흥분하여 당신과 당신의 동료들이 작성한 문서는 지금도 우울할 때면 한 번씩 꺼내본다. 나와 로즈를 지켜주는 '북 마더스'의 다이나믹 듀오가 있어 난 정말 행운아다.

로즈와 함께 모험에 나선 바이킹과 펭귄의 모든 분들, 제러미 오턴과 마리 미첼스, 당신들의 인내심과 부지런함에 경의를 표한다. 그리고 누구보다 리 버틀러와 패슨든, 당신들의 범상치 않은 응원에, 이 책을 '얻게' 한 것에, 세계 정복 계획에 찬탄을 금할 수 없다—팸까지 포함해 당신들 세 명이 작년 여름을 내 인생에서 가장 신나는 여름으로 만들어주었다.

로즈와 사랑에 빠진 전 세계 편집자들, 당신들이 이 소설을 출간해주어 나는 몹시 고맙고 설레며, 이 책과 나를 믿어주다니 그저 황홀하고 가슴이 두근거린다. 수많은 그대들을 알게 되어 기쁘고, 이 책이 우리 사이에 촉발한 대화를 지속할 수 있기를 고대한다.

초고부터 내 얘기가 완성될 때까지 나의 구구절절한 설명을 내내 들어준 멋진 친구들 마리 루코스키, 대프니 그래브, 엘리엇 슈레퍼, 러네이 스테인키, 그리고 중대 고비에 나를 진정시키고 탁월한 조언을 해준 리베카 스테드. 지금까지도 나의 친구인(아니 이렇게 오랫동안 어떻게 그게 가능하지?) 카일리 색스, 이 소설 속 크고 작고 개탄스럽고 즐거운 모든 일을 함께 겪어온 나의 절친. 항상 최고인 나의 아버지. 내가 이 책을 쓰고 있을 때 날마다 저녁을 먹으면서 "오늘은 로즈 나폴리타노에게 무슨 일이 생겼어?" 하고 묻던 나의 남편.

단 한 번도 아이를 원한 적 없는 여성들, 사회와 문화에 의해 상처받고 작아지고 깎아내려진 여성들, 임신을 거부한다고, 어릴 때부터 한 번도 아이를 원해본 적 없다고 어딘가 문제가 있는 사람이 되어버린 여성들—이 책은 마음속에서부터 단연코 여러분과 함께 썼다. 당신이 얼마나 애썼는지 알아요. 내가 여러분의 경험을 오롯이 다루었기를 바란다.

내 인생에서 만난 온갖 유형의 어머니들—자식들의 어머니, 글쓰기의 어머니, 또 내게 어머니가 필요할 때 삶의 요소요소에서 나의 어머니가 되어준 여성들. 앞으로 내가 만날 어머니들과 이 책을 읽을 어머니들. 어머니가 되는 방법은 수없이 많고, 그중 많은 수가 실제 임신과 출산을 수반하지는 않는다. 세상을 살면서 우리는 그것을 충분히 인식하지 못하고 있다.

마지막으로, 나의 어머니. 나는 어머니에게 다시 한번 고마움을 표하며 이 책과 감사의 말을 끝마치려 한다. 책머리에 헌사를 쓰기도 했지만, 이쪽 지면에 좀더 여유가 있으니 못다 한 헌사를 여기서 마저 하겠다.

고마워요, 엄마, 내게 이번 생을 주셔서. 엄마가 이 말을 듣고 이해할 수 있을 때, 아직 의식이 있을 때 이 말을 했으면 좋았을걸. 전에도 이 말을—정확히 똑같은 말을—엄마에게 했는데, 엄마가 세상을 떠나기 전날이었지, 엄마는 듣지 못했어요. 지난 근 십육 년 동안 나는 그날 엄마가 내 말을 못 듣다니 어떻게 그런 일이 있을 수 있는지, 그게 얼마나 불공평한 일인지 계속 생각했어. 왜냐하면 엄마는 나의 감사와 끝없는 사의를 받아 마땅하니까. 누군가에게 생을 준다는 건 절대 별것 아닌 일이 아니잖아. 어머니가 된다는 건 절대 별것 아닌 일이 아니잖아. 하지만 종종 감사받지도 못할 일이 되어버리지. 엄마 얼굴을 마주보고, 특히 이번 생에 대해, 나의 생에 대해 엄마한테 고마움을 전했더라면 좋았을걸. 그래도 난 엄마가 어떻게든 내 말을 들었다고 생각하고 싶어, 임종을 맞이했더라도 들었을 거라고. 그냥 내 환상일 뿐이겠지만, 그래도 우리에게 남은 건 환상밖에 없을 때도 있잖아요, 그러니까 이건 내 환상으로 품을래. 사랑해요, 엄마. 고마워요.

옮긴이 **엄일녀**
을묘년 화곡동에서 태어났다. 서울대학교 언론정보학과를 졸업하고 출판 기획과 잡지 편집을 겸하다 지금은 전업 번역가로 일하고 있다. 『섬에 있는 서점』 『비바, 제인』 『그녀의 몸과 타인들의 파티』 『세번째 호텔』 『여자는 총을 들고 기다린다』 『레이디 캅 소동을 일으키다』 『미스 콥 한밤중에 자백을 듣다』 『비극 숙제』 『샬럿 스트리트』 『너를 다시 만나면』 『나이트 워치』 등을 번역했다. 『리틀 스트레인저』로 제10회 유영번역상을 수상했다.

문학동네 세계문학
로즈의 아홉 가지 인생

초판 인쇄 2022년 8월 12일 | 초판 발행 2022년 8월 26일

지은이 도나 프레이타스 | 옮긴이 엄일녀
기획 · 책임편집 윤정민 | 편집 김경미 이희연
디자인 이효진 유현아 | 저작권 박지영 형소진 이영은 김하림
마케팅 정민호 이숙재 박치우 한민아 이민경 박지영 안남영 김수현 정경주
브랜딩 함유지 함근아 김희숙 박민재 박진희 정승민
제작 강신은 김동욱 임현식 | 제작처 영신사

펴낸곳 (주)문학동네 | 펴낸이 김소영
출판등록 1993년 10월 22일 제2003-000045호
주소 10881 경기도 파주시 회동길 210
전자우편 editor@munhak.com | 대표전화 031) 955-8888 | 팩스 031) 955-8855
문의전화 031) 955-3578(마케팅) 031) 955-2634(편집)
문학동네카페 http://cafe.naver.com/mhdn
인스타그램 @munhakdongne | 트위터 @munhakdongne
북클럽문학동네 http://bookclubmunhak.com

ISBN 978-89-546-8809-3 03840

잘못된 책은 구입하신 서점에서 교환해드립니다.
기타 교환 문의 031-955-2661, 3580

www.munhak.com